ullstein

Das Buch

Im Herbst 1618 besteigen die junge Apothekerin Jana Jeschek und ihr Geliebter, der Arzt Conrad Pfeiffer, ein Schiff in Richtung Amerika. Sie sind im Besitz einer geheimnisvollen Schatzkarte. Ziel ihrer Suche ist das sagenumwobene El Dorado. Doch die beiden sind nicht die Einzigen, die sich auf den Weg in die Neue Welt machen. Ein hochverschuldeter Engländer und ein katholischer Mönch wissen ebenfalls davon. Ein gefährliches Wettrennen – auf dem Meer und auf einem Kontinent, den zu dieser Zeit nur wenige Europäer gesehen haben – beginnt. Die Reise führt von der Karibik aufs Festland und in eine unbekannte Welt voller Abenteuer und Gefahren. Werden Jana und Conrad finden, was sie suchen?

Die Autorin

Beate Maly, geboren in Wien, ist Autorin zahlreicher Kinderbücher, Sachbücher und historischer Romane. Sie ist verheiratet und lebt mit ihrem Mann und drei Kindern in Wien.

Von Beate Maly sind in unserem Hause bereits erschienen:

Das Sündenbuch
Die Zeichenkünstlerin von Wien
Die Hebamme von Wien
Die Hebamme und der Gaukler

Beate Maly

Der Fluch des Sündenbuchs

Historischer Roman

Ullstein

Besuchen Sie uns im Internet:
www.ullstein-taschenbuch.de

MIX
Papier aus verantwortungsvollen Quellen
FSC® C014496

Originalausgabe im Ullstein Taschenbuch
1. Auflage November 2013

Umschlaggestaltung: ZERO Werbeagentur, München
Titelabbildung: Frau und Schiff: © getty images,
Pergament: © FinePic® München
Karte im Innenteil: © Peter Palm, Berlin
Satz: LVD GmbH, Berlin
Gesetzt aus der Stempel Garamond
Papier: Holmen Book Cream von Holmen Paper Central Europe,
Hamburg GmbH
Druck und Bindearbeiten: GGP Media GmbH, Pößneck
Printed in Germany
ISBN 978-3-548-28465-1

London,

September 1618

Aqua Vitae. Das Getränk wärmte den Magen, vernebelte die Sinne und half dabei, die eigenen Fehler und Unzulänglichkeiten zu vergessen. Es war Richard Waltons Lebenselixier. Der Saft, der ihn am Leben hielt, seine Medizin gegen Selbstzweifel und Angst, die ihn großzügig alle eigenen Fehler verzeihen ließ. Nichts hätte er im Moment dringender gebraucht als jenen starken Brand gemalzter Gerste, den man in der Heimat seiner Mutter Usquebaugh nannte. Ein Wort, das nur aus dem Mund eines Schotten so klang, wie der Brand schmeckte: herb, scharf und, erst wenn er längst den Gaumen passiert hatte, überraschend malzig mild. Aber ausgerechnet jetzt war Richard so trocken wie selten zuvor. Dabei befand er sich an einem der feuchtesten Orte der Stadt: auf einem wackeligen Ruderboot mitten auf der Themse.

Angeekelt hielt er sich die Hand vor Nase und Mund, um sich vor dem entsetzlichen Gestank zu schützen, der vom Wasser her aufstieg. Er hasste schlechte Gerüche. Konnte es sein, dass alle Bewohner Londons ihren Abfall in den Fluss kippten? Schwamm dahinten ein totes Kaninchen? Oder waren es die Überreste eines üppigen Abendessens? Wegen des immer dichter werdenden Nebels und der mondlosen Dunkelheit der Nacht konnte

Richard nicht erkennen, worum es sich bei dem leblosen Bündel handelte, das auf der schwarzen Wasseroberfläche neben ihm trieb. Süßlicher Leichengeruch stieg ihm in die Nase, und er schluckte hart, um ein Würgen zu unterdrücken. Vergeblich versuchte er seine Gedanken auf erfreulichere Dinge zu lenken, zum Beispiel auf seine hübsche Frau Julia. Aber sosehr er sich auch konzentrierte, das Bild wollte nicht auftauchen.

Nun durchdrang die stinkende, feuchtkalte Nachtluft seinen Mantel und kroch ihm bis unter die Haut. Richard zitterte, doch das Klappern seiner Zähne rührte nicht von der Kälte, sondern von seiner Angst. Sein Ziel war der Tower. Er war noch nie zuvor in der Festung gewesen. Es hieß, nur wenige Männer, die das Gebäude betraten, verließen es lebend.

Was hätte er jetzt für eine Flasche Aqua Vitae gegeben Das Getränk hätte ihm geholfen, sein Zittern zu verbergen. Aber bevor er in das wackelige Boot des alten Fährmanns gestiegen war, hatte Tom ihm die Flasche mit dem kostbaren Inhalt abgenommen. Wie einem Kleinkind, dem man ein Stück Kuchen verweigerte.

»Denkt an Julia«, hatte der Diener seiner Frau gesagt und ihn anklagend angesehen. So wie er es immer tat, wenn Richard sich Mut antrank, was in den letzten Jahren immer öfter geschehen war. Er wusste genau, warum er den Saft dringend brauchte, doch die Antwort war so entsetzlich, dass er sie vergessen wollte.

Sein Boot, das bisher lautlos durchs eiskalte Wasser geglitten war, schrammte nun unsanft gegen eine graue Steinmauer, die plötzlich aus dem dicken Nebel auftauchte.

Der Fährmann, ein alter, zahnloser Mann mit einem Mantel, der aussah, als diente er einem ganzen Heer von

Wanzen und Flöhen als Unterkunft, hob den Kopf und nickte ihm zu. Sie hatten ihr Ziel erreicht.

Nur widerwillig erhob sich Richard von der nassen Holzbank. Er war das Schwanken des kleinen Bootes nicht gewöhnt und wankte unbeholfen an dem alten Mann vorbei, bemüht, den Mantel nicht zu berühren. Ungeschickt kletterte er eine feuchte, glitschige Strickleiter hoch. Seine glatten Stiefelsohlen und seine klammen Finger drohten am kalten Schleim, den Wasser und Algen hinterlassen hatten, abzurutschen. Aber er gelangte oben an, landete allerdings unsanft auf allen vieren. Schon als Kind hatte er Klettern und Balancieren gehasst. Warum sollte er jetzt als Erwachsener Freude daran haben?

Für einen kurzen Moment war er dankbar für den dichten Nebel und die Dunkelheit. Erst als er sich wieder aufrichtete und rasch seine Hosen abklopfte, erblickte er den jungen Wachmann in königlicher Uniform. Richards Unbehagen wuchs. Was hatte er erwartet? Dass man ihn allein in den Tower spazieren ließ? Der Bursche war sehr jung, Richard schätzte ihn auf zwanzig Lenze oder weniger. Trotzdem hatte er Schultern, die doppelt so breit waren wie Richards. In seiner Linken hielt er eine rußende Fackel, seine Rechte ruhte auf dem Griff einer Waffe. Ein Degen, der in einem ledernen Gürtel steckte.

»Master Richard Walton?«, fragte der Junge. Seine Stimme überschlug sich, als wäre er immer noch im Stimmbruch.

»Habt Ihr jemand anderen erwartet?«, fragte Richard, bemüht, lässig zu klingen.

Der Junge antwortete nicht und bedeutete ihm zu folgen. Seine schweren Stiefel knirschten laut auf dem gekiesten Weg. Er führte Richard durch die Byward-Seitenpforte gegenüber dem Ende der Mint Street. Das kleine Tor wurde durch ein keilförmiges Türmchen geschützt. Der Bau stammte noch aus der Regierungszeit Eduard I., trotzdem war er mit Schießscharten versehen, die dem neuesten Stand der Technik entsprachen. Im Moment war der kleine Turm unbewacht.

»Hier entlang«, sagte der junge Bursche.

Richard beeilte sich, mit dem Jungen mitzuhalten. Auf jeden Schritt des Burschen kamen zwei von Richard. Er stellte sich vor, dass er aussah wie eine der zappelnden Puppen seiner vierjährigen Tochter Mary. Der Gedanke amüsierte ihn.

Zu Richards Linken erhob sich eine massive Mauer, sie musste Teil des Bell Towers sein. Wenn es stimmte, was Tom ihm erzählt hatte, würde er nun gleich den Bloody Tower erreichen, jenen Turm, der für besonders prominente Gefangene vorgesehen war. Der Diener seiner Frau hatte Richard nicht verraten, warum er so genau über den Tower Bescheid wusste, und Richard hatte nicht nachgefragt. Es gab Dinge im Leben eines jeden Mannes, über die man besser schwieg.

Vor einer schweren Holztür stand ein weiterer Wachmann in königlicher Uniform. Er war deutlich älter als Richards Begleiter und mindestens doppelt so dick.

»Wurde aber auch Zeit«, brummte er unfreundlich, öffnete die beschlagene Tür und ließ die beiden eintreten.

Richard wich dem eisigen Blick des dicken Wachmanns aus und heftete sich dem Jungen an die Fersen. Rasch lief er hinter ihm her und folgte ihm über eine schmale, ausgetretene Steintreppe. Um im Dunkeln auf dem glatten Stein nicht auszurutschen, hielt er sich mit seiner Rechten an der rauen Steinmauer fest.

Vor einer niedrigen Holztür blieb der Uniformierte stehen, klopfte und holte gleichzeitig einen schweren Schlüsselbund unter seinem Rock hervor. Mit einem besonders großen Schlüssel sperrte er die Tür auf und stieß sie vorsichtig auf.

Einladende Wärme, der behagliche Schein eines offenen Kaminfeuers und der köstliche Duft gebratenen Hühnchens schlugen Richard entgegen.

»Sir, Euer Besuch ist da«, sagte der Bursche. Er sprach mit der Unterwürfigkeit eines Bediensteten, nicht mit der Strenge eines Gefängniswärters.

»Lasst uns allein!« Der Befehl kam aus dem hintersten Teil des Raums, von dort, wo sich ein offener Kamin befand. In einem komfortablen, breiten Holzstuhl neben dem knisternden Feuer saß ein alter Mann. Sir Walter Raleigh. Er war einst einer der einflussreichsten Männer des Reichs, Abenteurer, Entdecker und Pirat von Elisabeth I. gewesen, heute war er ein zum Tode verurteilter Gefangener.

Der junge Wachmann verbeugte sich und verließ ohne sich dabei umzudrehen den Raum.

Als die Tür hinter ihm ins Schloss fiel, zuckte Richard zusammen. Es war anzunehmen, dass der König nichts von seinem Besuch wusste. Was, wenn der junge Bursche ihn nicht wieder abholte und zurückbrachte? Würde man ihn gemeinsam mit Raleigh köpfen? Er spürte, wie seine Hände feucht wurden, dabei fürchtete er den Tod seit langem nicht mehr. Dennoch zitterte er heftig. Nur ein Schluck Aqua Vitae, und er würde sich deutlich besser fühlen.

Vorsichtig schaute er sich um. Der Raum war prunkvoll eingerichtet. Verglaste Fenster, gerahmte Bilder an den weiß getünchten Wänden, ein massives Schreibpult, eine Truhe, ein Himmelbett, zwei kunstvoll verzierte Stühle vor einem Tisch, einladend gedeckt mit einer köstlichen, aber noch unberührten Abendmahlzeit. Es gab unerfreulichere Orte in der Stadt und ganz sicher auch im Tower.

»Nehmt Euch einen Stuhl und kommt zu mir«, sagte Raleigh. Es war mehr ein Befehl als eine freundliche Aufforderung. Der alte Mann hatte trotz seiner Gefangenschaft nichts an Würde eingebüßt. Unter einer bestickten Samtjacke trug er ein makelloses Hemd mit sauberem Spitzenkragen. Sein schütteres Haar war penibel frisiert, sein Bart säuberlich gestutzt. Sicher kam regelmäßig ein Diener, der ihm bei seiner Toilette half und ihm seine schmutzige Kleidung abnahm, um sie zu waschen. Kerzengerade saß Raleigh in seinem Stuhl und beobachtete jede von Richards Bewegungen. Etwas ungeschickt schnappte dieser einen der Stühle beim Esstisch. Die Holzbeine scharrten über den sauber gekehrten Steinfußboden. Richard trug den Stuhl zum Feuer. Rasch wurde ihm in seinem dicken Wollmantel heiß. Aber er weigerte sich, das Kleidungsstück auszuziehen, denn er wollte keinen Moment länger als notwendig hier verbringen.

»Ihr fragt Euch sicher, warum ich Euch an diesen garstigen Ort bestellt habe«, begann Raleigh. Auf einem kleinen Beistelltischchen neben seinem Stuhl standen ein Weinkelch und ein Krug aus geschliffenem Glas. Die Flüssigkeit funkelte rubinrot im Licht des offenen Kamins. Richards Kehle war ausgedörrt. Er schleckte mit der Zunge über seine trockenen Lippen.

»Ich bin mit Eurer Tochter verheiratet«, sagte er vorsichtig. Er wollte nicht zugeben, dass er gekommen war, weil Tom ihn dazu überredet hatte, der Einladung nachzugehen. Von sich aus hätte er das Schreiben heimlich verschwinden lassen.

»Ihr seid mit meiner unehelichen Tochter verheiratet«, korrigierte Raleigh ihn. Es klang bitter, und in den Augen des alten Mannes lag Bedauern. Julia hatte Richard erzählt, dass Raleigh ihre Mutter aufrichtig und innig geliebt hatte und sie geheiratet hätte, wenn die Umstände andere gewesen wären. Aber wie so oft, war es zu keiner Ehe gekommen, weil Julias Mutter weder die richtige gesellschaftliche Stellung gehabt noch über die entsprechende Mitgift verfügt hatte. Sie war nicht einmal eine Engländerin gewesen, sondern war mit ihren Eltern aus Hamburg zugewandert.

So als könnte Raleigh Richards Gedanken lesen, schüttelte er den Kopf und fuhr mit ernster Stimme fort: »Ich habe Julias Mutter bis zu ihrem Tod finanziell unterstützt und danach Julia. Gott ist mein Zeuge, und niemand kann das besser wissen als Ihr.«

Richard zuckte mit den Schultern. Wohl wissend, dass es besser war zu schweigen als zu erwähnen, dass das Geld nie ausgereicht hatte. Sicher wusste Raleigh von Richards Vorliebe für Aqua Vitae. Julias kleiner Wollladen hatte nicht genug Geld abgeworfen, und letzten Monat hätten sie beinahe das kleine Häuschen in der Roseline räumen müssen. Aber irgendwie hatte seine Frau es geschafft, die Gläubiger zu beruhigen.

Raleigh holte Richard aus seinen Überlegungen: »Nächste Woche werde ich einen Kopf kürzer gemacht, und das ist sowohl für mich als auch für Julia unerfreulich.«

Etwas an dem Satz irritierte Richard. Wo war die Angst in Raleighs Stimme? War der Vater seiner Frau ein begnadeter Schauspieler, ein Freund des verstorbenen William Shakespeares womöglich, oder hatte er tatsächlich keine Angst vor dem Tod?

»Weder meine Frau noch meine Kinder werden sich um Julia kümmern. Verständlicherweise haben sie kein Interesse an ihr. Meine Familie muss froh sein, wenn sie ihren eigenen Lebensstandard halten kann. Deshalb liegt es nun an Euch, tatsächlich für Julia und Eure Kinder zu sorgen.«

Richard öffnete den Mund, um etwas einzuwenden, aber Raleigh hielt ihn mit einer ungehaltenen Handbewegung davon ab.

»Die wenigen Stunden, die mir noch bleiben, sind zu kostbar, als dass ich Eure armseligen Entschuldigungen hören möchte.«

Richard fühlte sich ertappt. Verlegen blickte er zu Boden und klopfte mit seinen Fingern auf die Oberschenkel. Hätte er sich bloß nicht von Tom zu diesem Besuch überreden lassen. Während Raleigh ihn schweigend musterte, wurde er immer nervöser. Schweiß bildete sich auf seiner Stirn und seiner Oberlippe. Am liebsten wäre er aufgestanden. Warum tat er es nicht einfach?

Schließlich brach Raleigh das Schweigen und sagte: »Ihr seid ein Versager, der beim kleinsten Problem zur Flasche greift. Julia hat etwas Besseres als Euch verdient.«

Richard hob seinen Kopf und erwiderte gekränkt: »Wie ich meine Probleme zu lösen versuche, ist meine Sache.«

»Das sehe ich anders. Ihr tragt die Verantwortung für Eure Frau und Eure Kinder.«

Richard schluckte hart. Er war selbst der Meinung, dass Julia einen besseren Mann verdient hatte. Sie war nicht nur schön, sondern auch ausgesprochen klug und geduldig. Gott allein wusste, warum sie sich für ihn entschieden hatte. Vielleicht weil Richard zu den wenigen Menschen gehörte, die mit einem wohlgeformten Körper und einem ansprechenden Äußeren ausgestattet waren. Oder aber weil Richard mit ihr in der Sprache ihrer Mutter reden konnte. Während Richards Mutter eine waschechte Schottin gewesen war, stammte sein Vater aus Hannover. Ehrlicherweise verwarf Richard beide Möglichkeiten wieder. Er wusste, dass Julia sich nicht in den Mann verliebt hatte, der er heute war, sondern in einen Burschen, der weder getrunken noch auf Kosten seiner Frau gelebt hatte.

»Ich werde Euch eine einmalige Gelegenheit bieten, Julia und der ganzen Welt zu beweisen, was in Euch steckt«, sagte Raleigh.

Überrascht hob Richard seine Augenbrauen. Was sollte das für eine Möglichkeit sein? Plötzlich traf ihn die Erkenntnis wie ein Schlag. Raleigh wollte, dass er sich statt seiner opferte und vom Henker köpfen ließ. Warum sonst hätte er ihn heimlich nachts kommen lassen sollen? Der alte Mann war in einer Luxuszelle gefangen, bewacht von Wärtern, die ihm jeden Wunsch von den Augen ablasen und ihn behandelten wie einen Herzog. Niemand wusste von seiner Anwesenheit hier. Was für ein groteskes Ende eines tragischen Lebens. Schade, dass niemand davon erfahren würde. Er zuckte zusammen, als Raleigh sich umständlich von seinem Stuhl erhob und die hölzernen Beine über den Steinboden kratzten.

Jetzt sah Richard, dass Raleigh ein alter, magerer und gebrechlicher Mann war, der nur im Sitzen noch gebieterisch und resolut wirkte. Mit unsicheren Schritten ging Raleigh zu seinem Schreibpult, griff zielsicher nach einem Bogen Papier und kam wieder zurück. Direkt vor Richard blieb er schnaufend stehen.

»Ich mache das nicht, weil ich glaube, dass Ihr der fähigste Mann für diese Aufgabe seid, sondern weil ich keine andere Wahl habe.«

Richard überlegte, was man falsch machen konnte, wenn man sich anstelle eines anderen köpfen ließ? Es wollte ihm nichts einfallen.

Aber Raleigh fuhr rasch fort: »Ich habe die letzten Wochen genutzt, um eine Karte zu zeichnen.«

»Was für eine Karte?«, fragte Richard vorsichtig und wischte sich mit dem Handrücken die Schweißperlen von Stirn und Oberlippe. Neben dem offenen Feuer war es fast unerträglich heiß.

Raleigh senkte seine Stimme und blickte zur Tür. Als fürchtete er, etwaige Zuhörer könnten sie belauschen.

»Es ist das Duplikat der wertvollsten Schatzkarte der Welt.«

»Schatzkarte?«, fragte Richard überrascht. Er hatte mit einer Wegbeschreibung zum Schafott gerechnet.

»Pssst!«, zischte Raleigh ungeduldig und starrte erneut zur Tür.

»Wollt Ihr, dass der ganze Tower mithört?«, rügte ihn der alte Mann.

»Habt Ihr je von El Dorado gehört?« Raleighs Stimme war nicht mehr als ein Flüstern.

»Der sagenumwobene Goldschatz, den die Spanier und die Portugiesen in der Neuen Welt suchen? Und den auch Ihr auf Eurer Expedition entlang des Orinokos finden wolltet?«, fragte Richard. Ihm war immer noch nicht ganz klar, worauf Raleigh hinauswollte.

»Genau der«, Raleigh grinste. Es war erstaunlich, wie viele Zähne er trotz seines Alters noch im Mund hatte.

Er hielt ein zusammengerolltes Schriftstück knapp vor

Richards Nase. »Hier ist die Karte. Leider ist es nicht das Original, denn die wurde mir auf der Rückfahrt meiner letzten Reise geraubt.«

»Wer hat Euch die Schatzkarte geraubt?«, fragte Richard. Sein Interesse war nun geweckt.

»Männer der Kirche«, antwortete Raleigh. »Ich kam erst kurz vor unserer Abfahrt in den Besitz der Karte. Es war purer Zufall, denn eigentlich war das Schriftstück dafür bestimmt gewesen, vernichtet zu werden. Wie auch immer. Plötzlich hatte ich die Karte und konnte mein Glück nicht fassen. Ich wollte mich sofort auf die Suche begeben, aber wir hatten uns an den Befehl der Krone zu halten, und der hieß: sofortige Rückkehr nach England. Mit diesem Befehl begann eine Serie von Unglücksfällen. Vor Trinidad, der spanischen Insel der Dreifaltigkeit, wurden wir von Piraten überfallen. Zumindest dachten wir, es wären ausschließlich Piraten. In Wirklichkeit waren auch Jesuiten an Bord gewesen, die von der Karte erfahren hatten.«

Raleigh setzte sich und schloss für einen Moment die Augen. Richard hatte Angst, der alte Mann würde einschlafen, und fragte neugierig: »Was ist bei dem Überfall passiert?«

Raleigh öffnete die Augen wieder und zuckte mit den Schultern: »Wir haben alles verloren, was wir in den Wochen davor erbeutet hatten, und die Jesuiten nahmen die Karte an sich.«

»Das heißt, Ihr seid mit leeren Händen nach Hause gekommen.«

Raleigh nickte mit einem bitteren, humorlosen Lächeln. »Nicht nur das, unser ehrenwerter König hat bei meiner Heimkehr beschlossen, mich ins Gefängnis zu stecken, und was nächste Woche passieren wird, wisst Ihr bereits.«

Zum ersten Mal schwang Bedauern in Raleighs Stimme, aber immer noch keine Angst.

»Das heißt, die Originalkarte hat ein Jesuit«, schlussfolgerte Richard.

Raleigh schüttelte den Kopf: »Der Dummkopf hat sich die Karte von einem einfachen Seemann abnehmen lassen, der keine Ahnung hatte, was er in seinen Händen hielt. Der Mann hat versucht, die Karte zu verkaufen, was ihm angeblich auch gelungen ist. Seither gilt die Karte als verschwunden. Aber ich bin davon überzeugt, dass die Kirche alles daransetzt, sie wiederzubeschaffen. Der Goldschatz soll von einem gigantischen Ausmaß sein.«

Richard betrachtete stirnrunzelnd das eingerollte Schriftstück in Raleighs Hand.

»Als ich an die Karte kam, studierte ich sie so eingehend, bis jede Linie auf dem Papier in meinem Kopf eine Spur zurückgelassen hatte wie in frisch gefallenem Schnee.«

Richard hätte gern erwidert, dass Schneespuren schnell verwischt werden können, unterließ es aber.

»Während der letzten Tage habe ich die Schatzkarte aus meinem Gedächtnis noch einmal zu Papier gebracht.«

»Warum erzählt Ihr ausgerechnet mir davon?«, fragte Richard skeptisch. Raleigh hatte keine hohe Meinung von ihm. Warum sollte ausgerechnet er nun von dem Geheimnis der Karte erfahren?

»Ich bin in die Neue Welt gesegelt, weil ich den Schatz für England finden wollte. Ich war fest davon überzeugt, dass nur unsere Nation es wert war, in den Besitz eines derart gigantischen Goldschatzes zu gelangen. Ich war ein Narr!«

Raleigh schnaufte verächtlich: »Eine Nation taugt immer nur so viel wie ihr Regent. Meine Königin ist tot, und ihr Nachfolger wird mich nächste Woche hinrichten lassen. Ein feiger, unsicherer König, der sich vor den Spaniern ins Hemd macht. Ich bin ein alter Mann, und meine treusten Weggefährten leben nicht mehr. Jene, die geblieben sind, haben sich als Verräter entpuppt. Was einst Querdenker und Mitglieder der School of Night waren, sind heute Mitläufer und Feiglinge.«

Richard horchte auf. Er hatte sich immer gefragt, ob es die geheime Vereinigung wichtiger Männer wirklich gegeben hatte. Die School of Night, eine Gruppe gelehrter Männer, Mathematiker, Astronomen, Geographen, Philosophen und Dichter, die sich angeblich rund um Raleigh versammelt hatten, um über Religion und Politik zu diskutieren und die Gesellschaft neu zu ordnen. Es hieß, sie hätten den Atheismus studiert, was de facto mit Hochverrat gleichzusetzen war. Wie konnte es sein, dass Raleigh mit all diesen Männern gebrochen hatte?

»Euer Gesicht verrät Eure Gedanken«, sagte Raleigh lachend.

»Keinem von denen, die noch leben, will ich diese Karte überlassen. Sie alle würden den Schatz für politische Intrigen nutzen. Macht, Einfluss und wieder Macht. Ich habe dieses Spiel endgültig satt.«

Richard verstand immer noch nicht, welche Rolle er in dem Spiel übernehmen sollte.

»Alle wollen diesen Schatz besitzen, der ihnen Macht garantiert. Ich selbst war nicht besser. Wäre mein Wunsch nach Einfluss nicht so groß gewesen, könnte ich noch ein paar Jahre zufrieden leben. Aber die feige Entscheidung eines armseligen Königs kostet mich nun mein Leben.« Raleigh spuckte auf den sauberen Fliesenboden.

»Doch solange ich noch atmen und denken kann, will ich verhindern, dass er oder einer seiner Männer jemals die Karte besitzen wird.«

Ein spitzbübisches Lächeln, das erahnen ließ, wie gutaussehend er einst gewesen war, stahl sich auf Raleighs Gesicht.

»Ihr seid ein Trinker, der abenteuerlustig genug ist, sich auf die Suche nach dem Schatz zu machen, und solltet Ihr ihn tatsächlich finden, weiß ich mit Sicherheit, dass Ihr keinerlei politische Ambitionen hegen werdet. Im besten Fall hört Ihr mit dem Saufen auf und kehrt zu Euerm früheren Leben zurück, im schlimmsten Fall gebt Ihr einen Teil des Goldes für Schnaps aus und schickt den Rest an Eure Familie.«

»Habt Ihr eine Idee, um wie viel Gold es sich handelt?«, fragte Richard vorsichtig.

Raleigh schüttelte den Kopf.

»Ich weiß nur, dass es ein riesiges Vermögen sein muss. Wenn Ihr den Schatz findet, werdet Ihr Julia zu einer reichen Frau machen und Euren Kindern und Enkelkindern ein gutes, sorgenfreies Leben ermöglichen.«

Raleighs Augen waren vom Alter trüb, aber sie strahlten immer noch Willensstärke aus.

»Ich will, dass Ihr in die Neue Welt segelt und dafür sorgt, dass weder Spanien noch die Niederlande, England oder gar die katholische Kirche in den Besitz des Goldes kommen. Und ich will, dass Ihr den Diener meiner Tochter mitnehmt: Tom Reasley!«

»Warum das denn?«, fragte Richard entsetzt.

»Um sicherzugehen, dass Ihr lossegelt und die Karte nicht bei der ersten Gelegenheit verkauft«, entgegnete Raleigh.

Richard schluckte hart. War er wirklich so leicht zu durchschauen? Seine Hände hatten aufgehört zu zittern, es hatte wohl keinen Sinn, zu protestieren. Er nahm den Bogen Papier entgegen und rollte ihn auf. Als Kind hatte er gelernt, wie man Karten las. Danach hatte er dieses Wissen selten angewendet. Aber er konnte dem Geflecht aus Linien und Symbolen das Bild einer Landschaft entnehmen. Richard erkannte Berge, Flüsse, Wälder und kleine Siedlungen, auch wenn er keinerlei Ahnung hatte, wo auf der Welt sich diese Landschaft befand.

»Die Karte hilft Euch erst weiter, wenn Ihr nach Altamira de Càceres gekommen seid«, erklärte Raleigh. »Die Eingeborenen nennen die Stadt Barinas, ein Wort, das für einen heftigen Wind während der Regenzeit steht.«

Richard hatte beide Namen noch nie zuvor gehört. Er kannte einige Städte auf dem Kontinent wie Paris, Antwerpen oder Barcelona vom Hörensagen beziehungsweise aus dem Lateinunterricht, der allerdings viele Jahre zurücklag. Selbst war er noch nie weiter als bis nach Stirling gereist, wo seine Mutter vor einigen Jahren verstorben war. Richard hatte noch nie ein großes Schiff betreten, und er hatte den Großteil seines Lebens in London verbracht. Dort hatte er, nachdem er das bescheidene Erbe seines Vaters für dessen Beisetzung ausgegeben hatte, zuerst als Händler, dann als Koch, als Gehilfe eines Schmieds, als Schreiber und schließlich, mit seiner Eheschließung, als Besitzer eines kleinen Wollladens gearbeitet. Wie sollte er bis ans andere Ende der Welt gelangen und diese Stadt, die den Namen eines Windes trug, finden?

Aber für Raleigh, einen Mann, der viele Jahre seines Lebens auf See gewesen war, schien diese Reise eine Kleinigkeit zu sein.

»Was bedeuten all die kleinen roten Kreuze auf der Karte?«, wollte Richard wissen.

»Sie zeigen Euch gefährliche Stellen an, denen Ihr ausweichen solltet. Wasserfälle, steile Klippen, Felsvorsprünge, tiefe Gräben ...«

»Die Karte ist von den Kreuzen übersät. Kann es sein, dass Ihr zu viele davon eingetragen habt?«, fragte Richard.

»Unsinn«, winkte Raleigh ab. »Ich habe mich auf die wichtigsten beschränkt.«

»Wie beruhigend«, meinte Richard, begann die Kreuze abzuzählen und hörte wieder damit auf, als er die Zahl dreißig erreicht hatte.

»Nutzt die wochenlange Überfahrt auf See und erlernt die spanische Sprache«, riet Raleigh. »Im südlichen Teil der Neuen Welt haben sich viele Spanier niedergelassen. Die Einheimischen haben in den letzten hundert Jahren die Sprache ihrer Eroberer übernommen.«

Richard wollte nicht Spanisch lernen, behielt es aber für sich. Er war sich nicht einmal sicher, ob er sich auf diese waghalsige Suche begeben wollte. Andererseits konnte er auf diese Weise vielleicht seiner Vergangenheit entfliehen. Er brauchte Geld, denn die Gläubiger saßen ihm im Nacken. Mit etwas Glück könnte diese Karte ihm einen Weg in ein besseres Leben zeigen.

»Wie viele Menschen wissen von der Existenz der Karte?«, fragte er.

»Mindestens zwei. Der Jesuit und jene Person, an die der Seemann die Karte verkauft hat.«

»Und was ist mit dem Seemann?«

»Wenn die Nachrichten meines Informanten stimmen, dann ist er tot.«

Richard unterließ es, nach dem Informanten zu fragen.

Raleigh saß nicht grundlos im Gefängnis, er hatte zeit seines Lebens an den Fäden der Macht gezogen. Jetzt hatte er sich darin verstrickt. Stattdessen stellte Richard eine Frage, von der er die Antwort zu kennen glaubte: »Starb er eines natürlichen Todes?«

Raleigh schüttelte den Kopf: »Und ich fürchte, er ist nicht der Einzige, der sein Leben lassen musste, weil er im Besitz der Karte war. Wie gesagt, alle wollen den Schatz finden, und es muss Euch klar sein, dass die Suche gefährlich wird. Irgendjemand hält das Original in den Händen, und wer weiß, vielleicht gibt es mittlerweile Abschriften. Wer also am schnellsten ist, gewinnt. Wie bei einem Hunderennen.«

Tierrennen, bei denen man auf den Sieger setzen konnte, waren ein Gebiet, auf dem Richard sich auskannte. Was ihm nicht gefiel, war, dass er nun einer der Hunde sein sollte.

»Weiß Julia von unserem Gespräch?«

Raleigh schüttelte entschieden den Kopf: »Nein, und sie darf auch nie davon erfahren. Es wäre zu gefährlich.«

Richard lachte: »Wie stellt Ihr Euch das vor. Was soll ich Julia erzählen? Sie wird glauben, ich will sie verlassen.«

»Nicht, wenn Ihr Tom mitnehmt. Es wird Euch etwas einfallen. Lasst Eure Fantasie spielen.«

Richard war anderer Meinung. Er kannte Julia und wusste, dass er ihr nicht so leicht eine Lügengeschichte auftischen konnte. Er hoffte auf Toms Einfallsreichtum.

Der Rotwein funkelte verlockend in der Kristallflasche, und Richard warf alle guten Vorsätze über Bord. Den tadelnden Blick Raleighs ignorierend, schenkte er unaufgefordert das leere Weinglas bis zum Rand voll, prostete dem alten Mann zu und trank es in einem Zug leer. Augenblicklich fühlte er sich besser, sein Zittern verschwand und die Selbstzweifel verflogen. Es konnte doch wirklich nicht so schwer sein, einen Schatz zu finden.

»Erzählt mir in Ruhe, wie ich es anstellen soll, in die Neue Welt zu kommen«, sagte er und zog seinen Mantel aus. Dann lehnte er sich entspannt zurück. Er wollte die Nacht dazu nutzen, um alles zu erfahren, was Raleigh bereit war zu erzählen.

Gran Canaria,

Oktober 1618

Janas Füße sanken knöcheltief im feinen weißen Sand ein. In jeder Hand trug sie einen ihrer Lederschuhe, gleichzeitig hielt sie den Rock ihres leichten Sommerkleides hoch, um nicht zu stolpern. Die Luft roch frisch und schmeckte nach Salz. Lachend lief sie auf die türkisblauen Wellen zu, auf denen winzige weiße Schaumkrönchen tanzten. Im regelmäßigen, sanften Rhythmus drängten sie rauschend an den Strand.

Jana drehte sich um. Conrad war nur eine Armeslänge hinter ihr. Gleich würde er sie eingeholt haben. Als sie einen weiteren Sprung nach vorne machte, spürte sie, wie seine Hand sich um ihren Oberarm legte. Augenblicklich geriet Jana ins Stolpern, ihre Schuhe fielen in den Sand, und kurz darauf landete sie ebenfalls auf dem weichen Untergrund. Sie zog Conrad mit sich.

Der Aufprall war sanft, wie der Kuss, der folgte. Jana wehrte sich nicht dagegen. Ganz im Gegenteil. Seine Lippen waren weich und salzig wie das Meer. Mit jeder Faser ihres Körpers drängte sie sich ihm entgegen. Bereitwillig ließ sie ihn das Oberteil ihres Kleides aufschnüren und seufzte zufrieden, als sie seine heiße Haut spürte. Ihre Körper bewegten sich im Rhythmus, der dem des Meeres glich. Aber Jana hörte weder das Rauschen der

Brandung noch die Schreie der Möwen, die über ihnen kreisten.

Sie sah die weißen, majestätisch dahingleitenden Tiere erst, als Conrad etwas später neben ihr in einen zufriedenen Halbschlaf sank. Sie selbst blinzelte in den wolkenlosen, tiefblauen Himmel und beobachtete die Vögel. In den letzten Wochen und Monaten hatte sie immer wieder Möwen gesehen, wie sie am Hafen neben den Fischerbooten hockten und gierig auf Abfälle warteten. Dann erschienen sie ihr plump, ungeschickt, viel zu groß und schwer, um mühelos über ihrem Kopf zu segeln. Dasselbe galt für ihre Schreie. An Land klangen sie in Janas Ohren schrill und unmelodisch. Sobald die Tiere aber in der Luft segelten, konnte sie sich keine verheißungsvolleren Laute vorstellen. Jana verband die Schreie der Möwen mit Meer, Freiheit und Abenteuer. Begriffe, die für gewöhnlich den Männern dieser Welt vorbehalten waren, aber Jana hatte in den letzten Monaten dafür gekämpft, auch ein Stückchen davon abzubekommen. In Conrad hatte sie einen Mann gefunden, der ihre unkonventionelle, ja skandalöse Art zu leben guthieß und sie unterstützte.

Sie hätte die Tiere noch Stunden beobachten können, aber der etwas kühler werdende Wind trieb ihr eine feine Gänsehaut über Arme und Rücken. Langsam suchte Jana ihre Kleidungsstücke wieder zusammen und zog sich an. Bevor sie ihr Oberteil zuschnürte, hielt sie für einen Moment das goldene Amulett ihres Vaters fest. Es wog schwer in ihrer Hand. War wirklich erst ein halbes Jahr vergangen, seit er es ihr nach Prag geschickt hatte? Jana konnte es kaum glauben. Ihr Leben hatte sich seither grundlegend verändert. Sie hatte sich von ihrem Verlobten Tomek getrennt und ihre Familie sowie eine Apotheke, die eines

Tages ihr gehört hätte, zurückgelassen. Sie hatte sich von ihrem besten Freund Bedrich verabschiedet und mit ihm ihre Vergangenheit endgültig hinter sich gelassen. Anschließend war sie an Conrads Seite quer durch Europa gereist, um das Geheimnis eines Buches zu enträtseln, das eng mit dem goldenen Amulett verbunden war. Als Jana ihre Reise begonnen hatte, hatte sie nicht geahnt, dass auch bestimmte Kreise innerhalb der Kirche das Buch besitzen wollten und dafür zu töten bereit waren. Man hatte Jana und Conrad einen gedungenen Mörder hinterhergeschickt. Jana erschauderte immer noch, wenn sie an das entstellte Gesicht ihres Entführers dachte. Aber all das lag nun hinter ihr, und schlussendlich hatten Jana und Conrad das Buch behalten und auch das Geheimnis enträtselt. Nur zu gut konnte Jana sich an Conrads Enttäuschung erinnern, als sich herausgestellt hatte, dass das Buch keine wissenschaftlichen Fragen beantwortete, keine neuen Erkenntnisse oder wichtiges Wissen barg, sondern zu einem der größten und wertvollsten Schätze der Welt führte, zu »El Dorado«, wie die Spanier ihn nannten. Conrad Pfeiffer war Arzt, ein Mann, dessen Religion die Wissenschaft war, der an die Logik und die Vernunft glaubte und davon überzeugt war, die Phänomene dieser Welt allein mit dem Verstand lösen zu können. Gold interessierte ihn nicht.

So als könnte er ihre Gedanken hören, blinzelte Conrad und richtete sich auf.

»Schade«, meinte er mit einem schiefen Lächeln. Dabei fiel ihm eine Strähne seiner rotblonden Haare ins Gesicht und bedeckte seine türkisblauen Augen. Auf seinen Wangen bildeten sich Grübchen und verliehen ihm ein jungenhaftes Aussehen.

»Was ist schade?«, wollte Jana wissen.

»Dass du dich schon wieder angezogen hast.«

Jana schüttelte lächelnd den Kopf und warf Conrad seine Hosen zu.

»Zieh dich lieber auch an, bevor jemand kommt und uns bei unserem unsittlichen Tun erwischt.«

»Wenn du mich endlich heiraten würdest, wäre es ganz und gar nicht unsittlich, sondern die Erfüllung unserer ehelichen Pflichten«, sagte Conrad. Er zog Jana erneut zu sich und beugte sich über sie. Jana schloss für einen Moment die Augen, dass ihre langen Wimpern ihre sonnengebräunten Wangen berührten.

Conrad küsste beide, ehe sie sie wieder öffnen konnte.

»Warum bleiben wir nicht einfach hier? Die Insel ist ein kleines Paradies. Die Winter sind milde und die Sommer warm. Es gibt Wasser und Früchte im Überfluss. Die Menschen sind freundlich, und du kannst jeden Tag frischen Fisch essen.« In Conrads Blick lag so viel Zärtlichkeit, dass es Jana schwerfiel, sich aus seiner Umarmung zu lösen. Dennoch richtete sie sich auf und schüttelte ihr Haar zurecht. Seit Tagen fürchtete sie, dass Conrad ihr diese Frage stellen könnte. Seine anfängliche Begeisterung über die bevorstehende Reise war längst abgeflaut. Reichtum war für Conrad kein erstrebenswertes Ziel. Solange er genug Geld zum Leben hatte, war er zufrieden.

Als die Santa Lucia, das Schiff, mit dem sie aus Lissabon gestartet waren, auf Gran Canaria angelegt hatte, war er fast erleichtert gewesen, und mit jedem Tag, den sie nun hier verbrachten, schien sein Wunsch nach der Reise in die Neue Welt kleiner zu werden. Jana hatte ihn beobachtet, wie er zwei Kinder einer altkanarischen Guanchen-

Familie behandelt hatte. Selten zuvor hatte er bei seiner Arbeit so zufrieden und glücklich gewirkt.

»Ich hoffe, du machst bloß einen Scherz!«, sagte Jana ernst. Für sie war diese Reise noch lange nicht zu Ende. Jana war fest entschlossen, den Schatz zu finden. In den letzten Monaten hatte sie zum ersten Mal im Leben erfahren, was Freiheit bedeutete. Als Frau war ihr diese bis jetzt von der Gesellschaft verweigert worden. Man hatte von ihr erwartet, dass sie heiratete, Kinder zur Welt brachte und einem Ehemann gehorsam war. Mutig hatte sie sich allen Zwängen widersetzt, und Conrad, der Wissenschaftler, der an die Vernunft im Menschen glaubte, hatte sie nach anfänglichem Zweifel schließlich darin bestärkt.

Nun seufzte er schwer. Eine heftige Welle schwappte bis zu ihnen und erfasste seinen Schuh. Rasch sprang er auf und fischte danach, ehe der Schuh in den Wellen verschwinden konnte. Als er zurückkam, nahm er seine Hose, schüttelte sie aus und schlüpfte hinein. Der Wind wurde stärker und rauschte durch die riesigen Lorbeerbüsche und hohen Palmen hinter ihnen. Als Conrad wieder angezogen war, ergriff er mit einer Hand Janas Kinn, mit der anderen ihre Hände und zwang sie, ihn anzusehen.

»Ich habe meinen größten Schatz bereits gefunden«, sagte er ernst und leise. Aber laut genug, dass seine Stimme vom Wind nicht verschluckt wurde.

»Ich brauche weder Gold noch Edelsteine. Wenn du nicht hier bleiben willst, können wir nach Bologna oder Genua gehen. Ich kann als Arzt arbeiten und einen Lehrstuhl an einer Universität annehmen. Niemand kennt uns dort, und keiner weiß, dass wir die Karte besitzen. Du kannst eine kleine Apotheke eröffnen, und wir werden viele glückliche Kinder in die Welt setzen.«

Bei seinen letzten Worten bildeten sich winzige Lachfältchen rund um seine Augen. Jana wurde heiß, sie wich seinem Blick aus. Eine eigene Apotheke, Kinder, Familie, ein Mann, der sie liebte. All das waren Dinge, die sie sich als kleines Mädchen gewünscht hatte, und sie war sicher, dass sie es eines Tages wieder haben wollte. Aber nicht jetzt. Nicht, solange sie nur die Hälfte des Geheimnisses rund um die Schatzkarte ihres Vaters gelöst hatte. Sie konnte unmöglich irgendwo ein ruhiges Leben führen, während die Schatzkarte in einer Truhe lag und darauf wartete, entdeckt zu werden. Entschieden schüttelte sie den Kopf.

»Mein Vater hat wegen der Karte sterben müssen, und wir zwei haben ebenfalls unsere Leben aufs Spiel gesetzt, um in ihren Besitz zu gelangen. Wir wissen nicht, was wir an dem Ort El Dorado finden werden. Vielleicht ist es Gold, vielleicht ist es etwas anderes, das so wertvoll ist, dass es geschützt werden muss. Denk an das Gift, das die Muskeln lähmt. Noch vor wenigen Wochen hättest du alles dafür gegeben, die Rezeptur zu erfahren.«

Als Conrad nichts erwiderte, fuhr Jana fort: »Das Einzige, was wir mit Sicherheit wissen, ist, dass es Menschen gibt, die bereit sind, dafür zu töten. Wer garantiert uns, dass der Mönch mit dem hässlichen Gesicht aus der Geheimen Bruderschaft nicht immer noch hinter uns her ist? Er würde uns finden, ganz egal wo du einen Lehrauftrag annimmst.«

Conrads Gesicht wurde ernst. Die Erinnerungen an Janas Entführung in Lissabon waren noch frisch. In diesem Punkt hatte sie recht. Die Kirche bestand nicht nur aus mildtätigen Nonnen und Mönchen. Es gab auch Männer, die nach Macht, Einfluss und Geld gierten. Sie hatte ihr

Netz über ganz Europa gespannt, und wenn sie jemanden finden wollte, dann würde es ihr gelingen. Solange Jana im Besitz der Karte war, würde man nach ihr suchen.

»Lass uns das Stück Papier verbrennen, dann sind wir es los und können von vorne anfangen.«

»Du willst die Karte verbrennen?«, fragte Jana fassungslos. »Nach all dem, was wir durchgemacht haben?«

»Wer weiß, was wir noch durchmachen müssen«, meinte Conrad.

»Seit wann fürchtest du dich vor einer Reise?«

»Es ist nicht die Angst vor einer wochenlangen, ungewissen Reise übers Meer mit einem Haufen stinkender, ungewaschener und ungebildeter Männer, viel zu wenig Essen und der Gefahr zu verdursten«, Conrad machte eine Pause. »Ich sehe einfach keinen Sinn in dem Ganzen. Warum sollen wir uns ungewissen Gefahren aussetzen, wenn wir in einer großen Universitätsstadt ein unbeschwertes und ausgefülltes Leben führen können? Wir können der Wissenschaft dort dienen, indem wir forschen und arbeiten. Die verdammte Karte bringt uns nur Ärger ein. Und du hast mir immer noch nicht die Frage beantwortet, wann du mich heiraten willst.«

Seine letzten Worte klangen trotzig, wie die eines kleinen Kindes. Die Mannschaft auf dem Schiff glaubte ohnehin, dass Jana und Conrad längst ein Ehepaar waren, denn der Kapitän hätte sicher keine unverheiratete Frau mit auf die Reise genommen. Warum dann also noch warten?

Auch jetzt ließ Jana Conrads Frage unbeantwortet. Sie stand schweigend vor ihm und starrte auf das offene Meer. Die Wellen kamen immer näher zu ihnen. Bei der nächsten würden ihre Füße nass werden. Jana blieb dennoch stehen und bewegte sich nicht. Nach einer schier endlosen Pause sagte sie: »Ich will wissen, was sich in El Dorado verbirgt. Was ist so wertvoll, dass dafür getötet wird?«

»Das wissen wir doch längst«, schnaufte Conrad verächtlich. »Gold. Es ist Gold und sonst nichts!«

»Und wenn es doch etwas anderes ist?«

Genervt verdrehte Conrad die Augen.

»Wenn du mich zwingst, mit dir nach Bologna zu gehen, und wir nicht wenigstens versuchen, den Ort zu finden, werde ich mein ganzes Leben unzufrieden sein und irgendwann vor Neugier platzen.«

Jana sah, dass Conrad weitere Argumente vorbringen wollte. Er biss sich auf die Lippen, fuhr sich durchs Haar und meinte schließlich verärgert: »Ich könnte es mir nie verzeihen, wenn du platzt.«

Jana fiel ihm um den Hals und küsste ihn auf die Nasenspitze. Sie kannte ihn gut genug, um zu wissen, wie schwer es ihm fiel, nachzugeben: »Du wirst die Entscheidung nicht bereuen. Sobald Don Miguel Valdiva seine Geschäfte erledigt hat, gehen wir wieder an Bord.«

»Ich hoffe, dass wir nicht mehr lange auf die Handelsschiffe aus Afrika warten müssen, denen Valdiva etwas abkaufen will. Denn je länger sich unsere Abfahrt hinauszögert, umso gefährlicher wird die Überfahrt werden. Wir haben bereits September«, meinte Conrad.

Jana machte eine beschwichtigende Handbewegung: »Ach was, Columbus ist ebenfalls im September von hier gestartet. Er hat in der großen Werft eines seiner Schiffe reparieren lassen. Die Pinta.«

»Woher weißt du das?«, fragte Conrad.

»Ich habe mich mit Valdiva unterhalten. Er hat mir versichert, dass die erwarteten Schiffe noch diese Woche eintreffen werden. Der Kapitän eines Handelsschiffs ist sein Schwager, und der will rasch weiter durch die Straße von Gibraltar segeln, um noch vor dem Winter wieder zu Hause zu sein, seine Frau erwartet ihr erstes Kind.«

Conrad neigte den Kopf zur Seite. »Hat der Spanier dir verraten, was sein Schwager Wertvolles transportiert?«

Jana schluckte hart, ehe sie sprach. Sie wusste, dass ihre Antwort Conrad nicht gefallen würde. Deshalb hatte sie es ihm bisher verschwiegen. Nun wurden ihre Worte beinahe vom Rauschen der nächsten Welle verschluckt, so leise sprach sie. Aber Conrad verstand sie trotzdem und wurde blass vor Entsetzen.

»Sklaven.«

Bereits am nächsten Morgen tauchten am Horizont zwei Handelsschiffe aus Nordafrika auf. Schon von weitem war zu erkennen, dass es sich um zwei schwere Galeonen handelte, die tief im Wasser lagen. Sie segelten hintereinander und steuerten direkt auf die Bucht Bahia de Gando zu. Jana und Conrad beobachteten ihr Eintreffen.

Sie saßen etwas abseits der Werft, auf einem langen Brett, das man auf zwei Holzblöcke gelegt hatte und das den Arbeitern während ihrer kurzen Pausen als Bank diente. Von hinten drang der scharfe Geruch heißen Pechs zu ihnen, das in einem der riesigen Öfen kochte. Die Arbeiter versuchten damit die Plankennähte der Schiffe möglichst wasserundurchlässig zu machen, dennoch musste während jeder großen Schiffsreise auf hoher See noch nachgebessert werden.

Jana hatte ihr Frühstück, bestehend aus getrocknetem Fisch und Brot, bereits aufgegessen, Conrad kaute immer noch lustlos an seiner salzigen Sardine.

»Die Schiffe sehen kleiner aus als die Santa Lucia«, bemerkte Jana.

Conrad schluckte einen Bissen seines Fischs und blinzelte aufs Meer. Die beiden Handelsschiffe verfügten über drei Masten, genau wie die riesige portugiesische Noa, mit der sie unterwegs waren, doch der Rumpf der Galeonen war deutlich schlanker und die Gesamtlänge der Schiffe kürzer.

»Einen schönen guten Morgen«, sagte eine tiefe Stimme hinter ihnen. Mario Servante, der Schiffslotse, war zu ihnen getreten. Es war schwer, das Alter dieses kleinen drahtigen Mannes zu schätzen. Die Jahre auf dem Meer hatten die Haut seines Gesichts wie Leder gegerbt, deshalb war nicht klar, ob die Falten eine Erscheinung des Alters oder ein Resultat von Wind, Sonne und Regen waren. Der spanische Lotse mit deutschen Wurzeln war mit Abstand der gebildetste Mann an Bord der Santa Lucia. Rangmäßig unterstand er dem Steuermann, dem direkten Vertrauten des Kapitäns, dennoch war er der Einzige auf der Santa Lucia, der fundierte Kenntnisse in Astronomie und Mathematik besaß. Er musste die Breitengrade messen und den Kurs des Schiffes immer wieder aufs Neue berechnen.

Servante war einer der wenigen Männer an Bord, der sich mit Jana und Conrad abgab. Alle anderen behandelten sie wie lästigen Ballast, der im Weg herumstand. Der Lotse schien die Gespräche mit Conrad, einem Mann der Wissenschaft, zu genießen. Die meisten Männer auf dem Schiff waren einfache Matrosen, die weder lesen noch schreiben konnten und ihr ganzes Leben auf dem Meer verbracht hatten. Viele von ihnen waren schon im frühen Kindesalter zum ersten Mal zur See gefahren. Das ertbehrungsreiche Leben auf dem Meer, die ständige Gefahr und die Naturgewalten, denen sie Tag für Tag ausgesetzt waren, hatten sie zu rauen, wortkargen Männern gemacht. Ganz anders Servante. Er ließ keine Gelegenheit aus, sich mit Jana und Conrad zu unterhalten. Manchmal fand Jana seine Neugier unangenehm und sein Interesse aufdringlich. Sie begann schon zu fürchten, er könnte etwas von der Schatzkarte ahnen.

Auch jetzt trat er eine Spur zu nah zu ihr und sagte: »Wenn alles nach Plan läuft, werden wir in den nächsten Tagen unsere Reise fortsetzen können.« Servante segelte bereits zum fünften Mal in die Neue Welt. Obwohl er ganz fürchterliche Geschichten erzählen konnte, von Matrosen, die im Sturm über Bord gespült wurden und ertranken, von Männern, die verdursteten, und von Piraten, die brutal ganze Mannschaften hinrichteten, wirkte er ganz erpicht auf die Überfahrt. Jana war sich nicht sicher, ob Servantes Geschichten alle stimmten oder ob er damit bloß Eindruck schinden und Angst einflößen wollte.

»Ihr scheint Euch auf die Fahrt zu freuen«, sagte Jana.

Servante wandte sich ihr zu, er stand nun eindeutig zu nah bei ihr. Er grinste: »Ich freue mich, weil es meine letzte Fahrt sein wird.«

»Ihr habt vor, in Amerika zu bleiben?«

Servante schüttelte den Kopf: »Nein, ich bleibe auf einer der wundervollen Inseln in der Karibik. Goldene Sandstrände, keine Winter mit Schnee und Eis, sondern immer Wärme und Sonnenschein. Früchte, von denen selbst die Menschen hier auf Gran Canaria bloß träumen können, und Frauen mit schwarzem, seidenem Haar, bronzefarbener Haut und Rundungen, wie jeder Mann sie sich erträumt.« Bei der letzten Bemerkung starrte er einen

Augenblick zu lang auf Janas Busen, und sie errötete. Unangenehm berührt trat sie zu Conrad, der scheinbar nichts von der Unterhaltung mitbekam. Er blickte aufs Meer hinaus und kaute immer noch an dem Fisch, der in seinem Mund mehr statt weniger zu werden schien.

»Das klingt sehr vielversprechend«, sagte Jana leise.

»Ich nehme an, Ihr wollt nicht auf Trinidad bleiben, sondern werdet weiter zum Festland reisen und dort Euer Glück versuchen?« Der Lotse sah Jana fragend an.

Sie nickte bloß.

»Es gibt tausend Möglichkeiten, in Amerika reich zu werden. Europäer besitzen Silberminen, Zuckerrohrplantagen, Bergwerke ...«

»Ich will nicht reich werden«, murmelte Conrad und überraschte Jana mit diesem Beleg, dass er dem Gespräch doch zugehört hatte.

Servante lachte, er hielt Conrads Bemerkung für einen Scherz.

»Die meisten Menschen, die ich bisher kennengelernt habe, sind nach Amerika gereist, weil sie sich Reichtum erhofften.«

»Wir segeln nach Amerika, weil mein Onkel dort eine Silbermine besitzt. Er braucht unsere Hilfe«, log Jana, ohne mit der Wimper zu zucken. Sie wollte Servantes Neugier ein für alle Mal beenden. Aber der Lotse fragte weiter: »Wo befindet sich die Mine?«

»In der Nähe von Barinas!« Wenn die Situation es erforderte, konnte Jana eine hervorragende Lügnerin sein. Nun drehte Conrad sich zu ihr um und sah sie belustigt an. Servante bemerkte es nicht und glaubte Janas Geschichte.

»Barinas«, wiederholte er. Vor seinem inneren Auge

schien eine Landkarte aufzutauchen. »Wir landen auf Trinidad, danach habt Ihr noch eine weite Reise vor Euch.«

»Wie viele Menschen können auf der Santa Lucia transportiert werden?«, fragte Conrad. Jana war sich sicher, dass er versuchte, das Interesse des Lotsen in eine andere Richtung zu lenken.

Seine Rechnung ging auf. Servante antwortete wichtig: »Eine Nao wie die Santa Lucia ist in etwa 27 Meter lang und 9 Meter breit. Für gewöhnlich haben darauf vierzig Seeleute Platz.«

»Was meint Ihr mit ›gewöhnlich‹?«, hakte Conrad nach.

»Diesmal werden es nur dreißig Seeleute sein, zwei Passagiere.« Er sah zuerst zu Jana, dann zu Conrad und ergänzte: »Und zwanzig Sklaven.«

»Das sind zwölf Menschen mehr als sonst«, schoss es aus Conrad heraus.

»Statt der Menschen transportieren wir sonst Vieh«, erwiderte Servante vorsichtig.

»Vieh, das Ihr in die Neue Welt bringt, oder Vieh, das während der Überfahrt gegessen wird?«

»Beides«, antwortete Servante ehrlich.

»Aber wie kann ein Schiff der Größe der Santa Lucia mit nur dreißig Seemännern gesteuert werden? Noch dazu, wenn deutlich weniger Lebensmittel, dafür aber mehr Esser an Bord sind?«, fragte Conrad.

Der Lotse zuckte mit den Schultern. »Kapitän Valdiva will sich eben ein gutes Geschäft nicht entgehen lassen. Billige Arbeitskräfte sind in der Neuen Welt rar. Die Konquistadoren haben in den letzten hundertfünfzig Jahren einen Großteil der Ureinwohner ausgerottet, und wen sie nicht erschlagen haben, den haben die Pocken erwischt. Jetzt fehlen den reichen Plantagenbesitzern die Männer, die ihnen das Zuckerrohr schneiden. Deshalb holen sie Schwarze aus Afrika. Mittlerweile ist ein guter Sklave so wertvoll wie ein Pferd.«

Jana gefiel der Vergleich nicht, behielt ihre Meinung aber für sich.

»Den Silberminenbesitzern geht es genauso. Die brauchen auch starke Männer, die ihnen die Edelmetalle aus den Bergen klopfen. Ihr könntet Euren Onkel überraschen und ihm einen kräftigen Sklaven mitbringen.«

»Einen Menschen als Geschenk?«, fragte Conrad entsetzt. Es fiel ihm sichtlich schwer, seine Meinung für sich zu behalten.

»Ihr werdet doch nicht glauben, dass der Onkel Eurer Frau ohne Sklaven arbeitet?« Servante zog misstrauisch die Augenbrauen hoch.

»Das hoffe ich sehr«, murmelte Conrad.

»Macht Euch doch nicht lächerlich. Schon die Römer haben Schwarze aus Afrika geholt und sie versklavt. Das ist das Natürlichste der Welt.«

»Das sehe ich anders«, erwiderte Conrad und setzte zu einem Vortrag über die Würde des Menschen an, an der Servante aber nicht interessiert war. Er unterbrach Conrad mitten im Satz und wandte sich Jana zu: »Sobald die Schiffe da sind, solltet Ihr zur Anlegestelle kommen. Der Verkauf hat große Ähnlichkeit mit einem Jahrmarkt und ist sehenswert. Vielleicht findet Ihr einen preiswerten Schwarzen und könnt den Kapitän dazu überreden, ihn gegen ein entsprechendes Entgelt mitzunehmen. Auch wenn Euer Mann anderer Meinung ist, Euer Onkel wird es Euch danken.«

»Wenn mein Onkel einen neuen Sklaven benötigen würde, dann hätte er uns davon geschrieben«, sagte Jana rasch, bevor Conrad noch einmal seine Meinung zum Thema Sklaverei kundtun konnte.

»Wie Ihr meint. Auf alle Fälle könntet Ihr Rodriguez unterstützen.« Nun sprach er wieder mit Conrad. »Als Schiffsarzt muss er die Sklaven untersuchen. Wenn Ihr ihm dabei helft, dann geht es schneller.«

Conrad verzog sein Gesicht zu einer Grimasse und brachte damit zum Ausdruck, was er von dessen Fähigkeiten hielt. Dabei war die Anwesenheit eines Schiffsarztes bei einer derart langen Reise beinahe so wichtig wie die des Kapitäns. Conrad und Rodriguez waren sich bereits auf der Fahrt von Lissabon auf die Insel in die Haare geraten. Einer der Matrosen hatte sich den Finger gequetscht, worauf Rodriguez ihn amputieren wollte. Conrad hatte sich ungefragt eingemischt und darauf bestanden, dass die Fleischwunde versorgt und der Finger geschient wurde. Der Matrose hatte nun immer noch zehn Finger, worüber er sehr dankbar war.

»Ich denke, Rodriguez sollte die Männer lieber allein untersuchen. Es wird noch genug Situationen geben, in denen ich mit ihm streiten werde.«

Jana seufzte. Sie fürchtete, dass Conrad recht hatte, und war froh, dass er sich diesmal nicht einmischen wollte.

Die Kanarischen Inseln dienten fast allen Schiffen, die nach Amerika unterwegs waren, als letzter Anlaufpunkt zum Auffüllen der Vorräte. Viele Kapitäne wählten die Bucht von San Sebastian auf der Grafeninsel La Gomera als Ankerplatz. Andere, wie Valdiva, entschieden sich für Gran Canaria. Erstaunlicherweise verfügte keine der Inseln über einen besonders großen Hafen. Im Vergleich zu Lissabon war Las Palmas mit seinen rund fünftausend

Einwohnern ein winziges Dorf. Im Hafen gab es eine Werft, einige Fischhändler, Tavernen und ein prächtiges Verwaltungsgebäude mit kleinen Balkons aus schwarzem Gusseisen. Hier trieb ein Beamter des Gouverneurs die Zölle und Abgaben für die spanische Krone ein. Um der Insel gesicherte Einnahmen zu garantieren, hatte Felipe II. bereits 1576 ein königliches Dekret erlassen, das den Sklavenhandel mit Amerika erlaubte. Aus diesem Grund landeten regelmäßig Lieferungen aus Afrika in Las Palmas. Im Moment lagen vier große Schiffe im Hafen. Also gingen die beiden Handelsschiffe aus Afrika außerhalb der Bucht vor Anker.

Jana hatte Conrad überredet, sie zum Hafen zu begleiten. Vielleicht hatten die Schiffe aus Afrika neben den Sklaven auch andere Waren an Bord, die sie zum Verkauf anboten.

Die beiden waren nicht die Einzigen, die die Neuankömmlinge erwarteten. Die Neuigkeit über die eingetroffenen Schiffe hatte sich wie ein Lauffeuer über Gran Canaria und die Nachbarinseln verbreitet. Hafenarbeiter und Bewohner aus dem Inneren der Insel sowie Plantagenbesitzer und reiche Adelige von den Nachbarinseln waren gekommen, um dem Spektakel beizuwohnen. Servante hatte erzählt, dass jeder Sklavenmarkt den Bewohnern der Inseln eine willkommene Abwechslung im anstrengenden und tristen Arbeitsalltag war. Der Verkauf von Menschen war besser als jedes Schauspiel und unterhaltsamer als Hahnen- oder Hundekämpfe. Außerdem war es der letzte Markt vor dem nahenden Winter. Setzten erst die Herbststürme ein, segelte kein vernünftiger Kapitän mehr Richtung Amerika.

Nun drängten sich Schaulustige und potenzielle Käufer

durch die engen Straßen von Triana, dem Arbeits- und Wohnviertel von Las Palmas, Richtung Hafen. Die Alten und Gebrechlichen saßen bei offenen Fenstern und reckten die Hälse, um ebenfalls nichts zu verpassen. Für ein paar Stunden schienen alle, die es sich leisten konnten, ihre Arbeit niederzulegen.

Jana und Conrad hatten sich einen Platz etwas abseits vom Kai gesucht. Von hier aus hatten sie einen freien Blick auf die zwei Handelsschiffe. Nachdem die Anker gesetzt waren, wurden kleine, flache Ruderboote zu Wasser gelassen. In den Booten befanden sich Männer. Einige davon ruderten. Wegen des zunehmenden Windes kamen die Ruderboote nur langsam voran und schaukelten wie Nussschalen auf den immer höher werdenden Wellen. Als die Boote endlich nahe genug waren, sah Jana, dass die Insassen im ersten Boot ordentlich gekleidet waren. Vermutlich handelte es sich um den Kapitän, den Steuermann und vielleicht auch den Lotsen der Schiffe. Sie trugen feine Kniebundhosen, dunkle Jacken und weiße Spitzkrägen sowie vornehme Hüte mit bunten Federn. In den Booten dahinter hockten einfache Matrosen und dunkelhäutige Gefangene, die meisten von ihnen waren nackt.

Endlich legte das erste Ruderboot an. Ein Hafenarbeiter half beim Befestigen der Taue. Geschickt stiegen die vornehm Gekleideten aus. Ganz offensichtlich genossen sie den Empfang, der ihnen bereitet wurde. Sie spazierten durch die Menschenmenge, als wären sie Könige oder Herzoge. Einige Schaulustige jubelten ihnen zu. Danach folgte das Boot mit den ersten Gefangenen. Ein untersetzter Seemann mit schmutzigem Hemd und ausgetretenen Stiefeln trieb die Schwarzen mit einem Stock aus dem Ruderboot. Er hatte kaum noch Haare auf dem Kopf und hinkte beim Gehen. Brutal schlug er mit einer Peitsche auf die Unglücklichen ein.

Nie zuvor hatte Jana Menschen gesehen, deren Gesichter dunkel wie die Nacht waren. Entsetzt stellte sie fest, dass die Gefangenen mit schweren Fußketten aneinandergefesselt waren. Ein junger Bursche, er konnte nicht älter als fünfzehn sein, geriet ins Straucheln und stürzte ins Wasser. Dabei zog er zwei weitere Männer mit sich. Augenblicklich sprang der Aufseher zu ihm, zerrte ihn hoch und schlug mit einem dicken Stock zuerst auf den nackten Rücken des Jungen, dann auf seinen Kopf. Der Hinkende schimpfte auf Portugiesisch. Jana fragte sich, warum der Junge nicht seine Hände über seinen Kopf legte, um die Heftigkeit der Schläge abzufangen. Doch sofort erkannte sie den Grund dafür. Seine Hände waren fest am Rücken zusammengebunden. Der Junge drohte erneut zusammenzusacken, da lehnte der Gefangene hinter ihm sich schützend vor ihn und nahm statt seiner die Schläge in Kauf. Der Mann wirkte kräftig, hatte auffallend breite Schultern und ausgeprägte Muskeln. Die Schläge schienen an ihm abzuprallen, auch wenn seine Haut aufplatzte und Blut über seine Schultern floss. Die Entfernung war zu groß, so dass Jana sein Gesicht nicht genau sehen konnte, aber sie hätte schwören können, dass es keinen Schmerz, sondern pure Verachtung für seinen Peiniger zeigte.

Während Conrad sich angewidert zur Seite drehte, konnte Jana ihren Blick nicht abwenden, sie war fasziniert von der aufrechten Körperhaltung des breitschultrigen Gefangenen. Der Mann schien über einen Stolz zu verfügen, den keine Peitsche der Welt brechen konnte. Woher nahm er die Kraft?

Nun wurden die Sklaven mit Stockhieben über den Kai

zu einem freien Platz am Hafen getrieben, die Menge tobte und jubelte. Es war, als würde man preisgekrönte Stiere, gebändigte Löwen oder Bären über einen Jahrmarkt hetzen. Kinder liefen neben dem Menschenzug her, lachten und applaudierten. Jana zog Conrad mit sich, der ihr nur widerwillig folgte.

Vor dem Verwaltungsgebäude der spanischen Krone hatte man einen Tisch, mehrere Stühle und ein kleines Podest aufgestellt. Nachdem der reichste Kaufmann der Insel, der gleichzeitig der spanische Gouverneur war, die beiden Kapitäne der Sklavenschiffe mit Erfrischungen begrüßt hatte, nahmen die Männer auf den Stühlen Platz. Die Familie Peraza, die Herzöge von La Gomera, hätte nicht feierlicher empfangen werden können.

Unterdessen führten die Matrosen die Gefangenen auf den freien Platz und ließen sie in ordentlichen Reihen aufstellen. Die potenziellen Käufer konnten nun von einem Sklaven zum nächsten gehen und sich von der Qualität der menschlichen Ware überzeugen, bevor die Männer einzeln auf das Podest gestellt und zum Kauf angeboten wurden.

Durch das Drängen der Menge waren Jana und Conrad ganz vorne gelandet.

»Ich habe genug gesehen«, sagte Conrad angewidert und wandte sich zum Gehen. Da drängte sich Kapitän Valdiva an ihm vorbei. Der Mann war beinahe so breit wie hoch und trug wie immer einen auffallenden Hut mit bunten Federn. Jana vermutete, dass er damit größer wirken wollte, als er tatsächlich war. Er trat als einer der Ersten zu den Gefangenen und schritt die Reihe der Gefesselten mit prüfendem Blick ab. Vor einem der Männer blieb er stehen, drehte sich mit suchendem Blick um und rief: »Rodriguez?«

Aber der Schiffsarzt antwortete nicht. Da erblickte der Kapitän Conrad und winkte ihn ungeduldig zu sich.

»Pfeiffer, Ihr seid Arzt. Ich brauche Eure Hilfe. Untersucht die Zähne des Sklaven, ich will nur erstklassige Ware kaufen«, sagte er und zwang den Mann vor sich, den Mund zu öffnen.

Conrad rührte sich nicht vom Fleck, sein Gesichtsausdruck war finster.

»Worauf wartet Ihr, Pfeiffer?«, fragte der Kapitän ungeduldig.

»Ich bin Arzt. Ich behandle Menschen, wenn sie krank sind«, zischte Conrad zwischen zusammengebissenen Zähnen. Jana war sich sicher, dass der Kapitän ihn nicht verstehen konnte, und das war gut, denn sie wollte nicht, dass Conrad bereits vor der Abreise Schwierigkeiten mit Valdiva bekam. Gerade als sie ihn darauf aufmerksam machen wollte, wurde Conrad unsanft zur Seite gedrängt. Es war der Schiffsarzt Doktor Rodriguez, der ihm einen Stoß versetzt hatte. Rodriguez war ebenso groß wie Conrad, aber deutlich kräftiger. Mit seinem glänzenden schwarzen Haar, dem sauber gestutzten Bart und den auffallend breiten Schultern war er ein gutaussehender Mann.

Er bedachte Conrad mit einem mitleidigen Blick und meinte abfällig: »So leicht besaitet wie Ihr seid, solltet Ihr lieber gehen. Sobald wir die zwanzig kräftigsten Männer ausgesucht haben, werden wir sie brandmarken.« Er zeigte mit dem beringten Zeigefinger seiner rechten Hand zu einer Feuerstelle, wo ein Schmied mehrere Eisenstangen bereithielt. An deren Enden waren unterschiedliche Zeichen befestigt.

»Ich nehme an, Euer empfindlicher Magen verträgt den

Geruch von verbranntem Menschenfleisch nicht, und wir wollen doch nicht, dass Euch schlecht wird. Vor allem nicht heute, wo ich so viel zu tun habe und mich nicht um Euch kümmern kann.«

»Bevor ich mich von Euch behandeln lasse, bitte ich den Schiffsjungen um Hilfe. Er hat mehr Ahnung von Medizin als Ihr.«

Rodriguez' Gesicht verfinsterte sich, und Jana schloss für einen Moment die Augen. Sie ahnte, was jetzt kommen würde. Warum konnte Conrad nicht einfach seinen Mund halten, sich umdrehen und gehen? Hatte er den Schiffsarzt nicht schon genug gedemütigt, indem er den Finger des Matrosen gerettet hatte? Aber Conrad setzte noch eins drauf und fuhr fort: »Und was die Gefangenen anbelangt: Ich werde mich hinterher um die sinnlosen Verbrennungen kümmern, die Ihr den Männern zufügt. Denn solltet Ihr die Verletzungen nicht versorgen, werden die Gefangenen an den Folgen der eitrigen Wunden elend zu Grunde gehen, und Kapitän Valdiva landet mit toten Sklaven in Trinidad.«

»Das werdet Ihr unterlassen«, zischte Rodriguez voller Zorn. »Ihr seid lediglich ein Passagier auf der Santa Lucia. Wenn Ihr mir noch einmal ins Handwerk pfuscht, werdet Ihr es bereuen. Ich lasse mich von Euch nicht zum Narren machen.«

»Das brauche ich nicht, denn Ihr …« Weiter kam Conrad nicht, denn Jana versetzte ihm nun einen so heftigen Stoß in die Rippen, dass er zusammenzuckte und sie verärgert anstarrte.

»Was …?«, fragte er.

Aber Jana schüttelte bloß den Kopf.

Rodriguez sah zuerst Jana, dann Conrad an, schnaufte

verächtlich und lachte schließlich laut. Dann drehte er sich um und folgte Valdiva, der bereits weitergegangen und vor einem besonders kräftigen Mann stehen geblieben war. Es war der Gefangene, der sich zuvor schützend vor den Jungen gestellt hatte.

»Mach den Mund auf«, befahl der Kapitän. Aber der Mann blieb regungslos stehen. Valdiva riss seinen eigenen Mund auf, um dem Gefangenen zu demonstrieren, was er von ihm wollte, doch der Mann tat so, als würde er ihn nicht verstehen. Da trat Rodriguez zu ihm und schlug dem Gefesselten mit einem Stock brutal in die Kniekehlen, dabei sah er aber nicht den Gefangenen, sondern Conrad an. Es war unschwer zu erkennen, wem der Schlag tatsächlich gegolten hatte. Augenblicklich sackte der Schwarze auf die Knie. Nun griff Rodriguez brutal in die kurzen krausen Haare des Mannes und riss seinen Kopf zurück. Valdiva nickte zufrieden und kniff den Kiefer des Sklaven zusammen, der Mund öffnete sich gegen dessen Willen. Wut blitzte in den dunkelbraunen Augen auf, aber keinerlei Angst.

»Seine Zähne sind in Ordnung«, sagte Valdiva, ließ den Kiefer los und stieß den Kopf unsanft nach vorne. Rodriguez starrte unterdessen immer noch zu Conrad, auf dessen Gesicht die pure Verachtung lag.

»Er scheint auch kräftig zu sein. Den werde ich kaufen«, meinte Valdiva.

»Kräftig schon, aber überheblich. Ein stolzer Sklave ist ein schlechter Sklave«, erwiderte Rodriguez und schlug dem Mann mit der flachen Hand ins Gesicht. Doch der Gefangene zuckte nicht einmal mit der Wimper, und er hielt weiter den Oberkörper aufrecht, als hätte nur eine lästige Fliege ihn berührt.

Nun drehte sich Conrad angewidert um und ging. Jana lief ihm hinterher. Sie konnte noch hören, wie Valdiva sagte: »Ich will ihn trotzdem. Er ist gesund und stark und wird gutes Geld bringen. Das allein zählt. Sollen seine neuen Besitzer sich mit ihm herumschlagen.«

Rasch bahnte sich Conrad einen Weg durch die Menge und blieb erst stehen, als sie außer Hörweite waren. Mit vor Wut funkelnden Augen drehte er sich zu Jana und fuhr sie an: »Was sollte das eben werden? Willst du, dass ich vor dem Quacksalber krieche? Oder vor dem Kapitän, der Menschen kauft, als wären sie Vieh?«

Traurig schüttelte Jana den Kopf: »Ich finde es genauso schlimm wie du. Aber wir werden an der Lage der Gefangenen nichts ändern. Ich will nur verhindern, dass du dir Rodriguez oder Valdiva zum Feind machst. Dieses Schiff ist das letzte, das vor dem Winter nach Amerika fährt, und wir wollen mitsegeln.«

»Du willst mitsegeln«, stellte Conrad in scharfem Ton richtig.

»Bis vor kurzem wolltest du auch.«

»Jana, du merkst nicht, wie die fixe Idee, diesen Schatz zu finden, dich blind und taub werden lässt. Lieber segelst du mit einem menschenverachtenden Kapitän, als dass du ein paar Monate wartest.«

Betroffen blieb Jana stehen.

»Das ist nicht wahr und nicht fair«, sagte sie leise. »Du weißt genau, wie schwierig es ist, einen Kapitän zu finden, der auch eine Frau mitnimmt. Es war ein Glück, dass Valdiva dazu bereit war. Alle anderen, die wir gefragt haben, haben abgelehnt, weil eine Frau an Bord angeblich Unglück bringt. Und was Rodriguez betrifft, so bist du mindestens ebenso schuld wie er, dass ihr euch in den Haaren liegt. Denn es vergeht kein Tag, an dem du ihm nicht vor Augen führst, dass du der bessere Arzt bist.«

»Ich bin der bessere Arzt!«, zischte Conrad.

»Das mag sein, aber warum musst du ihm das ständig zeigen? Wem musst du etwas beweisen?«

Nun wurde Conrad laut: »Hier geht es nicht darum, irgendjemandem etwas zu beweisen. Es geht um die Gesundheit von Menschen. Um einen Finger zum Beispiel, den ein Mann verliert oder behält.«

»Das stimmt, aber war es wirklich notwendig, Rodriguez so hinzustellen, als hätte er keinerlei Ahnung von Medizin?«

»Er hat keine Ahnung von Medizin!«

Verärgert verdrehte Jana die Augen. Es hatte keinen Sinn, Conrad schien nicht zu begreifen, was sie ihm sagen wollte. Manchmal konnte er richtig verbohrt sein. Schließlich drehte sie sich um. Sollte er doch mit dem Schiffsarzt oder dem Kapitän streiten, wenn er das unbedingt wollte. Sie wollte damit nichts zu tun haben. Für einen kurzen Moment war sie froh, dass sie Conrad noch nicht geheiratet hatte. Auch wenn die Mannschaft vom Schiff in diesem Irrglauben war.

Lissabon,

Oktober 1618

Abt Felipe saß auf einer Steinbank im Kreuzgang im Schatten seines Orangenbäumchens, das er vor einigen Jahren eigenhändig gepflanzt hatte. Aufmerksam lauschte er dem leisen Brummen der Insekten, die sich an den üppigen Spätsommerblumen erfreuten. Hinter ihm plätscherte ein kleiner Springbrunnen, und in den hohen Feigenbäumen sangen zwei Drosseln um die Wette. Die Bäume trugen immer noch ein paar der wunderbar süßen Früchte, die der Koch im Winter in getrocknetem Zustand zu einer herrlich cremigen Milchsauce servierte.

Der Abt liebte diesen Ort. Hierher zog er sich zurück, wenn er beten und Gott besonders nah sein wollte. Im Moment aber stellte sich das süße Gefühl entspannter Zufriedenheit nicht ein. Im Gegenteil: Felipe war ungewohnt nervös. Ein Besucher hatte sich angekündigt. Jemand aus dem Vatikan, der direkt dem Befehl des Heiligen Vaters unterstand. Ein Jesuit. Felipe fragte sich, was der Mann ausgerechnet von ihm, einem Hieronymiten, wollte. Die Hieronymiten waren ein kontemplativer Orden, die für ihre Sittenstrenge und hohe Bußfertigkeit bekannt waren. Man mischte sich selten in Politik ein und unterstützte die Regierenden bloß beim Büßen und Beten. Dass sich manche Könige dafür sehr erkenntlich zeigten, war eine nette Nebenerscheinung. So war die prunkvolle Ausstattung des Klosters der Großzügigkeit von König Manuel zu verdanken. Die prächtige Fassade des Gebäudes wies den typischen Baustil des Monarchen auf, dessen Regierungszeit vom Wohlstand geprägt gewesen war, weil Männer wie Vasco da Gama für volle Geldkassen gesorgt hatten. Es überraschte daher nicht, dass der König die Gebäude mit üppigen Steinarbeiten hatte verzieren lassen. Zahlreiche maritime Ornamente wie Schiffstaue, Anker oder Wellen waren überall zu finden. Felipe schätzte die Vielfalt an Figuren und Formen und konnte sich nicht daran sattsehen. Der Abt leitete das Kloster nun seit mehr als fünfzehn Jahren. Nie hatte es Beschwerden, Probleme oder Konflikte gegeben. Mit dem Heiligen Vater hatte er bloß freundliche, unverbindliche Briefe ausgetauscht – bis jetzt.

Ein feiner Windhauch wehte den aufdringlichen Geruch von Moschus zu Felipe. Der Duft war völlig unpassend für ein Kloster, erinnerte er doch an billige, zwielichtige Etablissements, die sich am Rande jeder Stadt befanden. Irritiert hob Felipe den Kopf und sah sich um. Am Ende des Kreuzgangs erblickte er eine verhüllte Gestalt, die geräuschlos auf ihn zukam. Das Gesicht war von einer dunklen Kapuze vollständig verdeckt. Es musste der angekündigte Besucher sein. Die Tracht der Hieronymiten bestand aus einem weißen Rock mit einer kleinen schwarzen Kapuze und einem ebenfalls schwarzen Skapulier. Niemand im Mosteiro des Jeronimos trug einen dunkelbraunen Mantel wie der Besucher. Etwas an den Bewegungen des Fremden war ungewöhnlich. Er zog eines seiner Beine nach. Direkt vor Felipe blieb der Besucher stehen.

»Ich grüße Euch, Bruder Felipe!«, sagte eine dunkle, wohlklingende Stimme hinter der Kapuze. Der Fremde zeigte sein Gesicht nicht; geschickt hielt er es hinter dem dunklen Stoff verborgen.

»Seid willkommen, Bruder ...?« Es war lange her, dass Felipe nicht mit seinem Titel als Abt angesprochen worden war. Er spürte Ärger in sich aufsteigen.

»Mein Name ist unwichtig«, sagte der Fremde. »Wie man Euch in einem Brief mitgeteilt hat, komme ich aus Rom. Ich vertrete die Interessen des Heiligen Vaters.«

»Tun wir das nicht alle?«

»Die einen mehr, die anderen weniger!«

Felipe wurde zunehmend misstrauisch. Irgendetwas stimmte mit diesem seltsam vermummten Mann nicht. Warum hielt er sein Gesicht verborgen?

»Könnt Ihr beweisen, was Ihr behauptet?«, fragte der Abt vorsichtig. Vielleicht war der Mann vor ihm ein Hochstapler und Betrüger, der sich bloß als Jesuit ausgab. Sein aufdringliches Parfüm hatte nichts Heiliges an sich.

Langsam schob der Fremde eine fingerlose Hand unter seiner Kutte hervor. Auf einem der vernarbten Stummel saß ein wertvoller Siegelring. Felipe erkannte das Wappen. Nur die engsten Vertrauten des Papstes besaßen dieses Schmuckstück. Der Mann vor ihm war ein Mitglied der Fraternitas Secreta, jener geheimen Bruderschaft, die im Auftrag des Papstes auch vor Mord nicht zurückschreckte.

Betroffen wandte Felipe den Blick ab. Ob der Mann seine Finger in einem Kampf verloren hatte? Die Narben waren rot und sahen noch sehr frisch aus. Sicher drückte der schwere Ring auf die noch dünne Haut und verursachte Schmerzen.

»In dem Schreiben, das ich erhalten habe, stand, dass Ihr etwas abholen wollt, das sich in unserem Besitz befindet. Aber wir Hieronymiten haben uns der Armut und dem Gebet verschrieben. Von dem, was außerhalb unserer Klostermauern geschieht, haben wir kaum Kenntnis. Ich kann mir beim besten Willen nicht vorstellen, womit wir Euch weiterhelfen können.«

»Armut?«, wiederholte der Fremde belustigt und drehte sich nach allen Seiten, ohne jedoch die Kapuze ein Stück zurückzuschieben. Es war, als wäre er gesichtslos.

»Die Pracht des Gebäudes täuscht«, beeilte sich Felipe mit einer Erklärung. Während er noch sprach, ärgerte er sich über sich selbst. Die Vermögensverhältnisse des Klosters gingen den Jesuiten nichts an.

»Keine Angst, Bruder, die Goldtruhen des Klosters werden unangetastet bleiben. Ich benötige Karten aus Eurer Bibliothek.«

»Karten? Welche meint Ihr?« Felipes buschige Augenbrauen schossen nach oben, auf seiner Stirn bildeten sich Falten. Erst letzten Monat hatte sein Bibliothekar eine genaue Bestandsaufnahme der klösterlichen Kartensammlung gemacht. Sie war außergewöhnlich umfangreich, und Felipe wollte ihren Wert auf keinen Fall geschmälert sehen.

»Es handelt sich um die Karten des Orinoco in der Neuen Welt und um die Reisetagebücher von Gonzalo Pizarro.«

Die Falten auf Felipes Stirn wurden noch tiefer: »Pizarro hat weder das Zimtland noch das legendäre El Dorado gefunden. Seine Karten sind wertlos.« Felipe wusste, dass die Karten dennoch mit Gold aufgewogen werden konnten.

»Überlasst mir die Entscheidung, was ich als wertlos betrachte.«

»Aber ich verstehe nicht …«

»Das braucht Ihr auch nicht.« Ungeduldig schnitt der Fremde Felipe das Wort ab. »Schickt einen Eurer Brüder nach den Karten und den Büchern, und ich werde auf der Stelle Euer Kloster verlassen und Euch Euren Gebeten überlassen.«

Aber Felipe war ein neugieriger Mann, der es außerdem nicht leiden konnte, wenn man ihn unterbrach oder zurechtwies. Er fragte sich, welchen Nutzen sich der Vatikan von den Karten und den Büchern versprach.

So als könne er die Gedanken hinter der gefurchten Stirn des Abtes lesen, sagte der Fremde düster: »Strengt Euren Kopf nicht an. Es ist besser, Ihr wisst so wenig wie möglich. Sonst geratet Ihr unnötig in Gefahr.«

Felipe ging auf die Drohung nicht ein, stattdessen fragte er: »Habt Ihr ein Schreiben des Papstes, das Euch berechtigt, die Karten mitzunehmen?«

»Ihr scheint mich nicht verstehen zu wollen. Ich komme direkt aus dem Vatikan und habe keine Zeit zu verlieren. Solltet Ihr mich unnötig aufhalten, wird es zu Eurem eigenen Schaden sein.«

»Wie wollt Ihr mir schaden?«, fragte Felipe, der nun wirklich verärgert über das unhöfliche Verhalten des Fremden war. Der Mann war ein Besucher und benahm sich, als wäre er selbst der Abt.

Ohne Vorwarnung schnellte die entstellte Kralle unter der Kutte hervor. Diesmal lag ein Messer darin. Die Klinge blitzte auf, und noch während Felipe sich fragte, wie der Mann mit der fingerlosen Hand ein Messer halten konnte, saß der kalte Stahl bereits an seinem Hals.

»Ihr seid ein kleiner unwichtiger Abt, den der Heilige Vater sofort austauschen kann. Wagt es nicht, Euch mir in den Weg zu stellen und meine Arbeit zu behindern«, sagte der Mann. Nun rutschte seine Kapuze nach hinten, und Felipe erschrak über den Anblick noch mehr als über die Klinge an seiner Kehle. Nie zuvor hatte er ein derart entstelltes Gesicht gesehen. Der Mann hatte keine Nase, und die Haut war seltsam vernarbt, so als hätte Säure die Oberfläche zerstört.

»Mein Gesicht stößt Euch ab?«, sagte der Fremde. Felipe glaubte in seiner Stimme mehr als nur Sarkasmus zu hören. Er wagte es aber nicht, dieses Gefühl zu deuten. Die Klinge des Messers ritzte die feine Haut an seinem Hals auf, und der erste Blutstropfen fing sich im Kragen seiner Kutte.

»Ich gebe Euch die Bücher und die Karten«, sagte Felipe.

Augenblicklich ließ der Druck der Klinge nach, während der Fremde einen Schritt zurücktrat. Die Kapuze bedeckte wieder das Gesicht, und Felipe war sich nicht sicher, ob er diese schrecklichen Narben tatsächlich gesehen hatte oder die Bilder bloß ein Streich seiner lebhaften Fantasie gewesen waren.

»Ich brauche außerdem einen Begleiter für meine Reise«, sagte der Jesuit. Nichts an seiner schönen Stimme deutete auf das entstellte Gesicht hin.

»Einen Begleiter?«, entfuhr es Felipe entsetzt. Musste er tatsächlich einen seiner Männer opfern oder zum Schluss selbst mit dem Fremden reisen?

Der Jesuit lachte. Offensichtlich konnte er in Felipes Gedanken lesen wie in einem offenen Buch.

»Einen einfachen Novizen. Niemand aus adeligem

Haus. Einen Jungen, der mir als Diener zur Hand gehen kann.«

Noch während der Jesuit sprach, tauchte vor Felipes innerem Auge ein Gesicht auf, dessen er sich schon lange entledigen wollte. Das war eine wundervolle Gelegenheit, sich von Bonifàcio zu verabschieden. Vor dem Sommer hatte man ihn dazu gezwungen, den schwachköpfigen Jungen im Kloster aufzunehmen. Nur zu gern hätte Felipe abgelehnt, aber das war nicht möglich gewesen, weil die Herzogin Peraza sich persönlich für den Burschen eingesetzt hatte. Er war das Kind einer ihrer Zofen, und Felipe hatte sofort verstanden, dass sie ihn auf elegante Weise hatte loswerden wollen. Und genau das würde er jetzt auch tun. Ein Schwachköpfiger hatte in seinem perfekten Kloster nichts verloren.

»Ich werde sofort nach einem Jungen rufen lassen, der noch nicht lange hier ist. Er ist das unglückliche Kind einer außerehelichen Beziehung. Niemand wird ihn vermissen.«

Ich am allerwenigsten, fügte Felipe in Gedanken hinzu und versuchte diesmal, sich seine Gefühle nicht vom Gesicht ablesen zu lassen.

Rasch ließ er den Bibliothekar kommen, einen alten Mann, der seit über vierzig Jahren die Schriften und Bücher des Klosters archivierte.

Mit gewohnt fester Stimme befahl er dem Mönch, die gewünschten Schriften zu holen. Noch bevor der alte Mann etwas erwidern konnte, schickte er ihn fort und ließ nach Bonifàcio rufen, doch der Junge war mit dem Koch auf dem Markt.

»Ihr könnt in der Zwischenzeit eine Erfrischung zu Euch nehmen«, schlug Felipe vor, der die wachsende Unruhe seines ungebetenen Gastes spürte. »Es wird etwas dauern, bis unser Bibliothekar die gewünschten Karten und Bücher gefunden hat. Er ist nicht mehr der Jüngste.«

Der Jesuit schüttelte den Kopf. »Ich habe Euch bereits gesagt, dass ich keine Zeit zu verlieren habe. Mein Schiff in die Neue Welt legt morgen ab, und ich habe noch eine Reihe von Vorbereitungen zu treffen. Schickt den Jungen mit den Karten und den Büchern zu dieser Adresse.«

Nun kam eine unversehrte Hand unter der Kutte hervor und reichte dem Abt einen Zettel, auf dem die Adresse einer Herberge stand.

Felipe nahm die Notiz entgegen. Es handelte sich um eine der besten Adressen der Stadt. Für gewöhnlich schlugen reiche Kaufleute dort ihr Quartier auf. Als er wieder aufblickte, hatte der Jesuit sich bereits umgedreht und sich ohne Abschied auf den Weg gemacht. Als er am Ende des Kreuzgangs angekommen war, hing der aufdringliche Moschusgeruch immer noch in der Luft.

Felipe starrte der vermummten Gestalt nach und fragte sich, warum der Mann ein entstelltes Gesicht, eine verkrüppelte Hand und ein steifes Bein hatte. Die möglichen Antworten, die er fand, beunruhigten ihn noch mehr.

Der Mann hatte gesagt, er wolle morgen abreisen. Die großen Schiffe legten alle frühmorgens ab. Wenn Felipe Bonifàcio dauerhaft loswerden wollte, sollte er ihn so spät wie möglich zu dem Jesuiten schicken, damit dem Mann nicht genug Zeit blieb, den einfältigen Jungen gegen einen anderen Novizen einzutauschen. Am besten der Junge kam direkt auf das Schiff.

Felipe grinste zufrieden und schnalzte mit der Zunge. Er würde dem Jungen nur einen Teil der Bücher und Karten mitgeben. Der Jesuit hatte keine Zahl genannt. Felipe hatte dieses Kloster zu Ansehen und Reichtum geführt, und er war nicht gewillt, eines davon schmälern zu lassen.

Sein Blick fiel auf die Feigen. Er würde den Koch bitten, die Milchcreme mit den letzten süßen Feigen zuzubereiten. Sicher schmeckte das Dessert auch mit frischen Früchten hervorragend. Er musste seinen nervösen Magen beruhigen und sich gleichzeitig dafür belohnen, den Jesuiten ausgetrickst zu haben. Und womit konnte man das besser als mit köstlichem Essen?

Atlantik

Oktober 1618

Zehn Tage waren sie nun auf See, und genauso lang hatten sie kein Land gesehen. Wasser, so weit das Auge reichte. Dort wo Himmel und Meer in satten Blautönen miteinander verschmolzen, lag irgendwo ihr Ziel. Aber je weiter sie segelten, desto unwahrscheinlicher erschien es, dass jemals eine Küste am Horizont auftauchen würde. Anfangs hatte die unglaubliche Weite Jana fasziniert, doch mit jedem Tag, den die Reise nun dauerte, empfand sie die schiere Grenzenlosigkeit als bedrohlicher.

Morgens ging die Sonne wie ein riesiger, orangeroter Feuerball am Horizont hinter ihnen auf, und abends verschwand sie ebenso spektakulär wieder im scheinbaren Nichts. War Jana die Santa Lucia im Hafen von Gran Canaria riesig erschienen, hatte sie jetzt das Gefühl, sich in einer winzigen Nussschale zu befinden, die den Kräften des Ozeans hilflos ausgesetzt war. Dabei hatte das Wetter es bis jetzt ausgesprochen gut mit ihnen gemeint. Die befürchteten Herbststürme hatten noch nicht eingesetzt.

Dennoch empfand Jana den Wind als zu heftig und das Schaukeln des Schiffs als beinahe unerträglich. Außerdem irritierten sie das peitschende Geräusch des Wassers und das Lärmen der Segel im Wind. Doch während Jana sich eine ruhigere Fahrt wünschte, war Kapitän Valdiva mit dem Wetter mehr als zufrieden. Die Winde trieben das Schiff zügig Richtung Westen. Er und seine Mannschaft waren das Schaukeln und den Lärm gewohnt. Die Männer schrien, um einander zu verstehen. Anders als bei Janas erster Schiffsfahrt verspürte sie diesmal kaum Übelkeit. Sie hatte aus den Erfahrungen gelernt und vermied es, unter Deck zu gehen. Auch nachts zog sie es vor, neben Conrad unter einer der Holzplanken am Rand des Schiffs zu schlafen. Der Gestank unter Deck wurde mit jedem Tag schlimmer. Um Trinkwasser zu sparen, betrug die tägliche Ration für Waschwasser einen halben Becher voll. Die meisten Männer verwendeten auch dieses Wasser nicht zum Waschen, sondern tranken es, sofern es nicht verdorben war. Läuse und Wanzen wurden zu einer entsetzlichen Plage, gegen die man sich nicht wehren konnte. Zuerst wollte Jana ihr Kleid mit Meerwasser waschen, aber dann erinnerte sie sich daran, dass der gute Stoff im Salzwasser eingehen würde.

Rasch stellte sich heraus, dass weder Conrad noch Jana die Reise untätig auf dem Schiff verbringen konnten. Auf Grund der reduzierten Mannschaft wurde jede Arbeitskraft benötigt. Jana machte sich in der Küche, die sich im vorderen Teil des Schiffs befand, nützlich. Hier wurde auf einer offenen Feuerstelle das Essen gekocht. Direkt neben der Feuerstelle stand der Amboss für den Schiffszimmermann, der für alle Ausbesserungsarbeiten am Schiff zuständig war.

Das Essen war in genaue Tagesrationen eingeteilt. Der Proviantmeister, José Fermosa, kontrollierte die Vorräte und bestimmte die Menge der ausgegebenen Lebensmittel. Den größten Teil der Nahrung an Bord bildete der Schiffszwieback. Der füllte zwar den Magen, aber schon nach kurzer Zeit setzte das Hungergefühl wieder ein. Fermosa war ein ordnungs- und gerechtigkeitsliebender Mann, der sein ganzes Leben auf dem Meer verbracht hatte und schon als Junge mit seinem Vater zur See gefahren war. Er verfügte über ausreichend Erfahrung und hatte den Proviant klug zusammengestellt. Neben Nüssen, Rosinen, Linsen und Bohnen gab es auch Sauerkraut, getrocknete Äpfel und merkwürdige, mehlige Knollen, die Jana auf Gran Canaria das erste Mal in ihrem Leben gesehen hatte. Die Spanier hatten die Knolle aus der Neuen Welt mitgebracht. Im rohen Zustand war sie ungenießbar, aber gekocht füllte sie den Magen und machte satt. Jeder Mann erhielt täglich einen halben Liter Wasser und einen ganzen Liter Wein. Mehr Flüssigkeit gab es nicht. Jana fühlte sich ständig durstig. Ihre Zunge klebte am Gaumen, und sie sehnte sich nach einem ganzen Krug voll frischem, klarem Gebirgswasser.

Viel schlimmer als der Mannschaft erging es den zwanzig Sklaven, die aneinandergekettet im finsteren Lagerraum unter Deck lagen. Sie bekamen zweimal am Tag einen halbvollen Becher Wasser und eine winzige Schüssel Linsen oder Bohnen. Schon nach drei Tagen auf See waren zwei der Gefangenen gestorben. Kapitän Valdiva hatte die Leichen der Männer einfach über Bord werfen lassen, ohne einen Gottesdienst oder auch nur eine religiöse Zeremonie.

Jana lief bei der Erinnerung an die leblosen Körper, die rasch in den Wellen verschwunden waren, immer noch ein eisiger Schauer über den Rücken. Entschieden schüttelte sie den Kopf, um das grausige Bild zu verjagen, und richtete ihren Blick zum Großmast in der Mitte des Schiffs. Hoch oben in einer Art Korb saß Riccardo, der

Schiffsjunge, den alle Rico nannten. Rico wusste selbst nicht genau, wie alt er war, seine Eltern hatte ihn im Hafen von Lissabon ausgesetzt, wo er zuerst bei einer Fischhändlerin und dann bei Kapitän Valdiva untergekommen war. Jana schätzte den Jungen auf etwa zehn Jahre. Aber er wirkte deutlich älter. Das Leben auf dem Schiff hatte ihn gezwungen, rasch erwachsen zu werden. Rico war ein ängstlicher Bursche, der in gebeugter Haltung übers Schiff lief und ständig den Launen der älteren Matrosen ausgesetzt war, die ihn nach Lust und Laune ohrfeigten. Sein Glück war seine schöne Singstimme. Damit konnte er abends die Mannschaft erfreuen und war für einige Stunden vor den Fußtritten der anderen sicher.

Für gewöhnlich war es Ricos Aufgabe, gemeinsam mit Jana zu kochen. Aber da er erst beim letzten Stundenglas in den Mast geklettert war, musste Jana die Aufgabe heute allein übernehmen. Das Leben an Bord war nach den Einheiten eines Stundenglases eingeteilt. Es dauerte eine halbe Stunde, bis der Sand von einem Glasbehälter in den anderen rieselte. Danach wurde wieder umgedreht. Jeden Mittag begann die Zeitmessung neu, damit keine Ungerechtigkeiten entstanden.

Jana blickte sich suchend um. Wo war Conrad? Als sie ihn das letzte Mal gesehen hatte, hatte er mit einem der Matrosen am Heck gestanden und sich erklären lassen, wie man die Geschwindigkeit des Schiffs maß. Fasziniert hatte er das Log, ein Holzscheit an einer Leine, ins Meer geworfen und die Leine mit den Knoten durch seine Hände laufen lassen. Jetzt war er nicht mehr dort. Sicher steckte er mit Servante zusammen und brütete mit ihm über einer der komplizierten Seekarten. Seit dem Streit auf Gran Canaria bemühte sich Conrad, dem Schiffsarzt

Rodriguez aus dem Weg zu gehen. Er hielt sich auffallend zurück und widmete seine Zeit dem Lotsen, um sein Wissen über die Schifffahrt zu erweitern. Aber ein Blick zum Kompasshaus, einem viereckigen Holzkasten, der sich im hinteren Teil des Schiffs befand, zeigte Jana, dass Conrad nicht bei Servante war. Der Lotse unterhielt sich mit dem Steuermann, nicht mit Conrad.

Gerade als Jana weitersuchen wollte, hörte sie Conrads Stimme. Er klang aufgeregt und verärgert. Offensichtlich war es mit seinen guten Vorsätzen vorbei. Diesmal stritt er nicht mit dem Schiffsarzt, sondern mit dem Kapitän.

»Wenn Ihr die Männer weiterhin angekettet im Laderaum liegen lasst wie Vieh, werden sie alle tot sein, bis wir in Amerika ankommen.«

Valdiva antwortete sichtlich verärgert: »In meinem Laderaum liegen keine Männer, sondern Sklaven.«

»Und sie werden sterben.«

Conrad stand hinter dem Fockmast. Sein Gesicht wurde verdeckt, aber Jana konnte sich die steile Falte auf seiner braungebrannten Stirn gut vorstellen.

»Zwei Gefangene haben eitrige Augenentzündungen. Diese Krankheit ist ansteckend und kann tödlich enden.«

»Woher wisst Ihr das?«, fragte Valdiva scharf.

»Ich musste den Männern gestern ihr Essen bringen.«

Valdiva zog überrascht die Augenbrauen hoch und meinte dann: »Doktor Rodriguez wird sich darum kümmern.«

Conrad schnaufte verächtlich: »So wie er sich um die entzündeten Brandwunden gekümmert hat?«

Wie Conrad es vorausgesagt hatte, war einer der Sklaven an den Folgen seiner Verletzungen gestorben.

Valdiva zögerte. Es war normal, dass ein Viertel der

Sklaven auf der Überfahrt starb. Dieser Verlust war ins Geschäft miteingerechnet, aber er wollte auf keinen Fall mehr verlieren.

»Was schlagt Ihr vor?«, fragte er.

»Ich werde die Augen der Männer mit Augentrost behandeln, und Ihr werdet ihnen mehr zu trinken geben. Zwei halbvolle Becher pro Tag sind zu wenig, sie brauchen mindestens zwei Becher, sonst verdursten sie.«

In dem Moment kam der Proviantmeister José Fermosa vorbei. Er hatte einen Teil des Gesprächs mit angehört und meinte ernst: »Ich habe täglich zwei Becher Wasser für die Sklaven eingeplant. Wenn die Schwarzen nicht genug trinken, trocknen sie aus. Ich bin vor Jahren mit einem Schiff gesegelt, auf dem eine ganze Ladung Sklaven verdurstete, den Anblick der Leichen werde ich nie vergessen.«

Dankbar über die unerwartete Unterstützung hakte Conrad nach: »Ihr solltet den Männern außerdem Bewegung ermöglichen.«

»Wie stellt Ihr Euch das vor?«, fragte Valdiva empört. »Soll ich die Sklaven etwa an Deck holen?«

»Ja, natürlich«, sagte Conrad. »Wenn die Männer die ganze Überfahrt eingepfercht im Laderaum liegen, werden sie bei der Ankunft nicht aufrecht stehen können. Ihr werdet nicht eine Kupfermünze für die Gefangenen bekommen.«

Jana, die immer noch unbemerkt zuhörte, wusste, dass Conrad sich nicht um den Geldbeutel des Kapitäns sorgte, sondern um das Wohl der Sklaven. Aber seine Worte zeigten augenblicklich Wirkung.

Valdiva kratzte sich das Haar unter seinem hohen Federhut und lenkte ein: »Meinetwegen. Die Sklaven werden täglich an Deck gebracht, und Rodriguez soll dafür sorgen, dass sie sich bewegen.«

Conrad hatte einen Schritt zur Seite gemacht, so dass Jana ihn nun sehen konnte. Er biss auf seine Unterlippe und wollte etwas erwidern. Aber für den Kapitän war das Thema erledigt. Er drehte Conrad den Rücken zu und ließ ihn einfach stehen. Kaum war Valdiva weg, entfernte sich auch Fermosa, und Jana trat zu Conrad.

Bevor Jana etwas sagen konnte, meinte er: »Erkläre mir bitte nicht, dass ich mich wieder in Dinge einmische, die mich nichts angehen.«

Jana lächelte: »Das wollte ich gar nicht. Ganz im Gegenteil. Ich finde es gut, wie du die Sache gelöst hast. Ganz ohne Streit und ohne jemanden zu beleidigen. Ich bin stolz auf dich!« Sie stellte sich auf die Zehenspitzen und küsste ihn auf den Mund. Seine Lippen waren rau und schmeckten nach Salz, so wie ihre eigenen.

Aber Conrad war anderer Meinung, verächtlich schnaufte er und blies sich eine Haarsträhne aus der Stirn. »Es ist bloß ein Tropfen auf dem heißen Stein. Ich habe noch nie gesehen, dass Menschen derart entwürdigend behandelt wurden.«

Wenig später forderte polternder Lärm Jana und Conrads Aufmerksamkeit. Die Geräusche kamen vom Achterdeck, wo Rodriguez wiederholt eine Peitsche auf den Holzboden knallen ließ. Aus der schmalen Luke krochen langsam und umständlich die Gefangenen. Sie mussten aufeinander Rücksicht nehmen, denn sie waren an Armen und Beinen zusammengekettet. Jana erschrak bei ihrem Anblick. Die Männer sahen noch erbärmlicher aus als beim Betreten des Schiffs. Einige waren bis auf die Knochen abgemagert. Mit eingezogenen Köpfen und hängenden Schultern standen sie da. Die wenigsten hatten einen kleinen Lendenschurz oder zerrissene Hosen. Die meisten waren nackt. Sie blinzelten, denn ihre Augen waren an Dunkelheit gewöhnt.

»Bewegt euch!«, herrschte Rodriguez die Männer an. Aber die drängten sich zusammen, als könnten sie auf diese Weise Halt finden.

»Ihr sollt euch bewegen!« Erneut knallte die Peitsche. Diesmal nicht auf den Boden, sondern auf den Rücken eines Gefangenen. Es war jener breitschultrige Mann, der Jana bereits auf dem Sklavenmarkt aufgefallen war. Er zuckte nicht mal, sondern drehte sich nur zum Schiffsarzt.

»Bleib stehen, du Dreckskerl!« Rodriguez sprang zurück und schlug mit der Peitsche zu. Es sah aus, als hätte er Angst vor dem großen gefesselten Schwarzen. Diesmal traf er den Mann im Gesicht. Augenblicklich platzte die Haut auf, und Blut tropfte von der Wange auf die Brust. Zum Glück hielt der Schwarze die Augen wegen der Sonne geschlossen, sonst hätte die Peitsche sein Augenlicht zerstört.

Aufgebracht drängte sich Conrad zum Geschehen.

»Ihr sollt die Männer nicht umbringen, sondern auf und ab gehen lassen, damit sie ihre Muskelkraft nicht verlieren«, zischte er leise.

»Seit wann gebt Ihr mir Befehle?« Rodriguez ließ erneut die Peitsche knallen. Diesmal wieder auf den Rücken des Schwarzen. Und diesmal zuckte der Mann zusammen ob der Heftigkeit des Hiebs.

»Hört auf mit der sinnlosen Quälerei«, forderte Conrad.

»Ich mache, was Kapitän Valdiva mir befohlen hat. Ich

nehme an, dass Ihr hinter der unsinnigen Anordnung steckt. Dabei hätte ich ganz gewiss andere Dinge zu erledigen als dreckige Sklaven übers Deck zu schicken.«

»Ihr könnt mir die Aufgabe überlassen.«

»Ha!« Rodriguez lachte humorlos auf. »Damit Ihr sie zu Tode streichelt?«

»Macht Euch nicht lächerlich!«

»Der Einzige, der sich hier lächerlich macht, seid Ihr, und nun geht mir aus dem Weg. Ich sorge dafür, dass sie sich bewegen. Den sturen Riesen werde ich in Ketten legen und im hinteren Laderaum einsperren lassen. Der Hochmut wird dem Kerl schon vergehen.«

Conrad rührte sich nicht vom Fleck, blieb stehen und starrte den Schiffsarzt aus schmalen Augen an.

»Es geht Euch doch gar nicht um die Gefangenen. Ihr wollt mir eins auswischen. Wie kindisch, dumm und ungerecht zugleich. Es zeigt bloß, wie erbärmlich Ihr seid.«

»Geht, bevor ich mich vergesse und die Peitsche versehentlich auf Eurem Rücken landet.«

Jana, die den Streit verfolgt hatte, trat zu Conrad, griff seinen Oberarm und versuchte ihn sanft wegzuziehen.

Aber Conrad war wütend und schüttelte sie ab. »Der Mann bringt die Gefangenen um!«, schrie er aufgeregt.

Jana schüttelte den Kopf: »Nein, er schlägt sie, aber er bringt sie nicht um. Das würde Kapitän Valdiva nicht zulassen.«

»Hört auf Eure hübsche Frau«, sagte Rodriguez mit öliger Stimme. Der Blick, mit dem er Jana bedachte, trug nicht dazu bei, Conrad zu beruhigen. Dann schnalzte er mit der Zunge und schlug noch einmal zu. Diesmal so heftig, dass der Sklave ins Wanken geriet und nur unter höchster Anstrengung aufrecht stehen blieb. Conrad machte einen Satz nach vorne, um Rodriguez die Peitsche aus der Hand zu schlagen, aber Jana war schneller. Sie schnappte erneut nach seinem Oberarm und zog ihn nun mit aller Kraft zurück. Um nicht zu stolpern, gab Conrad nach und ließ sich abdrängen.

Kaum waren sie außer Hörweite, zischte Jana verärgert: »Ich nehme alles zurück, was ich zuvor gesagt habe. Merkst du denn nicht, dass du die Lage noch schlimmer machst? Je mehr du ihn verärgerst, umso heftiger schlägt er zu.«

»Er darf diese Menschen nicht sinnlos quälen.«

»Conrad, wach auf! Er darf mit ihnen alles machen. Auch wenn es dir und mir nicht gefällt, die Gefangenen sind Sklaven. Wir können daran nichts ändern. Was du tun konntest, hast du bereits getan. Im Moment bringst du bloß uns beide in Gefahr. Denn Rodriguez ist kein Mann, der eine Beleidigung einfach hinnimmt.«

Conrads Gesicht spiegelte seine Gefühle wider. Rasender Zorn mischte sich mit hilfloser Ohnmacht. Er wollte etwas erwidern, aber es fiel ihm nichts Passendes ein.

Schließlich drehte sich Jana zur Seite und sagte: »Komm und hilf mir beim Kochen. Rico sitzt im Hauptmast und kommt frühestens in drei Stunden wieder runter, wenn die nächste Wachablöse ist.«

Aber Conrad hielt ihre Hand fest und hinderte sie am Gehen.

»Das nächste Mal schlage ich ihm den Schädel ein, und du wirst mich nicht davon abhalten.«

Jana lächelte müde: »O doch, das werde ich. Denn ich will nicht, dass sie dich hinterher den Haien zum Fraß vorwerfen. Es soll ein unschöner Anblick sein, all das Blut, wenn die Fische zubeißen.«

Gegen seinen Willen grinste Conrad.

»Bevor ich ihn erschlage, spucke ich ihm ins Essen.«

»Eine hervorragende Idee«, meinte Jana. »Und er wird ganz sicher nichts davon bemerken, denn die Bohnen, die wir heute verkochen, bewegen sich – sie sind voller Käfer und Maden.«

Sie ging Conrad voraus und hoffte, dass er ihr Gesicht nicht sehen konnte. Jana war alles andere als zufrieden. Natürlich wusste, sie, dass sie mit jedem ihrer Worte recht hatte, dennoch fühlte sie sich wie ein Feigling, und diese Vorstellung gefiel ihr ganz und gar nicht.

Das Unwetter kündigte sich am späten Nachmittag an. Dunkle Wolken türmten sich zu furchteinflößenden Säulen im Westen auf. Die Santa Lucia segelte direkt darauf zu. Kapitän Valdiva ließ die Segel einholen und gab den Befehl, alle losen Gegenstände mit Seilen festzubinden. Auf dem Handelsschiff befanden sich zwar keine Kanonen, die dafür vorgesehenen Öffnungen gab es dennoch. Sie mussten nun fest verriegelt werden. Dem Sturm auszuweichen war unmöglich und das Unheil nur noch wenige Stunden von ihren entfernt. Während hektisch die letzten Vorbereitungen getroffen wurden, wuchs die Nervosität der Mannschaft.

Kurz vor Sonnenuntergang setzte schließlich der Sturm mit einer Heftigkeit ein, die selbst die erfahrensten Matrosen zum Beten veranlasste.

Auch Jana, die seit Monaten keinen ordentlichen Gottesdienst mehr besucht hatte, murmelte verzweifelt jene Gebete, die sie als Kind hilfesuchend an Gott geschickt hatte. Sie kauerte unter dem Achterdeck und klammerte sich mit einer Hand an einem Balken, mit der andern an Conrad fest. Erinnerungen an ein Schiffsunglück vor Santiago de Compostela zogen an ihrem inneren Auge vorbei. Damals hatten sie und Conrad sich ans Festland retten können. Doch wohin konnten sie jetzt, sollte die Santa Lucia sinken? Das Schiff befand sich irgendwo mitten auf dem Atlantik, weit weg von jedem Festland. Rundherum toste das Wasser und schwappte eiskalt von allen Seiten über die Planken der Nao. Einer Feder gleich wurde die Santa Lucia hin und her gerissen. Steuermann und Kapitän hatten jede Kontrolle verloren. Die Ruderpinne war dem Sturm ausgeliefert, und kein Mensch hätte sie halten können.

Jana drehte sich um und sah, wie eine riesige Welle sich aufbaute, sie erfasste die Nao und trieb sie in schwindelerregende Höhe. Kurz darauf fiel das Schiff und landete krachend auf dem schäumenden Wasser. Die Welle, die das Schiff eben noch mitgenommen hatte, schlug nun mit voller Wucht darüber zusammen.

Ein Matrose schlitterte über Deck und stürzte über Bord. Augenblicklich verschwand er in den schwarzen Wellen. Zwei weitere Männer versuchten sich am Hauptmast festzuhalten, ein älterer Matrose band ein Seil um seinen eigenen Leib.

Das Tosen des Sturms stieg zu einem infernalen Lärm an. Bilder der Apokalypse schossen Jana durch den Kopf. Als Kind hatte sie ihre Tante in eine katholische Kirche begleitet. Dort hatte sie Darstellungen des Weltuntergangs gesehen. Der Künstler hatte Teufel, Monster und die Sintflut gemalt. Keines der Bilder konnte mit dem mithalten, was Jana eben erlebte. Es kam ihr lächerlich vor, dass sie sich damals davor gefürchtet hatte.

Beinahe alle Geräusche auf dem Schiff wurden vom Sturm geschluckt. Meerwasser klatschte in Janas Gesicht. Es war eisig, aber sie spürte die Kälte nicht. Als sie die Augen wieder öffnete, brannte das Salzwasser darin, und sie war für einen Moment blind. Mit klammen Fingern rieb sie über die Lider. Neben ihr schrie ein Matrose auf. Als Jana wieder etwas sah, konnte sie nur seinen offenen Mund und sein schmerzverzerrtes Gesicht sehen, sein rechter Unterarm stand in einem unnatürlichen Winkel vom Körper ab. Seine Schreie wurden von einer neuen Sturmbö geschluckt.

Plötzlich landete ein Rundholzteil neben Jana. Es war ein Stück vom Fockmast. Das Teil rollte über Deck und verfing sich in einem Netz. Der Rest des Mastes hing abgeknickt wie ein dünner Strohhalm über ihr und drohte ebenfalls herunterzukommen. Daneben baumelten zwei Seile, die sich gelöst hatten und nun unkontrolliert durch die Luft peitschten. Jana duckte sich, um nicht davon getroffen zu werden. Sie hielt sich dicht am Boden.

Da ging ein Ruck durch das Schiff, so als wäre das Schiff gegen etwas gestoßen, aber es gab weit und breit nichts als Wasser. Jana konnte sich nicht mehr festhalten, Conrad rief ihren Namen und streckte seinen Arm nach ihr aus, aber Jana schlitterte von einer Seite des Schiffs zur anderen. Mit voller Wucht knallte sie gegen ein Holzfass. Ihre Schulter schmerzte, hoffentlich hatte sie sich nichts gebrochen. Janas neuer Platz glich einer kleinen Nische, in der sie sich verkriechen konnte, ohne erneut weggerissen zu werden. Zeitgleich mit dem Ruck hatte sich vom Achterdeck eine Truhe aus der Befestigung gelöst. Sie rutschte nun den Stufen entgegen. Jana sah, dass am Ende der Stufen Fermosa stand. Sie schrie ihm eine Warnung zu, aber ihre Worte wurden vom Sturm geschluckt. Krachend kippte die Truhe direkt auf den Proviantmeister. Der Mann schrie so laut, dass seine Stimme für einen kurzen Moment den Kampf gegen den Sturm gewann. Gleich darauf schwieg er und blieb in gekrümmter Haltung liegen. Jana suchte nach Conrad. Er hockte auf der anderen Seite des Schiffs und hatte den Unfall ebenfalls mit angesehen. Nun rappelte er sich hoch und kroch auf allen vieren zu Fermosa. Seine nassen Haare hingen ihm tief in die Stirn, er wischte sie mit dem Handrücken zur Seite.

Jana wollte ihn aufhalten. Es war sinnlos, dass er zu dem Mann kroch. Fermosa war mit Sicherheit tot. Aber Conrad war schon unterwegs, bloß ein paar Schrittlängen von Jana entfernt. Plötzlich hielt auch sie es in ihrer Nische nicht mehr aus. Sie wollte zu Conrad. Der Gedanke an seine Nähe weckte ein Gefühl von Sicherheit, die es auf dem Schiff nicht gab. Jana zitterte vor Kälte und Angst. Entschlossen folgte sie Conrad. Aber der Sturm zerrte an ihrem triefnassen Kleid und drückte sie gegen die Spanten. Sie stieß sich mit beiden Händen ab und spürte, wie ihre Haut über das nasse Holz rutschte. Jana geriet ins Straucheln und stürzte. Ungeschickt fing sie sich mit dem Unterarm auf und bemerkte zu spät, dass sie auf einem metallenen Gegenstand gelandet war. Augenblicklich durchzuckte sie ein stechender Schmerz. Der spitze Haken bohrte sich tief in ihren Unterarm. Ihr wurde schwindelig. Zum Pfeifen und Toben des Windes kam nun auch noch das Rauschen ihres eigenen Bluts in den Ohren. Ihr wurde übel. Mit der unverletzten Hand zog sie den Haken heraus. »Nur nicht hinsehen«, dachte sie verzweifelt. Jana spürte, wie warmes Blut sich mit eiskaltem Wasser mischte. Salzwasser lief ihr in Strömen über Kopf, Hals und Arme. Mit der unverletzten Hand riss Jana ein Stück ihres Unterrocks aus ihrem Kleid und wickelte den nassen Stoff um die Wunde. Der Schmerz dehnte sich auf ihren ganzen Körper aus. Augenblicklich färbte sich der Stoff rot. Für einen Moment blieb sie am Boden hocken, legte die Stirn gegen die Knie und versuchte ruhig durchzuatmen. Ihr Puls pochte in den Schläfen und im verletzten Unterarm. Mit jedem Atemzug schien ein neuer Blutschwall aus der Wunde zu strömen.

In dem Moment wurde das Schiff zur Seite gerissen, und Jana rutschte erneut gegen die Spanten. Diesmal krachte sie mit der anderen Schulter dagegen. Wo war Conrad? Sie schaute sich suchend um und entdeckte ihn beim Proviantmeister. Verzweifelt kroch sie zu ihm. Sie wollte nicht allein sterben, sondern von Conrad gehalten werden, wenn die nächste Riesenwelle das Schiff erfasste und unter sich begrub.

Als Conrad Jana bemerkte, schüttelte er den Kopf und schrie etwas, das Jana nicht verstehen konnte. Er bedeutete ihr mit beiden Händen, wieder zurückzukriechen. Aber die Warnung kam zu spät. Jana hatte den zertrümmerten Kopf bereits gesehen. Nichts an dem entstellten Gesicht erinnerte noch an Fermosa.

Erneut krachte Holz. Jana konnte nicht erkennen, woher das Geräusch kam. Vielleicht war der Hauptmast gebrochen. Plötzlich war Conrad an ihrer Seite und nahm sie in den Arm. Für einen Moment fühlte sie sich sicher, sie spürte die Wärme, die von ihm ausging. Wenn sie jetzt sterben musste, dann in Conrads Armen.

»Jana, dein rechter Unterarm ist voller Blut«, schrie Conrad entsetzt und schob Jana auf Armlänge von sich weg, um die Wunde anzusehen. Aber Jana wollte nicht auf

Abstand gehalten werden, sie wollte sich an Conrads Schulter lehnen.

Ihr notdürftiger Verband hatte sich gelöst, und nun fiel auch Janas Blick auf die hässliche Fleischwunde. Sie wollte die Sache mit dem Haken erklären, aber in dem Moment wurde das Surren in ihren Ohren lauter als der Sturm. Vor ihren Augen tauchten schwarze Kreise auf, die langsam größer wurden. Das Letzte, was sie vom Sturm mitbekam, waren Conrads Arme, die sie auffingen und daran hinderten, mit dem Kopf auf die Holzplanken zu prallen.

Plymouth,

Oktober 1618

Richard Walton schaute ein letztes Mal zurück zur Hoe, dem Hügel, auf dem er eben noch gestanden hatte, um den Hafen von Plymouth, eine Ansammlung kleiner, grauer Steinhäuser mit ungewöhnlich bunten Fensterläden und Türen, zu überblicken. Angeblich hatte Sir Francis Drake dort in Ruhe sein Bowls-Spiel beendet, bevor er die Spanische Armada besiegte.

Richard hatte nicht vor, gegen die Spanier in den Krieg zu ziehen, aber er war mindestens genauso nervös und versuchte ebenso gelassen zu sein wie Drake. In wenigen Stunden würde die Anne Rose, ein dreideckiges, englisches Linienschiff, ablegen und Richtung Amerika segeln. Alles, was Richard mit sich führte, waren ein altes Schwert, das er günstig bei einem Schmied in London erstanden hatte, wobei er nicht einmal wusste, wie er die Waffe führen sollte, sowie ein paar Kupfermünzen. Raleighs Karte und einen Beutel voll Goldmünzen trug Tom bei sich. Anfangs hatte Richard sich dagegen gewehrt, dass der Diener seiner Frau ihn begleitete. Lieber wäre ihm gewesen, der Mann wäre bei Julia geblieben, hätte sie beschützt und versucht, alles Böse von ihr und den Kindern fernzuhalten, so wie er es in den letzten Jahren getan hatte. Aber je näher der Abreisetag rückte, umso dankbarer war er für die Begleitung, auf der Raleigh bestanden hatte.

Tom hatte Julia eine Lüge von einem kinderlosen entfernten Verwandten Richards erzählt, der eine Zuckerrohrplantage besaß. Hätte Richard es mit der haarsträubenden Geschichte versucht, hätte Julia kein Wort geglaubt, aber aus dem Mund ihres Dieners nahm sie jedes Wort für bare Münze. Als er sich von ihr und den Kindern verabschiedet hatte, war sie tapfer gewesen. Für einen Moment hatte Richard gefürchtet, dass sie erleichtert war, ihn loszuwerden. Er hätte es ihr nicht verdenken können. Aber als er an der Ecke zur Green Street sich noch einmal umdrehte, sah er, wie sie mit einem Taschentuch ihre Augen trocknete. Der kleine Martin in ihrem Arm und die etwas größere Mary an ihrem Rockzipfel weinten hemmungslos. Es war durchaus möglich, dass sie traurig gewesen war, weil die Kinder geheult hatten.

Nun war Richard mit Tom Reasley unterwegs. Der Mann war klein und untersetzt. Er hatte karottenrotes Haar und ein Gesicht, das an einen Kobold erinnerte. Tom stammte aus Irland, war überzeugter Katholik und sprach in dem typischen langgezogenen Dialekt der Inselbewohner. Richard machte sich über seine Aussprache lustig, dabei stammte seine eigene Mutter aus Schottland. Tom war um einige Jahre älter als Richard und arbeitete für Julia, seit sie ein Mädchen und er selbst noch ein Bursche gewesen waren. Er hatte Sir Walter Raleigh gekannt und Julias Mutter. Tom sah in Richards Frau eine Art Tochterersatz. In fast selbstzerstörender Aufopferung sorgte er für Julia. Seit Richard regelmäßig trank, machte er kein Hehl daraus, was er davon hielt. Richard war ihm deshalb nicht böse, aber sein Verhalten ändern konnte er auch nicht. Die bevorstehende Reise war für beide Männer eine Herausforderung.

»Master Walton, wir sollten nun wirklich an Deck gehen, sonst läuft die Anne Rose noch ohne uns aus«, sagte Tom und winkte Richard nervös zu. Der kleine Mann mit der etwas zu breiten Nase war nicht nur loyal, sondern auch verlässlich und immer pünktlich. Im Unterschied zu Richard wollte er schon Stunden vor dem Auslaufen des Schiffs an Deck sein. Richard hingegen hätte den Abschied vom Festland gerne noch hinausgezögert.

»Tom, findest du nicht auch, dass es viel vernünftiger wäre, hier zu bleiben. Plymouth ist eine hübsche, geschäftstüchtige Stadt. Sicher finden wir in einer der Tavernen einen Käufer für Raleighs Karte. Mit etwas Glück reicht das Geld, um die Gläubiger zufriedenzustellen.«

Entrüstet schüttelte Tom den Kopf.

»Master Walton. Ich hoffe, dass das Aqua Vitae Euren Verstand verwirrt hat und Ihr nicht wirklich so denkt«, sagte der Ire streng. Der Mann hatte keinen Sinn für Humor. Richard seufzte ergeben. Er betrachtete neugierig den Reisesack, den Tom mit sich schleppte. Richard wusste, dass sich Raleighs Karte und ein Sack voll Münzen darin befanden. Keine Englischen Crowns, die seit Edward VI. auch als Silbermünzen geprägt wurden, sondern Spanische Reales, die hier in England »Piece of Eight« genannt wurden. Sie verfügten über Teilungslinien, mit denen man die Münzen im Bedarfsfall tatsächlich teilen konnte. Diese Münzen waren die übliche Währung in der Neuen Welt. Doch was trug Tom sonst noch bei sich?

»Was zum Teufel ist in dem Sack? Es sieht ja so aus, als würdest du deinen ganzen Hausrat mittragen.«

Überrascht blieb Tom stehen und zog beide buschigen Augenbrauen hoch.

»Kein Grund, den Teufel zu nennen!«, ermahnte Tom. Dann fügte er hinzu: »Ich trage nur das Wichtigste mit mir.«

»Und das wäre?«, wollte Richard wissen.

»Ein scharfes Messer, einen Holzlöffel, einen Becher, Verbandszeug, Zündzeug, Ersatzkleidung, ein Stück Seife, ein paar Silbermünzen, Nadel und Faden, eine warme Decke und ...«, er machte eine Pause, bevor er weitersprach, »... eine Bibel.«

»Du schleppst eine Bibel mit?«, fragte Richard fassungslos. Alle anderen Dinge fand er durchaus vernünftig. Aber eine Bibel? Hatte Tom etwa vor, jeden Abend mit ihm zu beten? Richard selbst hatte seinen Glauben an Gott vor Jahren verloren, und das wusste Tom.

»Nun gut«, sagte er schulterzuckend. »Vielleicht heitert uns ein gereimtes Vaterunser oder ein in Rätsel verpacktes Ave-Maria auf hoher See auf. Wer weiß!«

Toms Gesicht verfinsterte sich, doch er erwiderte nichts. Stattdessen wies er grinsend auf das einfache Holzbrett, das die Anlegestelle mit dem Schiff verband. Richard wurde schlecht. Qualvoll erinnerte er sich daran, wie er als Kind über ein Brett balancieren musste und kopfüber in einem Jauchefass gelandet war. Hätte sein älterer Bruder ihn nicht gerettet, wäre er im Dreck erstickt. Er blickte ins trübe, schmutzige Wasser, wo die Abfälle der Stadt schwammen, und überlegte, was wohl mit all den Menschen passierte, die beim Überqueren des Brettes dort hineinstürzten. Holten die Seeleute sie lachend heraus, oder ertranken sie, noch bevor sie das Schiff je betreten hatten? Kein ruhmreicher Tod, aber wer konnte sich das schon aussuchen?

Vorsichtig betrat Richard das Brett und setzte einen Fuß vor den anderen. Die Holzlatte federte unter jedem seiner Schritte. Richard hielt die Luft an und wünschte, er hätte mehr Aqua Vitae getrunken. Aber nun war es zu spät. Ohne nach unten zu blicken, ging er weiter, die Arme hielt er weit vom Körper gestreckt. Kurz bevor er das Schiff erreichte, verlor er das Gleichgewicht, geriet ins Trudeln, konnte jedoch rasch noch zwei weitere hastige Schritte machen und sprang erleichtert an Deck der Anne Rose, wo der erste Steuermann ihn grinsend begrüßte. Richard schloss für einen Moment die Augen. Er war nicht ins Wasser gefallen, er konnte mit sich selbst zufrieden sein.

»Das erste Mal auf einem Schiff?«, fragte der drahtige Mann, der, wie sein Grinsen offenbarte, nur noch drei Zähne im Mund hatte.

Richard zuckte entschuldigend mit den Schultern. Dann schaute er zurück. Tom lief trotz des schweren Sacks auf seiner Schulter so geschickt über das Brett, als hätte er sein ganzes Leben auf einem Schiff verbracht. Kurz darauf sprang er elegant neben Richard an Deck.

»Willkommen an Bord«, sagte der Steuermann und klopfte Tom wohlwollend auf die Schulter.

Richard schüttelte ungläubig den Kopf. Auch er klopfte dem Iren auf die Schulter und meinte: »Du darfst mir drei Vaterunser vorlesen, wenn du mir versprichst, dass ich hinterher ebenso geschickt über ein Brett laufen kann wie du.«

Tom verzog das Gesicht zu einer Grimasse. »Die Gebete lese ich Euch gerne vor. Dass sie Euch zu einem Seemann machen, bezweifle ich allerdings.«

»Dann lass es lieber!«

Atlantik

Oktober 1618

Erst mit dem Aufgehen der Sonne hatte der Sturm plötzlich und abrupt nachgelassen. Die ersten Lichtstrahlen zeigten das gesamte Ausmaß der Zerstörung. Das Unwetter hatte den Hauptmast und den Fockmast gebrochen, beide hingen nun geknickt in den Seilen. Trümmer von Kisten und Fässern lagen zerstreut herum. Holzsplitter, zerrissenes Leinen und verknotete Seile bedeckten die Planken. Die Galerie am Achterdeck war gebrochen, und die Leiter in den Lagerraum bestand nur noch aus einem losen Brett. Knöchelhoch stand Salzwasser an Deck. In der schmutzigen Brühe schwammen Algen, Muscheln und tote Fische.

Doch das Wichtigste war: Die Santa Lucia hatte das Unwetter überstanden. Der Laderaum mit Proviant und Wasser war weitgehend trocken und der Kompass unbeschadet geblieben.

Nun lag das Schiff in ruhigem Wasser und schaukelte auf den sanften, blauen Wellen, die vor wenigen Stunden noch schwarz und bedrohlich gewütet hatten.

Jana, die aus ihrer Ohnmacht erwacht war, lag erschöpft an Deck und wartete darauf, dass der Sturm erneut einsetzen würde. Sie konnte nicht glauben, dass das Unwetter überstanden war. Aber eine sanfte Brise vertrieb gerade die letzten Reste der Wolken. Zurück blieb ein strahlender Himmel, so als hätte es die letzte Nacht nie gegeben.

Schlimmer noch als der materielle Schaden am Schiff war die Bilanz menschlicher Verluste. Neben dem Proviantmeister hatte das Unwetter zwei weiteren Seemännern das Leben gekostet. Sie waren über Bord gespült worden. Drei Matrosen waren schwer verletzt, unter ihnen der Lotse Servante. Sie lagen neben Jana am Vorderkastell. Alle anderen Männer waren mit leichteren Verletzungen davongekommen. Erstaunlicherweise hatten die Sklaven unbeschadet überlebt.

Jemand musste rechtzeitig die Luken zu ihren Kammern geöffnet und sie vor dem Ersticken bewahrt und dann wieder geschlossen haben, so dass sie nicht ertranken.

Sobald die Bestandsaufnahme der Schäden abgeschlossen war, begannen die Aufräumarbeiten. Rico und zwei Matrosen schöpften Salzwasser mit Eimern vom Deck. Der Zimmermann machte sich daran, die Schäden der Masten auszubessern, ein zerfetztes Segel wurde geflickt, der Hauptmast notdürftig mit soliden Pfosten aus Holz erneut aufgerichtet, und Taue wurden wieder aufgerollt. Nun zeigte sich, dass Valdivas Vorkehrungen vor der Reise sinnvoll gewesen waren. Der erfahrene Kapitän hatte darauf bestanden, dass sich ausreichend Holz für etwaige Reparaturarbeiten auf dem Schiff befand.

Conrad hockte bei Jana und untersuchte ihren Unterarm. Während des Sturms hatte er sich nicht darum kümmern können. Als Conrad den blutdurchtränkten Stoff vorsichtig abnahm, wich die Farbe aus Janas Gesicht.

»Tief durchatmen«, sagte Conrad. »Leg dich hin und schau nicht auf deinen Arm.«

Aber wieder war es zu spät, Jana hatte die hässliche, tiefe Fleischwunde, die der Haken hinterlassen hatte, bereits gesehen. Sie wusste, dass die Wunde genäht werden musste. Erschöpft sank sie zurück und schloss für einen Moment die Augen. Ihr wurde wieder übel.

Conrad bat um einen Topf mit heißem Wasser, doch Kapitän Valdiva verweigerte ihm den Wunsch. Zwei der kostbaren Fässer waren beim Sturm zu Bruch gegangen.

»Wir können uns keine weitere Verschwendung leisten«, erklärte er.

»Dann bringt mir meine Trinkwasserration, damit ich die Instrumente reinigen kann. Die Wunde wird sich entzünden, wenn ich die Nadel nicht gründlich wasche.«

»Ihr braucht Euer Wasser zum Trinken, sonst brecht Ihr zusammen«, murrte Valdiva. Er hatte noch nie gehört, dass ein Arzt seine Instrumente vor dem Gebrauch säuberte. Rodriguez kam hinzu und bestätigte den Kapitän. Während Conrad sich um Jana kümmerte, untersuchte der Schiffsarzt die anderen Verletzten.

»Was der Mann sagt, ist völliger Unsinn. Ob sich eine Wunde entzündet, ist allein Gottes Entscheidung.« Er warf einen Blick auf Janas Unterarm.

»Wenn Ihr mich fragt, wird die Wunde ohnehin eitern. Sie ist sehr tief. Eure Frau kann von Glück sprechen, wenn sie den Arm jemals wieder benutzen wird. Ich würde den Arm abnehmen, damit verringert Ihr das Risiko eines Wundbrandes.«

Entsetzt zuckte Jana zusammen, während Conrad den Schiffsarzt ungehalten anfauchte: »Es fragt Euch aber niemand!«

Dann wandte er sich an den Kapitän: »Habt Ihr Schnaps an Bord?«

»Natürlich. Warum?«

»Wenn Ihr mir kein Wasser gebt, muss ich die Instrumente mit Alkohol säubern.«

»Seid Ihr völlig von Sinnen?«, fragte Valdiva, und Rodriguez lachte laut.

»Nein, aber ich nehme meine Arbeit ernst, und ich habe im Laufe der Jahre gelernt, dass die Patienten eher überleben, wenn der Arzt seine Instrumente und seine Hände wäscht, bevor er in eine Wunde greift. Wenn Ihr wollt, dass Euer Lotse und die beiden anderen Matrosen überleben, dann gebt mir den Schnaps.«

Rodriguez stand auf und baute sich vor Conrad auf. Die Erheiterung war aus seiner Stimme gewichen. Feindselig starrte er Conrad an. Sein gepflegtes Äußeres hatte in der letzten Nacht gelitten. Das schwarze, glänzende Haar hing ihm unfrisiert in die Stirn.

»Was Ihr mit Eurer Frau macht, ist Eure Sache, aber die Männer an Bord werde ich behandeln, und ich pfeife auf heißes Wasser, den Schnaps gebe ich den armen Männern zum Trinken. Damit sie ihre Schmerzen besser ertragen.«

Am liebsten hätte Conrad dem einfältigen Mann ins Gesicht geschlagen. Stattdessen sagte er: »Bekomme ich nun den Schnaps?«

»Meinetwegen«, sagte Valdiva.

Servante, der neben Jana lag und die Augen geschlossen hielt, meldete sich mit schwacher Stimme zu Wort: »Ich will von Doktor Pfeiffer behandelt werden.« Immer noch steckte der Rest eines Holzsteckens in seinem Oberschenkel, auch wenn einer der Matrosen versucht hatte, den größten Teil einfach herauszuziehen. Servante wand sich unter den Schmerzen, die der Stecken ihm bereitete.

Valdiva meinte mürrisch: »Mir ist völlig gleich, wer das

Holz aus dem Bein holt, ich will bloß, dass der Lotse überlebt. Eine Weiterfahrt ohne ihn käme einer Katastrophe gleich.«

Jemand rief vom Achterdeck nach dem Kapitän. Valdiva drehte sich um und sagte im Weggehen zu Conrad: »Rico soll Euch eine Flasche Schnaps aus meiner Kajüte holen.«

Kaum war er weg, beugte sich Rodriguez zu Conrad und zischte leise: »Ihr glaubt wohl, nur weil Ihr an großen Universitäten studiert und gelehrt habt, hättet Ihr die Weisheit mit dem Löffel gefressen.«

Ohne Rodriguez eines Blickes zu würdigen, erwiderte Conrad: »Contra stultitiam adhuc nulla herba inventa est! Leider gibt es gegen Dummheit keine Medizin. Aber falls ich sie je finden sollte, werde ich Euch eine Flasche zukommen lassen. Badet darin, denn einnehmen allein wird in Eurem Fall nicht reichen.«

Rodriguez holte aus, dass Jana fürchtete, er würde zuschlagen, aber im letzten Moment besann er sich und klatschte mit der flachen Hand auf seinen eigenen Oberschenkel.

»Ihr werdet Eure Überheblichkeit noch bereuen«, zischte der Schiffsarzt. Er stand auf, machte auf dem Absatz kehrt und stapfte beleidigt davon. Seine schweren Stiefel knallten auf die Holzbretter des Schiffsdecks, aber die Geräusche wurden vom Wasser, das immer noch in großen Lachen auf den Planken stand, gemildert. Dunkle Brühe spritzte nach allen Seiten und hinterließ auch dunkle Flecken auf seiner Hose. Die verletzten Patienten beachtete er in seinem Ärger nicht. Einer der Matrosen jammerte vor Schmerzen, ein anderer hatte eine klaffende Wunde an der Schläfe und einen unnatürlich verrenkten Arm. Conrad würde sich um alle kümmern.

Kaum war der Schiffsarzt weg, sagte Jana mit zusammengebissenen Zähnen: »Du bist zu weit gegangen.«

Da kam Rico und brachte den Schnaps. Conrad entkorkte die Flasche, die noch voll war. Ein beißender Geruch nach gemalztem Gerstenbrand stieg ihm in die Nase. Er träufelte die goldgelbe Flüssigkeit auf ein Tuch und begann Janas Wunde zu reinigen.

Geräuschvoll zog sie die Luft ein. Ihr Unterarm brannte, als würde sie ihn in offenes Feuer halten.

»Ich kann Dummheit nicht ausstehen«, knurrte Conrad.

»Hältst du Überheblichkeit vielleicht für ein Zeichen von Klugheit?« Jana presste die Augen zusammen und hielt die Luft an.

»Jana, wir haben dieses Thema bereits zur Genüge besprochen. Ich habe mich wirklich bemüht. Aber wenn mir jemand rät, deinen Unterarm abzunehmen, dann kann ich mich nicht mehr zurückhalten.«

Conrad fädelte einen Faden in seine Nadel, tauchte beides in den Branntwein und beugte sich tief über Janas Wunde.

»Das mag ja alles stimmen, aber du darfst ihn trotzdem nicht beleidigen. Bis jetzt war er der Arzt an Bord. Die Männer haben ihm vertraut oder ihn gar verehrt. Jetzt kommst du und lässt ihn vor den Augen aller als unfähigen Narren dastehen.«

Conrad stach ohne Vorwarnung in Janas Arm. In ihren Ohren begann es zu surren, ihr wurde schwindlig. Gut, dass sie auf dem Boden lag.

»Er macht sich selbst zum Narren«, sagte Conrad und reichte ihr ein Stück Holz, auf das sie beißen konnte, sollte sie die Schmerzen nicht ertragen.

»Chätte liebern Schuck vom Schaps!«, sagte sie mit dem Holz zwischen den Zähnen.

Conrad entfernte das Holz und reichte ihr die Flasche. Jana setzte die Öffnung an den Mund. Brennend heiß floss der Schnaps durch ihre Kehle und wärmte den Magen. Gerne hätte sie noch einen weiteren Schluck genommen, aber Conrad nahm ihr die Flasche entschieden ab und steckte ihr erneut das Stück Holz in den Mund. Nur widerwillig biss Jana darauf, es gab noch so viel, was sie Conrad sagen musste. Er schuf unnötige Probleme, indem er sich mit dem Schiffsarzt maß. Aber der nächste Stich lähmte ihre Gedanken, und Jana vergaß ihr Vorhaben, mit Conrad zu schimpfen. Sie biss auf das Holz und wünschte, sie hätte mehr von dem Branntwein getrunken.

Nachdem Conrad Janas Wunde so sorgfältig verbunden hatte wie unter den gegebenen Umständen möglich, kümmerte er sich um Servante. Er entfernte den großen Holzstecken mit den bloßen Fingern und die kleineren Splitter mit einer Pinzette. Inständig hoffte er, dass er alle Teile erwischt hatte.

Er sah sich nach Rodriguez um, konnte ihn aber nicht finden. Wahrscheinlich hatte er sich irgendwo unter Deck oder in der Kajüte des Kapitäns verschanzt. Also widmete Conrad sich auch den anderen Matrosen und versorgte deren Wunden, wusch sie aus, vernähte sie, renkte den gebrochenen Arm wieder ein und stellte ihn mit einer Schiene ruhig. Als er fertig war und seine Instrumente ordentlich verpackt hatte, stand die Sonne schon tief im Westen. Er hatte den ganzen Tag über gearbeitet, ohne an Essen oder Trinken zu denken. Nun knurrte sein Magen.

Jana und Servante waren in einen heilsamen Schlaf gefallen, während Conrad sich auf den Weg zur Küche machte. Er wollte sehen, was er noch bekommen konnte. Vor dem Achterdeck hockten zwei Matrosen und flickten ein kaputtes Segel. Sie unterhielten sich lautstark über die Gefangenen.

Der Kleinere der beiden meinte: »Alle Gefangenen haben überlebt, weil irgendwer ohne die Erlaubnis des Kapitäns die Tür zum Laderaum geöffnet, geschlossen und dann rechtzeitig wieder geöffnet hat. Es heißt, ein paar von ihnen wären sonst erstickt.«

»Der Kapitän sollte dem Mann, der das getan hat, dankbar sein, schließlich sind die Schwarzen seine kostbarste Ware«, antwortete der Größere. Er hatte nur noch acht Finger, konnte aber immer noch geschickt mit Nadel und Faden umgehen.

»Im Lagerraum war Zwieback, und der ist jetzt verdorben, weil er nass geworden ist. Wenn wir noch ein oder zwei Tage für die Reparaturarbeiten am Schiff brauchen und die Fahrt länger dauert, haben wir nicht genug zu essen an Bord. Bedenk nur, dass wir diesmal kein Vieh mitgenommen haben«, murmelte der kleine Matrose mit dem faltigen Gesicht eines Greises.

Das gefiel auch dem anderen nicht, und er hob besorgt den Kopf: »Wenn du mich fragst, war es ohnehin eine Sauerei vom Kapitän, kein lebendes Vieh mitzunehmen. Der Mann kann den Hals nicht voll genug kriegen, dabei hat er schon bei der letzten Fahrt einen Riesenbatzen Gold verdient.«

Der Matrose mit den fehlenden Fingern zuckte mit den Schultern: »Auf alle Fälle wird Valdiva nach einem Schuldigen suchen.«

»Aber wer ist so dumm und versucht, das Leben von Sklaven zu retten?«

»Vielleicht der Proviantmeister? Der hat doch zugestimmt, dass die Männer mehr zu trinken bekommen, weil er Angst hatte, sie könnten verdursten.«

»Der ist tot.«

»Umso besser, dann braucht der Kapitän niemanden bestrafen.«

In dem Moment bemerkte der ältere der beiden Conrad. Augenblicklich schwieg er. Der Tratsch der Seeleute war nicht für Passagiere bestimmt. Conrad ging weiter zur Küche, wo Rico eine Essensration für ihn aufgehoben hatte und ihm nun die Holzschüssel mit kalten Bohnen und steinhartem Brot reichte, in dem eine ganze Armee von Käfern wohnte. Conrad schloss die Augen beim Essen und schob jeden Bissen von einer auf die andere Seite im Mund, in der Hoffnung, dass das Brot weicher wurde und er sich keinen seiner kostbaren Zähne ausbiss. Als sein Hungergefühl einigermaßen nachließ, gab er Rico die Schüssel zurück und ging wieder an Deck. Er legte sich zu Jana und breitete seinen immer noch feuchten Mantel über ihnen aus. Jana seufzte zufrieden, als sie seine Wärme spürte, und rückte näher zu Conrad. Kaum hatte er seine Augen geschlossen, schlief er ein.

Am nächsten Morgen weckte nicht die aufgehende Sonne, sondern lauter Tumult die beiden. Jemand versetzte Conrad einen Fußtritt gegen die Rippen, so dass er zuerst gegen Jana und dann gegen die Balustrade schlitterte.

Benommen öffnete Jana die Augen und sah, wie Rodriguez sich breitbeinig vor Conrad aufbaute und erneut zu einem Fußtritt ausholte. Im letzten Augenblick überlegte er es sich anders und ließ stattdessen die Peitsche, mit der er gewöhnlich die Sklaven übers Schiff trieb, so laut auf die Dielen des Decks knallen, dass sämtliche Männer an Deck munter waren.

»Steh auf!«, schrie Rodriguez, neben ihm standen Valdiva und drei andere Seemänner.

Verwirrt rieb sich Conrad die Augen, er schien die Szene für einen schlechten Traum zu halten. In dem Moment traten zwei kräftige Matrosen rechts und links an seine Seite und zerrten ihn unsanft auf die Füße. Conrad protestierte lautstark.

»Was ist passiert?«, fragte Jana.

Rodriguez schnaufte verächtlich: »Euer Mann hat sich den Befehlen des Kapitäns widersetzt und ohne Erlaubnis die Türen zu den Laderäumen geöffnet, um die Sklaven zu befreien.«

Conrad versuchte sich aus dem Griff der Matrosen zu befreien, aber erfolglos.

»Lasst mich los«, knurrte er verärgert. »Ich habe keine Ladetüren geöffnet. Wie hätte ich das tun sollen? Sie sind versperrt, und ich besitze keinen Schlüssel.«

»Man hat Euch in der Nacht des Unwetters an Fermosas Seite gesehen. Der Mann hatte einen Schlüssel, aber als wir ihn in ein Leichentuch einnähen wollten, hatte er ihn nicht mehr.«

»Dann muss er ihn verloren haben«, sagte Conrad sichtlich genervt. Er war sich der Gefahr, in der er sich befand, nicht bewusst. Auf seinem Gesicht spiegelten sich Ärger und Verachtung wider, aber keine Spur von Angst. Er sah aus, als würde er den Männern am liebsten ins Gesicht spucken.

Nun trat auch Kapitän Valdiva zu ihm. Sein hoher Hut

hatte den Sturm unbeschadet überstanden. Die bunten Federn ragten immer noch steil in den Himmel.

»Als Kapitän bestimme ich die Gesetze auf dem Schiff. Ich kann Ungehorsam nicht dulden. Wer gegen meine Regeln verstößt, muss bestraft werden, sonst geht die Moral der Mannschaft über Bord, und niemand von uns kommt lebend in Trinidad an.«

»Ich habe aber gegen keine Eurer Regeln verstoßen, mögen sie mir auch noch so unsinnig erscheinen«, zischte Conrad wütend.

Jana schloss verzweifelt die Augen. Konnte Conrad denn nie seine Gedanken für sich behalten?

»Es steht Euch nicht zu, über meine Regeln zu urteilen«, sagte Valdiva so leise, dass nur die ihn hören konnten, die ganz nah bei ihm standen. Dann fuhr er deutlich lauter fort: »Um meiner ganzen Mannschaft zu zeigen, was mit Männern passiert, die sich meinen Befehlen widersetzen, werde ich Euch auspeitschen, in Ketten legen und in den Laderaum werfen lassen.«

Janas Herz setzte für einen Moment aus, sie schrie laut: »Das könnt Ihr nicht machen. Mein Mann hat die Türen nicht geöffnet, ich kann es bezeugen. Er hat bloß versucht, dem Proviantmeister zu helfen, aber es war zu spät. Der Mann war bereits tot, als Conrad zu ihm kam.«

»Weshalb er den Schlüssel an sich genommen und damit die Türen zum Laderaum aufgesperrt hat«, ergänzte Rodriguez zufrieden.

»Unsinn!« Conrad schüttelte den Kopf, dass ihm seine rotblonden Haare in die Stirn fielen.

»Niemand an Bord hätte etwas getan, um die Schwarzen zu retten, außer Euch.« Der Schiffsarzt grinste selbstgefällig.

»Das stimmt nicht«, warf Jana ein. Sie versuchte aufzustehen, doch bei der geringsten Bewegung fuhr ein Schmerz in ihren Unterarm, und ihr wurde schwarz vor Augen. »Don José Fermosa lag das Wohl der Sklaven ebenfalls am Herzen.«

»Der kann aber nichts mehr zu seiner Verteidigung sagen. Er ist tot!« Die Peitsche glitt durch Rodriguez' Hand wie das Lot des Steuermannes. Jana fragte sich, ob der Schiffsarzt das Auspeitschen übernehmen würde.

»Was hier gerade vorgeht, ist völlig absurd und gleicht dem billigen Possenspiel auf einem Jahrmarkt!«, sagte Conrad fassungslos. Er verdrehte genervt die Augen und starrte in den Himmel.

In dem Moment mischte sich Servante ins Gespräch ein. Der Lotse lag in einigem Abstand zu Jana an Deck und hatte alles mit angehört. Er richtete seine Worte an den Kapitän.

»Ihr könnt einen Mann nicht verurteilen, wenn es keine Beweise für seine Schuld gibt. Doktor Pfeiffer hat mich und zwei weitere Matrosen behandelt, weil Rodriguez in seiner gekränkten Eitelkeit keinen Finger gerührt hat.«

»Wie könnt Ihr es wagen ...« Rodriguez machte einen Schritt auf Servante zu. Immer noch hielt er die Peitsche drohend in der Hand.

»Was habt Ihr vor?«, fragte Servante provokant. »Wollt Ihr zuschlagen?«

»Ruhe«, donnerte der Kapitän. Seine tiefe, mächtige Stimme ließ alle verstummen. »Der Schiffsarzt hat Pfeiffer gesehen, wie er sich über den Proviantmeister gebeugt und ihm den Schlüssel abgenommen hat.«

Nun lachte Conrad humorlos auf: »Das ist eine Lüge und die absurdeste Beweisführung, die ich je gehört habe.

Contra stultitiam nemo ligitare potest – Gegen Dummheit kann man keinen Prozess gewinnen. Der Mann, der mich ganz offensichtlich hasst, weil er selbst kein Arzt, sondern bloß ein mieser Bader ist, behauptet, ich hätte die Türen zum Laderaum geöffnet, und Ihr wollt mich deshalb auspeitschen lassen? Das ist lächerlich. Ich rate Euch ein gründliches Studium der Grundlagen der Rechtsprechung.«

Jana warf ihm einen warnenden Blick zu, den Conrad aber nicht bemerkte. Am liebsten wäre sie aufgesprungen und hätte ihm die gesunde Hand vor den Mund gehalten, aber auch dazu fühlte sie sich nicht im Stande. Ihr war furchtbar übel und heiß. Schweiß stand auf ihrer Stirn.

Servante versuchte zu beschwichtigen: »Es steht Aussage gegen Aussage. Solange es nicht mehr Zeugen gibt, solltet Ihr Doktor Pfeiffer nicht verurteilen. Euer eigener Ruf als gerechter Kapitän steht auf dem Spiel.«

Jana war dem Lotsen für die wohl überlegten Worte dankbar. Der Mann wusste, dass er ohne Conrad kein rechtes Bein mehr hätte.

Kapitän Valdiva zögerte. Es war nicht schwer zu erkennen, dass er sich des aufmüpfigen Passagiers gerne entledigt hätte. Aber die Argumente des Lotsen mussten ernst genommen werden. Valdiva verfügte über genug Erfahrung auf See, dass er wusste, wie schnell eine Mannschaft unzufrieden werden konnte, wenn zu hart und ungerecht verurteilt wurde. Meuterei war das Schlimmste, was einem Kapitän passieren konnte.

»Hat noch jemand Doktor Pfeiffer gesehen?«, fragte er und schaute dabei suchend in die Runde.

Die Männer schwiegen betroffen. Nach einer schier endlosen Pause trat Rico aus der Runde. Fassungslos starrte Jana den Jungen an. Sie wusste, dass er Angst vor dem Schiffsarzt hatte, aber dass er für ihn lügen würde, hatte sie nicht erwartet.

»Ich habe gesehen, dass Doktor Pfeiffer sich über Don Fermosa gebeugt hat«, sagte Rico leise. Dabei wagte er es nicht, Conrad oder Jana anzusehen, sondern starrte auf seine eigenen nackten Füße.

»Hast du gesehen, wie er den Schlüssel genommen hat?«, fragte Rodriguez.

Nun hob der Junge nervös den Kopf. Seine Augen fuhren unruhig hin und her. Mit dem mageren Gesicht, der spitzen Nase und den fahrigen Bewegungen erinnerte er Jana an eine kleine verschreckte Maus.

»Hast du es gesehen?« Valdiva wiederholte die Frage des Schiffsarztes.

Der Junge schüttelte den Kopf, und Jana atmete erleichtert auf. Sie war sicher, dass der Schiffsarzt dem Jungen hinterher eine Tracht Prügel verabreichen würde.

Valdiva nahm seinen Hut ab, was er äußerst selten tat, und kratzte sich am Kopf.

»Unter diesen Umständen werde ich aufs Auspeitschen verzichten, ebenso wie auf die Ketten, aber ich will diesen überheblichen Besserwisser und Unruhestifter für den Rest der Überfahrt nicht mehr an Deck sehen. Er wird zu dem aufmüpfigen Sklaven in den hinteren Laderaum gesperrt.«

»Wie bitte?« Conrad setzte dazu an, seinem Ärger Luft zu machen, aber Servante war schneller und kam ihm zuvor.

»Das ist eine harte, aber, wie mir scheint, gerechte Entscheidung!«

Aufgebracht drehte sich Conrad zu ihm und funkelte

ihn böse an. Der Lotse schüttelte kaum merkbar den Kopf, und im Gegensatz zu Conrad erkannte Jana, dass im Moment nicht mehr zu erreichen war. Inständig hoffte sie, dass Conrad schweigen würde. Sie warf ihm einen warnenden Blick zu.

Als Conrad den Mund öffnete, aber bloß lautstark Luft ausstieß, sackte Jana erleichtert zurück. Ihre Übelkeit nahm stetig zu.

»Sobald wir auf Trinidad gelandet sind, könnt Ihr den Laderaum wieder verlassen«, sagte Valdiva zu Conrad.

»Wenn ich mich dann noch beweg…«, konterte Conrad bitter, doch der Kapitän schnitt ihm das Wort ab und befahl: »Führt ihn ab!«

Augenblicklich setzten sich die beiden Seemänner, die Conrad immer noch im Griff hatten, in Bewegung und zerrten ihn unsanft über das Deck Richtung Lagerraum. Conrad stolperte über seine eigenen Beine, fiel aber nicht hin, weil die kräftigen Arme der Seemänner ihn hielten. Wie einen schweren Getreidesack schleiften sie ihn weiter.

Jana sah ihm hinterher und versuchte aufzustehen. Augenblicklich geriet sie ins Wanken. In ihren Ohren surrte es, ihr wurde schwindelig.

»Señora. Ihr seid verletzt und braucht Schonung. Legt Euch wieder hin und ruht Euch aus. Sobald Ihr wieder gesund seid, haben wir Trinidad erreicht, und Euer Mann darf den Lagerraum verlassen«, sagte Valdiva höflich und fügte entschieden hinzu: »Aber bis dahin bleibt er unter Deck. Denn ich will ihn auf keinen Fall noch einmal zu Gesicht bekommen.«

»Kann ich zu ihm?«, fragte Jana.

Valdiva hatte ihr bereits den Rücken zugekehrt und sich zum Gehen gewandt. Er tat so, als hörte er Jana nicht.

Deshalb schrie sie lauter und wiederholte: »Kann ich meinen Mann im Lagerraum besuchen?«

Langsam drehte er sich um und schüttelte den Kopf: »Im Moment nicht. Das Wegsperren soll eine Strafe sein und keine Belohnung.«

Er grinste schief, und der Ausdruck, der nun auf seinem Gesicht lag, war so anzüglich, dass Jana rot anlief. In dem Moment wurde Conrad in den Lagerraum gestoßen. Sein Fluchen machte jedem Gassenjungen Konkurrenz. Jana wollte ihm noch einmal in die Augen sehen, aber einer der Matrosen versperrte die Sicht, und so war Conrads rotblondes Haar das Letzte, was Jana von ihm sah, ehe die Lagerraumtür krachend hinter ihm zufiel.

Entsetzt schloss sie die Augen. Für einen Moment hoffte sie, dass das alles bloß ein schlechter Traum gewesen war. Wenn sie die Augen wieder öffnete, würde Conrad neben ihr sitzen, ihr die schweißnasse Stirn abwischen und ihr sanft erklären, dass sie wegen der Verletzung Fieberträume gehabt hatte. Aber als Jana die Augen wieder öffnete, war alles genau wie zuvor. Rodriguez stand breitbeinig vor ihr und grinste selbstgefällig.

»Ohne Euren eingebildeten Ehemann werdet Ihr die Weiterreise genießen, glaubt mir!« Seine Stimme klang ölig, und Jana stieß sauer auf.

»Wenn Ihr nicht augenblicklich aus meinem Blickfeld verschwindet, muss ich mich leider übergeben und dabei Eure kostbaren Lederstiefel ruinieren.« Sie würgte und beugte sich Richtung Schiffsarzt. Der sprang angeekelt zurück, schüttelte den Kopf und ging.

Jana starrte der schlanken Gestalt hinterher.

»Schade, dass er so schnell weg war«, meinte Servante amüsiert. »Ich glaube, ich hätte auch kotzen können.«

An Bord der Anne Rose,

Oktober 1618

Günstige Winde trieben die Anne Rose rasch gen Westen. Richard wollte es einfach nicht gelingen, sich an das Leben auf dem Schiff zu gewöhnen. Auch nach zwei Wochen auf See war ihm ständig übel, und er hatte Angst, sich auch nur einen Schritt zu weit von der Reling wegzubewegen. Er wollte sich nicht aufs frisch geschrubbte Deck übergeben. Tom hingegen schien die Reise richtiggehend zu genießen. Er fasste kräftig mit an, half beim Flicken der Segel und beim Aufwickeln der Taue. Innerhalb kürzester Zeit hielten ihn die anderen für ein Mitglied der Mannschaft, dem man täglich einen zusätzlichen Becher Wein ausschenkte. Eine besonders enge Freundschaft schien er zum zahnlosen Steuermann entwickelt zu haben, ständig steckte er mit dem Mann zusammen.

Richard beobachtete den Diener mit wachsendem Interesse. Eines Abends suchte er das Gespräch mit Tom. Es war eine wolkenlose Nacht, in der man abertausende von Sternen am Himmel sehen konnte. Der Diener hatte sich bereits zum Schlafen gelegt und unter einer Decke zusammengerollt. Vorsichtig hangelte sich Richard vorwärts, sorgsam darauf bedacht, immer nur mit einer Hand loszulassen, damit er nicht ausrutschte und sich der Lächerlichkeit preisgab. Endlich hatte er Tom erreicht. Erleichtert ließ er sich neben ihn auf den Boden plumpsen. Tom drehte sich zu ihm und blinzelte empört. Richard hätte schwören können, dass er noch nicht geschlafen hatte.

»Wie machst du das?«, fragte Richard neugierig.

»Was?«, murrte Tom schlaftrunken.

»Du bewegst dich mit einer Sicherheit auf dem Schiff, als wärst du früher Matrose gewesen.«

Tom schob seinen Oberkörper unter der dicken, grauen Wolldecke hervor und setzte sich seufzend auf. Sein kurzes, borstiges Haar stand wild von seinem runden Kopf ab.

»Mein Vater war Fischer«, antwortete er.

»Warum bist du nicht auch Fischer geworden?«

»Ich hatte sieben Geschwister und immer Hunger. Mit zwölf beschloss ich, nach London zu gehen. Dort traf ich Sir Walter Raleigh, kurz darauf hat er mir eine Stelle als Laufbursche für seine Geliebte angeboten. Später wurde ich ihr Diener und dann der ihrer Tochter.«

»Und ich dachte, du wärst ein Gefangener gewesen, der seine Strafe nicht im Gefängnis absitzen musste, sondern auf einem Schiff der Königin dienen durfte.«

Tom zuckte unter den Worten, die als Spaß gedacht gewesen waren, zusammen. Benommen blinzelte er. Eine schier endlose Pause entstand.

Doch Richard begriff sofort: »Du warst ein Gefangener …?«

Tom presste die Lippen zusammen, bevor er antwortete.

»Und wenn es so wäre?«, fragte er schnippisch.

»Dann wäre es mir egal. Sir Raleigh hat große Stücke auf dich gehalten. Er hat dir seine Geliebte und seine Tochter anvertraut. Und jetzt schickt er dich mit mir in die Neue Welt, als meine Gouvernante.« Er grinste schief beim letzten Wort.

»Gott hat mir geholfen, denn er hat mir Sir Raleigh geschickt. Der Mann hat mich aus der Hölle geholt und mir ein neues Leben geschenkt.«

»Verrätst du mir, warum du auf einem englischen Segelschiff gelandet bist?«

»Ich habe auf dem Markt einen Apfel gestohlen«, erklärte er mit gepresster Stimme.

Richards Augen weiteten sich: »Deshalb hat man dich eingesperrt und zum Zwangsdienst verpflichtet?«

»So ist das Gesetz.«

»Ich habe in meinem Leben so viele Äpfel mitgehen lassen, dass ich sie nicht an beiden Händen abzählen kann.«

»Ihr hattet Glück«, sagte Tom und fügte nach einer Pause hinzu: »Und keinen irischen Vater.«

»Hast du es je bereut, ein Diener zu sein?«

Entschieden schüttelte Tom den Kopf.

»Nein, nie!«, sagte er voller Überzeugung. »Eure Frau liegt mir sehr am Herzen. Sie ist die Tochter, die ich nie hatte. Ich würde nie zulassen, dass jemand sie verletzt.«

»Ich weiß«, sagte Richard.

Er schaute in den sternenklaren Himmel.

»Hast du dir überlegt, was du mit dem Gold machen willst, wenn wir es finden?«

»Das Gold ist für Julia und Euch bestimmt. Sir Raleigh hat die Karte Euch anvertraut. Ich helfe Euch bloß bei der Suche.«

Nun lachte Richard so laut auf, dass der Matrose neben ihm aufschreckte. Es senkte seine Stimme wieder.

»Was für ein Unsinn«, sagte er leise. »Du wirst doch diese Reise nicht unternehmen, um dann mit leeren Händen nach Hause zurückzukehren. Außerdem hat Raleigh darauf bestanden, dass du die Karte und die Münzen übernimmst.«

»Weil er Angst hatte, dass Ihr beides sofort versaufen würdet«, erwiderte Tom.

»Steht es denn so schlimm um mich?«

»Ja, das tut es. Ihr seid zu einem Säufer geworden. Es tut mir weh, mit ansehen zu müssen, wie Julia darunter leidet.«

»Julia leidet wegen einer anderen Sache, und das weißt du genauso gut wie ich.«

»Ihr müsst die Vergangenheit endlich begraben«, sagte Tom nun etwas freundlicher.

»Ich begrabe sie nicht, sondern ersäufe sie im Aqua Vitae.« Richard lehnte sich wieder zurück. »Was gäbe ich jetzt für eine Flasche.«

»Julia hat einen Mann verdient, der nicht ständig an der Flasche hängt«, schnaufte Tom verächtlich. »Mein Vater hat auch gesoffen, deshalb mussten wir Kinder hungern.«

Statt zu antworten, seufzte Richard laut.

»Manchmal ist Euer Selbstmitleid nicht zu ertragen!«

»Dein ewiges Nörgeln ist auch nicht besser.«

Beleidigt rollte sich Tom wieder zur Seite.

»Dieses Schaukeln macht mich verrückt. Mir ist übel«, jammerte Richard.

»Wenn Euch übel ist, dann holt Euch einen Eimer, ansonsten legt Euch hin und versucht zu schlafen. In wenigen Wochen landen wir in Tobago, dann habt Ihr den schlimmsten Teil der Reise überstanden. Vorausgesetzt, wir werden nicht von Piraten angegriffen.«

»Du glaubst doch nicht an die Schreckensgeschichten, die erzählt werden. Schließlich hat Königin Elisabeth ihre

Staatskassen von Piraten auffüllen lassen und sie hinterher geadelt. Denk nur an Sir Walter Raleigh. Er war auch ein Pirat.«

»Ich werde trotzdem beten, dass wir verschont bleiben«, sagte Tom.

»Tu das«, meinte Richard. In seiner Tasche war noch eine Flasche Aqua Vitae, die musste für die ganze Überfahrt reichen. Wenn er sie jetzt schon leerte, musste er wochenlang ohne Alkohol auskommen. Nachdenklich streckte er sich auf dem harten Holzboden aus und verschränkte die Arme im Nacken. Wenn er jeden Tag nur einen kleinen Schluck davon nahm, könnte er mit der Menge auskommen. Aber ein Schluck allein reichte ihm schon lange nicht mehr. Er brauchte mehr, um die vernebelnde Wirkung zu spüren. Der Proviantmeister wachte über die Weinfässer wie der Schatzmeister der Krone über die Juwelen des Reiches. Die Wasser- und Weinrationen waren strikt eingeteilt, es war unmöglich, sich unbemerkt zu den Vorräten zu schleichen und etwas davon zu stehlen. Vielleicht konnte Richard ihn bestechen. Bloß womit sollt er ihn bezahlen? Tom wollte, dass er aufhörte zu trinken, aber Richard fürchtete sich vor der Zeit ohne Alkohol. Sobald er über mehrere Tage hinweg nüchtern war, holten ihn die Bilder der Vergangenheit ein. Bilder, die er nicht ertragen konnte. Auch wenn Tom und Julia ihn deshalb verachteten. Er brauchte das Aqua Vitae. Richard schloss die Augen und zitterte, denn ein kühler Nachtwind frischte auf. Auch gegen die Kälte würde der Inhalt seiner Flasche helfen. Das regelmäßige Atmen neben ihm verriet, dass Tom schlief. Richard konnte nicht anders, er holte die Flasche aus seiner Tasche. Gierig entkorkte er sie. Augenblicklich beruhigte ihn der scharfe, wohltuende

Geruch. Zitternd hielt er die Flasche an den Mund und trank einen Schluck. Nur einen, schließlich musste er den Inhalt gut einteilen. Aber kaum hatte er den einen Schluck gemacht, wollte er einen weiteren und dann noch einen. Das warme, weiche Gefühl, das ihm für kurze Zeit Ruhe brachte, stellte sich erst ein, als die Flasche halb leer war. Dann schlief er ein.

Als er wenige Stunden später aufwachte, hatte Tom seinen Mantel über ihn gebreitet. Trotz aller Vorwürfe schienen seine väterlichen Gefühle für Julia auch Richard mit einzubeziehen. Während ihm die Augen wieder zufielen, erinnerte er sich daran, dass Tom ihm nicht verraten hatte, was er mit dem Gold machen wollte.

An Bord der Santa Lucia

NOVEMBER 1618

Es dauerte einige Stunden, bis Conrad begriff, was passiert war. Zuerst hatte er alles für einen schlechten Scherz gehalten und darauf gewartet, dass Valdiva wieder zur Vernunft kommen und ihn aus seinem Gefängnis befreien würde, aber nichts dergleichen geschah. Als sich am nächsten Tag die Tür zum Lagerraum wieder öffnete, war es Rico, der eintrat und sowohl Conrad als auch dem gefesselten Sklaven eine Schüssel voll Bohnen und einen Becher schalen Wassers brachte.

Fassungslos über den Verlauf der Dinge hockte Conrad in seinem engen Gefängnis und horchte auf die Geräusche, die von Deck zu ihm drangen. Er hörte Stimmen, konnte aber nicht verstehen, was gesagt wurde. Conrad lauschte auf das Getrippel der Ratten, die er zwar nicht sehen konnte, deren Rascheln ihm aber verriet, dass sie von einer Ecke des Raums zur anderen huschten. Sobald sich seine Augen an die Dunkelheit gewöhnt hatten, starrte er auf die dunklen Balken und zählte die Rillen und Ringe im Holz. Er selbst erhielt zweimal am Tag Wasser, der schwarze Gefangene nur einmal. Außerdem bekam er auch weiterhin seine übliche Ration Essen und Wein. Jedes Mal, wenn Rico Nahrung brachte und die Tür für einen Moment offen stand, sah Conrad die Sonne oder die

Sterne am Himmel. Auf diese Weise konnte er mitzählen, wie lange er schon hier unten hockte. Anfangs fand er den Gestank in dem Loch fast unerträglich, aber mit der Zeit bemerkte er ihn nicht mehr. Auch der ständige Brechreiz ließ langsam nach. Seine Augen lernten die kleinen Lichteinfälle zwischen Tür und Türstock zu nutzen und sich im winzigen Raum zurechtzufinden.

An der hinteren Wand lag der schwarze Gefangene, rechts von ihm standen zwei alte Truhen und links davon ein kaputtes Fass.

Man hatte ihm bloß mit einem Seil lose die Füße zusammengebunden. Bereits nach den ersten Stunden hatte er sich davon befreit und den Strick zur Seite gelegt. Er war davon überzeugt, dass Valdiva wusste, dass er nicht mehr gefesselt war. Anfangs hatte er sich die Mühe gemacht, sich das Seil über die Knöchel zu legen, sobald sich Schritte der Tür näherten. Aber seit Rico ihn ohne Seil überrascht und nicht reagiert hatte, verzichtete Conrad auf die Scharade.

Er hoffte inständig, dass Jana ihn besuchen würde, und quälte sich mit der Frage, ob sie gut behandelt wurde. Auch ihr Unterarm bereitete ihm Sorgen. Ob die Wunde ordentlich verheilte? Nach einer Woche musste jemand die Fäden entfernen. Rodriguez konnte das ganz sicher nicht. Allein die Vorstellung, dass der Spanier mit dem glänzend schwarzen Haar Janas Arm anfasste, brachte Conrad in Rage. Ihm hatte er diese missliche Lage zu verdanken. Nie hätte er gedacht, dass er als Gefangener in einem Laderaum landen würde. Die ganze Situation war völlig verrückt. Direkt vor seiner Nase kroch ein Wurm einen Balken entlang. Das Tier zog seinen Körper zusammen, krümmte sich und streckte sich wieder aus. Conrad war von den Bewegungen des Tiers gefesselt und beneidete den Wurm, der mühelos unter der Tür durchkriechen konnte, wenn er wollte. Aber das Tier schien sich hier in der feuchten Dunkelheit wohl zu fühlen. Langsam spürte Conrad, wie er den Bezug zur Wirklichkeit verlor. Was kümmerte ihn ein Wurm? Er sollte überlegen, wie er die nächsten Wochen überlebte, ohne den Verstand zu verlieren.

Noch viel schlimmer als ihm selbst erging es dem anderen Gefangenen. Ihn hatte man in schwere Ketten gelegt, so dass er sich keinen Fingerbreit bewegen konnte. Für die Notdurft stand ein Eimer bereit, den verwendete aber nur Conrad, denn der Gefangene konnte ihn nicht erreichen. Menschenunwürdig lag der Sklave in seinen eigenen Exkrementen.

Als Conrad seine Gedankengänge wieder einigermaßen im Griff hatte, suchte er sein Gefängnis nach brauchbaren Gegenständen ab. In einer der Truhen lag ein altes Segeltuch, mit dem versuchte er den Gefangenen zu säubern. Die andere Truhe war verschlossen. Als sich Conrad dem Sklaven mit dem Tuch näherte, versuchte dieser ihm auszuweichen. Die braunen Augen funkelten ihn böse an, und das Weiß blitzte bedrohlich auf.

»Beruhige dich«, sagte Conrad. »Ich wisch dir bloß den Dreck weg, damit du dich wieder wie ein Mensch fühlen kannst.« Er verbesserte sich: »Ein gefesselter Mensch.«

Als der Schwarze bemerkte, dass Conrad ihm nichts Böses wollte, hielt er still, ließ Conrads Reinigungsversuche über sich ergehen und beobachtete ihn weiterhin argwöhnisch.

Kurz danach kam Rico mit dem Essen. Gierig nach Neuigkeiten, fragte Conrad nach Jana, und Rico meinte, dass die Wunde gut verheile und auch die vom Lotsen gut aussehe.

»Eure Frau liegt dem Kapitän wegen Euch in den Ohren. Sie quält ihn und jammert, dass er Euch wieder freilassen soll, aber Valdiva gibt nicht nach. Er will Euch nicht mehr an Deck sehen und behauptet, dass das Leben viel ruhiger ist, seit Ihr weggesperrt seid.«

Conrad verdrehte die Augen, war dem Jungen aber dankbar, dass er ihm so bereitwillig Auskunft gab. Leider konnte Rico immer nur kurz bei ihm bleiben. Kaum hatte er die Schüsseln abgestellt, wurde er auch schon wieder nach oben gerufen. Conrad war davon überzeugt, dass der Junge in der kurzen Zeit so viel redete, weil ihn das schlechte Gewissen plagte, außerdem sah er erbärmlich aus. Rico gab zu, dass Rodriguez ihn so lange verprügelt hatte, bis einer der Matrosen eingeschritten war und ihn vor weiteren Hieben bewahrt hatte. Ein Grund mehr, den Spanier zu hassen.

Kaum war Rico weg, hockte Conrad wieder in der Dunkelheit, lauschte den Schritten und Rufen an Deck, konnte sie aber wegen des starken Wellengangs und dem lauten Tosen des Wassers und des Winds nicht verstehen. Conrad aß seine Lebensmittelration jeden Tag auf. Nicht weil sie ihm schmeckte, sondern weil er wusste, dass er ohne Essen an Kraft verlieren würde. Anders der Sklave. Seit Conrad gemeinsam mit ihm im Lagerraum hockte, ließ er seine Bohnen unberührt. Die Schüssel stand vor dem gefesselten Mann auf dem Boden. Hätte er daraus essen wollen, hätte er sich über die Schüssel beugen müssen wie ein Tier.

»Ich drehe mich um und schaue dir nicht beim Essen zu«, sagte Conrad, deutete auf die Schüssel, machte eine essende Handbewegung und drehte sich um. Doch er hörte, dass der Mann sich nicht rührte. Offenbar starrte er ihn einfach weiter an.

Conrad wandte sich ihm wieder zu: »Mein Freund, du musst essen. Ich weiß, der Fraß ist fürchterlich, aber wenn du nichts isst, bist du tot, bevor wir Trinidad erreichen.«

Er kniete sich neben den Schwarzen und sah ihm direkt in die Augen. Er konnte nicht sagen, was er darin las. Vielleicht war es Neugier. Jana behauptete immer, er sei ein schlechter Menschenkenner, also konnte es auch durchaus etwas anderes sein.

»Wenn du willst, kann ich dich füttern. Ich habe einen Löffel.« Conrad zeigte zu seiner Schüssel, doch der Schwarze folgte seinem Blick nicht und starrte ihn weiterhin an. Da kroch Conrad zu seiner eigenen Schüssel zurück. Er griff nach seinem Holzlöffel, hielt ihn kurz in die Höhe und meinte: »Siehst du, damit kann man essen!«

Dann tauchte er das Besteck in die Bohnen des Gefangenen und hielt ihm den Löffel an den Mund.

Der Mund des gefesselten Mannes blieb zu.

»Ich weiß, du verstehst meine Worte nicht, aber meine Gesten sind doch eindeutig! Cena delecatare, amice! Ich will nicht, dass du neben mir verhungerst.«

So als hätte er Conrad verstanden, öffnete der Mann den Mund und ließ sich füttern. Scheinbar endlos kaute er an seinem Bohnenbrei.

»Wunderbar«, sagte Conrad zufrieden und füllte erneut einen Löffel. So leerten sie die ganze Schüssel. »Vielleicht verstehst du ja Latein. Ich werde mich jetzt mit dir auf Latein unterhalten. Das hilft meinem Gehirn, nicht einzurosten.«

So merkwürdig es war, nur die eigene Stimme zu hören, es war besser als die Stille.

»So, und jetzt setzen wir dich mal auf«, sagte Conrad. »Es ist eine Schande, wie sie dich gefesselt haben.«

Er versuchte, den Gefangenen in eine angenehmere Position zu bringen, aber das war nicht einfach, denn die Ketten waren viel zu eng angelegt. Sobald er den Mann bewegte, zogen die Ketten der Arme die Kette rund um den Hals enger, und der Mann drohte zu ersticken. Seine Augen quollen hervor, und Conrad ließ augenblicklich von ihm ab.

»Um Himmels willen. Entschuldige«, sagte Conrad besorgt und drehte ihn wieder zurück in die Ursprungsposition. Mit aller Kraft versuchte er die Kette am Hals wieder weiter zu machen, doch damit brach er dem armen Mann fast die Handgelenke.

»Es tut mir leid. Ich mache alles nur schlimmer. Ich bin übrigens Conrad. Conrad Pfeiffer, Arzt aus Wien. Ich habe in Bologna und Padua studiert und zuletzt in Prag unterrichtet. Aber das wird dich nicht interessieren. Wieso auch.«

Der Schwarze schwieg, sah Conrad aber neugierig an. Er hatte sich wieder in die stabile Lage von zuvor gerollt, lag regungslos da und schien auf weitere Erklärungen zu warten.

»Das ist verrückt«, lachte Conrad. »Du verstehst nichts von dem, was ich sage, und gibst mir trotzdem das Gefühl, als würde es dich interessieren. Schade, dass du dich nicht mit mir unterhalten kannst, ich würde deine Geschichte sehr gerne hören. Ich war noch nie in Afrika. Habe keine Ahnung von den Menschen dort. Wie sie leben und woran sie glauben.«

Conrad machte eine Pause, ehe er fortfuhr: »Willst du meine Geschichte erfahren?«

Die dunkelbraunen Augen starrten ihn weiterhin an, und Conrad begann herzhaft zu lachen.

»Du bist echt ein armer Tropf, du kannst dich nicht wehren. Ich kann dir erzählen, was ich will, und du kannst nicht weglaufen.«

Conrad lachte erneut, und für einen Moment hatte er Angst, tatsächlich dem Wahnsinn zu verfallen.

»Ich rede halt einfach weiter«, beschloss er. »So vergeht die Zeit, und wir kommen irgendwann in der Neuen Welt an.«

Die nächste Stunde verbrachte Conrad damit, dem stummen Schwarzen von sich selbst zu erzählen. Aber nicht von seiner Ausbildung und seinem Studium, sondern von seiner Kindheit und davon, wie er früh seine Mutter verloren hatte und wie sehr er gelitten hatte, als auch sein Vater starb. Danach berichtete er von Jana. Wie er sich in diese eigenwillige, starrköpfige und viel zu starke Frau verliebt hatte. Davon, wie er an ihrer Seite quer durch Europa gereist war, um dem Geheimnis des Buchs ihres Vaters auf die Spur zu kommen. Mit jedem Satz, den Conrad sprach, hatte er das Gefühl, sich von einer Last zu befreien und gleichzeitig etwas Ordnung in sein wirres Leben zu bringen. Er erzählte, dass er Jana heiraten wollte, sie aber immer noch nicht eingewilligt hatte und er sich wie ein Narr fühlte, weil er einem Traum hinterherzujagen schien.

»Ich habe Jana gesagt, dass ich gar nicht nach Amerika segeln will. Denn weißt du, welches Geheimnis das Buch barg?« Conrad stellte seine Frage in die Dunkelheit, wohl wissend, dass er keine Antwort bekommen würde.

»Eine Schatzkarte war darin versteckt. Es geht um nichts anderes als um Gold. Deshalb tötet die Kirche, deshalb sind die Könige und Herrscher aller Reiche hinter dem Fetzen Papier her, den Jana eingenäht in ihren Röcken trägt. Wegen Gold.«

Erschöpft sank Conrad zurück und legte sich auf den Rücken. Er verschränkte die Arme hinter dem Nacken und starrte zur niedrigen Decke. Da kroch immer noch der dünne Wurm. So als wollte er sich über ihn lustig machen und ihn daran erinnern, dass er selbst jederzeit hier rauskönnte, er aber gefangen war.

Nach einer Weile schmerzten Conrads Unterarme, und er richtete sich wieder auf.

»Es muss die Hölle sein, die ganze Zeit so eng gefesselt dazuliegen«, sagte er und kroch zu seinem Mitgefangenen.

»Es muss doch eine Möglichkeit geben, dich von diesen schrecklichen Fesseln zu befreien.«

Als hätte er Conrad verstanden, weiteten sich die Augen des Gefangenen.

Conrad trat zu der verschlossenen Truhe.

»Wer weiß, vielleicht befindet sich ein Schlüssel darin«, sagte er grinsend und rüttelte an dem uralten Schloss. Niemand hätte überraschter sein können als er selbst, als das verrostete Ding aufsprang. Erschrocken machte Conrad einen Satz zurück, und zum ersten Mal sah Conrad so etwas wie ein Lächeln auf dem Gesicht des Schwarzen. Vielleicht hatte er es sich auch bloß eingebildet. Vorsichtig beugte sich Conrad über die Truhe, öffnete den Deckel und machte erneut einen Schritt zurück, denn der Gestank, der aus der Truhe kam, war entsetzlich. Nasskalte, nach Schweiß und Schimmel stinkende alte Decken, die voller Ungeziefer waren, lagen darin. Conrad zog sie heraus und kämpfte erneut gegen eine Welle der Übelkeit an.

»Die haben wohl seit Jahren keine Seife gesehen«, sagte er und verzog angeekelt das Gesicht.

Vorsichtig tastete er den Boden der Truhe ab. Kalte, harte Gegenstände lagen unter dem Wollstoff. War es möglich, dass hier altes Werkzeug gelagert wurde? Conrad konnte sein Glück kaum fassen. Begeistert holte er die Gegenstände hervor. Tatsächlich. Jemand hatte hier einen kaputten Hammer, drei rostige Haken und eine wackelige Zange verstaut. Wahrscheinlich hatte sie ein Matrose versteckt, in der Hoffnung, das alte Zeug nach der Ankunft im Hafen mitzunehmen. Niemand würde die Gegenstände vermissen, und ein geschickter Handwerker konnte zumindest aus dem Hammer wieder ein funktionierendes Werkzeug machen.

Immer noch völlig überwältigt von seinem Fund, legte Conrad die Zange auf den Boden und tastete sie ab. Sie war am meisten in Mitleidenschaft gezogen. Das Metall war verrostet. Vielleicht würde es brechen, sobald man es verwendete.

»Du wirst nicht glauben, was ich gerade gefunden habe«, sagte Conrad leise und schob die Zange zum Gefangenen. »Es ist ein Jammer, dass ich nicht schon früher nachgesehen habe. Wir hätten dir viel Leid ersparen können. Damit öffnen wir nun deine Ketten.«

Conrad zögerte: »Das heißt, vorausgesetzt, du willst, dass wir sie öffnen. Denn es ist möglich, dass sie dich hinterher noch heftiger bestrafen, und sie werden auch mich bestrafen, wenn ich dich befreie. Wir kriegen also beide jede Menge Ärger.«

Conrad sah sich die Zange noch einmal an.

»Aber den haben wir ohnehin schon. Ich bin Arzt, ich habe den hippokratischen Eid abgelegt. Es ist meine

Pflicht, dir zu helfen. Und wenn die da oben so dumm sind, uns in einen Raum mit Werkzeug zu sperren, dann dürfen sie sich nicht wundern, wenn wir es auch benutzen.«

Entschlossen griff er nach der Zange und setzte sie an ein Glied der Kette, die Fuß- und Armfesseln miteinander verband.

»Falls die Zange hält und die Kette durchbricht, wäre ich dir verbunden, wenn du mir nicht den Kopf einschlägst, sobald du frei bist.«

Mit aller Kraft drückte Conrad die Zange zusammen. Ein lautes Knacken verriet, dass etwas gebrochen war. Es war nicht die Zange, sondern tatsächlich das Kettenglied. Conrad konnte einen Ausruf der Freude nur schwer unterdrücken. Sofort versuchte er es an der Kette, die beide Hände mit dem Hals verband. Wieder knackte es.

»Na bitte, an mir ist ein Handwerker verloren gegangen«, strahlte er und forderte den Mann auf, sich zu bewegen.

Aber der Gefangene lag völlig reglos da, wie erstarrt. Ein verängstigtes Tier, das unfähig war zu flüchten. Seine riesigen dunkelbraunen Augen beobachteten jede von Conrads Bewegungen, jede Wut war daraus verschwunden.

Conrad zwickte unterdessen die zweite Handfessel durch und schrie vor Freude auf, dann machte er sich an den Fußfesseln zu schaffen. Zufrieden betrachtete er sein Werk.

»Die Ketten sind weg, aber die Ringe an deinen Hand- und Fußgelenken sowie am Hals sind noch dran.«

Der Gefangene rührte sich immer noch nicht. Er lag nach wie vor in der gleichen zusammengekauerten Stellung. Für einen Moment dachte Conrad, dass er sich vielleicht nicht mehr bewegen konnte, weil seine Muskeln verletzt waren.

»Ich versuche jetzt einen der Ringe durchzuzwicken.«

»Kann ja nicht so schwer sein«, sagte er und berührte mit dem Finger einen der Ringe. Der Schwarze lag so still, dass Conrad nicht einmal seinen Atem bemerkte.

Erneut setzte Conrad die Zange an und drückte fest zu. Wieder knackte es, aber diesmal klang das Geräusch lauter und brüchiger.

»Verdammt«, schimpfte Conrad. Genau wie er befürchtet hatte, war die Zange in der Mitte auseinandergebrochen.

Verärgert ließ Conrad sich auf den Boden plumpsen und betrachtete das kaputte Werkzeug in seinen Händen.

»Na, wenigstens kannst du dich bewegen, und vielleicht können wir aus dem alten Segel eine Art Lendenschurz für dich basteln. Damit du nicht nackt, wie Gott dich geschaffen hat, hier liegen musst.«

Immer noch rührte der Gefangene sich nicht.

»Na, komm schon. Versuch dich zu bewegen!«, forderte Conrad zunehmend ungeduldig und hampelte mit den Armen.

Nichts geschah. Der Schwarze starrte ihn bloß an. Conrad konnte nicht sagen, was er in den Augen las. Vielleicht Verwirrung und Unverständnis.

»Du musst dich bewegen, sonst rosten deine Muskeln ein, so wie die Zange, die ich gerade ruiniert habe!«

Conrad wollte die Hand des Mannes ergreifen, um sie zu bewegen, aber sofort fuhr sie ihm abwehrend entgegen. Der Mann wollte ihn nicht verletzen, aber ihn eindeutig daran hindern, ihn zu berühren.

Erschrocken fuhr Conrad zurück und hielt dem

Schwarzen abwehrend beide Handflächen entgegen. Beruhigend sagte er: »Nur mit der Ruhe, ich will dir nicht schaden. Sonst hätte ich ja kaum die Ketten durchtrennt.«

Vorsichtig rückte er ein Stück von dem Mann ab. Langsam setzte der Schwarze sich auf, er bewegte zuerst seine Hände, dann seine Füße. Jeder einzelne Finger krachte. Dabei ließ er Conrad keinen Augenblick aus den Augen.

»Ich hoffe, du verstehst die Lage nicht falsch«, sagte Conrad vorsichtig. »Auch wenn ich weiß bin, will ich dir nichts Böses.«

Der Schwarze lehnte sich zurück und drehte seinen Kopf in alle Richtungen. Seine Knochen knackten so laut, dass selbst Conrad es hörte.

Plötzlich sagte der Schwarze völlig unerwartet: »Assante!«

Erschrocken fuhr Conrad zurück. Hatte der Mann eben gesprochen, oder hatte er sich verhört?

»Assante?«, wiederholte Conrad leise.

Der schwarze Mann nickte und rollte seine Handgelenke. Wieder knackte es laut.

»Ist das dein Name?«, fragte Conrad verwundert.

Doch der Gefangene sagte nichts mehr. Er schloss die Augen, lehnte sich gegen eine der Truhen und schien zu schlafen.

Conrad hingegen war überhaupt nicht müde. In seinem Kopf überschlugen sich die Gedanken. Ob der Mann ihn verstanden hatte? Ob er Latein sprach?

»Was bist du bloß für ein Narr!«, schimpfte er sich selbst. Aber es war zu spät. Conrad hatte dem Gefangenen von der Schatzkarte erzählt, von El Dorado, dem sagenumwobenen Goldschatz.

Aber es war weniger schlimm, dass der Mann vielleicht

von der Schatzkarte wusste, viel störender fand er die Tatsache, dass er ihm von seiner Kindheit erzählt hatte. Vom Verlust seiner Eltern und dem dringenden Bedürfnis, in den Augen aller ein wirklich guter Arzt zu sein. Die Vorstellung, dass der Schwarze neben ihm seine Ängste und geheimsten Wünsche kannte, ließ ihn sich so nackt fühlen, wie der andere tatsächlich war.

An Bord der Santa Lucia

November 1618

Rico hatte in seinem kurzen Leben gelernt, dass es besser war, den Menschen immer nur das zu erzählen, was sie gerne hören wollten. Damit war er bis jetzt meist gut gefahren.

Und immerhin stimmte es, dass Jana mit allen Mitteln versuchte, den Kapitän dazu zu überreden, Conrad wieder freizulassen. Zuerst mit Argumenten, dann mit Schmeichelei und schließlich mit Drohungen: »Sobald wir Trinidad erreicht haben, werde ich mich an einen Richter wenden, der Euch Euer Kapitänspatent aberkennen wird«, hatte Jana geschrien und nicht mehr als ein mitleidiges Lächeln geerntet.

Zum Glück hatte Servante sie rechtzeitig weggezerrt, bevor Jana zu wüsten Beschimpfungen übergegangen wäre.

»Ihr seid ja schlimmer als Euer Mann«, hatte der Lotse gesagt. »Ihr schadet ihm und auch Euch selbst, wenn Ihr auch nur ein einziges weiteres Wort sagt.«

Niedergeschlagen hatte Jana geschwiegen. Bestimmt hatte sie eingesehen, dass Servante recht hatte.

»Ich habe Conrad zu dieser Reise gedrängt, und nun sitzt er im Gefängnis. Ich habe mich noch nie so elend gefühlt«, hatte sie zu Servante gesagt. Bestimmt hatte sie da noch nicht geahnt, dass sich ihre Wunde entzünden und sie sich bald noch viel schlimmer fühlen würde.

Von all dem erzählte Rico Conrad nichts.

Jana bekam hohes Fieber, musste liegen und hatte ganz furchtbare Schmerzen. Sie fantasierte im Fiebertraum, schrie laut Conrads Namen und konnte bald die Wirklichkeit vom Traum nicht mehr unterscheiden. Die Stunden wurden zu Tagen und die Tage zu Wochen. Jana verdankte es allein Servantes hingebungsvoller Pflege, dass sie nicht dem Fieber erlag. Im Gegensatz zu Janas Verletzung heilte Servantes Bein problemlos. Er konnte bereits nach drei Tagen wieder übers Schiff humpeln, während Conrad eingesperrt war und Jana fantasierte. Wann immer seine Zeit es zuließ, kniete Servante neben Jana, versorgte sie mit kalten Wickeln und versuchte das hohe Fieber zu senken. Rodriguez kam und schaute nach ihr, schüttelte aber bloß mitleidig den Kopf und meinte: »Euer Mann ist ein Pfuscher. Er hat Euren Arm schlecht versorgt, und jetzt bleibt die Drecksarbeit an mir hängen.«

»Was meint Ihr damit?«, fragte Servante.

»Dass ich ihr den Arm abnehmen muss, und wenn wir noch lang warten, ist es nicht nur der Unterarm. Sobald sich der Brand ausweitet, muss der ganze Arm bis zur Schulter weg.«

Jana erwachte gerade aus einem ihrer Fieberträume. Matt flüsterte sie: »Keine Amputation!«

Sofort war Servante an ihrer Seite und beruhigte sie: »Nein, natürlich nicht. Sagt mir, was ich für Euch tun kann.«

Es war einer der seltenen Momente, in denen Janas Verstand trotz des hohen Fiebers arbeitete.

»Macht mir eine Paste aus heißem Beinwell und Huflattich und bestreicht meine Wunde damit.«

Verwirrt schüttelte Servante den Kopf: »Woher soll ich das nehmen?«

»Aus meiner Tasche. Ich bin Apothekerin.«

Servante rührte die Paste nach Janas Anweisungen an und bestrich die Wunde damit. Schon nach zwei Tagen sank Janas Fieber, und nach zwei weiteren Tagen konnte sie selbst die Fäden aus ihrer Wunde ziehen.

Die Mannschaft verfolgte ihre Genesung, und immer mehr Männer zweifelten an Rodriguez' Fähigkeiten. Einige murrten, man sollte den Mann der Apothekerin wieder freilassen, schließlich wäre er der bessere Arzt. Jana versuchte sofort nachzuhaken, aber Valdiva erstickte jede Kritik an seiner Entscheidung im Keim. Außerdem gab es im Moment ganz andere Probleme. Die Lebensmittel und das Wasser wurden knapp, und die täglichen Rationen mussten gekürzt werden.

Die Situation an Bord wurde von Tag zu Tag unerträglicher. Die Mannschaft war gereizt. Jeder hatte Hunger und Durst, alle waren geschwächt, aber den Männern standen nur noch schimmliger Zwieback und von Ungeziefer befallene Bohnen zum Essen zur Verfügung. So mancher schloss die Augen, damit er nicht sehen musste, was er auf seinen Löffel schaufelte. Schließlich wurden die Trinkwasserrationen erneut gekürzt, und die ersten Männer forderten, dass die Schwarzen unter Deck nichts mehr bekommen sollten. Janas Lippen waren so trocken, dass sie trotz Ringelblumensalbe aufsprangen und blutig wurden. Dasselbe passierte mit ihren Fingern, aber die Wunde an ihrem Unterarm verheilte, und es bildete sich eine neue, dünne Hautschicht.

Zwei Seemänner litten an einer Seemannskrankheit, die Jana bisher nur vom Hören kannte. Das Zahnfleisch der Männer färbte sich braun und wurde faulig. Sie konnten ihre Zähne mit den bloßen Fingern aus dem stinkenden Mund ziehen. Auch auf den Oberschenkeln der Männer färbte sich das Fleisch dunkelbraun.

Jana wünschte, Conrad wäre hier und könnte helfen. Aber Rodriguez wollte davon nichts hören. Alles, was er für die armen Männer tat, war, das faulige Fleisch mit dem Messer wegzuschneiden. Die Schreie der verzweifelten Männer verloren sich in der Weite des offenen Meeres. Schnaps, um die Schmerzen erträglicher zu machen, gab es keinen mehr.

Täglich erkundigte sich Jana bei Rico nach Conrads Gesundheitszustand, und der Junge tat sein Bestes, um sie zu beruhigen. Aber alle Bestechungsversuche von Jana, um zu Conrad zu gelangen, schlugen fehl. Die Angst des Jungen vor weiteren Prügeln oder schlimmeren Strafen war einfach zu groß.

Eines Morgens, die Stimmung an Deck war bereits besorgniserregend, da zwei weitere Männer mit fauligem Zahnfleisch erwacht waren, schrie einer der Matrosen vom Aussichtskorb am Großmast: »Holz! Da vorne schwimmt Holz!«

Aufgeregt stürzten die Männer zur Reling und beugten sich darüber. Auch Jana trat zu ihnen und stellte sich auf die Zehenspitzen. Tatsächlich, zu ihrer Rechten schwammen ein Baumstamm und einige Äste vorbei. Das konnte nur bedeuten, dass sich Land in unmittelbarer Nähe befand.

Ein Jubelschrei ging durch die Mannschaft, und Jana ließ sich von der Freude der Männer anstecken. Servante packte sie und drehte sich humpelnd, weil sein Bein immer noch steif war, im Kreis.

»Mit etwas Glück werden wir bald in Trinidad landen«, sagte er. »Meinen Berechnungen zufolge, kann es schon morgen so weit sei. Es hängt davon ab, wie gewogen uns die Winde sind! Im Moment haben wir eine Flaute, und wenn die anhält, kann es auch noch länger dauern. Vielleicht zwei oder gar drei Tage. Aber ein Ende der Reise ist in Sicht.«

»Endlich«, seufzte Jana erleichtert. Sie lehnte sich an die Reling und sah auf das nicht enden wollende Blau des Meeres. Im Moment konnte sie sich nicht vorstellen, dass tatsächlich wieder Land am Horizont auftauchen würde. Sie verbrachte einen Großteil des Vormittags in dieser Position, und am Nachmittag tauchten am Himmel zwei Möwen auf, die von der gesamten Mannschaft mit Freudenschreien begrüßt wurden. Wo Vögel waren, konnte auch Land nicht weit sein. Die krächzenden Schreie der Vögel klangen in Janas Ohren wie herrlich komponierte Musik. Zufrieden sank sie auf den Boden und hockte sich in den Schatten einer Kiste. Jetzt, da ihr Ziel so nah zu sein schien, wuchs ihre Ungeduld, und sie konnte es kaum erwarten, endlich ihren Fuß an Land zu setzen und Conrad wiederzusehen. Gegen Abend frischte der Wind wieder auf. Valdiva ließ alle Segel setzen und betrat selbst das Achterdeck, obwohl er sich eigentlich zum Ausruhen und Schlafen legen sollte. Eine freudige Erwartung hatte sich unter den Männern breitgemacht. Keiner wollte den Augenblick versäumen, wenn am Horizont ein Streifen Land erschien. Aber die Sonne ging unter, und am Horizont trafen Himmel und Wasser zusammen. Weit und breit war kein Land in Sicht.

Enttäuscht, aber voller Hoffnung legte sich Jana auf ihre Decke und rollte sich zusammen, konnte jedoch keinen Schlaf finden. Ihre Aufregung war zu groß. Immer wieder griff sie nach dem goldenen Schmuckstück unter ihrer Bluse. Irgendwo im Westen wartete El Dorado auf sie und Conrad. Was würden sie finden? Lag tatsächlich ein gigantischer Goldschatz in einem See verborgen? Was würde sie mit dem Reichtum anstellen? Gemeinsam mit Conrad ein Hospital für arme und bedürftige Menschen eröffnen? Conrad hatte davon gesprochen, bevor sie Gran Canaria verlassen hatten. »Wenn wir das Gold tatsächlich finden, dann sollten wir etwas Sinnvolles damit anstellen«, hatte er gesagt und deutlich erklärt, was seiner Meinung nach sinnvoll war. »Sicher brauchen auch in der Neuen Welt die Ärmsten ein Hospital, in dem sie behandelt werden, ohne ihr gesamtes Erspartes herzugeben.« Jana gefiel die Vorstellung von einem Hospital, in dem all jene behandelt wurden, die es sich sonst nicht leisten konnten. Mit dem Bild eines Orts des Friedens und der Gesundheit schlief sie ein und wurde erst wieder wach, als die Sonne aufgegangen war und Valdiva begeistert rief: »Land in Sicht!«

Augenblicklich sprang Jana auf und stürzte wie alle anderen auch zur Reling. Zuerst konnte sie nichts erkennen. Sie glaubte, dass die Wolken ihr ein Bild vorgaukelten, aber als sie die Augen zusammenkniff und noch einmal hinsah, erkannte sie eindeutig Land aus Erde, Felsen, Sand und grünen Pflanzen. Jana traten Tränen der Freude in die Augen. Sie umarmte den Matrosen, der neben ihr stand, auch er hatte feuchte Augen.

Valdiva ließ die Takelage in Windrichtung setzen, und zügig nahm das Schiff Kurs Richtung Festland. Je näher sie ihrem Ziel kamen, desto klarer wurden die Formen und umso kräftiger die Farben. Das Land erstrahlte in saftigem, sattem Grün. Jana konnte es kaum erwarten, endlich das Schiff zu verlassen, das ihr mittlerweile wie ein grausamer Käfig erschien.

Sie suchte nach Servante, als der entsetzte Schrei des Matrosen im Aussichtskorb sie herumfahren ließ.

»Drei Schiffe mit schwarzen und roten Fahnen kommen auf uns zu.«

Für einen Moment erstarrten die Männer an Bord. Bloß Jana wusste nicht, was die Ankündigung zu bedeuten hatte.

»Piraten«, klärte der Matrose sie auf, den sie eben noch umarmt hatte. Der Kerl war ein hartgesottener Seemann mit Händen so groß wie Teller und Schultern so breit, dass er einem Ochsen die Stirn bieten konnte, doch beim Anblick der drei kleinen Boote zitterte er vor Angst.

»Was können uns die drei winzigen Boote anhaben?«, fragte Jana.

»Auf jedem der Boote sitzen mindestens 15 Männer, die bis an die Zähne bewaffnet sind und den ganzen Tag nichts anderes machen, als sich im Nahkampf zu üben. Sie werden uns nicht beschießen, denn Munition ist teuer. Sie werden uns entern und dann gnade uns Gott.«

»Können wir nicht vor ihnen davonsegeln?«, fragte Jana naiv. »Unser Schiff ist doch groß, schwer und schnell.«

»Wir sind nicht wendig genug«, erklärte Servante. Er war zu ihr getreten und starrte ebenfalls besorgt Richtung Piraten, die zügig auf sie zusteuerten.

»Wenn wir Glück haben, wollen sie uns nicht töten, sondern bloß Beute machen. Aber ihre rote Fahne ist beunruhigend.«

»Warum?« Mit jeder Frage kam Jana sich unwissender vor. Auch nach wochenlanger Reise hatte sie vom Leben auf hoher See nicht die geringste Ahnung.

»Die rote Fahne symbolisiert den Kampf auf Leben und Tod. Das heißt, sie haben vor, uns alle umzubringen.« Jeder Humor war aus Servantes Stimme gewichen.

»Und die schwarze Flagge?«, wollte Jana wissen.

»Die gibt uns Grund zu Hoffnung. In der Regel haben Piraten kein Interesse an aussichtslosen Kämpfen, alles, was sie wollen, ist Beute. Leider haben wir außer den Sklaven nichts an Bord, und an denen haben die Piraten kein Interesse.«

»Warum denn nicht? Sie können sie doch ebenso verkaufen, wie Valdiva es vorhat.« Plötzlich wirkten die drei Boote viel bedrohlicher als noch vor wenigen Minuten.

»Piraten halten keine Sklaven. Viele von ihnen waren selbst einmal welche. Der Rest von ihnen besteht aus ehemaligen Sträflingen und Gesetzesbrechern. Keine Männer, die man zum Sonntagsnachmittagstee einlädt. Aber wir werden sie bald kennenlernen. Sie nähern sich dem Schiff mit einer Affengeschwindigkeit ...«

Servante wurde von Valdiva unterbrochen, der seiner Mannschaft Befehle zubellte. »Jeder Mann bewaffnet sich. Musketen, Messer, Prügel ... Ganz egal, was ihr finden könnt.«

Noch bevor er ausgesprochen hatte, stürzten die Männer los und rasten kopflos über Deck, in der Hoffnung, Gegenstände zu finden, mit denen sie sich verteidigen konnten. Aber das Schiff war ein Handelsschiff, es verfügte über keine Kanonen und nur wenige Schusswaffen, es war nicht für einen Kampf ausgestattet. Jana überlegte, ob sie sich auch nach einer Waffe umsehen sollte, aber viel wichtiger erschien es ihr, Conrad zu befreien. Sie hob ihre Röcke und lief zum Lagerraum. Auf halbem Weg wurde sie von Rodriguez am Arm festgehalten.

»Ihr werdet weder Euren Mann noch den schwarzen Sklaven befreien«, herrschte er sie an.

»Macht Euch nicht lächerlich. Jeder Mann zählt. Wir sollten alle Sklaven befreien, damit sie uns im Kampf helfen.« Sie wollte sich aus seinem Griff winden, aber Rodriguez' Finger bohrten sich schmerzhaft in ihren Oberarm. Bis jetzt hatte sie immer geglaubt, dass der Mann bloß eifersüchtig war, jetzt zweifelte sie an seinem Verstand.

»Wenn Ihr Euch dem Lagerraum auch nur einen Schritt nähert, schneide ich Euch die Kehle durch.« Wahnsinn blitzte in seinen Augen auf, und Jana war davon überzeugt, dass er nicht ganz richtig im Kopf war.

Sie wollte Servante oder einen der anderen Männer um Hilfe rufen, aber niemand achtete auf sie.

»Sie haben uns erreicht!«, schrie einer der Männer mit schriller, sich überschlagender Stimme. Ein Ruck ging durch das Schiff. Jana drehte sich zum Heck. Sie konnte nur die blutrote Fahne der Gegner vor dem strahlend blauen Himmel sehen. Die Szene wirkte unwirklich. Endlich ließ Rodriguez sie los, und Jana machte einen Satz vorwärts, den Blick immer noch zum Heck gerichtet. Drei Männer kletterten über die Reling. Zwei hatten dunkle Hautfarbe, sie alle trugen Messer zwischen den Zähnen. Einer von ihnen schleppte einen Sack mit sich, den er nun öffnete und ausschüttelte. Feiner Staub breitete sich aus. Der Wind blies das helle Pulver direkt in die Augen der Männer, die sich gegen die Angreifer verteidigen wollten. Sie heulten auf, ließen die Waffen fallen, gingen in die Knie und hielten sich die Hände vor die Augen.

»Verdammt«, schimpfte Rodriguez. »Ungelöschter Kalk.«

Als Apothekerin wusste Jana, was es bedeutete, ungelöschten Kalk in die Augen zu bekommen. Die Männer würden allesamt erblinden. Sie nutzte Rodriguez' Unaufmerksamkeit und stürzte davon. In dem Moment kletterten weitere Männer an Bord und machten dabei einen infernalischen Lärm. Sie brüllten so laut, dass die gesamte Mannschaft erschrocken erstarrte. Einer der Piraten durchschlug die Fallen, jene Taue, die die Rah des Schiffs hielten. Im nächsten Moment fiel die gesamte Takelage von den Masten und begrub die Mannschaft. Rodriguez wurde von einem Rundholz getroffen. Jana hatte Glück, es war bloß fester Segelstoff, der auf ihr landete und sie zu Boden riss.

Verzweifelt versuchte sie, den schweren Stoff von ihrem Körper zu ziehen, aber ohne Erfolg. Das schneidende Geräusch eines Schwertes ließ sie zusammenzucken. Neben ihr schnitt jemand ein Loch ins Segel. Kurz darauf sah sie den hellblauen Himmel. Vor ihr stand ein dunkelhäutiger, unrasierter Mann, der nur noch ein Ohr hatte, das von drei goldenen Ohrringen geschmückt wurde. Er setzte an, Jana mit dem Schwert anzugreifen, als er jedoch sah, dass sie eine Frau war, hielt er inne und senkte die Waffe. Verwunderung machte sich auf seinem Gesicht breit.

»Une femme?« Er benutzte jene nasale Sprache, die Jana aus Bordeaux und Dijon kannte. Seine Überraschung währte nur kurz. Er rief einem seiner Kumpane einen Befehl zu, zerrte Jana unsanft auf die Füße und stieß sie Richtung Heck. Jemand fesselte ihre Handgelenke, und noch bevor Jana sich wehren konnte, wurde sie über die Reling in eines der Boote gestoßen. Unsanft prallte sie auf den Holzplanken auf und stieß mit dem Kopf gegen einen Mast. Ein stechender Schmerz durchzuckte ihre Schläfe, warmes Blut tropfte auf ihre rechte Schulter. Die dünne Haut über ihrer Verletzung platzte wieder auf. Jana versuchte sich aufzurichten, aber ihr wurde schlecht, deshalb blieb sie liegen und schloss die Augen. Über sich hörte sie das Klirren von Waffen und die schmerzverzerrten Schreie von Männern, die um ihr Leben kämpften. Sie glaubte Servantes Stimme zu erkennen. Der Schrei, den er ausstieß, klang nach seinem letzten. Jana schoss es durch den Kopf, dass der Lotse seinen Lebensabend gerne auf einer kleinen Insel in der Karibik verbracht hätte. Er würde sich seinen Traum nicht mehr erfüllen können. Die tobenden Geräusche dauerten schier eine Ewigkeit, plötzlich mischte sich zu dem infernalischen Lärm der stechende Gestank brennenden Holzes. Jana öffnete die Augen und sah dunklen Rauch in den hellblauen Himmel aufsteigen.

Die Santa Lucia stand in Flammen.

»Conrad!«, schrie Jana verzweifelt. Aber in dem Moment sprangen drei Männer an Deck. Einer von ihnen schlug Jana mit der flachen Hand auf den Mund und fauchte sie herrisch an, ruhig zu sein. Jana taumelte zurück, das Boot schwankte, und sie fiel auf die Knie. Jemand riss das Ruder herum, die Segel blähten sich, und das schmale Schiff segelte dem Festland entgegen.

Die Geräusche, die in den Lagerraum drangen, waren eindeutig. Das Schiff wurde von Piraten überfallen, und Conrad war nicht länger gewillt, untätig in dem winzigen Raum zu hocken.

Erneut öffnete er die Truhe, aus der er dann den alten

Hammer und eine rostige Feile hervorholte. Mit dem Hammer schlug er gegen die Tür. Holz krachte, aber das metallene Vorhängeschloss gab keinen Fingerbreit nach. Verzweifelt warf er sich mit seinem gesamten Gewicht dagegen, mit dem Ergebnis, dass seine Schulter schmerzte und er benommen zurücktaumelte. Der Schwarze beobachtete ihn neugierig, machte aber keine Anstalten, Conrad zu helfen.

Gerade als Conrad erneut gegen die Tür springen wollte, klapperten Schlüssel im Schloss, und kurz darauf wurde die Tür aufgetreten. Eine breite Gestalt stand im Türrahmen und starrte ins Dunkle.

»Mon Dieu! Hier stinkt es ja wie in der Hölle!«, rief eine tiefe Stimme.

Conrad konnte nur die dunklen Umrisse eines Schattens sehen, da der Mann von hinten vom hellen Sonnenlicht beleuchtet wurde. Aber er konnte erkennen, dass der Mann bloß eine Hand besaß. In der hielt er einen seltsam gekrümmten Säbel, mit dem er jeden Gegner mit nur einem Hieb um einen Kopf kürzer machen konnte. Conrad hatte immer noch den alten Hammer in der Hand. Welch lächerliche Waffe verglichen mit dem todbringenden Säbel! Aber noch wollte er sich nicht geschlagen geben. Der Hüne trat einen Schritt auf Conrad zu. Das Weiß seiner Zähne blitzte auf, dann schwang der Säbel durch die Luft. Genau in dem Moment sprang Assante, der bis jetzt scheinbar unbeteiligt dagesessen hatte, auf Conrads Angreifer zu und schlug ihm mit voller Wucht die kaputte Zange über den Hinterkopf. Augenblicklich ließ der Pirat seine Waffe klirrend zu Boden fallen und ging in die Knie. Er schlug mit dem Kopf krachend gegen eine der Truhen und blieb regungslos liegen.

»Age!«, sagte der Schwarze und bedeutete Conrad mit der Hand, ihm zu folgen. Der war immer noch so überrascht über den Angriff, dass er nicht bemerkte, dass Assante gerade auf Latein »Komm!« zu ihm gesagt hatte.

Benommen hob er den Krummsäbel auf. Die Waffe war überraschend schwer, nie im Leben würde er damit kämpfen können. Aber er nahm den Säbel trotzdem mit und lief dem Schwarzen hinterher.

An Deck herrschte ein heilloses Durcheinander. Männer kämpften schreiend gegeneinander, das Heck des Schiffs stand in Flammen, Holz knirschte, und der Hauptmast, der nach dem Unwetter notdürftig repariert worden war, knickte erneut ein, wie ein Schilfrohr im Wind. Die Angreifer schleppten Truhen, Kisten und Fässer auf die kleineren Schiffe. Alles, was nicht niet- und nagelfest war, wurde geschnappt. Völlig egal, ob es von Wert war oder nicht.

Conrad erblickte Valdiva, der in einem verzweifelten Zweikampf gegen die Reling gedrängt wurde. Wo war Jana? Conrad rief ihren Namen, aber seine Schreie gingen im Kampfgetöse unter. Suchend lief Conrad über das Schiff. Da erblickte er eines der Piratenschiffe, das bereits Richtung Festland segelte. Konnte es sein, dass Jana darin saß? Für einen Moment setzte Conrads Herz aus, um dann in viel zu schnellem Rhythmus weiterzuschlagen. Direkt neben dem Hauptmast des kleinen Schiffs hockte sie. Es musste Jana sein. Wer sonst hatte langes, blondes Haar, das gerade vom Wind zerzaust wurde. Für einen Moment verfluchte Conrad seine Augen, die ihn auf weiten Entfernungen oft im Stich ließen. Aber es bestand kein Zweifel. Auch wenn er ihr Gesicht nicht genau sehen konnte, so erkannte er ihre Gestalt.

Verzweifelt brüllte er Janas Namen, winkte mit beiden Armen und hüpfte auf und ab. Doch sie konnte ihn nicht hören. Das Schiff war zu weit weg. Die Wellen des Meeres verschluckten Conrads Schreie.

»Ich muss hinterher!«, sagte er zu sich selbst und sah sich suchend um. Das Rettungsboot. Conrad stürzte zu dem winzigen Ruderboot, das nicht viel größer als ein Futtertrog für Pferde war und festgetaut neben dem Vorderkastell lag. Ungeschickt schnitt er die Taue mit dem unhandlichen Säbel durch. Gerade als er alle Stricke gelöst hatte, trat jemand von hinten zu ihm. Conrad fuhr herum, bereit, mit der Waffe zuzuschlagen. Doch er erkannte Assante. Ohne Kommentar packte der starke Mann mit an. Gemeinsam drehten sie das winzige Boot um und warfen es über Bord. Es blieb keine Zeit, Seile zu befestigen und es langsam zu Wasser zu lassen. Krachend landete das Boot im Meer. Für einen Moment hatte Conrad Angst, das Holz würde zersplittern und das Boot in der Mitte entzweibrechen. Aber als er über Bord schaute, schaukelte das winzige Boot wild auf den immer höher werdenden Wellen. Hinter ihnen schrie jemand laut auf. Es war Valdiva, der von seinem Angreifer mit einem Schwert regelrecht aufgespießt wurde. Conrad drehte sich weg, schloss die Augen und sprang über Bord. Er konnte nicht besonders gut schwimmen, aber bis zum Ruderboot musste es reichen. Er tauchte klatschend ins Wasser ein und sank viel zu tief. Die Wellen schlossen sich über ihm, und er strampelte verzweifelt, um wieder an die Wasseroberfläche zu gelangen. Hustend und spuckend gelangte er nach oben. Wo war das Boot? Er war doch direkt daneben ins Wasser gesprungen.

Wie ein junger Hund kraulte er unkontrolliert mit

Händen und Füßen. Jetzt sah er das Boot, es befand sich ein gutes Stück von ihm entfernt. Der Wellengang und der Wind trieben es rasch von ihm weg.

Conrad fluchte über sich selbst. Warum hatte er seine Stiefel nicht ausgezogen? Das Schuhwerk zog ihn in die Tiefe. Wasser drang ihm in die Nase. Er prustete, versuchte Luft zu holen, musste husten. Die verdammten Stiefel, sie waren einfach zu schwer. Erneut war sein Kopf unter Wasser, verzweifelt schlug er mit Armen und Beinen um sich. Für einen winzigen Moment schaute sein Kopf aus dem Wasser. Wie ein Fisch schnappte er nach Luft, doch die salzigen Wellen schlossen sich erneut über ihm. In seinen Ohren hörte er sein eigenes Blut rauschen, ihm wurde schwarz vor Augen.

Nur nicht ohnmächtig werden, durchhalten!, ermutigte er sich und strampelte kräftig. Er musste die Wasseroberfläche erreichen, um die Lungen mit Luft aufzufüllen. Aber statt hinaufzugelangen, wurde er immer tiefer in den Abgrund gezogen. Salzwasser brannte in seinen Augen. Je tiefer er sank, umso dunkler wurde es rund um ihn.

In dem Moment packte ihn jemand unter der Achsel. Conrad konnte ihn nicht erkennen, unter Wasser war alles verschwommen. Aber er begriff, dass jemand ihn retten wollte. Er wehrte sich nicht. Ließ sich ziehen. Kaum war sein Kopf wieder aus dem Wasser, sog er gierig Luft in seine Lungen. Der Mann, der ihn fest umschlossen hielt, war Assante. Mit kräftigen Schwimmbewegungen näherte er sich dem Ruderboot. Woher nahm der Mann seine Ausdauer und Kraft? Er hatte wochenlang in Ketten gelegen.

Endlich hatten sie das Ruderboot erreicht. Conrad kletterte als Erster hinein. Die winzige Nussschale schwankte. Erschöpft ließ er sich auf die Bank in der Mitte plumpsen. Assante folgte ihm. Auch er sank erschöpft auf die Knie und atmete in kurzen, abgehackten Stößen. Dabei hob und senkte sich seine breite Brust in rasantem Tempo.

Mit beiden Händen fuhr sich Conrad übers Gesicht. Er starrte zurück zur Santa Lucia. Das Schiff stand in Flammen. Dicke, schwarze Rauchschwaden stiegen anklagend in den Himmel. Eines der drei Piratenschiffe lag immer noch am Heck der Nao. Das andere segelte bereits Richtung Festland. Auch das dritte schien sich jetzt in Fahrt zu setzen. Langsam entfernte es sich vom brennenden Wrack. Für einen Moment fürchtete Conrad, die Piraten könnten bei ihnen Halt und kurzen Prozess machen. Aber das elegante, schmale Schiff segelte an ihnen vorbei, als wären sie gar nicht vorhanden. Das winzige Ruderboot schwankte bedrohlich und drohte zu kippen. Conrad und Assante hielten sich mit beiden Händen fest, aber kaum war das Segelschiff weg, beruhigten sich die Wellen wieder, und das kleine Rettungsboot trieb unbeschadet im Meer.

Langsam begann Conrad zu begreifen, was eben passiert war. Er beobachtete seinen Lebensretter, der bereits damit beschäftigt war, die Ruder aus den Metallhalterungen zu befreien.

»Danke«, sagte Conrad.

Der Mann arbeitete weiter an den Rudern. Ohne den Kopf zu heben, erwiderte er: »Gern geschehen!«

Der Mann sprach Latein. Wo hatte er die Sprache der Kirche und der Wissenschaft erlernt? Im Moment war Conrad zu müde und erschöpft, um sich darüber Gedanken zu machen. Das winzige Ruderboot war weit vom Festland entfernt. Vielleicht zu weit. Es war durchaus möglich, dass die Piraten sie nicht angegriffen hatten, weil sie wussten, dass die beiden niemals so weit rudern konnten. Aber sie würden es versuchen. Denn eines hatte Conrad über Assante bereits gelernt: Der Mann war zäh und wollte überleben.

Tobago,

November 1618

Seit drei Tagen saßen Richard und Tom auf Tobago fest, auf der Insel, die Christoph Columbus »Bella Forma«, schöne Form, genannt hatte. Was vielleicht an den flachen, sandigen Sandstränden im Südwesten der Insel lag. Im Norden bedeckte eine bewaldete Gebirgskette die Insel. Die Küste war hier stark zerklüftet, was der Schönheit der Landschaft aber keinen Abbruch tat.

Kräftige Südwestwinde hatten die Anne Rose schneller als geplant an einem der weißen Sandstrände landen lassen. Hohe Palmen, ein farbenprächtiges Blütenmeer und Früchte, so süß, dass kein englischer Kuchen damit konkurrieren konnte, ließen erahnen, wie es im Paradies wohl aussehen könnte.

Es dauerte einen halben Tag, bis Richard wieder aufrecht gehen konnte, ohne dabei zu wanken. Einen weiteren halben Tag brauchte er, um eine Taverne in der kleinen Hafenstadt, der die Holländer den Namen Nieuw-Vlissingen gegeben hatten, zu finden und dort so viel Branntwein zu trinken, dass er hinterher wieder knieweich torkelte. Toms vorwurfsvolle Blicke hatten daran nichts ändern können.

Im Moment war Tobago unter englischer Herrschaft, aber das konnte sich rasch wieder ändern, denn seit Christoph Columbus sie vor hundertfünfzehn Jahren entdeckt hatte, war die Insel in spanischen, holländischen und französischen Händen gewesen. Die indianische Bevölkerung war in den letzten hundert Jahren auf eine Zahl geschrumpft, die man an den Fingern zweier Hände abzählen konnte.

Einer der Überlebenden, ein kleiner Mann mit rundem Gesicht und schrägstehenden Augen, putzte die Tische in der Taverne und wischte mit einem nicht mehr ganz sauberen Tuch lustlos über die grobe Tischplatte. Es war mit Abstand die schäbigste Gaststätte auf der Insel, dafür aber die billigste.

»Das Zeug ist gut«, sagte Richard. Seine Augen waren bereits rot unterlaufen und glasig, seine Aussprache war verwaschen. Er hielt sein halbvolles Glas hoch und prostete Tom zu.

»Was Ihr ›Zeug‹ nennt, ist starker Alkohol, der aus Zuckerrohr gebrannt wird. Ihr solltet nicht zu viel davon trinken, denkt daran, wie es Euch gestern ergangen ist.«

Richard kicherte wie ein kleines Mädchen und kippte den Inhalt des Glases in einem Zug hinunter.

»Wozu soll ich mich daran erinnern? Ich hab doch dich dabei, meine Anstandsdame, die auf mich aufpasst. Prost!«

Er schenkte das Glas aus der Flasche vor ihm noch einmal voll und trank. Dann knallte er das Glas lautstark auf den Tisch und sah sich um. Mit der richtigen Portion Zuckerrohrbrand sah die windschiefe Hütte, die aus den Resten gestrandeter Schiffe zusammengenagelt worden war, gar nicht mehr so schlimm aus. Auch das Dach aus getrockneten Palmenblättern wirkte heimelig, ebenso wie der grobe Tisch und die wackeligen Stühle.

»Wusstest du, dass wir in einem Piratennest gelandet sind?« Richard senkte seine Stimme und beugte sich über den Tisch. »Unser ehrenwerter Kapitän und sein zahnloser Steuermann arbeiten mit Piraten zusammen.«

Tom wich vor der Alkoholfahne zurück.

»Selbst der Mann, dem die Taverne gehört, soll früher ein Pirat gewesen sein. Angeblich ist er für Königin Elisabeth zur See gefahren. Vielleicht kennt er meinen Schwiegervater.« Richard kicherte über seinen Witz. Aber Tom verdrehte bloß genervt die Augen.

Richard schenkte sich erneut nach und trank.

»Fast so gut wie Aqua Vitae«, meinte er versonnen. »Leider kann die Gaststätte nicht mit den gemütlichen Gasthäusern in London mithalten.« Er machte eine ausladende Geste und zeigte auf das Palmblätterdach.

Tom verzog sein Gesicht zu einer Grimasse. Wenn der Diener sich aussuchen könnte, wo er seinen Lebensabend verbringen wollte, würde er sich für die warme Insel in der Karibik entscheiden statt für die verregnete Stadt London. Er selbst fand die Piraten nicht so fürchterlich wie Richard.

»Wusstet Ihr, dass die Piraten ihre eigenen Gesetze machen? Sie teilen die Beute gerecht untereinander auf und zahlen denjenigen unter ihnen, die beim Kampf verletzt wurden, eine Schadenssumme. Hundert Piaster für einen Finger, fünfhundert für den rechten Arm …«

Richard zog überrascht die Augenbrauen hoch: »Sie zahlen für verlorene Körperglieder? Noch dazu mit den wertvollen spanischen Goldmünzen?«

Tom nickte begeistert.

»Die verletzten Piraten können nicht mehr kämpfen, da ist es doch nur fair, wenn sie einen ordentlichen Batzen

Geld erhalten. Stellt Euch vor, wenn die Grubenbesitzer in Wales oder die Betreiber der Werften in London mit ihren Arbeitern ähnlich umgehen würden. Arbeiter tragen überall ein hohes Risiko, sich zu verletzen, und wenn sie nicht mehr arbeiten können, leidet die ganze Familie.«

»Es gibt Verletzungen, gegen die keine Versicherung der Welt helfen kann«, sagte Richard düster und griff erneut zur Flasche. Die war aber leer.

»Sich ständig zu betrinken ist auch keine Lösung«, sagte Tom voller Verachtung. »Gott bestraft die Sünder.«

»Gott hat mich bereits grausam bestraft, das reicht für mehrere Leben.«

In dem Moment stürzte ein junger Bursche in die Hütte. Es war der Sohn des Tavernenbesitzers. Ein kleiner, drahtiger Junge mit abstehenden Ohren, Sommersprossen und kohlschwarzem Haar.

»Kapitän Jack Morgan und seine Männer haben eine portugiesische Nao vor Trinidad gekapert und sind nun auf dem Weg hierher. Das schöne Schiff steht in Flammen, was für ein Jammer, und an Bord war außer ein paar halb verhungerten Sklaven nichts wirklich Wertvolles!« Der Junge sprach eine Spur zu schnell und verhaspelte sich bei jedem Satz. So als wäre seine Zunge zu breit für seinen Mund.

»Woher weißt du das?«, fragte Tom.

»Er hat ein schnelles, kleines Segelboot vorausgeschickt.«

Unterdessen dachte Richard über den Wert der Ladung nach.

»Sklaven sind wertvoll!«, verbesserte er den Jungen.

Doch Tom erklärte: »Piraten verkaufen Sklaven nur,

wenn sie sich nicht ihrer Sache anschließen. Ich kann mir nicht vorstellen, dass einer der Männer sich für die Ketten statt für die Piraterie entscheiden würde.«

Das leuchtete Richard ein. Auch wenn er nicht verstehen konnte, warum die Piraten die Sklaven nicht einfach weiterverkauften. In allen anderen Belangen waren die Männer, denen er bis jetzt begegnet war, weder besonders feinfühlig noch zart besaitet. Sie schreckten weder vor Mord noch vor Vergewaltigungen zurück, umso erstaunlicher war ihre Einstellung gegenüber Sklaven.

So als könnte Tom Richards unausgesprochene Frage hören, sagte er: »Die meisten Piraten waren selbst einmal Sklaven oder Gefangene.«

Richard schüttelte den Kopf und meinte mit schiefem Grinsen: »Wo sind wir hier bloß gelandet?«

»Morgan hat eine Gefangene gemacht, die bringt er hierher. Er hofft, dass er Lösegeld ergattern kann.«

»Ah, Erpressung. Das hat uns in der Liste der Verbrechen noch gefehlt«, sagte Richard. »Ein wirklich netter Ort mit ganz entzückenden Zeitgenossen.« Er warf Tom einen Blick zu, der tat aber so, als hörte er ihn nicht.

»Das erste Schiff ist bereits in der großen Bucht gelandet. Ich bin sicher, dass Morgan und seine Männer herkommen werden«, rief der Junge begeistert.

»Wo sollen sie auch sonst hin?«, fragte Richard. »Außer diesem winzigen Dorf gibt es auf der Insel keinen Ort, wo man vernünftig trinken kann.«

»Ja, da habt Ihr recht. Mein Vater hat zwar nicht die schönste Taverne auf der Insel, dafür aber den besten Zuckerrohrbrand. Leider wird Morgan trotzdem nicht zu uns kommen, schließlich hat er seine eigene Taverne.«

Der Junge zögerte noch einen Moment, dann lief er

wieder hinaus. Er wollte da sein, wenn der Piratenkapitän mit den Gefangenen landete.

Als sie wieder allein in der Hütte waren, sagte Richard: »Ich frage mich, wann unser Schiff endlich weitersegeln wird. Je mehr ich von den Piraten erfahre, umso unwohler fühle ich mich hier. Schadenszahlungen für verlorene Körperteile hin oder her.«

»Im Moment genießt die Mannschaft ein paar Tage auf festem Boden. Es müssen Wasser und Proviant aufgefüllt werden. Aber spätestens in zwei Tagen soll die Anne Rose wieder in See stechen«, sagte Tom und fügte so leise hinzu, dass Richard es kaum verstehen konnte: »Ich hoffe inständig, dass es nicht länger dauert, sonst sauft Ihr den letzten Rest Verstand aus Eurem Kopf.«

Aber Richard hörte ganz genau, und statt das Glas zur Seite zu schieben, rief er dem Mann am Tresen zu, er solle ihm eine weitere Flasche bringen. Was er ganz sicher nicht brauchte, war ein Diener, der ihn maßregelte. Dass er zu viel trank, das wusste er auch ohne Toms Ermahnungen.

Vor Trinidad

November 1618

Gnadenlos brannte die Sonne auf das kleine Ruderboot. Seit Stunden hatte Conrad den Eindruck, dass sie sich dem Festland nicht näherten, im Gegenteil. Die drei Piratenschiffe waren längst aus ihrem Blickfeld verschwunden. Sie waren nicht am einladend wirkenden Sandstrand gelandet, sondern hatten sich von der Küste entfernt und waren Richtung Nordosten weitergesegelt. Auf einem der Schiffe saß Jana. Sie war eine Gefangene in den Händen brutaler Piraten. Vielleicht hatte man sie gefesselt, vielleicht geschlagen. Conrad versuchte die Bilder aus seinem Kopf zu verdrängen, aber es gelang ihm nicht. Immer wieder tauchte ihr Gesicht vor ihm auf, wie sie verzweifelt weinte und um Hilfe rief. Doch sofort korrigierte er selbst seine Fantasien. Jana war keine Frau, die hysterisch schrie. Dennoch war die Vorstellung davon, was eine Horde gesetzloser Männer mit einer hübschen, jungen Frau anstellen konnte, furchteinflößend.

Conrads Blick glitt seitlich ins Meer, um die Sorgen um Jana für einen Moment zu vergessen. Was er sah, verlagerte seine Angst bloß in eine andere Richtung. Das Wasser war so dunkel, dass es beinahe schwarz aussah. Es wirkte bedrohlich. Niemand wusste, wie groß die Fische und andere Meerestiere waren, die in den Tiefen wohnten und nur darauf warteten, dass das kleine Boot kenterte und die beiden Männer hilflos ertranken. In der Ferne, dort, wo der weiße Sandstrand sanft ins Meer verlief, war das Wasser topazfarben. Der Sand funkelte weiß im Sonnenlicht, und dahinter breiteten sich üppige Wälder voller Palmen und Farne aus. Wo grüne Pflanzen wuchsen, musste es auch Wasser geben. Conrads Zunge klebte ausgetrocknet und breit an seinem Gaumen. Seine Haut spannte, und seine Lippen waren aufgesprungen und blutig. Nach all den Wochen auf hoher See sah er endlich wieder festes Land, und nun ging ihm so knapp vor dem Ziel die Kraft aus. Am liebsten hätte er sich auf den Boden des kleinen Schiffs gelegt und wäre eingeschlafen. Seine Augen fielen ihm zu. Da landete eine Hand voll salzigem Meerwasser in seinem Gesicht.

»Rudern!«, befahl der Schwarze neben ihm. Der Mann schien übermenschliche Kräfte zu besitzen. Seine muskelbepackten Arme zogen ohne Unterbrechung das Ruder durchs Wasser.

Conrad rappelte sich auf und bemühte sich, aber er fühlte sich einfach zu schwach. Jede einzelne Faser seines Körpers schmerzte. Vielleicht hatte er Fieber. Er musste sich ablenken.

»Warum sprichst du Latein?«, fragte er und bemühte sich, seiner Stimme etwas Stärke zu verleihen.

Einen Augenblick zögerte der Schwarze, und Conrad glaubte schon, er würde weiterhin schweigen, doch dann drehte er sich zu ihm und antwortete, ohne dabei mit dem Rudern aufzuhören.

»Ich war zehn Jahre lang der Sklave eines Plantagenbesitzers aus Cádiz. Der Mann lehrte mich seine eigene Sprache und Latein.«

Conrads Neugier war geweckt, und seine Lebensgeister kehrten langsam zurück. Sobald es etwas gab, das ihn faszinierte, konnte er seine Müdigkeit vergessen.

»Wie kommt es, dass ein gelehrter Sklave auf einem Sklavenmarkt auf Gran Canaria landet?«

Assante zuckte mit den Schultern: »Lange Geschichte.«

»Wir haben viel Zeit, und du kennst meine Geschichte bereits.« Verschämt erinnerte sich Conrad daran, wie er im Lagerraum der Nao über jede Einzelheit seines Lebens erzählt hatte, im Glauben, dass Assante ihn nicht verstehen konnte. Und als er damit fertig gewesen war, hatte er Teile davon auf Latein wiederholt, um sich die Zeit zu vertreiben und das Denken nicht zu verlernen.

Wieder schwieg der Schwarze, und eine schier endlose Pause entstand, in der Conrads Ruderschläge schwächer wurden.

»Du bist ein neugieriger Mensch. Ich erzähle dir meine Geschichte nur, damit du weiterruderst«, willigte Assante ein.

Conrad war es gleich, warum der Mann neben ihm redete. Wichtig war, dass er redete und ihn selbst von seinem Elend ablenkte.

»Ich stamme aus einem kleinen Dorf. Ich kann nicht sagen, wo genau es lag. Es ist zu lange her, dass man mich von dort verschleppte. Ich war noch ein Kind. Aber ich kann mich an Hütten aus Lehm erinnern. An saftige Felder, eine Ziegenherde und an eine Mutter in weichen, bunten Gewändern, sie hatte das großzügigste, liebevollste Lächeln der Welt.«

Assante räusperte sich, bevor er weitersprach.

»Eines Tages tauchten Sklavenhändler auf. Weiße Männer mit Gewehren und Schwertern, aber es waren auch zwei Schwarze dabei.« Assantes Gesicht verfinsterte sich. »Die Männer stammten aus dem Nachbardorf. Ich habe nie begriffen, warum sie dabei waren. Die Männer schlugen alles klein, zerstörten die Häuser, töteten das Vieh und brannten die Felder nieder. Sie erstachen die Kleinkinder, vergewaltigten die Frauen und nahmen die Männer mit. Ich war damals zehn. Aber für mein Alter ungewöhnlich groß, deshalb legten sie mir Ketten an und führten mich ebenfalls ab. Ich landete auf einem Sklavenmarkt, wo Don Hernando Villaverde mich kaufte. Ich arbeitete auf einer seiner großen Feigenplantagen. Aber als Villaverde bemerkte, wie jung ich war, holte er mich in sein Haus, wo ich in der Küche mithalf. Villaverde hatte einen Sohn in meinem Alter. Orlando hatte keine Geschwister. Auch sonst gab es keine Kinder im Haus, und so freundete sich Orlando mit mir an. Zuerst bloß heimlich, aber nach und nach spielten wir auch vor den Augen der anderen miteinander, und die Freundschaft wurde enger. Orlando war der größte Schatz seines Vaters. Villaverde verwehrte ihm niemals einen Wunsch, und so setzte Orlando durch, dass ich dabei sein durfte, wenn er unterrichtet wurde. So kam es, dass ich lesen, schreiben und rechnen lernte. Das steigerte meinen Wert als Sklave. Als Orlando erwachsen wurde, schickte ihn sein Vater nach Cádiz, und ich sollte ihn begleiten. Ich wünschte, wir wären nie aufgebrochen.«

Assante machte eine Pause und zögerte, bevor er weitersprach. Er schluckte hart und fuhr dann deutlich leiser fort: »Auf dem Weg zum Hafen wurden wir überfallen. Orlando wurde von einer Kugel getroffen und starb in meinen Armen. Hinterher gab Villaverde mir die Schuld am Tod seines Sohnes. Ich hätte ihn beschützen müssen, stattdessen hätte ich versagt.«

»Was geschah dann?«

»Villaverde verkaufte mich an einen Sklavenhändler. Danach begann eine Odyssee. Fünf verschiedene Besitzer. Man schlug mich, bis ich Angst hatte, den Verstand zu verlieren. Zuerst wünschte ich, sie würden mich umbringen, aber bald wurde mir klar, dass sie das nie tun würden.«

Conrad war wieder hellwach.

»Du warst zu wertvoll«, sagte er langsam.

Assante nickte. »Niemand bringt eine gute Milchkuh um, und niemand tötet einen kräftigen Stier zum Pflügen. Ich war ein starker, zäher Sklave, der noch dazu fließend Spanisch und Latein sprach. Niemand wollte diesen Besitz wegwerfen. Aber es gab auch niemanden, der mich behalten wollte, denn ich war starrköpfig und aufsässig. Eigenschaften, die man an einem Sklaven nicht schätzte.«

Erneut entstand eine Pause, in der nur das Klatschen der Ruder und der Wellenschlag des Wassers zu hören waren.

»Nun bist du frei«, sagte Conrad. »Falls wir jemals am Strand landen werden, entfernen wir die Ringe von deinen Arm- und Fußgelenken und natürlich den hässlichen Reifen von deinem Hals. Wir besorgen dir ordentliche Kleidung, und du kannst tun und lassen, was dir gefällt.«

Assante drehte sich zu Conrad und hörte mit dem Rudern auf.

»Schau mich an«, befahl er. »Was siehst du?«

Erstaunt hielt auch Conrad in seinen gleichmäßigen, wenn auch trägen Bewegungen inne und zögerte mit der Antwort.

»Einen kräftigen jungen Mann«, sagte er vorsichtig.

»Welche Hautfarbe habe ich?«, fragte Assante.

»Schwarz.«

Assante nickte und nahm das Rudern wieder auf.

»Aus diesem Grund werde ich nie tun können, was mir gefällt.«

Entschieden schüttelte Conrad den Kopf: »Wir sind auf dem Weg in die Neue Welt. Dort wird alles anders sein ... falls wir je das Land erreichen sollten.«

Aber zu Conrads großer Überraschung rückte der verheißungsvolle Sandstrand nun doch näher. Während Assante erzählt hatte, waren sie ein gutes Stück vorangekommen.

»Ich dachte, du wärst ein Gelehrter«, sagte Assante, und seine Stimme war voller Ironie.

»Hast du keine Berichte aus der Neuen Welt gelesen und keine Zeichnungen der Chronisten gesehen?«

Conrad schluckte hart. Nur zu gut waren ihm die detaillierten Beschreibungen im Reisebericht des Jesuiten im Gedächtnis. In der Schrift, die wahrscheinlich gerade auf dem Schiff verbrannte, wurde genau berichtet, wie die Konquistadoren mit Unterstützung der Kirche die Eingeborenen zwangen, ihre Schätze herzugeben. Offensichtlich lag es in der Natur der Weißen zu glauben, sie wären besser als alle anderen.

»Sobald die Metallringe weg sind, bist du trotzdem ein freier Mann«, sagte Conrad trotzig. Und zum ersten Mal, seit das Schicksal ihn mit Assante zusammengewürfelt hatte, breitete sich ein Lächeln auf dem kantigen Gesicht des Schwarzen aus. Es war nicht sofort weg und zeigte, wie hübsch der Mann war.

Wieder hielt Conrad für einen Moment die Hände still,

doch Assante sagte sofort: »Wir müssen weiterrudern. Das Meer unter uns färbt sich bereits türkisblau.«

Erstaunt beugte sich Conrad über den Rand des Bootes. Assante hatte recht. Er konnte auf den Grund sehen, wo sich riesige Schwärme kleiner, bunter Fische durch herrlich grüne Meerespflanzen bewegten. Die Tiere wirkten so nah, dass Conrad glaubte, er könnte mit der bloßen Hand danach greifen. Die Vorstellung, bald wieder festen Boden unter den Füßen zu haben, verlieh ihm neue Kraft. Gemeinsam zogen die Männer die Ruder durchs Wasser. Ihr Ziel rückte in realistische Nähe.

Tobago,

November 1618

Als Janas Füße festen Boden berührten, kippte sie seitlich weg und wäre beinahe in den weichen Sand gefallen. Ein Pirat, ein hagerer Mann mit einer Narbe über dem rechten Auge und einem steifen Bein, das er hinkend hinter sich herzog, fing sie gerade noch auf.

»Nach der ersten langen Seefahrt ist das bei allen Landratten so«, sagte er, lachte kehlig und legte dabei eine Reihe schwarzer Stummelzähne frei.

Er sprach Portugiesisch wie die Männer auf dem Schiff. Seit Jana Prag verlassen hatte, waren ihre Gelegenheiten, sich mit Menschen aus anderen Ländern zu unterhalten, deutlich gestiegen. Dabei hatten ihr ihre Lateinkenntnisse geholfen. Jana verstand Menschen, deren Muttersprache Italienisch, Spanisch oder Portugiesisch war, und fand sich nach der Reise quer durch Frankreich auch im Französischen halbwegs zurecht. Außerdem hatte sie ihre beiden Muttersprachen, Tschechisch und Deutsch.

Mit einer Bewegung seines Kopfes zeigte der Pirat Jana den Weg. Er und Jana waren die Letzten, die vom Schiff gegangen waren. Fünf weitere Piraten, die das wenige, das sie auf der Santa Lucia erbeutet hatten, in Säcken trugen, liefen zielstrebig den Sandstrand entlang. Sie waren deutlich schneller unterwegs als Jana und ihr Begleiter. Mit jedem Schritt vergrößerte sich der Abstand zwischen ihnen.

»Wo sind wir?«, wollte Jana wissen. Sie schwankte zuerst nach rechts und dann nach links. So als befände sie sich immer noch auf hoher See.

»Tobago«, erklärte ihr der Mann. Er schien nicht unfreundlich zu sein. Wie ein Gentleman reichte er ihr seinen rechten Arm, damit sie sich mit den gefesselten Händen bei ihm festhalten konnte. Aber Jana lehnte ab. Sie war durchaus in der Lage, allein durch den weißen Sand zu laufen, auch wenn sie dabei torkelte wie eine Betrunkene.

»Im Moment gehört die Insel den Engländern. Oder sie glauben es zumindest.« Wieder lachte der Mann. In seinem rechten Ohrläppchen hingen zwei goldene Ringe. Einer davon war so filigran verarbeitet, dass Jana keine Zweifel hatte, dass das Schmuckstück einst im Besitz einer Frau gewesen sein musste.

»Wem gehört die Insel denn, wenn nicht den Engländern?«, fragte Jana.

»Bukaniern«, sagte der Mann.

»Bukanier?« Jana hatte dieses Wort noch nie zuvor gehört.

»Brüder der Küsten«, erklärte der Mann. »Piraten! Die Engländer sind froh, wenn wir ihre Erzfeinde, die Spanier und Holländer, überfallen und ausplündern. Deshalb tolerieren sie unseren Stützpunkt auf Tobago. Von hier aus können wir die ganze Karibik unsicher machen.«

Jana stolperte über Treibholz, das vor ihr im Sand lag. Sie hatte das Hindernis nicht rechtzeitig wahrgenommen. Ungeschickt rappelte sie sich wieder auf.

»Ihr solltet weniger Fragen stellen und besser auf den Weg aufpassen«, mahnte der Mann neben ihr.

»Wo bringt Ihr mich denn hin?«

»Alles zu seiner Zeit, und jetzt schweigt und geht weiter, ohne zu stolpern. Die anderen haben Morgans Taverne sicher schon erreicht«, sagte er entschieden und machte deutlich, dass er keine weiteren Fragen beantworten würde.

Nun wusste Jana wenigstens, dass sie auf dem Weg zu einer Taverne waren. Sie versuchte sich all die Karten, die sie in den letzten Wochen und Monaten gesehen hatte, ins Gedächtnis zurückzurufen. Aber beim Namen Tobago wollten einfach keine Erinnerungen kommen. Die Karte, die sie selbst mit sich trug, würde ihr auch nicht weiterhelfen, denn sie zeigte ein Gebiet am Festland, tief im Westen, wo es Berge geben sollte. Im Moment war sie weit vom Festland und noch weiter von hohen Bergen entfernt. Der Sandstrand, über den sie liefen, war breit und flach. Wo er endete, wuchsen Palmen, auf denen grüne und gelbe Nüsse darauf warteten, geerntet zu werden. Es roch nach süßen, saftigen Früchten, die Jana nicht kannte. Sie sehnte sich nach einem Becher frischem, klarem Wasser und nach Conrad. Ob er sich aus dem brennenden Schiff hatte retten können? Jana fühlte sich schuldig. Sie hätte ihn rechtzeitig, am besten schon vor Tagen aus dem Lagerraum befreien müssen. Seit sie Gran Canaria verlassen hatte, war alles schiefgegangen. Wären sie geblieben, könnte sie jetzt in Conrads Armen liegen und die Sonne der Insel genießen. Aber wieder einmal hatte sie ihren sturen Kopf durchsetzen müssen und sich diesmal selbst mit ihrem Starrsinn ins Unglück getrieben. Ihre Gedankengänge wurden unterbrochen, denn hinter einer steilen Kurve tauchte unvermittelt ein winziges Dorf auf. Es bestand aus wenigen, aus Treibholz zusammengenagelten Hütten. Vor den windschiefen Behausungen wehten Kleidungsstücke an Wäscheleinen. Die Bukanier waren also Männer, die auf Sauberkeit Wert legten, oder ihre Frauen.

Der hagere Mann, der Jana begleitete, gehörte nicht dazu. Ein strenger, an Essig erinnernder Geruch ging von ihm aus. Aber Jana selbst roch nicht besser. Wie viele Wochen waren seit ihrem letzten Bad vergangen?

»So, da wären wir«, sagte der Mann. »Kapitän Jack Morgan wartet schon auf Euch.«

Er deutete auf die größte der Hütten, die auf Pfählen stand und über ein sorgsam gedecktes Palmenblattdach verfügte. Vor der Eingangstür wehte eine schwarze Fahne, auf der ein weißer Totenkopf zu sehen war. Es war das Hauptquartier der Piraten. Jana spürte, wie ihre Nervosität zurückkehrte und sie unkontrolliert zu zittern begann. Ihr Kopf zuckte, und die Hände vibrierten. Sie konnte nichts dagegen tun, es war, als hätte ihr Körper sich selbständig gemacht. Er gehorchte ihr nicht mehr.

Wiederwillig stieg sie die Holztreppen hoch. Ihr Begleiter folgte ihr humpelnd. Er trat neben sie und stieß die Tür mit einem kräftigen Ruck auf. Augenblicklich drang Jana der Geruch nach Alkohol, Rauch und ungewaschenen Männerkörpern entgegen. Am liebsten hätte sie sich auf der Stelle übergeben. Die Übelkeit verdrängte das Zittern.

Es dauerte eine Weile, bis ihre Augen sich an das Halbdunkel im Raum gewöhnten. Sie blinzelte und sah sich um. An niedrigen Tischen hockten Männer, lachten, tranken und hielten merkwürdige kleine Stangen zwischen den Fingern, die aussahen wie eingerollte Blätter. Die vorderen Enden der Stangen qualmten, an den hinteren saugten sie wie kleine Kinder an den Brüsten ihrer Mütter. Der Geruch, den die qualmenden Stangen verströmten, war bitter, stechend und verursachte ein Kratzen im Hals.

Für ausreichend Licht im Raum sorgten winzige Fenster und rußende Öllampen. Die Decke war niedrig, und selbst Jana hätte die Balken berühren können, wäre sie nicht gefesselt gewesen. Im hinteren Teil des Raums stand ein besonders großer Tisch. Dort saß ein Mann, dessen Gesicht Jana wegen der Dunkelheit noch nicht genau erkennen konnte. Seine aufrechte Haltung und sein auffallend hoher Hut mit drei modischen Federn wiesen ihn als wichtigen Mann aus. Üppiger Goldschmuck zierte jeden seiner Finger. Als er seinen Kopf hob, wusste Jana, ohne dass jemand sie vorgestellt hätte, dass vor ihr Kapitän Jack Morgan saß.

Kurz darauf wurde ihre Vermutung bestätigt. Ihr Begleiter führte sie direkt zu dem großen Tisch und verbeugte sich vor dem Mann wie vor einem Herzog.

»Kapitän, ich bringe Euch die Gefangene.«

Der Angesprochene ließ sich Zeit mit einer Antwort. Der Mann hatte stechend blaue Augen, die selbst im Dunkel der Taverne leuchteten. Er musterte Jana, ließ die Augen mit einer unangenehmen Langsamkeit über ihren Körper gleiten und schnalzte anerkennend mit der Zunge. Ihr war, als könnten seine Augen unter das Kleid sehen und ihre Haut mustern. Vielleicht überlegte er bereits, wie viel Geld er mit ihr als Hure verdienen konnte. Am liebsten hätte sie sich umgedreht und wäre davongelaufen. Als er mit der Prüfung ihres Körpers fertig war, betrachtete er ihr Gesicht und schaute direkt in ihre Augen. Jana bemühte sich, dem Blick standzuhalten und sich nicht abzuwenden.

»Wie heißt Ihr?«, fragte der Kapitän. Als hätte sein Blick ihm ihre Nationalität verraten, sprach er sie auf Deutsch an.

Überrascht antwortete Jana: »Jana Pfeiffer.« Sie sprach

Conrads Nachnamen mit einer Überzeugung aus, als wäre sie tatsächlich mit ihm verheiratet. Die Lüge, die ihr die Überfahrt auf der Santa Lucia ermöglicht hatte, war ihr inzwischen zur Selbstverständlichkeit geworden.

Der Mann hatte ihr keinen Sitzplatz angeboten, obwohl sich mehrere leere Hocker rund um seinen Tisch befanden.

»Und wer seid Ihr?«, fragte Jana schnippisch. Das unhöfliche Verhalten des Piraten ärgerte sie. Eine der dunklen Augenbrauen zuckte, sonst zeigte der Mann keine Reaktion. War er über ihr forderndes Verhalten überrascht? Nach einer kurzen Pause sagte er: »Ich stelle die Fragen, und Ihr antwortet.«

Eine leichte Irritation war in seiner Stimme zu hören, daraus schöpfte Jana Hoffnung. Vielleicht konnte sie dem Mann eine Lügengeschichte auftischen und ihre Lage etwas verbessern.

»Wie Ihr meint«, sagte sie und erklärte dann in überheblichem Ton: »Falls Ihr es noch nicht bemerkt habt, ich bin eine Frau, die eine lange Reise hinter sich hat und müde ist. Es wäre durchaus angebracht, mir einen Sitzplatz anzubieten.«

Jana war selbst über die Schärfe in ihrer Stimme überrascht. Es mussten die Angst und das Wissen der Ausweglosigkeit sein, die sie so mutig handeln ließen.

Sprachlos öffnete der Mann den Mund und schloss ihn wieder. Schließlich grinste er zufrieden und meinte milde: »Es scheint, als hätte der Überfall sich doch gelohnt. Wenn Ihr so wohlhabend wie überheblich seid, werdet Ihr mir eine hübsche Lösegeldsumme einbringen, weit mehr als die lächerliche Summe, die wir auf dem Schiff gefunden haben.«

Er machte eine Pause und ließ seinen Blick erneut über ihren Körper gleiten. Während er weitersprach, starrte er auf Janas Busen: »Wenn ich kein Lösegeld bekommen sollte, wird Euer hübscher Körper mich und meine Männer erfreuen und uns alle glücklich machen.«

Es war nicht schwer, die Drohung zu verstehen. Sobald der Pirat herausfand, dass es niemanden gab, von dem er Lösegeld fordern konnte, würde er sie zur Hure seiner gesamten Mannschaft machen. Und es gab niemanden, der Lösegeld zahlen konnte. Denn selbst wenn Conrad überlebt hatte: Er war mittellos. Sein Geld hatte er für die Überfahrt ausgegeben, es lag in Valdivas Schatztruhe und nun in Kapitän Morgans Geldbeutel.

Jana brauchte eine überzeugende Lüge, die ihr genügend Zeit verschaffte, um in Ruhe nachdenken zu können. Außerdem musste sie herausfinden, was aus Conrad geworden war.

»Wohin wart Ihr unterwegs?«, fragte Morgan.

»Mein Mann und ich wollten in den Westen der Neuen Welt, wo der Onkel meines Mannes eine Silbermine besitzt.« Wieder bediente sich Jana der Lüge, die sie schon einmal erfolgreich verwendet hatte.

»Wo ist Euer Ehemann?«, fragte Morgan.

Tränen traten in Janas Augen: »Ich weiß es nicht.«

»Haben wir Reisende getötet?«, fragte Morgan den hageren Piraten, der immer noch neben Jana stand.

Der zuckte mit den Schultern: »Mir ist nichts davon bekannt. Aber wenn der Mann aussah wie ein Mitglied der Mannschaft, kann es schon passiert sein.«

»Mein Mann ist Arzt. Er war während des Überfalls im Lagerraum und hat einen verletzten Sklaven behandelt. Der Mann wäre sonst gestorben«, log Jana.

Der Kapitän sah seinen Seemann fragend an.

Der zuckte erneut mit den Schultern: »Keine Ahnung, Sir. Die Schwarzen sind alle befreit worden. Wir haben sie auf einem der Schiffe mitgenommen. Aber ein weißer Arzt war nicht dabei. Der wäre uns aufgefallen.«

Der Kapitän schnaufte lautstark, dann richtete er seinen Blick wieder auf Jana: »Kann es sein, dass Ihr mich belügt und es weder einen Ehemann noch einen reichen Onkel gibt?«

»Nennt mir den Namen eines Kapitäns, der mich als unverheiratete Frau mitgenommen hätte? Ihr habt meinen Mann getötet, und nun wollt Ihr meinen Onkel erpressen. Wie könnt Ihr es wagen, mich eine Lügnerin zu schimpfen?« Jana hoffte, dass sie nicht zu dick aufgetragen hatte. Aber Morgan schien ihr zu glauben.

»Wie heißt Euer Onkel?«

Nun war eine rasche Antwort gefragt.

»Tomek Jeschek«, schoss es aus Janas Mund. »Er besitzt eine Silbermine in der Nähe von Tunja.« Janas ehemaliger Verlobter musste mit seinem Namen herhalten, die Stadt Tunja war ihr merkwürdigerweise im Gedächtnis geblieben. Sie stand nicht auf Janas Schatzkarte, aber sie hatte den Namen im Reisetagebuch des Jesuiten gelesen.

»Silber in Tunja?«, fragte Morgan skeptisch. »Den Namen Jeschek habe ich noch nie gehört.«

Jana biss sich auf die Zunge. Sie durfte jetzt auf keinen Fall Unsicherheit zeigen.

»Wie kann es sein, dass Ihr den Namen noch nie gehört habt?«, fragte sie schnippisch. »Mein Onkel schürft jedes Jahr so viel Silber aus seiner Mine und schickt es in die alte Heimat, dass mittlerweile unsere ganze Straße in neuem Glanz erstrahlt.«

Morgan ergriff das Messer, das vor ihm auf dem Tisch lag, und verwendete die scharfe Klinge, um sich Speisereste aus den Zähnen zu holen. Als er damit fertig war, legte er es wieder zurück.

»Je mehr Silber er besitzt, desto besser. Der Ort liegt auf dem Festland, weit im Westen. Es kann Wochen und Monate dauern, bis wir jemanden dort hingeschickt haben. Er muss schon eine ordentliche Summe zahlen, damit der Aufwand sich lohnt.«

Ängstlich biss sich Jana noch einmal auf die Zungenspitze.

»Wo liegt Eure alte Heimat?«, wollte Morgan wissen.

Jana war sicher, dass der Mann Holländer war, das hörte sie an seinem Akzent, mit dem er Deutsch sprach. Gegen wen führten die Holländer im Moment Krieg?

Jana musste rasch antworten und entschied sich für die Wahrheit: »Prag.«

Damit war Morgan offensichtlich einverstanden.

»Die Prager haben den Habsburgern ordentlich eingeheizt«, lachte er und klopfte sich auf die Oberschenkel. »Interessantes Völkchen!«

Jana fragte sich, woher er seine Informationen bezog, beschloss dann aber, dass es keine Rolle spielte. Hauptsache, er schenkte ihr Glauben …

»Ich werde einen meiner Männer nach Tunja schicken, der den Onkel Eures verstorbenen Mannes aufsuchen soll. Es wird nicht schwer sein, einen Mann aus Prag zu finden. Bis wir Antwort von ihm erhalten, seid Ihr meine Gefangene. Willkommen auf Tobago. Ich hoffe, Ihr werdet Euch wohl fühlen.«

Trinidad

November 1618

Wie lange konnte man in der prallen Sonne liegen, ohne auszutrocknen? Conrad wusste, dass er aufstehen und Wasser suchen sollte. Aber er konnte einfach nicht. Jede Faser seines Körpers schmerzte. Er fühlte sich schwach und völlig kraftlos. Sein Gesicht schmiegte sich in den weichen heißen Sand, und die Sonne knallte erbarmungslos auf seinen Hinterkopf. Wenn er noch länger hier liegen blieb, würde er sterben und verdorren. Zurückbleiben würde ein Skelett umgeben von ledriger Haut. Der Gedanke kam ihm plötzlich gar nicht mehr verkehrt vor. Die Augen schließen und für immer sorgen- und schmerzfrei schlafen. Die Vorstellung gefiel ihm. Sanftes Wellenrauschen und helle Vogelschreie drangen wie durch einen dichten Filter an sein Ohr. Er würde nicht qualvoll ertrinken, sondern friedlich in der Sonne einschlafen.

Fast zufrieden schob er seine Hände tiefer in den Sand, so als wollte er es sich in einem Bett gemütlich machen. Er hörte die Schritte nicht, die sich ihm näherten, und bemerkte auch den Schatten nicht, der über seinen erschöpften Körper fiel. Aber er spürte das unsanfte Rütteln, mit dem jemand versuchte, ihn am Einschlafen zu hindern.

»Wach auf! Wenn du auch nur einen Augenblick länger

hier liegen bleibst, wirst du geröstet wie ein Hühnchen am Grill.«

Conrad hätte gerne erwidert, dass genau das seine Absicht war, aber da legte die Person neben ihm einen nasskalten Fetzen in seinen Nacken. Conrad erkannte sofort, dass es kein Salzwasser war, sondern herrlich erfrischendes Süßwasser, und der vermeintliche Stofffetzen waren in Wirklichkeit nasse Palmblätter.

»Hinter den Palmen befindet sich eine Quelle. Komm, steh auf, bis dahin schaffst du es. Ich wollte dir Wasser mitbringen, konnte aber keinen Behälter finden.«

Jetzt erst erkannte Conrad die Stimme. Sie gehörte Assante, seinem Wegbegleiter. Schlagartig erinnerte er sich wieder an die Ereignisse der letzten Stunden. Sie waren gerudert. So lange, bis Conrad in sich zusammengesunken und vor Erschöpfung eingeschlafen war. Er hatte keine Ahnung, wie er an den Strand gelangt war. Wahrscheinlich hatte Assante ihn an Land geschleppt und dann allein nach Wasser gesucht. Nun zerrte der Mann mit erstaunlicher Kraft an ihm und hievte ihn hoch. Vorbei war der friedliche Moment des Einschlafens. Schmerzen, Durst und Erschöpfung kehrten erbarmungslos zurück. Warum hatte dieser Mann ihn nicht einfach liegen lassen?

Assante legte seinen eigenen Arm unter Conrads Achsel und zwang ihn zu einer aufrechten Position.

»Es wäre hilfreich, wenn du zumindest versuchen würdest, einen Fuß vor den anderen zu setzen«, schimpfte der Schwarze.

»Ich bemühe mich, aber ich habe mich gerade aufs Sterben eingestellt, als du kamst, um mich zu retten«, sagte Conrad und ließ sich von Assante über den Strand ziehen.

Es dauerte schier eine Ewigkeit, bis sie endlich die

Schatten spendenden Palmen erreicht hatten. Assante richtete Conrad noch einmal auf und führte ihn über einen schmalen Weg, der von mannshohen Büschen voller hellrosa Blüten gesäumt war. Schon von weitem konnte Conrad herrlich frisches Süßwasser riechen. Eine kühle Brise wehte ihm entgegen, wenig später hörte er das Plätschern eines kleinen Wasserfalls.

Der vermeintliche Wasserfall entpuppte sich als winzige Quelle, die aus einem Fels in ein kleines Becken gurgelte. Aber für Conrad war es der wundervollste Anblick, den er sich vorstellen konnte. Mit Tränen in den Augen stürzte er sich auf die Quelle und ließ das Wasser über seine ausgetrockneten Hände laufen. Sein Puls begann schneller zu schlagen. Conrad füllte beide Hände mit klarem Wasser, führte es an die Lippen und trank. Nie zuvor hatte Wasser so gut geschmeckt. Mit jedem Schluck, den er trank, strömte neue Lebensenergie in seinen ausgetrockneten Körper. Conrad hielt den ganzen Kopf in das kühle Becken und öffnete die von der Sonne geschundenen Augen. Das Wasser brannte nicht, im Gegenteil, es belebte auch sie. Lachend warf er den Kopf in den Nacken. Sein nasses Haar klatschte auf den Rücken. Es fühlte sich herrlich an.

Nach einer Weile trat er zu Assante und umarmte ihn dankbar.

»Nun hast du mir schon zweimal das Leben gerettet. Ich hoffe, das muss nicht zur Gewohnheit werden.«

Der Schwarze zuckte mit den breiten Schultern und meinte: »Hätte ich dich im Sand liegen lassen sollen?«

»Seria loquor: gratias tibi ago imo ex corde! Ich meine es ernst. Vielen Dank!«, sagte Conrad.

»Ich meine es ebenso ernst. Wärst du nicht gewesen,

hätte ich die Tage in dem Lagerraum nicht überlebt. Bevor du kamst, hatte ich beschlossen zu sterben. Ich wollte nicht mehr essen und trinken. Aber dann kamst du mit deiner fixen Idee, mir zu helfen. Irgendwann habe ich mich wieder als Mensch gefühlt. Danke.«

Conrad konnte mit der Dankbarkeit Assantes ebenso wenig umgehen wie der neugewonnene Freund mit seiner. Etwas verlegen starrte Conrad auf seine Hände, während Assante seine Füße eingehend betrachtete. Als ein bunter Vogel knapp über ihre Köpfe flog, laut krächzend in einer der Palmen landete und die peinliche Stille zwischen ihnen beendete, atmeten beide erleichtert auf.

Conrad schloss für einen Moment die Augen. Er konnte immer noch nicht glauben, dass er überlebt hatte. Dann kniete er sich erneut an die Quelle und trank so viel, bis sein Bauch zu platzen drohte. Erschöpft ließ er sich ins weiche Gras sinken und schaute in das hellgrüne Blätterdach über ihm. Assante nahm neben ihm Platz, auch er schloss die Augen. Endlich konnten sie dem Gefühl der Erschöpfung nachgeben, und wenige Augenblicke später schliefen beide tief und fest.

Assante erwachte als Erster und wollte aufspringen, aber der Lauf einer Muskete hielt ihn davon ab. Kurz darauf wurde auch Conrad wach und glaubte immer noch zu träumen. Er und Assante waren umzingelt von fünf Männern, die wenig vertrauenerweckend wirkten und sie mit Musketen und Schwertern bedrohten. Alle fünf waren unrasiert und trugen Bärte, ihre Haare waren lang und zu einem oder mehreren Zöpfen zusammengebunden. Einer trug sogar seinen Bart geflochten.

Der Anführer, ein kleiner, untersetzter Mann mit blonden Haaren und kurzem, rotblondem Bart, trat auf Conrad zu, hielt ihm ein Schwert vor die Nase und herrschte ihn im Befehlston an: »Aufstehen!«

Er sprach Niederländisch, weshalb Conrad ihn auch verstand. Der Mann trug eine Kniebundhose ohne Strümpfe und ein Hemd, das in ferner Vergangenheit einmal weiß gewesen sein könnte. Um den Kopf hatte er ein schwarzes Tuch gebunden. In beiden Ohrläppchen baumelten goldene Ohrringe.

»Hättet Ihr die Freundlichkeit, die Waffe wegzustecken«, knurrte Conrad und hievte sich umständlich hoch. Er wollte einfach nicht glauben, dass die kurze Zeit der Erholung schon wieder vorbei sein sollte.

»Ruhe!«, blaffte der Niederländer und drückte das Schwert nun gegen Conrads Brust. Der kalte Stahl bohrte sich durch sein zerrissenes Hemd und ritzte seine Haut auf.

»Ist das dort dein Sklave?«

Conrad schüttelte den Kopf: »Assante ist ein freier Mann.«

»Warum hat er dann Ringe an den Händen und an den Füßen?«

»Fragt ihn selbst. Er spricht Spanisch und Latein«, sagte Conrad patzig. Er verspürte keinerlei Angst, sondern war einfach nur verärgert, dass er nicht in Ruhe hatte ausschlafen können. Die ganze Situation kam ihm unwirklich vor, wie ein Possenspiel auf einem Jahrmarkt, in dem ein dummer Hanswurst von einem Unglück ins nächste stolperte. Im Moment waren er und Assante die Hanswürste.

Der Niederländer senkte das Schwert, trat näher zu Conrad und schlug ihm ohne Vorwarnung mit der flachen

Hand ins Gesicht. Sofort geriet Conrad ins Taumeln, aus seiner Nase tropfte Blut.

»Bei der nächsten falschen Antwort hacke ich dir ein Ohr ab«, drohte der Mann. Conrad war davon überzeugt, dass er die Wahrheit sagte. Trotzdem stellte sich die Angst, die nun lebensrettend sein konnte, nicht ein, stattdessen wuchs Conrads Wut. Am liebsten hätte er dem zu kurz geratenen Mann vor sich seine Meinung entgegengebrüllt. Wo war die Moral all dieser Männer, die einfach überfielen und raubten, wie es ihnen beliebte? Aber ein letzter Rest gesunder Menschenverstand, der Wille, weiterhin am Leben zu bleiben, und vor allem Assantes alarmierter Gesichtsausdruck hielten ihn schließlich davon ab.

Der Niederländer befahl einem seiner Männer mit dunkler Haut und ebensolchem Haar, den Schwarzen auf Spanisch zu fragen, ob er der Sklave von dem eingebildeten Deutschen sei.

»Ich heiße Pfeiffer und stamme aus Wien«, berichtigte Conrad.

»Wo immer dieses Kaff auch liegen mag.«

Conrad seufzte. Es war klar, dass der Mann nicht nur brutal, sondern auch ungebildet war.

»Wien liegt an der Donau und ist die Hauptstadt der Habsburger.« Conrad konnte sich die Zurechtweisung einfach nicht verkneifen.

»Ha, ein Habsburger- und Katholikenschwein!«, knurrte der Niederländer. »Allein dafür sollte ich dir beide Ohren abhacken.«

Währenddessen war der drahtige Spanier zu Assante getreten und fing an, sich mit ihm zu unterhalten. Nach einer Weile wandte er sich an seinen Anführer und erklärte: »Der Mann behauptet, dass der Blonde ihm das

Leben gerettet hat. Er ist angeblich Arzt. Die beiden konnten von der Santa Lucia flüchten, die Kapitän Morgan angegriffen hat.«

»Morgan ist weiter nach Tobago gesegelt«, murmelte der Niederländer. »Er hatte offenbar keine Verwendung für die beiden.«

Der Spanier schüttelte den Kopf: »Ich glaube, er weiß gar nichts von ihnen. Zum Zeitpunkt des Angriffs waren sie in einem Lagerraum. Morgan würde nie einen Arzt gehen lassen. Seine Männer haben im Moment keinen.«

»Umso besser, wenn er nichts von beiden weiß!« Der Niederländer schob sein Schwert zurück in seinen Gurt und grinste breit.

»Ihr habt Glück, Doktor Pfeiffer. Unser Arzt ist vor Monaten verstorben, seither müssen unsere Männer sich selbst behandeln, was nur sehr selten von Erfolg gekrönt ist. Ich kann ein Lied davon singen.« Er drehte sich um, und nun sah Conrad, warum der Mann keine Strümpfe anhatte. Über seine rechte Wade zog sich eine tiefe Schnittwunde, die sich entzündet hatte und eiterte.

»Ihr müsst die Wunde mit Branntwein reinigen, mit Beinwellpaste beschmieren und sorgfältig verbinden, damit kein Schmutz hineinkommt. Und beten.«

»Das mit dem Beten lass ich lieber«, das Grinsen wurde breiter. »Ich habe nicht so gute Verbindungen nach oben! Das überlasse ich Euch.«

Er zeigte mit seinem Daumen Richtung Himmel.

»Ik heet u van harte welkom! Ich heiße Euch herzlich willkommen auf Trinidad, der Insel der Dreifaltigkeit. Ihr werdet Euch sicher wohl fühlen und Euer schwarzer Freund ebenso, denn bei uns ist er ein freier Mann. Wir freuen uns über jeden kräftigen Neuzugang in unserer Gruppe.«

Cumaná, am Festland auf der Höhe der Isla de Margaritá

November 1618

Zu spät hatte der Jesuit bemerkt, dass Abt Felipe ihm einen Schwachsinnigen mitgeschickt hatte. Natürlich würde das Konsequenzen für den Mann haben. Die Tage, die er als Abt verbringen durfte, waren gezählt. Aber es würde dauern, bis die Nachricht den Papst erreichte und dieser die notwendigen Schritte in die Wege leiten konnte.

Was ihn selbst betraf, er war für die nächsten Wochen und Monate mit einem Tölpel bestraft. So lange, bis er den Burschen in einem Kloster unterbringen und gegen einen vernünftigen Diener eintauschen konnte.

Natürlich hätte er sich des Jungen mit dem flachen Gesicht, den schrägstehenden Augen und der zu breiten Zunge im Mund auch entledigen können. Es wäre nicht der erste Mord in seinem Leben gewesen. Aber er hatte keinen Auftrag dazu, und etwas hielt ihn davon ab. Auch wenn er es sich nur ungern eingestand – auf eine merkwürdige, völlig verdrehte Weise mochte er den Schwachkopf. Deshalb musste er den Jungen bald loswerden. Vor Jahren hatte er sich jede Gefühlsregung versagt, und so sollte es auch bleiben.

Im Moment schwitzte er ganz fürchterlich unter seiner braunen Kutte, die er nie ablegte. Sein eigener stechender Schweißgeruch stieg ihm unangenehm in die Nase, da half auch das schwere Parfüm aus Moschus nicht. Er hasste körperliche Gerüche. Den Jungen neben ihm schienen weder ihr Gestank noch die Hitze zu stören. Mit offenem Mund bestaunte er den einfachen Landeplatz, den die spanische Galeone angelaufen hatte, als handelte es sich um den größten und prächtigsten Hafen der Welt. Vor über hundert Jahren hatten Franziskanermönche ein Konvent gegründet und versucht, die Indianer auf friedliche Weise zum rechten, dem christlichen Glauben zu führen. Dieser Versuch war kläglich gescheitert und hatte mit einer Revolte der Eingeborenen geendet. Später sandte der spanische König Soldaten mit dem Auftrag, um jeden Preis eine Stadt zu gründen. Ursprünglich auf den Namen Neuva Toledo getauft, wurde Cumaná »La Primogenita del Continente«, die »Erstgeborene des Kontinents« und somit die älteste Stadt der Neuen Welt. Siebzig Jahre später hatte sie den heutigen Namen erhalten. Inzwischen hatte ein schweres Erdbeben alle neuen Gebäude dem Erdboden gleichgemacht. Heute war Cumaná nicht mehr als ein Fischerdorf. Hinter dem Landesteg befanden sich einfache Holzhütten auf Pfählen, in denen Eingeborene mit ihren Familien lebten. In einigen der Hütten drängten sich bis zu acht Personen auf engstem Raum. Davor hingen Leinen zum Trocknen, die sich die frisch gewaschene Wäsche mit Fischen in unterschiedlichsten Größen teilen musste. Der Geruch von Meerestieren drang jedem in die Nase, der sich einer der Leinen näherte. Halbnackte Kinder spielten auf den sandigen Wegen mit Muscheln und Holz. Ein warmer, feuchter Wind wehte vom Landesinneren zum Strand, bewegte die riesigen Palmblätter und sorgte für ein Rauschen, das dem Meer Konkurrenz machte.

»Alles hier ist wunderschön«, sagte Bonifàcio und

klatschte voller Freude in die Hände, die im Vergleich zu seinem Körper zu klein geraten waren. Der Junge war offenbar froh, endlich wieder festen Boden unter seinen Füßen zu spüren.

Der Jesuit antwortete nicht. In den letzten Wochen hatte er sich an die grenzenlose Begeisterung des Jungen gewöhnt. Es schien nichts zu geben, worüber er sich nicht freuen konnte. Selbst als Bonifàcio durch einen unglücklichen Zufall seine verkrüppelte Hand gesehen hatte, war der Junge nicht erschrocken zurückgewichen, sondern hatte gefragt: »Tut es weh?«

Irritiert hatte der Jesuit seine Hand wieder verdeckt und den Kopf unter der Kapuze geschüttelt. Zum Glück hatte Bonifàcio sein entstelltes Gesicht nicht gesehen. Dann hatte der Junge ihn nach seinem Namen gefragt, und für einen kurzen Moment war er versucht gewesen, ihn zu nennen. Doch im letzten Moment hatte er sich eines Besseren besonnen. Vor Jahren hatte er seinen Namen und seine Vergangenheit abgelegt und sich geweigert, einen neuen Namen anzunehmen. Natürlich nannte man ihn innerhalb der Bruderschaft bei einem Namen, aber der gehörte ebenso wenig zu ihm wie sein abgelegter. Er wollte ein namenloser Mann ohne Vergangenheit sein, doch in Wirklichkeit war er ein Jesuit mit einem dunklen Geheimnis.

»Wollt Ihr hier übernachten?«, fragte der Junge und holte ihn aus seinen Überlegungen zurück. Er war nicht älter als dreizehn, hatte einen leichten Flaum auf der Oberlippe und das Gehirn eines Spatzen. Trotzdem schaffte er es nicht, den Jungen ob seiner Dummheit zu schlagen. Spätestens in Barinas würde er ihn zurücklassen. Dort gab es ein Kloster der Jesuiten, in dem man ihn aufnehmen würde. Besser aber wäre es, wenn er ihn vorher schon loswerden könnte.

»Es wird uns nichts anderes übrigbleiben«, sagte er, und Bonifàcio nickte rasch.

»Soll ich nach einer Unterkunft suchen?«

Der Mönch schüttelte den Kopf: »Das mache ich selbst. Außerdem brauchen wir nach der Reise eine Badestube. Morgen brechen wir auf.«

»Ist es weit bis nach …«, Bonifàcio konnte sich Städtenamen nicht merken.

»Ja, es ist weit bis Barinas«, ergänzte der Jesuit. »Wir brauchen Maultiere, Esel oder Pferde. Leider sind diese Tiere auch nach hundertfünfzig Jahren europäischer Herrschaft ein besonderer Luxus.«

Der Junge sah ihn verständnislos an. Komplizierte Sätze wie diesen verstand er nicht.

»Pferde sind hier selten und teuer«, erklärte der Mönch. Aus Erfahrung wusste er, dass der Junge ihn so lange mit offenem Mund anstarren würde, bis er ihm eine verständliche Erklärung lieferte. Was hatte dieser Felipe sich bloß dabei gedacht, ihm ausgerechnet diesen Tölpel mitzugeben?

Neben ihnen rannte ein Straßenköter über den Weg. Der Junge zuckte erschrocken zusammen und zitterte.

»Es ist bloß ein Hund«, sagte der Mönch beherrscht und war versucht, den Jungen anzuschreien. Aber dann würde der Schwachkopf wieder zu weinen beginnen, wie er es einige Male während der Überfahrt getan hatte. Seine Gefühlsausbrüche hatten Erinnerungen aus längst abgeschlossener Zeit heraufbeschworen und Bilder hervorgezaubert, die ein Mönch nicht sehen durfte.

»Bis morgen früh brauchen wir zwei Pferde oder Maulesel und genügend Proviant für mindestens eine Woche, der Preis spielt keine Rolle. Wir müssen versuchen, schnell zu reisen, um rechtzeitig in Barinas zu sein. Ich habe dir schon erklärt, dass Diebe einen wertvollen Schatz gestohlen haben und wir diesen wieder zurückholen müssen.«

Der Junge nickte ernst. Die Vorstellung, dass er Diebe stellen sollte, schien ihm zu gefallen.

»Die Diebe kommen auch nach …?«, fragte er.

»Barinas«, seufzte der Jesuit. »Die Stadt ist der Ausgangspunkt der Suche. Egal wer den Schatz jetzt besitzt, wird zuerst nach Barinas gehen. Deshalb müssen wir schneller sein. Verstehst du mich?«

Wieder nickte der Junge verständnislos, aber der Jesuit hatte keine Lust auf weitere Erklärungsversuche. Also schnappte Bonifàcio seinen eigenen Reisesack und den seines Herrn und lief voraus.

Der Mönch war sich nicht sicher, wie viel er dem schwachsinnigen Jungen erzählen durfte. Die Gefahr, dass er sich verplapperte und anderen von ihrem Vorhaben erzählte, war groß. Deshalb hatte er mit keinem Wort die Karte oder El Dorado erwähnt. Dabei hätte dem Jungen die Legende von dem im See versunkenen Schatz ganz sicher gefallen. Er selbst mochte sie auch. Die Vorstellung, dass Heiden ihre Götter milde stimmten, indem sie ihnen Tonnen von Gold opferten, ihren König mit Goldstaub einrieben und dieser sich dann im See wieder sauber wusch, gefiel ihm. Versuchte er nicht etwas Ähnliches?

Auch er hoffte Gott und seinen menschlichen Vertreter auf Erden mit Gold milde zu stimmen, um das Schlimmste zu verhindern. Das Schlimmste, das so schrecklich war, dass er nicht einmal die Vorstellung davon zulassen konnte.

Als unschuldiger Junge hatte er unwissend gesündigt, und nun musste er sein Leben lang Buße tun. Er war für die Kirche zum Mörder geworden, hatte seine eigene Schönheit, sein Gesicht und seine Finger verloren. Er hatte ein steifes Bein und konnte keine Nacht länger als zwei Stunden durchschlafen, weil ihn Albträume plagten.

Sein Beichtvater hatte einmal behauptet, Gott wäre gnädig. Offensichtlich hatte er keine Ahnung gehabt. Gott war grausam, und für manche Sünder, so wie ihn, gab es kein Entkommen.

Tobago,

November 1618

Wenn Jana sich eingebildet hätte, dass man sie wegen des offenen Lösegeldes wie eine hochrangige Gefangene behandeln und ihr ähnlich wie an den großen Höfen Europas ein angemessenes Zimmer, ausreichend Essen und eine persönliche Dienerin zur Verfügung stellen würde, wäre sie schnell eines Besseren belehrt worden.

Nach ihrem Gespräch mit Kapitän Morgan wurde sie in die Küche zu zwei anderen Frauen geschickt, die hier schon seit Jahren lebten und arbeiteten. Die beiden kochten, wuschen die Wäsche, servierten und sorgten auch für andere Annehmlichkeiten der Männer, die sich Jana lieber nicht vorstellen wollte. Beide hatten einen Haufen Kinder, von denen niemand recht wusste, wer die dazugehörenden Väter waren. Bei drei Kindern verriet das Aussehen den Erzeuger. So konnte ein kleiner, rotblonder Junge mit einem Gesicht voller Sommersprossen nur der Sohn des einarmigen Sven sein. In Svensons Fall war es ein Glück, denn Sven vergötterte seinen kleinen Jungen und sorgte für ihn besser, als seine Mutter es je könnte. Nicht allen Kindern erging es so gut wie Svenson. Einige mussten vor den Männern geschützt werden, die sie sonst in betrunkenem Zustand totprügeln würden.

Estebana, eine Spanierin, und Altea, eine Einheimische, arbeiteten in Kapitän Morgans Taverne. Daneben versorgten sie die gesamte Piratenkolonie, einen Haufen bunt zusammengewürfelter Männer. Jana schätzte, dass vierzig Mann für Morgan raubten und plünderten. Der Rest der Dorfbewohner profitierte zwar von den Piraten, gehörte aber nicht zur Mannschaft.

Jana blieb keine Zeit, sich in dem Dorf umzusehen. Estebana, die etwa in ihrem Alter war, aber deutlich älter aussah, schickte sie mit einem Stück Seife zum Fluss.

»Du stinkst«, sagte sie unverblümt und reichte ihr ein neues Kleid, denn Janas altes war nicht mehr zu gebrauchen. Froh über einen Moment der Einsamkeit, lief Jana zu einer geschützten Stelle, wo ein Wasserfall aus einem Felsen brach, und genoss es, den Dreck der letzten Wochen von ihrem Körper zu schrubben. Niemand hatte ihr goldenes Amulett bemerkt und niemand die Schatzkarte, die wohlbehütet in einem Beutel zwischen ihren Röcken eingenäht war. Sie musste den Beutel in ihrem neuen Kleid unterbringen. Als sie in Estebanas Kleid schlüpfte, bemerkte sie sofort, dass es nicht nur zu kurz war, sondern auch einen viel zu unsittlichen Ausschnitt hatte. Jana versuchte es zu schnüren, jedoch ohne Erfolg. Schließlich steckte sie ein Tuch in den Ausschnitt, in der Hoffnung, damit ihre Brüste zu verdecken.

Wieder zurück in der Küche, bat sie Estebana um Nadel und Faden, um den Ausschnitt etwas zuzunähen. Nur widerwillig gab ihr die Spanierin die gewünschten Gegenstände.

»Wir haben keine Zeit für Verschönerungen«, murrte sie.

Jana antwortete nicht, zog sich in eine Ecke zurück und nähte rasch den Beutel in die Röcke ein.

»Was hast du denn da?«, fragte Estebana und schob neugierig ihren Kopf über Janas.

Eine Spur zu hastig drehte Jana sich weg.

»Liebesbriefe?« Die Frau lachte. »Heb sie gut auf, denn hier wirst du keine mehr bekommen. Du bist in der Hölle gelandet. Aber in einer Hölle, die du dir selbst einrichten kannst. Es hängt von dir ab, wie die Männer dich behandeln.«

Jana schüttelte den Kopf: »Ich werde nicht hier bleiben, ich muss meinen Mann suchen. Vielleicht ist er noch am Leben.«

Beim Gedanken an Conrad traten Tränen in Janas Augen. Gegen ihren Willen schniefte sie und wischte sich mit dem Handrücken über die Nase.

»Vergiss deinen Mann, der ist tot. Niemand überlebt auf einem brennenden Schiff.«

Und dann teilte sie Jana zum Kochen ein. Offensichtlich war sie der Meinung, dass körperlich anstrengende Arbeit von Leid und Trauer ablenkte.

»Mit deiner Hand solltest du besser nicht den ganzen Tag Wäsche waschen«, meinte sie und deutete auf Janas Unterarm. Die frische Haut war wieder aufgeplatzt, aber eine neue Kruste hatte sich bereits gebildet.

Deshalb reichte die Spanierin Jana einen Korb voll riesiger orangebrauner Wurzelknollen und befahl ihr, diese zuerst von der Erde zu befreien, dann zu kochen, zu schälen und hinterher zu stampfen.

»Dabei machst du dich nicht nass«, sagte sie.

Die Knollen waren den Wurzeln auf dem Schiff sehr ähnlich, aber anders als die auf der Santa Lucia waren diese hier innen dunkelorange und rochen süßlich. Jana machte sich an die Arbeit. Schon nach der dritten Knolle schmerzte ihr Unterarm vom Halten. Deshalb legte sie die weiteren Knollen vor sich auf den Boden, hielt sie mit einem Fuß fest und schrubbte mit der unverletzten Hand. Nach einiger Zeit bekam sie Hilfe von zwei kleinen Mädchen, die ihr neugierig zusahen. Sie hielten Janas merkwürdige Putztechnik für ein lustiges Spiel und machten mit Begeisterung mit. Schon nach kurzer Zeit war der Topf voll. Nun musste er mit Wasser befüllt werden. Auch das übernahmen die Kinder, liefen mit Eimern zum Brunnen und kamen mit Wasser zurück. Dann hatten sie jedoch genug und machten sich lachend davon. Während die Knollen kochten, dachte Jana über das merkwürdige Zusammenleben der Piraten nach. Doch sie kam nicht weit, schon nach wenigen Augenblicken stand ein dunkelhäutiger Mann mit einem Korb voller Fische vor ihr. Der Mann hatte kein Hemd an, und Jana sah auch gleich warum. Sein linker Oberarm war böse aufgeschürft, riesige Hautfetzen fehlten, rosiges Fleisch glänzte, rund um die Wunde war die Haut entzündet, die Ränder schon gelb vom Eiter. Sicher hatte der Mann Fieber, auf seiner Stirn standen Schweißperlen, die jedoch auch von der Hitze stammen konnten.

Lautstark sog Jana die Luft ein und zeigte auf die Wunde.

»Das muss gereinigt werden!«, sagte sie entschieden.

Der Mann verstand sie nicht. Er befahl ihr auf Französisch, die Fische auszunehmen. Zum Glück sprach er mit Gesten, und so wusste Jana, was er von ihr wollte. Fieberhaft überlegte Jana, was reinigen und Wunde in der nasalen Sprache hieß.

Endlich fiel es ihr ein.

»Nettoyer!«, sagte sie und zeigte auf seinen Oberarm. »Nettoyer plaie!«

Der Mann schüttelte verwundert den Kopf.

»Nettoyer ou mourir!«, sagte Jana dramatisch. Mehr Worte wollten ihr nicht einfallen. Der Mann grinste belustigt und fragte sie, ob sie denn wisse, wie man so eine Wunde reinigt.

Jana nickte. Als Apothekerin hatte sie weitaus mehr Wundverbände angelegt als Fische ausgenommen. Sie bedeutete dem Mann sich zu setzen, holte eine Flasche Zuckerrohrbrand, ließ den Piraten einen kräftigen Schluck davon trinken und begann dann die Wunde sachgemäß zu reinigen. Der Mann zuckte immer wieder zusammen, schloss die Augen, biss die Zähne zusammen und schwitzte, als säße er in der Hölle.

Mit der Spitze eines Messers holte Jana drei kleine Steinchen aus der Wunde, leerte noch einmal kräftig Zuckerrohrbrand darüber und verband dann die Wunde mit einem möglichst sauberen Tuch.

»Morgen nehmen wir den Verband ab und sehen nach, wie die Wunde verheilt«, sagte sie, vergessend, dass der Mann sie nicht verstehen konnte.

»Demain«, wiederholte Jana und deutete mit Gesten an, den Verband abzunehmen.

Der Pirat nickte, warf einen Blick auf die Fische und sagte etwas, von dem Jana hoffte, dass es ein Hilfsangebot bedeutete.

Sie nickte vorsichtig und sah erleichtert, dass der Mann sich setzte und mit seiner unverletzten rechten Hand den Fischen die Köpfe abhackte. Dann schlitzte er den Tieren geschickt die Bäuche auf und holte mit je einem Griff die Gräten heraus. Das alles machte er mit seiner Rechten, denn der linke Arm lag nun in einer Schlinge, die Jana ihm aus dem Rest des Verbandes gebunden hatte. Fasziniert beobachtete Jana ihn dabei. Als der Mann fertig war, kam Estebana wieder in die Küche.

»Bist du zu fein zum Fischausnehmen?«, fragte sie schnippisch.

Jana antwortete nicht, sie musste sich ohnehin noch um die merkwürdigen Knollen im Kochtopf kümmern. Doch kaum waren die Knollen gestampft, musste der Boden gefegt, die Wäsche geflickt und die Becher geputzt werden. Nach dem Abendessen ging die Arbeit weiter, die Männer kamen in die Gaststube und betranken sich. Jana hatte Glück und durfte hinter dem Tresen stehen und ausschenken, während Estebana und Altea die vollen Becher zu den Männern trugen. Dabei landeten die beiden immer wieder unfreiwillig auf einem Schoß. Sie mussten gierige Hände auf ihren Körpern erdulden und dabei lachen. Jana wollte sich nicht vorstellen, dass sie in ein paar Tagen vielleicht dieselbe Rolle übernahm.

Als sie endlich spät nach Mitternacht in eine Hängematte kroch, die sie bereits am Nachmittag zwischen zwei Palmen im Hinterhof der Hütte aufgehängt hatte, war sie völlig erschöpft. Trotzdem konnte sie nicht einschlafen. Conrads Bild tauchte vor ihr auf, und zum ersten Mal seit dem Überfall gestand sie sich ein, wie unendlich traurig sie war. Wovor sie sich den ganzen Tag über gefürchet hatte, trat nun ein. Sie begann zu weinen, und die Tränen, warm und salzig, flossen unaufhaltsam über ihre Wangen, tropften auf ihren unsittlichen Ausschnitt und durchtränkten das Kleid. Jana weinte so lange, bis ihr Kopf schmerzte, die Schläfen pochten und die Augen so verquollen waren, dass sie die Sterne am Nachthimmel nicht mehr sehen konnte.

Das goldene Amulett drückte schwer gegen ihren Busen, so als wollte es sie daran erinnern, dass sie immer noch ein Ziel hatte. Aber was war der Schatz jetzt noch wert? Die ganze Suche erschien ihr unsinnig und wertlos. Sie hatte für dieses Abenteuer gekämpft. Aber sie hatte nie gedacht, dass sie es allein erleben sollte. Sie hatte sich unverwundbar gefühlt und war davon überzeugt gewesen, dass auch Conrad nie etwas zustoßen könnte. Wie naiv und einfältig war sie doch gewesen! Nun sehnte sie sich mit jeder Faser ihres Körpers nach Conrad. Sie wünschte seine Nähe herbei, seine Überheblichkeit und seine Zärtlichkeit, seine Grübchen, die entstanden, wenn er lachte, seinen Geruch, einfach alles. Selten zuvor hatte sie sich so einsam gefühlt wie in diesem Moment.

Jana schlief erst ein, als die ersten hellgrauen Lichtfetzen den nahenden Sonnenaufgang ankündigten.

Kaum war Jana eingeschlafen, wurde sie auch schon wieder aus der Hängematte gerüttelt.

»Komm, steh auf, du kannst nicht den ganzen Tag verschlafen«, sagte Estebana. Sie klang heute noch unfreundlicher als gestern. Jana fragte sich, was sie getan hatte, um den Unmut der Spanierin zu verdienen.

»In der Stube wartet Arbeit auf dich.« Estebana würdigte Jana keines Blickes und wandte ihr beim Reden sogar den Rücken zu.

»Gar nicht in der Küche?«, fragte Jana überrascht. Etwas ungeschickt kletterte sie aus ihrer Hängematte und landete unsanft mit den Knien auf dem festgestampften Sandboden.

»Die Männer kommen nie in die Küche«, sagte Estebana.

»Die Männer?« Jana überlegte, ob sie Estebana freiwillig folgen sollte. Wenn die Piraten sie als Hure missbrauchen wollten, dann mussten sie sie erst erwischen. Noch konnte sie davonlaufen. Über die niedrige Mauer des Innenhofs würde sie es trotz verletztem Arm schaffen, und dahinter wartete ein dichter Wald aus Palmen und Büschen. Wie lange würde Jana dort allein überleben können? Wie lange würden die Piraten brauchen, um sie zu finden? Die Gedanken tobten durch ihren müden Kopf.

»Was stehst du rum und glotzt Löcher in die Luft? Komm schon, die Männer warten. Einer hat einen schlimm verrenkten Arm, vielleicht ist er gebrochen, keine Ahnung.«

»Gebrochener Arm?«, fragte Jana irritiert.

»Ja, warum sollten die Männer denn sonst auf dich warten? Du hast gestern dem schwarzen Luis den Oberarm verbunden, die Wunde sieht heut schon viel besser aus. Jetzt wollen sich alle von dir behandeln lassen. Wir haben hier keinen Arzt.«

Estebana drehte sich jetzt doch zu Jana um. Ärger lag in ihren Augen, aber auch Neid und Bewunderung.

»Aber … ich bin kein Arzt«, stotterte Jana. Sie fühlte sich der Aufgabe, die vor ihr lag, nicht gewachsen.

Estebana zuckte die Schultern: »Zu spät. Das hättest du dir gestern überlegen müssen.«

Jana klopfte ihre Röcke glatt, band ihr Haar streng zurück und atmete tief durch. Sie hatte ohnehin keine andere Wahl, im Wald würde sie keine drei Tage allein überleben. Dann folgte sie Estebana.

In der Gaststube saßen bereits drei Männer. Einer hatte ein triefendes Auge, einer eine kleine Schnittwunde am Fuß, und der dritte lag auf der Bank und wand sich unter

Schmerzen. Sein Oberarm stand in unnatürlichem Winkel vom Körper ab. Jana konnte nicht sagen, ob der Arm gebrochen oder ausgerenkt war, aber sie wusste, dass beides höchst schmerzhafte Verletzungen waren. Wieder wünschte sie Conrad herbei. Er hätte den Mann abgetastet und sofort erkannt, ob der Knochen gebrochen war und dementsprechend gehandelt. Sie konnte hier gar nichts tun.

Entschieden schüttelte sie den Kopf: »Es tut mir leid, ich bin bloß Apothekerin. Ich kann kleine Schnittwunden verbinden und einen Tee gegen Bauchweh kochen, aber keine Knochen einrenken.«

»Ihr wollt ihm nicht helfen?« Einer der Männer, die den Verletzten herbegleitet hatten, trat nach vorne. Er war Niederländer und sprach Janas Sprache.

»Ich würde ihm sehr gerne helfen. Aber ich kann es nicht«, sagte sie ehrlich. »Mein Mann ist Arzt, er könnte es, aber …« Sie sprach den Satz nicht zu Ende und wunderte sich über sich selbst. In den letzten beiden Tagen hatte sie sich so oft als Conrads Ehefrau bezeichnet, dass es ihr bereits völlig normal erschien. Aber anders als auf dem Schiff, wo sie Conrads Namen als Notlüge verwendet hatte, um mitgenommen zu werden, fühlte sie sich jetzt wirklich als seine Frau. Er war ein Teil von ihr, und ohne ihn fühlte sie sich unvollständig. Jana seufzte.

»Euer Mann hilft uns reichlich wenig. Sagt uns, was er getan hätte«, schnauzte der Niederländer sie an.

Jana machte einen Schritt auf den Verletzten zu. Der Arme krümmte sich und wimmerte vor Schmerzen. Vorsichtig betastete Jana das Schultergelenk. Sie hatte keine Ahnung, wie sich ein gesundes Gelenk anfühlte. Der Verletzte zuckte zurück, obwohl Jana nur ganz vorsichtig darübergestrichen und außer heißer Haut noch nichts gefühlt hatte.

»Darf ich Eure Schulter berühren?«, fragte sie den Niederländer.

Der Mann hob überrascht seine buschigen Augenbrauen und spitzte den Mund: »Du kannst gern auch alles andere anfassen.« Er lachte über seinen Scherz, und die anderen Männer stimmten ein.

»Danke für das Angebot, aber im Moment will ich bloß wissen, wie sich das Schultergelenk eines gesunden Mannes anfühlt.«

Immer noch grinsend kam der Niederländer näher. Jana betastete mit beiden Händen die Schulter. Zum Glück hatte der Mann sich erst kürzlich gewaschen. Außerdem war er sehnig und dünn, sie konnte also wirklich seine Knochen spüren.

Jana schloss die Augen und versuchte, sich an das Skelett zu erinnern, das in Onkel Karels Apotheke in Prag gestanden hatte. Wie oft war sie als Mädchen daran vorbeigegangen und hatte sich vorgestellt, wie der Knochenmann sich nachts aus seiner Vorrichtung befreite und durchs Haus tanzte, während alle schliefen. Jana hatte die Knochen oft berührt. Eigentlich sollte sie wissen, wie ein Schultergelenk sich in richtiger Position anfühlte. Aber es war ein Unterschied, bloß einen leblosen Knochen anzufassen oder einen lebenden Menschen mit Muskeln und Fleisch drum herum. Im Fall des Verletzten gab es auch Schwellungen.

Jana ließ von dem Niederländer ab und kniete sich erneut zu dem Mann auf der Bank. Auf seine Schmerzen gefasst, berührte sie das Schultergelenk, versuchte es bloß zu ertasten. Der Mann jaulte auf, verdrehte die Augen und drohte das Bewusstsein zu verlieren. Jana versuchte seine Schreie so gut es ging zu überhören. Wenn sie ihm helfen wollte, musste sie die Schulter untersuchen. Konzentriert schloss sie die Augen. Es fühlte sich ganz anders an als bei dem Niederländer. Es war, als befände sich der dicke Oberarmknochen neben der Gelenkspfanne, aber Jana konnte es nicht mit Sicherheit sagen. Sie konnte ja nicht unter das Fleisch schauen.

Verzweifelt schüttelte sie den Kopf: »Wenn wir versuchen, das Gelenk einzurenken, und es in Wirklichkeit gebrochen ist, wird der Arme verrückt vor Schmerzen.«

»Das wird er auch so«, sagte der Niederländer.

»Ich bin nicht kräftig genug«, wandte Jana ein.

»Ihr braucht uns bloß zu sagen, was wir tun müssen.«

Der Mann duzte sie nicht mehr. Oder hatte Jana sich eben verhört?

»Nun gut, dann legt den Mann flach auf den Boden, holt ein Stück Holz, das Ihr ihm zwischen die Zähne schiebt, sonst beißt er sich vor Schmerzen die Zunge ab, und flößt ihm zuvor eine Flasche Zuckerrohrbrand ein.«

Die Männer befolgten Janas Anweisungen. In der Zwischenzeit waren noch mehr Männer mit und ohne Verletzungen gekommen und füllten die Gaststube.

Im Nachhinein hätte Jana nicht mehr sagen können, was sie getan hatte. Es geschah in einer Art Trance, und sie hatte unheimlich viel Glück. Vier kräftige Männer hielten den Verletzten, der dank des Alkohols nicht mehr ganz bei Sinnen war, während zwei andere den Arm möglichst gerade mit einem heftigen Ruck von ihm wegzogen. Der Verletzte schrie so laut auf, dass sein Brüllen wahrscheinlich auf der ganzen Insel zu hören war. Jana schrak zusammen. Sie wusste, dass der arme Mann Höllenqualen durchstand. Als die zwei Helfer den Arm wieder losließen, sprang wie durch ein Wunder das Gelenk zurück in die ursprüngliche Form. Der Verletzte hörte auf zu schreien, und die vier Männer, die auf ihm knieten, setzten sich wieder auf.

»Ist er tot?«, fragte Estebana besorgt.

Aber der Verletzte selbst gab die Antwort. Er lallte betrunken. Jana konnte ihn nicht verstehen. Einer seiner Kumpane übersetzte und sagte, dass der Arm immer noch höllisch schmerzte, er ihn aber bewegen könnte.

Der Niederländer drehte sich überrascht zu Jana, schnappte sie und drehte sie einmal im Kreis.

»Gott hat Euch zu uns geschickt«, sagte er anerkennend. »Wer wird nicht gern von einer hübschen Frau behandelt. Ich glaube, meine große Zehe ist verletzt.«

Aber Jana schüttelte den Kopf. Es war bloß Glück gewesen. Die Sache hätte ganz anders ausgehen können. Beim nächsten Mal wurde einer der Männer vielleicht zum Krüppel, weil sie unsinnige Anweisungen gab. Es war absolut unverantwortlich, dass sie hier Arzt spielte. Sie war schlimmer, als Rodriguez je gewesen war. Conrad würde sie für das, was sie tat, verachten. Diese Vorstellung schmerzte mehr, als jede Ohrfeige es vermocht hätte.

Jana protestierte, wollte keinen weiteren Verletzten anschauen, aber die Männer blieben und warteten so lange, bis Jana nachgab.

Wie im Haus eines Arztes kamen ständig Kranke und Verletzte in die Stube. Jana wäre am liebsten schreiend davongelaufen. Wie sollte sie den Männern ohne Medizin helfen? Sie kannte die Pflanzen auf der Insel nicht und hatte keine Ahnung über deren Heilkraft.

Doch die Männer blieben und verlangten, dass Jana

sich um ihre Wunden und Krankheiten kümmerte. So schiente Jana einen Finger, zog einen eitrigen Nagel und verband eine Wunde. Erst als die ersten trinkfreudigen Gäste kamen, hatte sie alle Patienten behandelt. Jana wollte sich in ihre Hängematte zurückziehen, aber Estebana holte sie sofort wieder zurück.

»Wenn du glaubst, dass du dich wichtigmachen kannst, weil du einen Arm eingerenkt hast, dann hast du dich geschnitten. Komm und hilf im Schankraum mit, und beeil dich, sonst lass ich dich heute nicht hinterm Tresen verstecken, sondern schick dich zu den Männern.«

Jana verstand die Drohung und folgte Estebana zurück in die Gaststube. Bisher hatte sie großes Glück gehabt. Keiner der Männer hatte sie angefasst, dennoch hasste sie das Leben unter den Piraten und wünschte sich sehnlichst, von hier zu verschwinden.

Trinidad

Ende November 1618

Conrad und Assante erhielten einen eigenen Raum in einer der Hütten des Piratenlagers. Ein Schmied befreite Assante von den unangenehmen Ringen, danach erhielt er Hosen, Stiefel, ein Hemd und eine Jacke. Auch Conrad wurde neu eingekleidet, wobei ihm anfangs nicht ganz wohl darin war, denn er konnte die Vorstellung nicht loswerden, dass der frühere Besitzer der Kleider jetzt auf dem Meeresgrund lag und den Fischen als Futter diente.

Die Siedlung der Piraten lag in einer versteckten Bucht, an der Ostküste der Insel. Von hier aus hatten die Männer eine hervorragende Sicht auf alle Schiffe, die aus Europa oder Afrika kamen. Vor den Augen vorbeifahrender Schiffe verborgen, befanden sich Aussichtstürme auf hohen Palmen. Auf jedem der Türme saß ein Pirat und hielt Ausschau nach potenziellen Opfern. Die zwei Schiffe der Piraten lagen hinter einer schmalen Landzunge und waren immer startklar. Innerhalb einer halben Stunde konnten alle Mann an Bord sein und die Segel gehisst werden. Die Männer selbst bezeichneten sich selbst als Bukanier. Die meisten von ihnen stammten aus Frankreich, einige, so wie ihr Anführer, aus den Niederlanden, es gab aber auch zwei Spanier und drei Afrikaner unter ihnen.

Die Bukanier hatten ihre Hütten aus dem Holz gekaperter Schiffe zusammengenagelt. Einige davon waren durchaus das Ergebnis solider Zimmermannsarbeit, andere waren windschief und drohten bei heftigem Sturm einfach auseinanderzufallen.

Frauen gab es in dieser Siedlung keine. Die Männer lebten allein und gingen oft sehr rau miteinander um. Wenn Alkohol in Strömen floss, konnte es vorkommen, dass eine Schlägerei mit einem oder mehreren Verletzten endete. Zu den spanischen Siedlungen im Nordwesten der Insel hatten die Männer selten Kontakt. Manchmal suchten die Männer eines der Bordelle auf, die am Ortsrand einer der Siedlungen im Norden der Insel betrieben wurden. Sie verließen die Häuser aber rasch wieder, aus Angst, erkannt und eingesperrt zu werden. Pieter van der Hoe, der niederländische Anführer der Gruppe, hatte Conrad an einem besonders weinseligen Abend erzählt, dass er es nicht besonders gerne sah, wenn seine Männer einen dieser riskanten Ausflüge machten. Er wollte ihnen das Vergnügen aber auch nicht verweigern. Pieter war erst seit kurzem der Anführer der Gruppe. Er war unfreiwillig in diese Stellung gelangt, nachdem der frühere Kapitän, ein Engländer, im Kampf gestorben war. Pieter stammte aus Antwerpen. Eigentlich war er Müller, aber nach einer Schlägerei in einer Kneipe, bei der einer der Gäste tödlich verunglückt war, hatte er ins Gefängnis gehen müssen und war der Todesstrafe nur dadurch entronnen, dass er sich freiwillig für einen Einsatz auf einem der Schiffe der Niederländischen Krone meldete. Die Männer hatten die Aufgabe, spanische Handelsschiffe in der Karibik zu überfallen. Bei einem dieser Überfälle landete Pieter in der Gruppe von Männern, in der er jetzt lebte. Er kaperte nun nicht mehr, um die maroden Staatskassen des niederländischen Königs zu sanieren, sondern um seine eigenen Taschen mit Piastern zu füllen.

Conrad und Assante staunten immer noch über die ungewöhnliche Form des Zusammenlebens der Männer. Bis auf Pieter, der entschied, welches Schiff angegriffen wurde, und in heiklen Streitfragen unter den Männern ein Machtwort sprach, besaßen alle Bukanier die gleichen Rechte und Pflichten. Sie unterschieden nicht nach Herkunft, Bildung oder Hautfarbe. Alles, was zählte, war, wie die Männer sich innerhalb der Gruppe verhielten, und da gab es bloß zwei wichtige Regeln: Man hatte im Kampf einander beizustehen, und die Beute musste gerecht aufgeteilt werden.

Conrad verstand nicht, wie Männer, die sich skrupellos am Eigentum anderer bedienten, untereinander einen so hohen Sinn für Gerechtigkeit an den Tag legen konnten. Pieter van der Hoe erklärte Conrad, dass er und seine Männer nicht danach trachteten, Menschen zu töten. Gab es bei einem Kampf dennoch Tote, so meist nur deshalb, weil die Angegriffenen sich sinnlos zur Wehr setzten.

»Aber das ist ja auch ihr gutes Recht, schließlich nehmt ihr den Männern ihren Besitz ab«, warf Conrad empört ein.

Pieter schüttelte lachend den Kopf: »Du glaubst doch nicht im Ernst, dass das Gold auf den spanischen Galeonen der Mannschaft gehört.«

Conrad zuckte mit den Schultern. Pieter hatte recht. Das Gold war für die spanische Krone bestimmt und für die Adeligen, die ohnehin wie die Maden im Speck lebten.

»Du kannst dich entspannen und dein Gewissen beruhigen, meine Männer und ich sorgen bloß für ein bisschen Gerechtigkeit auf dieser Welt.«

Conrad fuhr sich mit der Hand durch sein rotblondes Haar und meinte: »Fortuna fortes adiuvat.«

Pieter hielt ihm mit gespieltem Ernst den Zeigefinger an die Brust: »Lass das lateinische Gefasel, das versteht hier niemand.«

»Das Schicksal hilft den Starken«, erklärte Conrad und Pieter grinste übers ganze Gesicht.

»Der Spruch gefällt mir. Ich sollte ihn auf unsere Fahne schreiben lassen. Was meinst du, wie die überheblichen Spanier schauen würden.«

Conrad zuckte mit den Schultern. Er war sich nicht sicher, wie viele von den einfachen Seemännern den Spruch überhaupt lesen könnten.

Als Arzt genoss er binnen kurzer Zeit eine ganz besondere Stellung innerhalb der Gruppe. Es gab keinen der Männer, der ihn nicht um Hilfe bat. Sie alle hatten in einem der Kämpfe die eine oder andere Verletzung davongetragen. Viele davon waren nie wirklich verheilt, so wie Pieters Schnittwunde an der Wade.

Conrad versuchte sein Bestes, musste aber fast ohne Medizin auskommen. Er kannte die Pflanzen der Neuen Welt nicht und wusste nichts über ihre Wirkkraft.

Während Conrad mit Branntwein offene Wunden reinigte, suchte Assante die Gegend rund um das Lager ab. Zu Conrads großer Überraschung verfügte Assante über ein enormes botanisches Wissen. Voller Begeisterung brachte er neue Pflanzen herbei und versuchte sie zu bestimmen. Auf der Feigenplantage des Spaniers Villaverde hatte er von einem der älteren Arbeiter viel über Pflanzen und deren Heilkraft gelernt. Jetzt verglich er Früchte und Blattformen mit ihm bekannten Pflanzen und versuchte Schlüsse daraus zu ziehen, ob eine Pflanze giftig oder heilsam war. Allein die Farbe und Form einer Pflanze gab ihm bereits Aufschluss darüber. Assante beobachtete, welche Teile der Pflanzen von den Tieren gegessen wurden und welche gemieden, daraus schloss er, was auch für den Menschen genießbar war. Assantes Begeisterung für die Pflanzenwelt erinnerte Conrad schmerzhaft an Jana und ihren Drang, während einer Reise wertvolle Pflanzen einzusammeln und zu trocknen. Nur zu gut war ihm noch in Erinnerung, wie sie auf der Schwäbischen Alb Enzian gebrockt und mitgenommen hatte.

Wie es Jana in diesem Moment wohl erging? Conrad schloss die Augen, die Vorstellung war zu schmerzvoll. Wenn er an Jana dachte, sah er immer dasselbe schreckliche Bild: Jana gefesselt im Boot der Piraten. Conrad hatte Pieter nach dem Kapitän gefragt, der die Santa Lucia überfallen hatte. Was der Niederländer ihm geantwortet hatte, trug nicht zu Conrads Beruhigung bei. Kapitän Morgan war einer der wichtigsten Bukanier in der Gegend. Er hatte mehr Männer unter sich als alle anderen Gruppen. Im Unterschied zu Pieter schreckte er auch vor Mord und Gewalt nicht zurück. Er griff sogar andere Piraten an, wenn er sich von ihnen bedroht fühlte. Der Name Morgan sorgte auch unter Bukaniern für Angst und Schrecken. Auf die Frage, was Morgan wohl mit Jana vorhatte, zuckte Pieter die Schultern und schüttelte den Kopf.

»Keine Ahnung«, sagte er ehrlich. »Wenn er sich Lösegeld für sie erhofft, wird sie wohl geschützt werden, wenn nicht, dann …« Er beendete seinen Satz nicht, und Conrads Mittagessen drohte wieder hochzukommen.

»Ich muss zu ihr und sie befreien«, sagte er entschieden.

Als Antwort lachte Pieter lauthals und riet Conrad,

sich lieber einen Säbel in den Bauch zu rammen, als zu versuchen, Morgan zu überlisten.

»Vielleicht brauchen die Piraten auf Tobago auch einen Arzt«, dachte Conrad laut nach. Augenblicklich verschwand jede Heiterkeit aus Pieters Gesicht, und er antwortete ernst: »Du und dein Freund Assante, ihr gehört jetzt zu uns. Wer uns verlässt, verrät uns, und für Verräter gibt es nur eine Strafe.« Dazu machte er eine eindeutige Geste mit der Hand über seinen Hals.

»Aber ich muss erfahren, wie es Jana geht!«, sagte Conrad aufgebracht.

»Wir werden sehen, was wir in Erfahrung bringen können«, lenkte Pieter ein. »In ein paar Tagen erwarten wir zwei unserer Männer zurück, die gerade auf Tobago sind, um mit Morgan wegen eines großen Überfalls zu verhandeln. Im Frühjahr planen die Spanier einen unglaublichen Silbertransport nach Madrid. Die Sache ist für uns allein zu groß, aber auch Morgan schafft es mit seinen Männern nicht. Nun versuchen wir, eine gemeinsame Lösung zu finden. Wenn Eure Jana sich wirklich in Morgans Händen befindet, wissen wir bald mehr.«

Diese Aussicht ließ Conrad neue Hoffnung schöpfen. Voller Tatendrang widmete er sich den Verletzten und Kranken unter den Piraten. Während er Wunden versorgte und gebrochene Rippen verband, bekam Assante eine Waffe. Der Afrikaner konnte sich aussuchen, ob er lieber ein Schwert, einen Säbel oder eine Muskete haben wollte. Ohne nachzudenken, entschied er sich für ein Schwert.

»Orlando und ich hatten Holzschwerter«, erklärte er, »wir verbrachten ganze Nachmittage damit, uns im Schwertkampf zu üben.«

Auch Conrad bot man eine Waffe an, aber Conrad wollte statt eines Säbels zwei äußerst scharfe und spitze Messer, die er auch für chirurgische Eingriffe verwenden konnte. Außerdem bat er den Schmied um eine Pinzette und eine schmale Zange fürs Ziehen von Zähnen. Zwei der Bukanier hatten eitrige Backenzähne, die in den nächsten Tagen nicht nur zu Schmerzen und Fieber, sondern im schlimmsten Fall auch zum Tod führen konnten.

Conrad und Assante gewöhnten sich rasch an das Leben im Lager, das streng geordnet war. Es gab klare Regeln, wer fürs Jagen, wer fürs Kochen und wer für die Wäsche zuständig war. Die Aufgaben wurden jeden Tag neu verteilt, und niemand konnte sich vor unangenehmen Arbeiten drücken.

Während Assante auf seinen ersten Überfall vorbereitet wurde, dem er mit gemischten Gefühlen entgegenblickte, hoffte Conrad täglich auf die Rückkehr der beiden Bukanier von Tobago. Die Ungewissheit über Janas Schicksal zermürbte ihn und sorgte dafür, dass er jede Nacht nur wenige Stunden Schlaf fand. Den größten Teil lag er mit offenen Augen wach und träumte von Janas hellblondem Haar und ihrem ansteckenden Lachen. Er konnte den Augenblick nicht erwarten, sie wieder in den Armen zu halten. Die Vorstellung, dass man ihr Gewalt angetan hatte, versuchte er zu verdrängen. Meistens gelang es ihm, aber manchmal wachte er schweißgebadet in seiner Hängematte auf und konnte nicht wieder einschlafen, voller Angst, Jana könnte bereits tot sein.

Tobago,

ENDE NOVEMBER 1618

Jana saß im hintersten Teil der Gaststube bei einem Fenster und rollte Verbände auf. Es war noch früher Nachmittag. Estebana und Altea waren beim Fluss zum Wäschewaschen und hatten Jana die Aufgabe überlassen, sich um Gäste zu kümmern, die sich um diese Tageszeit in die Taverne verirrten. Die meisten Männer kamen erst später. Im Moment saßen zwei Gäste in der Stube.

Jana sah die beiden Männer heute zum ersten Mal. Sie gehörten ganz sicher nicht zu Morgans Truppe, wahrscheinlich waren sie mit dem englischen Dreidecker gekommen. Ein Schiff, das offiziell im Namen der Krone unterwegs war, aber in Wirklichkeit mit den Bukaniern zusammenarbeitete.

Die Fremden unterhielten sich in einer Sprache, die Jana nicht kannte, von der sie aber glaubte, dass es Englisch war. Die beiden waren ein sehr ungleiches Paar. Einer war groß, schlank und gutaussehend, der andere klein, untersetzt und hatte Ähnlichkeit mit einem Kobold. Das hübsch geschnittene Gesicht des größeren Mannes war leicht gerötet, denn er hatte bereits eine ganze Flasche Zuckerrohrbrand allein ausgetrunken. Der Kleinere war völlig nüchtern und saß immer noch bei seinem ersten Becher Ale, der völlig unberührt vor ihm stand.

Jana beobachtete die beiden neugierig und fragte sich, warum sie gemeinsam unterwegs waren und was sie vorhatten. Sie sahen weder wie Piraten noch wie reiche Kaufleute aus. Sie schienen auch keine Freunde zu sein. Der Kleinere warf dem Größeren bei jedem Schluck, den der zu sich nahm, angewiderte Blicke zu, während der Große sich einen Spaß daraus zu machen schien, den anderen mit dem unmäßigen Trinken zu ärgern.

Irgendwann hatte der Kleinere genug. Er stand auf, sagte etwas unfreundlich Klingendes und verließ die Stube. Der Größere winkte ihm mit glasigem Blick hinterher. Dann schweifte sein Blick durch den Raum und blieb an Jana hängen.

»One more please!«, rief er ihr zu und zeigte auf die leere Flasche vor sich.

Jana nahm an, dass er Nachschub haben wollte.

»Ich denke, dass Ihr für heute genug habt«, sagte sie entschieden.

»Ah, Ihr sprecht Deutsch!«, sagte der Mann mit starkem Akzent, hob den Kopf und musterte sie aus dunkelbraunen Augen, die ebenfalls eine Spur gerötet waren. Er schob seine schwarzen Haare hinter die Ohren, setzte ein charmantes Lächeln auf und legte dabei eine Reihe weißer Zähne frei. Er war wirklich gutaussehend mit der hellen Haut der Nordländer und dem dunklen Haar der Menschen aus dem Süden.

»Woher stammt Ihr?«, fragte er und machte eine einladende Geste, damit Jana sich zu ihm setzte.

»Aus Prag.«

»Prag«, wiederholte der Fremde, schien aber keinerlei Vorstellung davon zu haben, wo sich diese Stadt befand.

»Prag liegt an der Moldau«, erklärte Jana. »Die Bürger

haben sich im Frühjahr gegen die Herrschaft der Habsburger aufgelehnt.«

Der Mann schüttelte den Kopf. »Politik interessiert mich nicht. Den Namen Habsburger habe ich schon einmal gehört. Ist das der König von Frankreich?«

Jana lachte laut und herzhaft auf. Sie hatte geglaubt, der Mann wäre gebildet: »Ihr bekommt wirklich nichts mehr zu trinken von mir. Die Habsburger sind erbitterte Feinde der Franzosen.«

»Oh!« Der Mann lächelte gewinnend und setzte zu einer Entschuldigung an: »Ich bin Engländer und stamme aus London. Wir sind ein eingebildetes Völkchen, das sich nicht um die Nationen oder Könige auf dem Kontinent kümmert. Wir haben unseren eigenen König, der uns genug Ärger verschafft.«

Jana lachte erneut. Sie fand den Mann unterhaltsam und auf ungewöhnliche Art anziehend.

»Mein Name ist Jana, und wer seid Ihr?«

»Ich bin Richard Walton. Meine Mutter war Schottin, mein Vater Deutscher, aus diesem Grund spreche ich Eure Sprache.« Er rückte seinen Hocker näher an Jana heran. Sofort überrollte sie der Alkoholgestank wie eine riesige Welle. Jana rümpfte die Nase.

»Was führt eine schöne junge Frau ins Lager von Bukaniern?«

»Das Schiff, auf dem ich gereist bin, wurde überfallen, und nun sitze ich hier fest und warte auf einen edlen Ritter, der mich aus den Fängen der Piraten befreit.«

»So viel Bildung habe ich, um zu wissen, dass die Zeit der Ritter bereits vorbei ist«, sagte Walton.

»Ich meine es trotzdem ganz ernst. Ich muss diese Insel verlassen, um nach meinem Verlobten zu suchen. Er ist ebenfalls auf dem Schiff gewesen, und ich hoffe, dass er überlebt hat.« Sie wusste, wie verzweifelt und lächerlich zugleich sie klang, aber Jana hatte in den letzten Tagen gründlich über ihre Situation nachgedacht. Wenn Conrad überlebt hatte, würde er nach ihr suchen. Er wusste, dass sie nicht aufgab und weiter nach dem Schatz suchen würde. Was war also naheliegender, als in jene Stadt weiterzuziehen, die laut Karte der Ausgangspunkt der Schatzsuche war? Conrad wusste, dass Jana sich dorthin auf den Weg machen würde. Wenn sie ihn irgendwo treffen konnte, dann dort.

»Und wo wollt Ihr mit Eurer Suche beginnen?«, fragte Richard Walton.

»In Barinas!«

Walton setzte sich gerade auf und starrte Jana verwirrt an.

»Was wollt Ihr in Barinas? Die Stadt liegt kilometerweit von Trinidad entfernt. Die Strecke ist mindestens so weit wie von London nach Glasgow und wieder zurück.«

Jana zuckte mit den Schultern. Sie hatte keine Ahnung, wo London und Glasgow lagen. Es war ihr auch egal. Sie musste nach Barinas, koste es, was es wolle.

»Und Ihr?«, fragte sie. »Wohin seid Ihr unterwegs?«

Ein breites Grinsen machte sich auf seinem Gesicht breit: »Barinas.«

»Oh, was für ein wundervoller Zufall«, rief Jana und klatschte vor Freude in die Hände. Dabei fiel eine der Verbandrollen zu Boden, und sie bückte sich danach. Als sie sich wieder aufsetzte, schaute sie in ein besorgtes und völlig nüchternes Gesicht.

»Was genau stellt Ihr Euch vor? Wie soll ich Euch hier wegbringen?« Er blickte an sich herunter und griff in seine Jackentaschen. »Ich fürchte, da passt Ihr nicht hinein.« Trotz seines Spotts keimte Hoffnung in Jana auf. Sie musste ihn überzeugen.

»Ich werde Eure Hilfe bezahlen«, versprach sie und fügte rasch hinzu: »Nicht sofort, aber sobald ich meinen Verlobten gefunden habe.«

»Hat der denn die Taschen voller Gold?« Der Mann grinste immer noch.

In dem Moment betrat sein Begleiter den Schankraum erneut.

»Darf ich vorstellen«, Walton machte eine Verbeugung in Richtung des kleinen Mannes und sagte: »Tom Reasley, der ordentlichste und ehrlichste Mann der Welt und ein treuer Diener.«

»Tom, die junge Dame bittet uns, sie zu befreien, und verspricht uns eine hohe Belohnung, sollte sie ihren Verlobten wiederfinden, der aber höchstwahrscheinlich beim Überfall der Piraten ums Leben gekommen ist. Was hältst du von der Idee?«

Lag es am Alkohol? Jana konnte nicht sagen, ob der Mann sich über sie lustig machte oder ihr helfen wollte.

Toms Blick fiel auf die leere Flasche auf dem Tisch, und er fragte Jana ebenfalls auf Deutsch: »Hat er noch eine ganze Flasche getrunken?«

Jana schüttelte den Kopf: »Ich habe sie ihm verweigert. Er hatte bereits genug.«

Ein zufriedenes Lächeln machte sich auf Toms Gesicht breit.

»Wie habt Ihr das angestellt?«

»Ich habe ihm einfach keine neue Flasche gebracht«, antwortete Jana.

»Und er hat Euch nicht dazu überredet?«

Jana schüttelte den Kopf.

»Ich denke, es wäre ein Gewinn, wenn Ihr mit uns reisen würdet. Wohin wollt Ihr?«, fragte Tom.

»Barinas«, sagte Jana.

»Ich nehme an, Master Walton hat Euch bereits gesagt, dass wir auch dorthin reisen.«

Jana spürte, dass beide Männer ihr helfen wollten.

»Ich verspreche, dass ich Euch bezahle, sobald ich dazu in der Lage bin«, sagte sie rasch.

Aber Geld schien den kleinen Mann mit dem Koboldgesicht nicht zu interessieren.

»Es kann Gott nicht gefallen, dass eine junge Frau von einer Handvoll Piraten gefangen gehalten wird, und was kann es Erbaulicheres geben, als Gutes zu tun.«

»Aber wie sollen wir das anstellen?«, fragte Richard. »Morgan und seine Männer werden uns die Haut bei lebendigem Leib abziehen und uns über dem Feuer rösten. Es gibt sicher angenehmere Arten, das eigene Leben zu beenden.«

»Seit wann fürchtet Ihr den Tod?«

Richard zuckte mit den Schultern.

»Wenn du unbedingt grausam sterben willst, mir soll es recht sein, ich bin dabei. Streng deinen katholischen, irischen Kopf an, vielleicht fällt dir ja was ein«, forderte er.

»Genau das habe ich vor«, sagte Tom.

Richard stand auf und schob den Stuhl krachend zurück: »Ich lege mich in der Zwischenzeit in die Hängematte und schlafe meinen Rausch aus. Wenn ihr eine Lösung gefunden habt, lasst es mich wissen. Aber weckt mich nur, wenn ihr einen guten Plan habt. Ich will mein Mittagsschläfchen genießen. Vielleicht ist es mein letztes.«

Mit leicht schwankenden Schritten verließ er die Taverne.

Jana sah ihm sprachlos nach. Sie konnte ihr Glück nicht fassen. Beide Hände zitterten, und sie ließ erneut die Verbandrollen fallen, bald waren sie so schmutzig, dass sie nicht mehr zu gebrauchen waren.

»Vielen Dank!«, sagte Jana an Tom gewandt.

»Dankt mir erst, wenn ich einen Plan für Eure Flucht ausgearbeitet habe.«

Aber Jana war zuversichtlich, dass dem kleinen Mann etwas einfallen würde. Jeder waghalsige Fluchtplan war besser, als hier zu bleiben.

Trinidad

Dezember 1618

Im Lager der Piraten war die Aufregung groß. Nach wochenlangem Warten hatten sie endlich wieder ein kleines Handelsschiff überfallen. Die Beute war überraschend ergiebig gewesen. Der spanische Kaufmann hatte eine ganze Truhe voll Piaster an Bord gehabt, Säcke voller Gewürze und Ballen feinster Wolle. Leider waren auch bewaffnete Wachen auf dem Schiff gewesen und der Kaufmann ganz und gar nicht bereit, seine kostbare Fracht kampflos zu übergeben. Nachdem Pieter und seine Männer das Schiff geentert hatten und an Bord gegangen waren, war es zu einem blutigen Nahkampf gekommen. Nie zuvor hatten die Bukanier so hohe Verluste einstecken müssen. Zwei Männer starben bereits während des Kampfes, drei wurden so schwer verletzt, dass Conrad nicht sicher war, ob sie überleben würden, und drei weitere Männer hatten tiefe Schnittwunden. Sie würden für die nächsten Wochen bei allen Arbeiten ausfallen. Der Rest der Männer war mit kleineren Verletzungen davongekommen. Assante war einer der wenigen, die den Kampf völlig unbeschadet überstanden hatten. Er hatte sich einen der Schwerverletzten, den die anderen bereits für tot gehalten hatten, über die Schulter gelegt und gerettet. Jetzt wurde er als Held gefeiert. Beim Aufteilen der

Beute erhielt er zusätzliche Piaster, weil er den Mann nicht aufgegeben hatte.

Während die unverletzten Bukanier sich über die Beute freuten, sie gerecht aufteilten und lautstark feierten, kümmerte Conrad sich um die Verletzten. Auch er erhielt einen beträchtlichen Anteil. Doch bevor er sich darüber freuen konnte, säuberte und nähte er Verletzungen, schiente Knochen und holte Schrotkugeln aus Fleischwunden. Er arbeitete so schnell er konnte, wägte immer wieder ab, wer als Erster seine Hilfe benötigte, flößte den Verletzten flaschenweise Zuckerrohrbrand ein und war am Ende des Tages so erschöpft, dass er es kaum bis zum Fluss schaffte, um das Blut der Männer abzuwaschen, das immer noch an seinen Händen klebte.

Assante begleitete ihn. Er war immer schweigsam, aber heute ganz besonders still. Auch Conrad war nach all den Verletzten nicht nach Plaudern zumute. So gingen sie wortlos nebeneinander her und erreichten rasch die Wasserstelle, an der sie nach ihrer Rettung gelegen hatten. Conrad tauchte seine Hände ins kleine Becken. Augenblicklich färbte das klare Wasser sich rot.

Assante starrte darauf, und sein Blick wurde leer.

»War es sehr schlimm?«, fragte Conrad vorsichtig.

Assante nickte.

»Willst du darüber reden?« Conrad zog sein Hemd aus und tauchte seine Arme bis zur Schulter ins Becken. Selbst auf seinen Ellbogen waren Blutspritzer.

»Der Sohn des Kaufmanns war an Bord. Der Junge war etwa zehn Jahre alt«, sagte Assante und starrte weiter auf das rote Wasser. Langsam verdünnte es sich mit dem frisch nachkommenden, und die Blutschlieren lösten sich auf.

»Wurde er verletzt?«

Assante schüttelte langsam den Kopf: »Nein, sein Körper blieb unversehrt, aber seine Seele wurde verletzt.«

»Wie meinst du das?«

»Er hat mit angesehen, wie die Männer kämpften, wie Arme abgeschlagen und Bäuche aufgeschlitzt wurden, und er hat tonlos geschrien, als sein Vater von einem der Männer mit einem einzigen Schwerthieb getötet wurde.«

Betroffen trocknete Conrad seine Arme an seinem Hemd ab, bevor er es wieder anzog.

»Das ist schlimm«, sagte er mitfühlend.

Nun richtete Assante seinen Blick auf Conrad: »Auch ich habe als Kind tonlos geschrien. Nur man selbst hört den Schrei, und man wird ihn sein ganzes Leben lang nicht mehr los, er verfolgt einen, wohin man auch geht, genauso wie die Bilder, die den Schrei verursachten.«

»Es war ein Kampf, du hättest nichts tun können und musstest auf dich selbst aufpassen, damit du nicht verletzt wirst«, versuchte Conrad, seinem neuen Freund die Gewissensbisse zu nehmen.

Doch der schüttelte den Kopf: »Wir waren die Angreifer. Der Kampf hätte nie stattfinden müssen, und ich trage Mitschuld an dem Leid des Jungen.«

Assante machte eine Pause und wandte seinen Blick wieder ins Wasser; das Blut war nun völlig verschwunden: »Ich bin zu einem jener Männer geworden, die mein Dorf zerstört und meine Mutter getötet haben.«

»Unsinn!«, sagte Conrad entschieden und hob die Stimme. »Du bist unfreiwillig zum Pirat geworden und kämpfst mit diesen Männern, weil sie dich sonst umbringen oder, schlimmer noch, als Sklave verkaufen würden.«

Eine Traurigkeit, die so intensiv war, dass Conrad meinte, sie greifen zu können, umgab Assante.

»Du hast ein Ziel«, sagte Assante. »Sobald du erfährst, wo deine Jana sich aufhält, wirst du ihr nachreisen, und danach sucht ihr gemeinsam nach dem unglaublichen Schatz. Ich habe kein Ziel, und sobald ich diese Insel verlasse, wird man mich wieder einfangen und auf Grund meiner Hautfarbe zum Eigentum irgendeines Weißen machen.«

»Du kannst mit mir kommen. Wir suchen gemeinsam nach Jana und dann nach dem Schatz. Wenn du genug Gold besitzt, ist deine Hautfarbe egal, denn ›beati possidentes‹ – glücklich sind die Besitzenden.«

Ein Lächeln huschte über Assantes Gesicht.

»Du bietest mir Gold an?«

»Keine Ahnung. Gold oder Edelsteine oder bloß alte Gebeine. Ich weiß es nicht.«

»Gebeine klingen sehr verlockend. Die wollte ich immer schon besitzen.« Nun lachte Assante.

»Ich danke dir, mein Freund!«

Die Tage vergingen, aber Pieters Gesandte kehrten nicht aus Tobago zurück. Conrad blieb nicht viel Zeit zum Nachdenken, denn er musste sich fast rund um die Uhr um die Verletzten kümmern. Einer der Männer hatte eine schwere Bauchverletzung erlitten. Conrad fürchtete, dass auch seine inneren Organe gelitten hatten. Gewissheit würde er nur bekommen, wenn er die Bauchdecke des Mannes ganz öffnete. Aber das wollte er sich selbst und dem Mann ersparen, deshalb hoffte er, dass der Patient sich auch so wieder erholen würde. Einem anderen Bukanier musste er einen Backenzahn ziehen. Ein schwieriges Unterfangen, denn der Mann musste den Mund offen lassen und gleichzeitig ruhig halten. Drei kräftige Männer hielten ihn, trotzdem bewegte sich der Patient, so dass der Zahn unter Conrads Zange zerbröselte und er in stundenlanger Arbeit jedes Teilchen aus der Wunde holen musste, damit sie sich nicht entzündete.

Zuerst wollte Assante Conrad bei seiner Arbeit helfen, aber als er eine der blutigen Fleischwunden sah, wurde er grau im Gesicht, und Conrad schickte ihn vor die Hütte. Assante verbrachte den Rest des Tages im Wald und suchte nach essbaren Pflanzen, besonders schönen Blüten und ihm unbekannten Tieren.

An einem der folgenden Abende war Conrads Geduld beinahe am Ende. Er wollte nicht länger warten und sich lieber auf den Weg zum nächsten Hafen machen, um nach Trinidad zu segeln. Wenn Jana in den Händen von Morgan war, dann würde er sie finden. Aber genau an diesem Tag landeten Pieters Männer in der kleinen Bucht. Die beiden Männer waren mit einem winzigen Segelboot unterwegs gewesen, nicht größer als jene Boote, die die Fischer verwendeten. Aufgeregt empfing Pieter die beiden. Auch Conrad konnte es nicht erwarten, mit ihnen zu reden. Die Männer waren Iren, und Conrad benötigte Pieters Hilfe, damit er ihm übersetzte. Der Niederländer wollte zuerst seine eigene Neugier stillen, Conrad musste warten. Zur Feier des Tages wurden Fische gegrillt und reichlich Zuckerrohrbrand ausgeschenkt. Die Iren erzählten, dass Morgan an einer gemeinsamen Sache interessiert war, er für sich aber zwei Drittel der Beute beanspruchte. Ein Spanier übersetzte für Conrad und Assante, die verständnislos beim Feuer saßen und an ihren Fischen knabberten.

»Zwei Drittel!«, rief Pieter entsetzt und sprang verärgert auf. »Der Mann ist ja größenwahnsinnig. Wir rücken mit all unseren Männern aus, riskieren beide Schiffe und tragen die Hälfte der Verantwortung, und er will zwei Drittel?! Wie kommt er auf die Idee?«

Einer der Männer zuckte mit den Schultern und erklärte dann, dass Morgan die schnelleren Schiffe besitze und im Notfall die Sache allein machen würde.

»Das ist lächerlich, das schafft er nie! Die Spanier werden bis an die Zähne bewaffnet und auf einen Überfall vorbereitet sein.«

Während die beiden Männer Wort für Wort Morgans Angebot wiedergaben, verlor Conrad langsam die Geduld. Unruhig wippte er mit seinen Beinen, begann nervös mit den Fingern zu schnippen und hörte dem Spanier, der für ihn übersetzte, schon lange nicht mehr zu. Das Gespräch dauerte bis tief in die Nacht, und Conrad befürchtete, dass alle bald so betrunken sein würden, dass er bis morgen warten musste, bis er endlich erfuhr, ob Jana sich auf der Insel befand. Als Pieter kurz aufstand, um sich zu erleichtern, nutzte Conrad die Gelegenheit.

Nur einer der Iren, ein kleiner Mann mir karottenrotem Haar, hörte aufmerksam zu, der andere war bereits in einen Dämmerschlaf gesunken. Auf die Frage, ob Jana sich in Morgans Gewalt befand, antwortete der Rothaarige mit einem nicht enden wollenden Schwall an Worten. Conrad hing an seinen Lippen, konnte aber kein Wort verstehen. Einmal glaubte er ein Ja zu vernehmen, dann wieder ein Nein. Als der Mann endlich fertig war, übersetzte der Spanier.

»Eure Liebste war auf Tobago. Morgan wollte von Ihrem Onkel für sie Lösegeld fordern.«

»Meinem Onkel?«, fragte Conrad überrascht.

»Die Frau hat behauptet, dass Ihr Onkel irgendwo in

den Bergen bei Tunja eine Silbermine besitzt und für sie bezahlen wird.«

Grinsend schüttelte Conrad den Kopf. Nur zu gut konnte er sich vorstellen, wie Jana den Piratenkapitän angelogen hatte.

»Das heißt, sie ist immer noch bei Morgan, und der wartet auf das Lösegeld«, sagte er und spürte eine riesige Erleichterung.

Aber der Spanier schüttelte den Kopf, und Conrads Hoffnung verpuffte wieder.

»Sie konnte flüchten. Niemand weiß, wie und wohin. Ein englisches Schiff segelte vor ein paar Tagen ab, und seither ist sie verschwunden. Angeblich hat sie sich kurz davor mit zwei englischen Passagieren unterhalten. Vielleicht haben die ihr bei der Flucht geholfen. Es muss alles heimlich passiert sein, denn der Kapitän des Schiffes ist ein Freund von Morgan, er hätte sie sonst zurückgebracht.«

»Ein englisches Schiff«, sagte Conrad fassungslos. Eben noch war sein Glück in greifbarer Nähe gewesen, schon war es wieder so fern, dass es unerreichbar erschien.

»Wohin ist das Schiff unterwegs?«, fragte Conrad.

»Nach La Guaira, das liegt im Norden.«

Conrad seufzte, das war genau die Richtung, in die Jana wollte. Sie war also immer noch davon besessen, diesen Schatz zu finden. Neben all der Sorge empfand Conrad auch Ärger. Diese verdammte Schatzkarte hatte ihnen bis jetzt bloß Ärger eingebracht. Es war, als läge ein Fluch darauf, dabei war er ganz sicher kein abergläubischer Mensch.

In dem Moment kam Pieter zurück und setzte sein Gespräch mit dem Iren fort. Aber Conrad hatte ohnehin schon alles erfahren, was er wissen wollte. Niedergeschlagen stand er auf und ging an den Strand.

Der Vollmond erhellte den wolkenlosen Nachthimmel, aber das Meer war dunkel, fast schwarz, selbst dort, wo der Mond sich darin spiegelte. Ein sanfter, warmer Wind blies Conrad das Haar aus der Stirn, er stand bis zu den Knöcheln im Wasser, das ihm nun kalt erschien. Wie viele Tagesreisen war er von zu Hause entfernt? Hatte er überhaupt ein Zuhause? Wien war es schon lange nicht mehr. Aber war es Prag? Bologna? Gran Canaria hätte es werden können. Conrad fühlte sich dort zu Hause, wo Jana war. Aber wo verdammt noch mal steckte sie? Wütend stampfte er auf, so dass das Wasser ihm bis zum Oberschenkel spritzte. Ihm war nach Schreien zumute, aber damit hätte er die Aufmerksamkeit der Bukanier geweckt, und mit denen wollte er bestimmt nicht über seinen Ärger reden.

In dem Moment trat Assante zu ihm.

»Der Ire hat dir nicht die Nachricht gebracht, die du gerne gehört hättest.« Es war eine Feststellung, keine Frage.

»Jana hat sich auf die Suche nach dem Schatz gemacht«, sagte Conrad.

»Du wolltest, dass sie nach dir sucht?« Jetzt war es eine Frage.

»Ich wollte sie so schnell wie möglich finden«, seufzte Conrad und ließ Assantes Frage unbeantwortet.

»Nun, dann sollten wir uns auch auf die Suche nach diesem Schatz machen. Hast du die Karte im Kopf?«

»Jeden einzelnen Strich davon. Ich habe dieses Papier so eingehend studiert wie kein anderes je zuvor und es unzählige Male abgezeichnet.«

»Na dann. Worauf warten wir noch? Heute Nacht werden Pieter und seine Männer so betrunken sein, dass sie frühestens morgen Mittag unser Verschwinden bemerken. Da sind wir aber längst im Süden der Insel, und von dort können wir mit jedem Fischer, der uns mitnimmt, zum Orinoco Delta segeln.«

»Du hast dich bereits gut informiert«, sagte Conrad überrascht.

»Was hätte ich denn tun sollen? Irgendwann ist auch das Pflanzensammeln öde.«

Trotz seiner Enttäuschung grinste Conrad: »Ich muss bloß noch die Münzen, die ich hier verdient habe, und meine neuen Instrumente einpacken.«

»Alles längst geschehen. Außerdem habe ich uns Proviant gestohlen. Erstaunlich, wie schnell man unmoralisches Handeln erlernt.«

»Es ist in der Tat höchste Zeit, dass wir von hier verschwinden.«

Santiago de Léon de Caracas,

Dezember 1618

Jana war im hintersten Eck eines Lagerraums der Anne Rose gereist. Für Tom Reasley, der sich in den langen Wochen der strapaziösen Überfahrt als hilfreiche, zusätzliche Arbeitskraft erwiesen hatte, war es ein Leichtes gewesen, den Steuermann davon zu überzeugen, eine blinde Passagierin bis nach La Guaira mitzunehmen. Jana hatte das Schiff vom Kapitän unbemerkt betreten und im Zielhafen ebenso unbemerkt wieder verlassen müssen. Während der Fahrt hatte sie sich still und unauffällig verhalten.

Wie bei ihrer ersten Schifffahrt mit Conrad war ihr unter Deck sofort übel geworden. Sie hatte versucht, an etwas Schönes zu denken, was in dem abgedunkelten, schaukelnden, engen Raum nicht einfach gewesen war. Immer wieder führten ihre Gedanken sie zurück zu Conrads Gefängnis auf der Santa Lucia und endeten mit dem Bild der brennenden Nao. Lieber versuchte sie sich vorzustellen, wie Conrad in eines der Rettungsboote flüchtete und an Land ruderte, doch sie wusste, wie unwahrscheinlich diese Variante war, dennoch gab sie die Hoffnung nicht auf.

Bis Jana in La Guaira die dunkle Kammer endlich verlassen konnte, war es bereits stockfinster. Sie übernachtete mit den beiden Engländern in einem leerstehenden

Schuppen, in dem alte Gerätschaften und Gerümpel lagen. Die bunte Hafenstadt bekam sie erst am nächsten Morgen zu sehen. Aber es blieb kaum Zeit, die riesigen Handelsschiffe und kleinen Fischerboote zu bewundern, weil Tom und Richard bereits zur Weiterreise drängten. Ein spanischer Kaufmann, der froh über Begleitung war, hatte sich dazu bereit erklärt, sie auf einem Wagen bis nach Caracas mitzunehmen. Dieses großzügige Angebot konnten sie nicht ablehnen.

Vier Tage später erreichten sie, staubig vom aufgewirbelten Sand der unbefestigten Straße, die Stadt, die schon von weitem zu hören und zu sehen gewesen war. Der Weg hatte immer steiler bergauf geführt, und der Kaufmann hatte sie kurz vor der Stadt absteigen lassen, so dass sie das letzte Stück zu Fuß zurücklegen mussten.

Die Luft war so feucht, dass Janas Kleid bereits nach wenigen Schritten an ihrem Körper klebte. Auch die beiden Männer schwitzten.

»Bin ich froh, dass wir endlich aus dem Wagen steigen können«, seufzte Jana, wischte sich das nasse Haar aus der Stirn und streckte sich.

Auch Richard und Tom kletterten mit steifen Gliedern heraus.

»Wenn uns noch einmal ein Kaufmann eine Mitfahrgelegenheit anbietet, werden wir zuerst nachsehen, ob sein Wagen ausgepolstert ist.«

Jana warf dem Engländer einen verständnislosen Blick von der Seite zu. Wie so oft in den letzten Tagen war sie nicht sicher, ob er sich mit seinen Bemerkungen über sie lustig machte oder tatsächlich meinte, was er sagte. Weder seine Miene noch seine Stimmlage verrieten, was hinter seiner Stirn vor sich ging.

Tom hingegen schenkte Richards Bemerkungen keinerlei Beachtung. Er stand neben ihnen, blickte sich suchend um und meinte: »Ich glaube, wir sollten diesen Weg nehmen. Er scheint in die Stadtmitte zu führen.«

Zielstrebig marschierte er los, und Jana und Richard folgten ihm kommentarlos. Schon bald erreichten sie die ersten Häuser. Wie in allen Städten, die Jana bis jetzt gesehen hatte, standen auch am Stadtrand von Caracas kleine armselige Barracken, in denen die Armen und Kranken der Gesellschaft wohnten. Die Hütten waren aus dünnen Brettern genagelt, Bauschutt der großen Gebäude, die in der Stadtmitte entstanden. Lautes Hämmern und Klopfen drang von dort aus zu ihnen. Typischer Baulärm. Viele der Hütten am Stadtrand standen auf Pfählen wie die Hütten in La Guaira und entlang der gesamten Küste. Der spanische Kaufmann hatte ihnen während der Fahrt erklärt, dass der Name des Landes angeblich auf die Pfahlbauten zurückging. Es hieß, dass der Italiener Amerigo Vespucci, der 1499 mit Alonso Ojeda das Land erreichte, sich beim Anblick der Pfahlbauten an seine Heimat Venedig erinnert fühlte. Er gab dem Land den Namen »Kleinvenedig«, Venezuela. Jana mochte die Geschichte, auch wenn ihr die ärmlichen Hütten nicht gefielen. Sie sahen aus, als würden sie weder gegen starken Wind noch gegen Regen ausreichend Schutz bieten. Während Jana darüber nachdachte, ob die Winter hier so kalt würden, dass die Bewohner auch gegen Eis und Schnee ankämpfen mussten, holte Tom sie aus ihren Überlegungen.

»Ich hoffe, wir finden eine passende Unterkunft.«

»Gegen einen kräftigen Schluck hätte ich auch nichts einzuwenden. Meine Kehle ist trocken wie der Boden unter unseren Füßen«, sagte Richard.

»Das ist sie immer«, murmelte Jana. Laut sagte sie: »Dort drüben ist ein Brunnen.«

»Ich dachte an etwas Stärkeres.«

Sowohl Jana als auch Tom überhörten Richards Bemerkung und liefen rasch zum Brunnen aus Stein, aus dem herrlich frisches Wasser sprudelte. Er bildete das Zentrum eines kleinen Platzes, der gleichzeitig der Mittelpunkt der armseligen Ansammlung trauriger Holzhäuser war. Vor dem Brunnen spielten Kinder. Neugierig unterbrachen sie ihr Spiel und beobachteten die Fremden. Eines der Kinder richtete seinen Finger auf Jana, die auf den Brunnen zuging. Die Kinder sprangen zur Seite und starrten Jana auch dann noch an, als sie sich über das Wasser beugte und es über ihre staubigen Unterarme fließen ließ. Jana füllte ihre Hände und trank gierig. Das Wasser schmeckte herrlich. Sicher kam es aus den hohen Bergen, die sich hinter der Stadt auftürmten. Tom folgte ihr, und schließlich trank auch Richard.

Nachdem Tom seine Trinkflasche aufgefüllt hatte, gingen sie weiter. Auf den staubigen Straßen herrschte ein buntes Treiben. Menschen schoben sich durch die engen Gassen, Männer zogen Handkarren beladen mit Holz und Steinen. Wohin Jana auch schaute, überall wurde gehämmert, geklopft und gesägt. Es war, als versuchten die Menschen, in Windeseile eine Stadt aus dem Boden zu stampfen.

Je näher sie dem Zentrum kamen, desto prächtiger wurden die Häuser. Einige glichen den Palästen in Lissabon und San Sebastian. Verspielte Verzierungen an den Hausfassaden, Reliefs aus Stein und zierlich anmutende Balkone, Arkaden in den unteren Geschossen waren der Beweis für den Reichtum ihrer Besitzer. Die vorherrschende Sprache war Spanisch, Jana hörte aber auch andere Wörter und Laute, die ihr unbekannt waren.

Fast alle Menschen, die ihnen begegneten, waren farbenfroh gekleidet, ganz anders als in Prag, wo Männer wie Frauen dunkle, unauffällige Kleider getragen hatten. Jana mochte die schrillen Rot- und Orangetöne, das satte Grün und das fröhliche Gelb.

Sie kamen an kleinen Marktständen vorbei, auf deren Tischen sich Früchte türmten, die Jana nie zuvor gesehen hatte. Die Früchte waren ebenso bunt wie die Kleidung der Menschen. Es roch nach Zucker und Honig, nach Erdbeeren und fremden, herrlichen Düften.

Aber egal wohin sie kamen, überall wurde Jana angestarrt. Eine alte Frau ließ sogar ihren Einkaufskorb fallen und blieb mit offenem Mund stehen. So wie die Kinder zuvor am Brunnen schien sie Janas Anblick zu irritieren. Ein junger Bursche blieb stehen und kicherte.

»Was ist los mit mir?«, flüsterte Jana Tom fragend ins Ohr. »Wachsen Pilze auf meinem Kopf? Die Leute starren mich an, als wäre ich der Leibhaftige selbst.«

»Es sind Eure Haare«, erklärte Tom. »Ich glaube, die Menschen hier haben noch nie zuvor eine Frau mit blonden Haaren gesehen.«

Jana sah sich um. Tom hatte wahrscheinlich recht. Sowohl die Spanier als auch die Ureinwohner hatten glänzendes, schwarzes Haar, niemand hier war hellhaarig oder gar blond. Trotz der drückenden Hitze nahm Jana das Tuch, das sie um die Hüfte gebunden hatte, und bedeckte damit ihren Kopf. Augenblicklich war sie so unauffällig wie Tom und Richard, und niemand beachtete sie mehr.

Die Kirche im Zentrum der Stadt glich mehr einer kleinen Trutzburg. Sie war aus Stein und Lehm errichtet. Daneben entstand ein neues Gebäude. Die bereits fertigen Teile erinnerten Jana an die Herberge, in der sie in Lissabon übernachtet hatte. Die neuen Herrscher veränderten dieses Land nach ihren Vorstellungen und erschufen sich ein neues Stück ihrer alten Heimat.

»Wollt Ihr Euch die Kirche von innen ansehen?«, fragte Tom.

Überrascht erwiderte Jana: »Ich dachte, alle Engländer wären Anglikaner.«

Fast beleidigt schüttelte Tom den Kopf: »Ich bin kein Engländer. Ich bin Ire.«

»Verzeiht mir«, entschuldigte sich Jana.

»Schon gut.« Tom nickte. »Aber auch in England gibt es Katholiken. King Henry hat zwar den Katholizismus verboten, aber er konnte die Herzen der Menschen nicht verändern. Seid Ihr Katholikin?«

Jana schüttelte den Kopf: »Nein, ich bin Lutheranerin, aber ich komme trotzdem gerne mit Euch mit, es ist schließlich immer derselbe Gott, den wir anbeten.«

Tom stimmte ihr zu, während Richard keine Anstalten zeigte, ihnen zu folgen.

»Wollt Ihr nicht mit uns kommen?«, fragte Jana.

Abwehrend hob er beide Hände und schüttelte den Kopf: »Bloß nicht! Aber lasst Euch von mir nicht abhalten. Während Ihr Euch an Marienstatuen und Heiligenbildern erfreut, suche ich nach einer Gaststube. Wir sehen uns später wieder.«

»Wo finden wir Euch wieder?«, fragte Jana irritiert. Noch nie war sie einem Menschen begegnet, der Gott mit dieser Vehemenz ablehnte.

»In der billigsten und schäbigsten Gaststube der Stadt,

denn für teure Etablissements reicht meine Geldbörse nicht. Außer Tom erweicht sein hartes Herz und spendiert mir eine Silbermünze.«

Verärgert wandte der Diener sich ab.

Richard zuckte mit den Schultern, schenkte Jana ein charmantes Lächeln, zog seinen Hut und drehte sich auf dem Absatz um. Mit lässigem Schritt marschierte er los.

Jana sah ihm verdutzt nach.

»Verzeiht mir die neugierige Frage, Ihr müsst sie auch nicht beantworten«, sagte sie zu Tom. »Verwaltet Ihr Richard Waltons Geld?«

»Die Frage ist neugierig, aber ich beantworte sie trotzdem. Vor unserer Abreise hat Sir Walter Raleigh, der Vater von Richards Frau, mir einen ganzen Sack voll spanischer Reales zukommen lassen. Sir Raleigh hat Richard auf diese Reise geschickt, aber gleichzeitig gewusst, dass er ihm kein Geld in die Hand geben darf. Richard hat keine Ahnung, wie groß die Summe ist, die ich mit mir herumtrage, und ich werde sie ihm auch nicht verraten.«

Tom hatte nicht bemerkt, wie Jana bei der Erwähnung von Raleighs Namen blass geworden war. In ihrem Kopf überschlugen sich die Gedanken.

Sir Walter Raleigh, der Mann, der einst im Besitz der Schatzkarte von El Dorado gewesen war, hatte Richard Walton, den Mann seiner Tochter, mit einem treuen Diener und einem Sack voll Silbermünzen nach Amerika geschickt. Die beiden wollten nach Barinas und von dort aus weiter in den Westen. Es fiel Jana nicht schwer zu erraten, was die beiden Männer hier suchten. Die Frage war bloß, wie viel sie tatsächlich wussten. Sie musste es herausfinden.

»Jana, Ihr scheint mit den Gedanken gerade ganz woanders zu sein«, sagte Tom. »Ich habe Euch eben gefragt, ob wir nun in die Kirche gehen wollen.«

»Entschuldigt«, sagte Jana rasch und folgte dem kleinen Mann in den unfertigen Dom.

Orinoco Delta,

Dezember 1618

»Wir hätten den Mann zwingen sollen, uns zu begleiten«, schimpfte Conrad. »Mit seinem schnell gezeichneten Witz einer Karte finden wir nie wieder aus dieser grünen Hölle.«

Assante antwortete nicht. Egal was er gesagt hätte, Conrad hätte weitergeschimpft, und zwar zu Recht.

Nachdem ein einfacher Fischer aus Trinidad sie über den schmalen Kanal in die Sumpflandschaft des Orinoco Deltas gebracht hatte, waren sie bei einem anderen Fischer gelandet. Sie hatten dem Mann Geld angeboten, wenn er sie sicher nach Curiapo brachte, aber der Mann hatte sich lachend geweigert und gemeint, dass es ganz einfach sei, nach Curiapo zu finden, weil ohnehin alle Flussarme dort zusammenliefen und sich zu einem breiten Strom vereinten. Er hatte ihnen auf einem Stück Papier ein paar Flussläufe eingezeichnet, große Bäume, an denen sie sich orientieren konnten, und andere Naturschönheiten wie gekrümmte Baumstämme, moosbewachsene Steine und Ähnliches. Dann hatte er ihnen für die Karte und ein einfaches Ruderboot eine unverschämt hohe Summe abgenommen und sie weggeschickt. Conrad hatte zuerst nicht fahren wollen und den Mann nach weiteren Informationen gelöchert, bis Assante ungeduldig geworden war und gesagt hatte, dass es nicht so schwer sein konnte, einen Fluss entlangzurudern.

Nun waren sie seit Stunden unterwegs und hatten das Gefühl, sich im Kreis zu bewegen, denn sie schienen immer wieder an denselben Bäumen und Wurzeln vorbeizukommen.

»Es sieht alles so verdammt gleich aus«, seufzte Conrad.

Assante, der ein genaues Auge für die Natur hatte, schüttelte den Kopf.

»Das bildest du dir bloß ein«, versuchte er zu beruhigen. Wirklich wohl schien aber auch ihm nicht zu sein.

Die Temperaturen waren unerträglich heiß und die Luft so feucht, dass es schwerfiel zu atmen. Conrads Hemd klebte an seinem Oberkörper, aber er wollte es nicht ausziehen, aus Angst, die Insekten würden ihn erbarmungslos auffressen. Ständig schwirrte und surrte es an seinem Ohr, pikste ihn etwas in den Hals, den Handrücken oder in andere unbedeckte Hautstellen. Anfangs hatte er versucht, die lästigen Mücken, Käfer und Libellen zu erschlagen, aber rasch hatte er es aufgegeben. Es war ein aussichtsloser Kampf, den er nicht gewinnen konnte. Seit Stunden sahen sie sattes, feuchtes Grün in allen nur erdenklichen Schattierungen. Das Blätterdach über ihnen war so dicht und üppig, dass nur vereinzelt der Himmel durchblitzte. Aber auch ohne direkter Sonneneinstrahlung war es drückend heiß. Conrad fühlte sich wie unter einer Glocke, aus der weder Dampf noch Hitze entweichen konnten. An den Ufern wuchsen die Pflanzen bis ins Wasser. Von den Bäumen hingen Lianen, die so dick waren, dass man daran hätte entlangklettern können. Bereits vor Stunden hatten sie die erste Schlange im Wasser entdeckt. Giftig gelb war sie direkt auf sie zugeschwommen. Conrad und Assante waren sich einig gewesen, dass ein einziger Biss dieses Tieres ausreichen würde, um sie zu töten. Seither hatten sie Schlangen in den unterschiedlichsten Größen und Farben gesehen.

»Ich frage mich, wo wir übernachten sollen?«, fragte Conrad und zuckte zusammen, als ein knallroter Vogel so knapp über seinen Kopf flog, dass er das Gefühl hatte, gestreift zu werden.

Ratlos zuckte Assante mit den Schultern. Auch er hatte keine Idee. Sich einfach unter einen der Büsche zu legen, kam einem Selbstmord gleich. Bereits vom Wasser aus sahen sie bunte Frösche auf fetten Blättern hocken, schimmernde Lurche, die gemächlich Baumstämme entlangkletterten, ganz zu schweigen von den fetten Spinnen und den Schlangen, die, von ihnen unbemerkt, zwischen den Blättern lauerten.

»Wir könnten das Boot an Land tragen und darin schlafen«, schlug Assante vor. Auf diese Weise würden sie nicht schutzlos den Tieren ausgeliefert sein, die am Boden krochen.

»Und was tun wir gegen all die Viecher, die von oben kommen?«

»Wir haben zwei Decken dabei, die könnten wir über das Boot legen.«

Conrad schüttelte sich: »Ich will hier nicht übernachten. Es gruselt mich vor all den unbekannten Gefahren.«

»Besonders heimelig finde ich es auch nicht. Aber wir müssen ohnehin irgendwann an Land, weil unsere Wasservorräte nicht ewig ausreichen, und wir werden uns auch etwas zu essen suchen müssen.«

Der Gedanke, eine dieser knallbunten Früchte zu probieren, löste in Conrad noch mehr Unbehagen aus.

»Alles hier sieht giftig aus. Die Früchte, die Tiere, die Pflanzen. Kein vernünftiger Mensch fährt hier freiwillig mit dem Boot durch.«

»Das ist der Grund, warum der Fischer nicht mitkommen wollte.«

Plötzlich hielt Assante inne und legte das Ruder ins Boot. Er legte den Finger an den Mund und bedeutete Conrad, zu schweigen und sich nicht zu bewegen.

»Hörst du das auch?«, flüsterte er.

»Ich höre die ganze Zeit merkwürdige Geräusche, die stammen von all den gefährlichen Viechern hier, die nur darauf warten, dass einer von uns beiden ins Wasser fällt, damit sie uns auffressen können.«

Assante schüttelte den Kopf: »Nein, die Geräusche stammen von einem Menschen. Jemand verfolgt uns.«

»Wer soll so verrückt sein, uns hierher zu folgen?«, fragte Conrad, blickte sich aber verunsichert um. Er konnte nichts Ungewöhnliches entdecken. Zu seiner Rechten wuchs ein Busch mit tellergroßen Blüten in Rosarot, daneben einer mit winzigen Knospen in Zitronengelb. Er sah zwei blaue Vögel, die um die Wette sangen, und tausend Mücken, die sich auf ihn setzten, sobald er aufhörte zu rudern.

Auch Assante konnte nichts mehr hören. Er zuckte mit den Schultern und tauchte sein Ruder wieder ins Wasser.

»Ich hätte schwören können, dass ich menschliche Schritte gehört habe.«

»Ich glaube, dass die Dämpfe von dem braungrünen Wasser unsere Gehirne vernebeln, wie Opiumkugeln. In einigen Stunden werden wir benommen singen und lallen.«

»Wenn wir uns dann nicht mehr fürchten, wäre das doch gar nicht so schlecht.«

Conrad antwortete nicht, auf seinem Oberarm hatte sich ein Schmetterling niedergelassen, dessen Flügel smaragdgrün schimmerten. Trotz all der Gefahren, die hier lauerten, bot die Landschaft eine Fülle atemberaubender Schönheit.

Conrad überlegte, was Jana zu dieser Vielfalt an Pflanzen und Tieren gesagt hätte. Zweifellos wäre sie begeistert gewesen.

Schweigend ruderten sie weiter und gelangten zu einer engen Stelle, die wegen umgefallenen Bäumen und wirrem Geäst im Wasser nicht passierbar war.

»Was machen wir jetzt?«, fragte Conrad, obwohl er die Antwort selbst kannte. Sie mussten aussteigen, ihr kleines Boot über das tote Holz tragen und hoffen, dass der Fluss dahinter breit genug war, um weiterfahren zu können. Er zog seine Stiefel an, sprang aus dem Boot und landete auf dem Holzhaufen, der solider war, als er aussah. Unter ihm knackten kleinere Äste, die nachgaben. Vorsichtig kletterte Conrad darüber, hielt sich an Lianen fest, die von den Bäumen über ihm herunterhingen, und kam auf diese Weise zügig vorwärts.

Conrad blickte sich um und konnte nur noch Assantes dunklen, krausen Haarschopf sehen. Vor ihm lag ein schmaler, flacher Flussarm. Viel zu seicht, um ihn mit dem Boot zu befahren.

»Wir müssen umdrehen«, rief Conrad. »Dieser Weg ist völlig unpassierbar. Überall liegen Holzhaufen, umgeknickte Bäume, und das Wasser reicht an den tiefsten Stellen gerade mal bis zum Knie.«

»Verdammt«, schimpfte Assante.

Conrad kletterte den Holzhaufen ebenso vorsichtig wieder hinunter, wie er ihn zuvor hochgeklettert war.

Plötzlich schrie Assante schrill auf: »Um Himmels willen, beweg dich nicht!« Seine Stimme überschlug sich.

Wie befohlen blieb Conrad stehen und drehte den Kopf zur Seite, aber Assante schrie erneut: »Gar nicht bewegen! Neben dir kriecht eine Schlange an einer Liane herunter, wenn du sie erschreckst, beißt sie zu. Bleib einfach stehen.«

»Eine Schlange?«, entfuhr es Conrad.

»Eine hellgrüne. Sie ist in etwa so dick wie mein Zeigefinger und so lang wie mein Arm. Sie hängt direkt neben dir. Rechts von deinem Ohr. Sie ist nur eine Armlänge von dir entfernt. Mit dem Hinterteil hält sie sich an der Liane fest, der vordere mit dem Kopf nähert sich dir.«

»Danke für die bildhafte Darstellung«, sagte Conrad. Er versuchte nach rechts zu schielen, konnte die Schlange aber nicht sehen. Auf seiner Stirn und seiner Oberlippe bildeten sich Schweißtropfen.

»Bitte, mein Freund, beweg dich nicht. Wenn du sie nicht ängstigst, wird sie dir nichts tun, weil du nicht als Beute taugst. Du bist viel zu groß für sie.«

Wie beruhigend, dachte Conrad und verharrte in einer nicht gerade bequemen Haltung. Wie lange konnte er so gekrümmt stehen, ohne sich zu rühren?

Bilder von Schlangenbissen gingen ihm durch den Kopf. Er hatte damit bis jetzt wenig Erfahrung. Auf dem Weg nach Bologna über die Alpen hatte er einmal miterlebt, wie ein Mann von einer Otter gebissen worden war. Der Mann starb nicht an den Folgen des Gifts, sondern an der bösen Entzündung der Bisswunde. Wie würde es mit einer hellgrünen Schlange sein? Die Farbe deutete darauf hin, dass ihr Biss giftig war. Aber würde er tödlich sein? Conrad wagte es kaum zu atmen. Hilfesuchend schaute er zu Assante, der sich zu entspannen schien.

»Bleib noch«, sagte Assante. »Das Vieh klettert zurück in den Baum, ist aber immer noch nah genug, dass es dich erwischen kann.«

Schweißtropfen liefen in Conrads Augen und brannten. Ein Tropfen rann über seine Nase und landete auf seiner Brust, ein weiterer auf seinem Knie.

»Sie ist weg!«, rief Assante erleichtert.

»Kann ich mich bewegen?«

»Ja, schnell. Bevor die Schlange es sich anders überlegt und wiederkommt.«

Hastig kletterte Conrad über den Holzhaufen zurück und plumpste schwer ins Boot.

»Ich hasse Schlangen«, sagte er mit tiefer Überzeugung, schloss für einen Moment seine Augen und spürte, wie sein Herz rasend schnell klopfte. In seinen Ohren rauschte das Blut. Nach einer Weile beruhigte er sich wieder.

»Es hat also keinen Sinn, das Boot über den Hügel zu tragen?«

Conrad schüttelte den Kopf: »Wir müssen umdrehen. Vor einiger Zeit sind wir an einem moosbewachsenen Stein vorbeigekommen, vielleicht hätten wir dort nach rechts statt nach links abbiegen sollen.«

Assante nahm die Karte zur Hand, die im Boot lag. »Der Fischer hat links eingezeichnet.«

»Der Fischer hatte keine Ahnung. Wer weiß, seit wann dieser Arm verstopft ist. Vielleicht liegen die Bäume erst seit ein paar Wochen im Wasser. Einige der Äste sind noch voller Blätter.«

»Dann lass uns umkehren«, sagte Assante und ergriff

das Ruder. Conrad, dessen Hände wieder aufgehört hatten zu zittern, nahm ebenfalls ein Ruder, und die beiden fuhren schweigend weiter.

Kurz vor Sonnenuntergang erreichten sie wieder die Stelle mit dem moosbewachsenen Stein, an der der Flussarm sich gabelte.

»Sollen wir hier unser Nachtlager aufschlagen?«, fragte Assante.

Nach dem Erlebnis mit der Schlange hatte Conrad weniger Lust denn je, hier irgendwo zu übernachten. Unschlüssig zuckte er mit den Schultern.

Plötzlich legte Assante wieder seinen Finger an seinen Mund und lauschte.

»Hörst du es jetzt?«, fragte er leise.

»Nein, was soll ich hören?«

»Jemand verfolgt uns. Ich könnte schwören, dass ich erneut Schritte gehört habe.«

Conrad hielt seinen Atem an und versuchte ebenfalls auf Geräusche zu achten. Aber außer dem Summen der Insekten und dem Schreien der Vögel hörte er nichts.

»Es tut mir leid«, sagte er. »Ich bin ein Wissenschaftler, der in den Straßen Wiens aufgewachsen ist. Ich kann das Klappern eines Handkarrens von dem einer Pferdekutsche unterscheiden, aber hier bin ich schlicht überfordert.«

Assante biss ich auf die Lippen. Auch er schien sich nicht mehr sicher zu sein.

»Vielleicht sind es bloß große Tiere, die aufrecht gehen«, meinte er.

»Diese Vorstellung ist natürlich viel beruhigender«, sagte Conrad. »Sollen wir also hier bleiben oder weiterfahren?«

Assante entschied sich fürs Bleiben. Die beiden kletterten aus dem Boot, hievten es neben den Stein und setzten sich wieder hinein.

»Haben wir noch Proviant?«, fragte Assante.

»Etwas Brot, getrockneten Fisch und ein paar der weichgekochten Erdknollen.«

»Das wird reichen. Ich habe im Moment keine Lust, im Halbdunkel nach Früchten zu suchen. Wie steht es mit dir?«

»Machst du Scherze?«, fragte Conrad. »Ich bewege mich keinen Schritt von hier fort. Die Früchte, die ich einsammeln würde, wären ohnehin allesamt giftig.«

»Dann lass uns essen«, sagte Assante und holte den Sack unter der Bank im Boot hervor. In dem Moment raschelten Blätter hinter ihnen, ein Busch teilte sich, und vier kleine Männer mit dunkler Haut, bunten Lendenschürzen und Speeren in den Händen traten auf sie zu. Assante ließ vor Schreck den Sack fallen, und Conrads Herz setzte für einen Moment aus. Die Männer hatten schwarzes, schulterlanges Haar, ihre Handgelenke und die Fußfesseln waren mit bunten Bändern umwickelt. Bis auf den Lendenschutz waren sie nackt. Einer der Männer trug eine Kette aus bunten Vogelfedern um den Hals. Auch die Speere waren mit Federn geschmückt.

»Ich hatte recht, wir wurden verfolgt«, sagte Assante.

Conrad war immer noch völlig sprachlos. Die Männer hatten Ähnlichkeit mit den Zeichnungen, die er von spanischen Chronisten gesehen hatte. Bis jetzt hatte er die Darstellungen für phantasievolle Übertreibungen gehalten. Aber es gab sie wirklich: Menschen, die mitten im unwirtlichen Dickicht des Dschungels lebten. Was würden sie jetzt mit Assante und ihm machen? Würden sie sie töten? Fürchterliche Erzählungen über menschenfressende Wilde fielen Conrad ein. Er hatte die Geschichten stets belächelt.

»Vielleicht wollen sie bloß mit uns zu Abend essen«, sagte er. »Leider haben wir zu wenig, um zu teilen.« Wieder einmal war er sich nicht sicher, ob er gerade jeden Bezug zur Realität verlor und sein letzter Rest Verstand sich eben auflöste.

Assante fand die Bemerkung nicht witzig und meinte: »Mein Freund, du wirst verrückt.«

»Wundert dich das?«

Nachdem die fremden Männer, die alle vier einen Kopf kleiner als Conrad und Assante waren, sie lange schweigsam angestarrt hatten, sagte einer von ihnen – es schien ihr Anführer zu sein – etwas in einer Sprache, die weder Conrad noch Assante verstanden.

Daraufhin traten alle vier auf das Boot zu und bedeuteten Conrad und Assante auszusteigen.

»Ich glaube, sie wollen unser Boot«, flüsterte Assante. Und tatsächlich hoben die Männer das Boot hoch und trugen es zurück zum Ufer, wo sie es ins Wasser ließen.

Assante fuchtelte aufgeregt mit beiden Armen.

»Nein, ihr könnt uns das Boot nicht wegnehmen, wir brauchen es«, sagte er auf Latein, und Conrad konnte sich trotz der dramatischen Situation ein Grinsen nicht verkneifen. Glaubte sein Freund, dass die Männer im Dschungel wie er und Assante mit den Schriften von Cornelius Nepos Latein gelernt hatten und sich jetzt über die Schriften von Ovid und Horaz unterhielten? Ganz offensichtlich brachte auch Assantes Gehirn nicht mehr die volle Leistung.

Aber zu Conrad und Assantes großer Überraschung bedeuteten die Männer ihnen, wieder ins Boot zu steigen.

»Was haben die vor?«

»Keine Ahnung.« Conrad folgte Assante und nahm wieder im Boot Platz. Nun stiegen auch die vier Männer zu ihnen, und das winzige Gefährt sank bedenklich tief ins Wasser. Conrad hatte Angst, dass sie alle in der braungrünen Brühe landen würden. Aber zwei der Männer ergriffen die Ruder und hantierten damit so geschickt und flink, dass das Boot geräuschlos und ohne zu wackeln durchs Wasser glitt.

Einer der Männer sagte etwas, und die anderen lachten. Ihre Sprache klang völlig fremd in Conrads Ohren. Sie schien ausschließlich aus Vokalen zu bestehen. Er nahm an, dass die vier sich über ihn und Assante amüsierten. In den Augen der Wilden waren die beiden sicher zwei lebensunfähige Witzfiguren, über die man herrlich lachen konnte.

Die Männer steuerten das Boot in einen schmalen Seitenarm. Hier schwammen hellgrüne Teichlinsen auf der Wasseroberfläche und machten es unmöglich, in die Tiefe zu sehen. Wieder nahmen sie einen seitlich abzweigenden Flussarm.

»Wir finden nie wieder zurück«, sagte Assante.

»Glaubst du wirklich, dass sie uns wieder zurückfahren lassen?«

Einer der Männer legte seine Hand auf Conrads Schulter und legte die Finger der anderen Hand über seinen Mund. Conrad kapierte, dass sie den Mund halten sollten.

Sie lachen über uns, aber wir dürfen uns nicht unterhalten, dachte Conrad bitter. Aber da nahm der kleine Mann seine Finger wieder vom Mund weg und zeigte mit der ausgestreckten Hand nach rechts. Zuerst konnte Conrad nichts Ungewöhnliches erkennen, aber als er noch einmal hinsah, sah er ein kleines Krokodil am Ufer liegen. Davor schwammen mindestens drei weitere im Wasser. Es waren nur ihre Augen zu sehen.

Ein eiskalter Schauer rieselte über Conrads Rücken. Die feinen Härchen in seinem Nacken stellten sich auf. Krokodile kannte er bis jetzt nur in ausgestopfter Form. Manche Apotheker leisteten sich die toten Tiere, um sie an die Decke ihrer Verkaufsläden zu hängen. Damit wollten sie ihren Kunden zeigen, wie außergewöhnlich und exotisch ihre Medikamente waren. Selbst in Europa wusste man, wie gefährlich diese Reptilien waren. Die Zähne von Krokodilen galten als Talisman und ihre getrocknete Haut als Potenzmittel. Angeblich konnten sie einen Mann mit einem einzigen Biss in der Mitte entzweireißen.

Assante schienen ähnliche Gedanken durch den Kopf zu gehen. Mit angstgeweiteten Augen starrte er auf die Tiere, die im Moment reglos im Wasser und auf dem Land lagen. Eines davon war mindestens dreimal so lang, wie Assante groß war.

Ohne Wellenschlag und Geräusch glitt das Boot in einigem Abstand an den Tieren vorbei. Erst als sie außer Sichtweite waren, atmete Conrad erleichtert auf. Der kleine Mann mit der üppigen Kette grinste ihn zufrieden an. Er legte eine Reihe überraschend weißer Zähne frei und klopfte Conrad anerkennend auf die Schulter. Was immer die vier Männer mit ihnen vorhatten, im Moment schienen sie ihnen wohlgesonnen zu sein.

Die Sonne war bereits vollständig untergegangen, als das Boot an einer sandigen, seichten Uferstelle anhielt. Mehrere Feuer brannten, und Conrad konnte eine kleine Ansammlung einfacher Hütten aus Stroh und Holz erkennen. Alle standen auf Pfählen. Kaum hatten die Bewohner die Ankömmlinge entdeckt, liefen sie neugierig zu ihnen. Nackte Kinder und Frauen mit bloßen Brüsten und winzigen Lendenschürzen. Alle waren mit bunten Ketten aus Holzperlen, Muscheln und Steinen geschmückt. Einige Frauen trugen ihre Kinder in Tüchern, die sie seitlich auf der Hüfte oder direkt vor der Brust gespannt hatten. Die Menschen waren alle ebenso klein wie die vier Männer, hatten schwarzes Haar und flache Gesichter mit großen mandelförmigen Augen.

Niemand schien ihnen feindlich gesinnt, ganz im Gegenteil, sie nickten ihnen freundlich und neugierig zu. Eine ältere Frau, deren üppiger Busen bis an ihre Hüften reichte, trat auf sie zu. Es fiel Conrad schwer, nicht auf ihren Busen zu starren, nicht weil er ihn anziehend fand, sondern weil es ungewöhnlich und fremd war, einer Frau gegenüberzustehen, die sich selbstsicher in ihrer Nacktheit bewegte. Die Alte sagte etwas in der fremden vokalreichen Sprache. Als weder Conrad noch Assante reagierten, winkte sie beide zum großen Feuer in der Dorfmitte. Hier saßen bereits einige Männer, Frauen und Kinder und aßen mit den Fingern aus einfachen Holzschalen. Einige nickten ihnen lächelnd zu.

Die alte Frau bedeutete ihnen, sich zu setzen, und ging zu einem der Töpfe, die sich über dem Feuer befanden. Sie füllte zwei Holzschalen mit etwas Dampfendem und kam wieder zurück. Dann reichte sie Conrad und Assante je eine Schale. Die beiden verneigten sich, in der Hoffnung, dass dies ihre Dankbarkeit zum Ausdruck brachte.

Assante benutzte geschickt seine Finger als Löffel. Conrad ekelte es davor, den unbekannten Brei auf seine

Finger zu schaufeln. Da er aber von der alten Frau und einigen anderen Dorfbewohnern genau beobachtet wurde, tat er es Assante gleich.

Das Zeug schmeckte grauenhaft, fett und bitter. Conrad aß es trotzdem, nickte seiner Gastgeberin immer wieder zu und versuchte, seinen Würgereflex zu unterdrücken und trotzdem zu lächeln. Assante schien an der Nahrung nichts auszusetzen zu haben. Er aß mit Begeisterung, als hätte er nie zuvor etwas Köstlicheres geschmeckt.

Die Alte grinste zufrieden und verschwand in einer der Hütten. Etwas später kam sie mit einer jungen Frau an der Hand zurück. Conrad fiel sofort auf, dass die Frau im Gegensatz zu den anderen Dorfbewohnern ein buntes Kleid trug und mindestens einen halben Kopf größer war. Sie hatte ebenfalls schwarze Haare, die sie im Nacken zu einem Knoten zusammengebunden trug. Ihre Hautfarbe war heller als die der anderen. Sie trug weder bunte Bänder, noch war sie mit Muscheln oder Federn geschmückt. Um ihren Hals hing eine Kette aus purem Gold. Bereits aus der Ferne erkannte Conrad, dass es sich um ein aufwendig verarbeitetes Schmuckstück handelte. Auf jedem Königshof in Europa hätten die Frauen sich um dieses Schmuckstück gestritten. Seine Besitzerin bewegte sich elegant, und die Art ihrer aufrechten Haltung deutete darauf hin, dass sie es gewohnt war, zu befehlen. Von der alten Frau geschoben, trat sie zu Conrad und Assante.

»Ajar bittet mich, Euch in ihrem Namen willkommen zu heißen«, sagte die Frau in gebrochenem Spanisch mit starkem Akzent.

Am liebsten wäre Conrad ihr dankbar um den Hals gefallen. Seine Spanischkenntnisse waren im Vergleich zum Latein bescheiden, doch er verstand vieles und konnte sich in einfachen Sätzen verständlich machen. Wie viel einfacher war das Leben, wenn man sich unterhalten konnte.

Fines linguae nostrae fines mundi sunt, schoss es ihm durch den Kopf, »die Grenzen unserer Sprache sind die Grenzen der Welt«. Laut sagte er: »Es freut mich, dass wir uns unterhalten können. Mein Name ist Conrad Pfeiffer, ich bin Arzt aus Wien, einer Stadt in Europa, und das ist mein Freund Assante. Er ist ein gelehrter Mann, der schon weit gereist ist.«

»Ihr wollt sagen, er ist Euer Sklave«, sagte die Frau scharf, aber Conrad schnitt ihr energisch das Wort ab.

»Nein, Assante ist ein freier Mann wie ich.«

Zu Conrads Überraschung breitete sich ein Lächeln auf dem Gesicht der Frau aus, es ließ sie sympathisch und anziehend aussehen.

»Das freut mich«, sagte sie und schenkte auch Assante ein gewinnendes Lächeln.

»Mein Name ist Tica«, erklärte sie. »Ich habe beim Stamm der Warao Schutz, Sicherheit und Unterkunft gefunden.«

»Schutz vor wem?«, fragte Conrad neugierig.

»Vor Menschen wie Euch«, sagte Tica kalt. »Weißen, die in unser Land eindringen, uns verjagen, töten, unsere Kultur zerstören, unsere Schätze rauben und uns zu Sklaven machen.«

Conrad antwortete nicht. War er nicht auch aufgebrochen, um einen Schatz zu finden, der ihm nicht zustand?

Eine etwas jüngere Frau näherte sich der Alten. Sie hatte zwei riesige Blätter in der Hand, auf denen sich etwas befand, das Conrad noch nicht erkennen konnte. Die Alte nickte ihr zu und schob sie zu Conrad und Assante.

Die Brüste der jungen Frau waren ebenfalls nackt, und nun fiel es beiden Männern schwer, nicht darauf zu starren. Die Brüste waren ausgesprochen wohlgeformt. Lächelnd reichte die junge Frau ihnen das Blatt, das als Teller diente, und forderte sie auf zu essen.

Tica stand immer noch neben ihnen und erklärte: »Ihr bekommt gerade die Spezialität der Waraos, Maden.«

»Maden?«, fragte Conrad entsetzt.

»Die Waraos fällen die Moriche-Palme. Sie ist ihnen heilig, deshalb darf nichts davon vergeudet werden. Sie höhlen die Palme aus und bauen ihre Einbaum-Kanus. Aus den übrigen Teilen machen sie Hängematten und Körbe. Das Harz wird zum Kochen verwendet. Und was sie liegen lassen, dient als Brutstätte der Maden. Die Maden sind außerordentlich nahrhaft. Es ist eine große Ehre, wenn man sie serviert bekommt.«

»Ihr esst nicht davon?«, fragte Conrad.

Tica schüttelte den Kopf: »Ich bin bereits satt.«

»Ich auch«, dachte Conrad, bemüht, seine Gesichtszüge unter Kontrolle zu halten.

»Es schmeckt vorzüglich«, sagte Assante, der weitaus mutiger war und bereits gekostet hatte.

Conrad erinnerte sich daran, dass die Mönche in Bordeaux fette Weinbergschnecken gegessen hatten, viel schlimmer konnten Maden auch nicht sein. Er hielt den Atem an und steckte ein paar Maden in den Mund. Die prallen Körper platzten in seinem Mund wie überreife Weintrauben auf. Am liebsten hätte Conrad den Brei augenblicklich ausgespuckt. Nur widerwillig schluckte er ihn und konnte seinen Ekel nur mühsam verbergen.

Den Rest des Abends erfreuten sich die Waraos daran, ihre Gäste weiter zu bewirten. Sie tanzten ausgelassen ums Feuer und richteten Conrad und Assante bequeme Hängematten unter einem der Strohdächer des Dorfes.

»Hier schläft niemand auf dem Boden«, erklärte Tica und wünschte den beiden eine gute Nacht.

Als Assante es sich in seiner Hängematte aus geflochtenen Lianen gemütlich machte, meinte er zufrieden: »Das Leben steckt voller angenehmer Überraschungen.«

Noch wagte Conrad es nicht, ihm zuzustimmen. Wer weiß, was sie bei Sonnenaufgang noch alles erwarten würde. Er war davon überzeugt, dass die freundlichen Waraos noch etwas mit ihnen vorhatten. Aber im Moment war er zu müde, um sich darüber Gedanken zu machen.

Santiago de León de Caracas,

Jänner 1619

Die Suche nach einer passenden Herberge gestaltete sich schwieriger als erwartet. Die Stadt, in der so emsig gebaut wurde, verfügte über einige Tavernen und Schenken, aber keines der Häuser war auf Übernachtungsgäste eingestellt. Überall, wo Tom nachfragte, wurde er abgewiesen. Also probierte er es in einfachen Häusern. Aber auch hier ohne Erfolg. Die ersten beiden Besitzerinnen lehnten ab, weil Jana als unverheiratete Frau mit zwei Männern unterwegs war. Beim dritten Haus änderte Tom seine Strategie und gab Jana als Richards Frau aus. Leider war Richard zu diesem Zeitpunkt bereits so betrunken, dass sie wieder fortgeschickt wurden.

Schließlich riet ihnen eine zahnlose, alte Frau, die allein in einer schäbigen, baufälligen Hütte lebte, ins neu gegründete Franziskanerkloster im Zentrum der Stadt zu gehen. Reisende aus Europa würden dort willkommen geheißen.

Also zogen sie weiter und hielten schließlich vor einem hellen, freundlichen Gebäude im europäischen Baustil. Die frisch verputzten gelben Mauern des Klosters zeugten vom Wohlstand der Brüder, die darin wohnten. Beherzt klopfte Tom an die große, mit Metall beschlagene Holztür. Kurz darauf öffnete sich eine kleine Luke in der

Höhe von Toms Gesicht. Eine männliche Stimme fragte auf Spanisch nach, weshalb die Fremden klopften.

Tom erklärte die Situation, und kurz darauf ging die schwere Holztür knarrend auf. Sie betraten einen herrlich gepflegten Klostergarten, in dem nicht nur einheimische Pflanzen gediehen, sondern auch Kräuter und Blumen aus den Heimatländern der Mönche wuchsen. Jana entdeckte bekannte Gewürzkräuter wie Basilikum, Rosmarin und Thymian, aber auch Salbei, Liebstöckel und Majoran sowie Pflanzen, die sie noch nie zuvor gesehen hatte. Ihre Aufmerksamkeit blieb an einem Strauch mit kleinen, roten Schoten hängen, die verführerisch glänzten. Am liebsten hätte Jana eine der spitz zulaufenden Früchte mitgenommen. Aber der Mönch lief zielstrebig über einen gekiesten Weg durch die Oase der Ruhe und der Gerüche direkt auf das Hauptgebäude zu, und Jana folgte ihm.

Vor einem Nebengebäude mit roten Dachschindeln blieb er stehen und betrat durch eine Seitenpforte einen der Vorräume. Hier wartete bereits ein hagerer, dünner Mann mit kurzem, schwarzem Haar und einer frisch geschnittenen Tonsur auf sie. Er trug die einfache, braune Kutte der Franziskaner und musterte die Fremden mit besorgtem Blick.

Tom übernahm das Sprechen, aus Angst, Richards Alkoholfahne könnte den Franziskaner abschrecken.

»Wir sind auf der Reise nach Barinas und benötigen ein Quartier, bis wir passende Maultiere für die Weiterreise gefunden haben«, erklärte Tom auf Deutsch. Der Pater verstand ihn. Er war einer der wenigen Männer, die noch die Sprache der Welser beherrschten. Achtzehn Jahre lang hatte Venezuela unter der Herrschaft der Augsburger Kaufleute gestanden. Bereits 1546 hatten die Deutschen freiwillig auf das Lehen des spanischen Königs verzichtet. Seither unterstand das Land einem spanischen Gouverneur. Einige wenige Menschen sprachen noch die Sprache der Kaufleute. So auch Pater Carlos.

»Wir können nur Geistliche aufnehmen, die zu missionarischen Zwecken weiterreisen und hier Unterkunft suchen. Wir sind auf Fremde nicht eingerichtet, vor allem nicht auf Frauen.« Beim letzten Wort sah er Jana mit einer Mischung aus Abneigung und Faszination an. Augenblicklich zog Jana das Tuch um ihren Kopf fester.

»Wir sind gottesfürchtige Menschen, die für die Unterkunft bezahlen können«, erklärte Tom und holte zum Beweis seiner Worte seine Bibel und einen Sack voll Piaster aus seinem Reisesack und hielt beides dem Pater entgegen.

»Ihr wollt für die Unterkunft bezahlen?«, fragte der Pater und hob überrascht seine Augenbrauen. Dabei beachtete er weder die Bibel noch den Geldsack, sondern schaute weiterhin auf Jana. Seine stechenden Augen blieben auf ihrem Busen hängen, und Jana spürte, dass sie errötete.

»Ja, das können wir«, beeilte sich Tom. Er öffnete den Geldsack und holte eine Silbermünze hervor.

Die Aufmerksamkeit des Paters wechselte nun doch zu der Münze. Er biss sich auf die schmalen Lippen, befeuchtete sie mit seiner Zunge und meinte schließlich: »Dann seid willkommen. Ich kann euch aber nur eine kleine Kammer anbieten, die ihr zu dritt bewohnen müsst. Ihr und Euer Herr könnt mit uns die Mahlzeiten im Refektorium einnehmen. Die Frau aber muss in der Kammer bleiben. Ich kann meinen Mitbrüdern beim Essen nicht die Anwesenheit einer Frau zumuten.«

Jana öffnete ihren Mund, um etwas zu erwidern, spürte

aber augenblicklich Toms Ellbogen in den Rippen und unterließ es.

Richard trat wankend zu ihr, stieß sie mit dem Ellbogen in die andere Seite und lallte vertraulich: »Ich fürchte, der Mann kann heute Nacht nicht schlafen, weil er dauernd das verlockende Bild Eures Busens vor seinem geistigen Auge hat.« Er roch, als hätte er im Zuckerrohrbrand gebadet.

Gegen ihren Willen errötete Jana erneut.

Wenig später saßen sie zu dritt in einer winzigen, aber sauberen Kammer, in der sich fünf niedrige, kurze Betten befanden. Als Richard sich auf eines der Betten legte, ragten seine Beine über den Fliesenboden.

»Das Bett ist für Zwerge gebaut«, stellte er fest und kicherte wie ein kleines Mädchen.

Tom hingegen schien zufrieden. Die Betten waren genau richtig für seine Größe. Auch er legte sich darauf und passte perfekt hinein. »Nun müsst Ihr endlich zugeben, dass eine Bibel immer nützlich sein kann«, sagte er an Richard gewandt.

Aber der schnaufte verächtlich: »Ich glaube, dass die Reales eine weitaus wichtigere Rolle gespielt haben.« Mit einem Mal wirkte er wieder nüchtern.

Tom wusste, dass der Abt eine unverschämt hohe Summe entgegengenommen hatte, die mit Nächstenliebe wenig zu tun hatte.

»Dafür müssen wir uns in den nächsten Tagen nicht um Essen und ein Dach über dem Kopf sorgen.«

Richard zuckte mit den Schultern und holte aus seiner Tasche eine weitere Flasche Zuckerrohrbrand hervor. Mit den Zähnen entkorkte er die Flasche und nahm einen kräftigen Schluck. Sie war zu seinem ständigen Begleiter geworden. Das Getränk war billiger als Maisbrot und zu Janas und Toms Leidwesen überall erhältlich.

»Könnt Ihr nicht wenigstens im Kloster auf den Schnaps verzichten?«, fragte Tom missbilligend.

»Warum?«, fragte Richard. »Weil die Mönche so tugendhaft sind?« Er grinste breit und blickte zu Jana. »Fragt unsere charmante, weibliche Begleitung, was sie vom Abt dieses Klosters denkt.«

Aber Jana schüttelte nur den Kopf, und Tom verzichtete auf die Frage.

Als sie später über den Markt gingen, in der Hoffnung, jemanden zu treffen, der ihnen Maultiere oder gar Pferde verkaufen konnte, flüsterte Tom Jana zu, dass er sich Sorgen machte.

»Er hat immer viel getrunken«, sagte er leise. »Aber seit wir das Schiff in Tobago verlassen haben, hat sich sein Zustand dramatisch verschlimmert.«

»Ihr solltet ihm das Geld dafür verweigern«, schlug Jana vor.

»Das kann ich nicht, schließlich gehört es ihm. Ich beschränke mich ohnehin schon auf kleine Summen, aber irgendwie schafft er es immer, billigen Schnaps aufzutreiben.«

Jana sah zu dem Reisegefährten, der schwankend vor einer jungen Marktfrau stand und ungeniert mit ihr flirtete.

»Ich fürchte, dass er gleich Probleme bekommen wird.« Sie deutete auf den Ehemann der Marktfrau, der eben auf Richard zutrat und ihn drohend auf Spanisch beschimpfte. Jana verstand nicht jedes Wort, erkannte aber die wichtigste Botschaft. Richard sollte entweder etwas kaufen oder schnellstens verschwinden. Bevor der Mann sich weiter über Richard ärgern konnte, trat Jana zu ihm. Sie entschuldigte sich bei dem Mann und seiner Frau, kaufte drei frische, grüne Früchte, die von den Einheimischen Papayas genannt wurden, und zog Richard mit sich.

»Reißt Euch zusammen und hört damit auf, Euch sinnlos zu betrinken. Ihr seid eine Gefahr für Euch selbst und für Tom und mich«, zischte sie verärgert.

Richard blieb abrupt stehen und sah sie aus rot unterlaufenen Augen an.

»Wer gibt Euch das Recht, darüber zu urteilen, wie sinnvoll es ist, dass ich mich betrinke«, sagte er ungewöhnlich ernst. »Ich brauche keine Anstandsdame, Tom reicht mir. Wenn Ihr weiter mit uns reisen wollt, dann behaltet Eure guten Ratschläge für Euch und mischt Euch nicht in meine Angelegenheiten ein. Ich sage Euch auch nicht, was ich von der Suche nach einem Mann halte, der bereits ertrunken ist.« Trotz seiner Alkoholfahne schien er erstaunlich klar zu denken.

Jana schluckte. Der Engländer hatte recht. Es ging sie nichts an, wie viel er trank. Dennoch fiel ihre Antwort ungewohnt scharf aus.

»Sauft Euch das Hirn aus dem Kopf, wenn Euch danach ist. Ich werde Euch nicht davon abhalten und Euch auch nicht mehr maßregeln.«

»Ich bitte darum.«

Schweigend gingen sie weiter. Jana versuchte, sich auf die Waren zu konzentrieren, die die Bauern auf bunten Decken am Boden ausgebreitet hatten. Die unbekannten Gerüche und Formen der Früchte halfen ihr, nicht mehr über den Streit nachzudenken. Melonen lagen neben Ananas, Guaven und Papayas, Kochbananen neben Mais und Süßkartoffeln. In einem der Körbe fand Jana die kleinen roten Früchte, die sie zuvor im Klostergarten gesehen hatte. Sie fragte die Marktfrau, wie die Schoten hießen und wozu man sie benutzte.

»Das ist Chili«, erklärte die Frau. »Die Spanier nennen es auch *pimiento rojo*, weil sie glauben, dass es roter Pfeffer ist. Aber das stimmt nicht, auch wenn es sehr scharf ist. Probiert!«

Die Frau hielt ihr eine der Schoten entgegen und warnte: »Aber seid vorsichtig. Schon ein winziges Stückchen führt dazu, dass Euch heiß wird und Euer Gaumen brennt.«

Neugierig nahm Jana die glänzende Schote entgegen. Sie roch daran, konnte aber keinen Geruch feststellen. Vorsichtig biss sie ein winziges Stückchen ab. Augenblicklich schossen ihr Tränen in die Augen, ihre Zunge brannte, und der Schweiß trat ihr aus allen Poren.

Die Marktfrau lachte. »Wir verwenden Chili zum Würzen. Man muss vorsichtig mit der Dosierung sein.«

Jana spuckte aus und pflichtete ihr bei. Nie zuvor hatte sie etwas gegessen, das ein so scharfes Brennen im Mund zurückließ. Es war, als hätte jemand ein Feuer darin entzündet.

Tom und Richard beobachteten sie interessiert.

»Wollt Ihr probieren?«, fragte Jana und hielt den Männern die angebissene Frucht entgegen.

»Nein danke«, sagte Tom eilig, und auch Richard schüttelte den Kopf und hielt die Hände abwehrend vor den Körper. Jana stellte erleichtert fest, dass er den Streit von zuvor vergessen zu haben schien.

Ihr Weg führte sie an weiteren bunten Obstständen vorbei. Sie hätten Proviant in Hülle und Fülle einkaufen können, aber solange sie keine Maultiere hatten, war an eine Fortsetzung der Reise nicht zu denken. Egal wo sie auch nachfragten, überall erhielten sie eine Abfuhr. Es war, als gäbe es in der ganzen Stadt kein einziges Lastentier zu kaufen.

Unverrichteter Dinge kehrten sie wieder zurück ins Kloster, wo Pater Carlos bereits mahnend auf sie wartete. Es war Zeit fürs Abendmahl.

»Ihr müsst Euch um Pünktlichkeit bemühen. Wir können nicht auf Euch warten«, sagte er ungehalten.

Jana musste zurück in ihre enge Kammer, wo sie eine Schüssel voll schwarzer Bohnen mit etwas Speck und Maisbrot serviert bekam. Sie fühlte sich wie eine Gefangene, die bestraft wurde, weil sie gegen Regeln verstoßen hatte. Doch ihr einziges Vergehen war es, eine Frau zu sein. Nach dem Essen kehrten Tom und Richard zu ihr zurück. Richard schlief rasch ein und schnarchte so laut, dass auch die Mönche am anderen Ende des Gangs ihn hören mussten. Als auch Tom seine Augen schloss und augenblicklich zu schnarchen begann, überlegte Jana, wie sie es schaffen sollte, bei diesem Lärm ebenfalls Schlaf zu finden. Unruhig wälzte sie sich von einer auf die andere Seite, hielt sich die Finger in die Ohren, zog sich die Decke über den Kopf, aber ohne Erfolg. Irgendwann weit nach Mitternacht fiel sie in einen unruhigen Halbschlaf und träumte von wilden Tieren.

Die nächsten Tage verliefen ähnlich. Tom, Richard und Jana liefen durch die Stadt, fragten jeden Händler, Kaufmann und Bauern, ob er ihnen bei der Suche nach Maultieren behilflich sein könnte, und wurden jedes Mal abgewiesen. Jana verlor langsam die Geduld. Sie hatte das Gefühl, die Zeit lief ihr davon. Was, wenn Conrad längst in Barinas war? Wie lange würde er auf sie warten?

Am Abend des vierten Tages saß Jana mit einer Schüssel schwarzer Bohnen allein in der Gästekammer. Der Tag war wieder erfolglos gewesen. Weit und breit gab es niemanden, der ihnen seine Maultiere verkaufen wollte. Es war zum Aus-der-Haut-Fahren. Jana hatte den Atlantik überquert, war von der Pirateninsel geflüchtet, und nun saß sie in dieser Stadt fest, weil es keine Pferde zu kaufen oder mieten gab.

Verärgert stand sie auf und ging zu dem kleinen Fenster, das in den wunderschönen Innenhof des Klosters führte. Ihr rechter Fuß streifte etwas, und als sie auf den Boden schaute, traf ihr Blick auf Toms Reisesack, der neben seinem Bett auf dem Boden lag. Er hatte ihn nicht zum Abendessen mitgenommen. Es durchfuhr Jana heiß. Sollte sie den Augenblick nutzen und nachsehen, ob sich in dem Sack eine Schatzkarte von Sir Walter Raleigh befand?

Seit dem Gespräch in der Kathedrale hatte Jana den Verdacht, dass auch Tom und Richard nach El Dorado suchten. Aber konnte sie den Reisesack jenes Mannes durchwühlen, der ihr die Flucht von Tobago ermöglicht hatte? Jana kämpfte mit ihrem Gewissen, aber nur kurz, dann siegte die Neugier.

Leise schlich sie zur Tür, öffnete sie einen Spaltbreit und spähte hinaus. Der Gang war leer. Das orangerote Abendlicht fiel schräg durch die großen Fenster auf die hellen Fliesen. Jana lehnte die Tür nur an, damit sie hörte, wenn sich Schritte näherten. Rasch ging sie zurück zum Sack, kniete sich nieder und griff danach. Ihre Hände zitterten, als sie die Schnur auseinanderzog, die ihn zusammenhielt. Jana holte ein Ersatzhemd hervor, eine Schachtel mit Näh- und Zündzeug, ein kleines Messer, einen Becher und eine Bibel. Sie griff nach dem Buch, es wog schwer in ihrer Hand. Vorsichtig schlug sie es auf. Es war eine englische Bibel. Auch zweihundert Jahre nach John Wyclifs erster Bibelübersetzung ins Englische war es keine Selbstverständlichkeit, eine Bibel in einer Muttersprache in der Hand zu halten. Die meisten waren nach wie vor in Latein, auch in Prag, wo die Hälfte der Bewohner Lutheraner waren, besaßen nur wenige Menschen Bibeln in Deutsch oder Tschechisch. Jana blätterte um. Da fiel ihr ein zerknittertes, zusammengefaltetes Blatt entgegen. Eilig legte sie die Bibel zur Seite und ergriff das Blatt. Noch bevor sie es auffaltete, wusste sie, was sie gleich sehen würde. Und tatsächlich, es war eine Schatzkarte. Auf der rechten Seite standen die Städtenamen: Caracas, Merida, Barinas, San Cristóbal und Tunja. Aufgeregt holte Jana ihre eigene Karte unter ihren Röcken hervor und entfaltete sie. Sie legte die Karten nebeneinander und musste feststellen, dass sie nur wenige Ähnlichkeiten miteinander hatten. Auf Janas Karte befanden sich ebenfalls Städtenamen, die hatte Conrad in Lissabon eingesetzt. Ihre Karte beschrieb ein weites Gebiet, die genauen Aufzeichnungen beschränkten sich aber auf die Umgebung rund um Zipaquirà. Conrad hatte vor ihrer Abreise mit Hilfe seines Freundes Ferdinand den Weg von der Küste bis in den Westen recherchiert. Die wichtigsten Städtenamen hatte er auf den Rand der Karte gesetzt und den Weg in etwa aufgezeichnet. Stundenlang hatten Ferdinand und er Landkarten und Reiseberichte in der Universitätsbibliothek verglichen. Sie waren davon überzeugt, dass die erste Stadt auf Janas Karte Barinas war und die eigentliche Suche nach dem Schatz erst in Zipaquirà begann. Der Name Tunja wurde auf Janas Dokument nicht erwähnt. Auf Toms Karte war der Name Tunja zweimal durchgestrichen und dann erneut wieder aufgeschrieben worden. So als hätte der Zeichner nicht mehr genau gewusst, um welchen Ort es sich handelte. Außerdem waren auf Toms Karte eine Reihe von kleinen und größeren roten Kreuzen eingezeichnet. Das Einzige, worin die Karten sich glichen, waren die Wege, die von Zipaquirà beziehungsweise von Tunja wegführten. Sie hatten in etwa die gleiche Form und Länge. Doch Janas Wegbeschreibung war detaillierter. Hier waren Gebirgsformationen, auffallende Felsen und Weggabelungen eingezeichnet. Auf beiden Karten endete der Weg mitten in einem See. Wobei auf Janas Karte zwei Seen eingezeichnet waren und in einem der Seen sich eine Art Anhöhe oder Insel befand. Dieser Teil der Karte war leer und konnte nur gelesen werden, wenn man das Amulett hineinlegte. Dann ergab sich eine Höhle, die die Form einer gefiederten Schlange hatte.

Gerade als Jana sich die beiden Seen genau ansehen wollte, spürte sie einen kalten Lufthauch im Rücken. Die Tür öffnete sich geräuschlos, und jemand stand hinter ihr. Erschrocken fuhr Jana herum und ließ beide Karten fallen. Es war Tom, der sie fassungslos anstarrte.

»Was sucht Ihr in meinem Reisesack?«, fragte er tonlos.

»Ich … äh … es tut mir leid«, stammelte Jana verlegen. Ihre Wangen glühten vor Scham.

Tom stand immer noch reglos da und wartete auf eine Antwort, da betrat auch Richard den Raum und erfasste die Szene.

»Sagt bloß, Ihr wolltet allein mit unserer Schatzkarte weiterreisen«, sagte er. Er schien nicht entrüstet, sondern amüsiert zu sein.

Jana schüttelte eilig den Kopf und beeilte sich mit einer Verteidigung.

»Nein, nein«, stotterte sie. »Ich wollte nicht allein weiterreisen.«

»Was wolltet Ihr dann?«, fragte Tom mit versteinerter Miene.

»Ich …« Jana schämte sich fürchterlich und kam sich erbärmlich vor. Wie sollte sie den Männern erklären, was sie eben getan hatte, wenn sie es selbst kaum begreifen konnte.

»Warum durchsucht Ihr meinen Reisesack?«, wiederholte Tom seine Frage.

Jana seufzte schwer: »Ich musste wissen, warum Ihr nach Barinas reist.«

Tom sagte nichts, sondern wartete auf weitere Erklärungen, während Richard seine Flasche aus seiner Jackentasche herausholte und sich auf sein Schlaflager fallen ließ.

»Das verspricht ein unterhaltsamer Abend zu werden«, meinte er.

Jana versuchte ihn zu ignorieren und sah hilfesuchend Tom an. Sie hoffte inständig, dass der freundliche, kleine Mann ihr verzeihen würde.

»Conrad und ich wollten auch nach Barinas«, begann sie und sagte dann: »Ich besitze eine Karte, die Eurer ähnlich ist.«

Jana beschloss, den Männern die Wahrheit zu sagen. Sie wollte keine weiteren Geschichten erfinden. Im Moment fühlte sie sich auch ohne Lügen erbärmlich.

»Mein Vater hat mir die Karte kurz vor seinem Tod geschickt. Er hat sie einem Seemann abgekauft, der sie wiederum einem Jesuiten gestohlen hat.«

»Ein Seemann, sagt Ihr?« Interessiert setzte sich Richard auf und stellte die Flasche weg.

»Hat Sir Raleigh nicht von einem Seemann gesprochen?«, mischte sich nun Tom ein.

»Ja, das hat er. Es scheint, als wäre Jana im Besitz der Originalkarte.« Richard lachte, als hätte er gerade einen besonders gelungenen Scherz gemacht.

»Eure Karte ist bloß eine Kopie?«, fragte Jana erstaunt. Das würde erklären, warum auf Toms Karte ein anderer Städtename eingetragen war. Wer immer die Kopie gezeichnet hat, hatte sich geirrt.

Richard erklärte: »Sir Walter Raleigh hat sie aus dem Gedächtnis angefertigt. Dementsprechend ungenau wird sie sein. Viele der Städtenamen hatte er nicht mehr im Gedächtnis, und auch bei den wenigen, die sich auf der Karte befinden, war er sich nicht sicher, ob sie stimmen. Ich habe in London nach einer verlässlichen Karte der Neuen Welt gesucht, um die fehlenden Städtenamen einzutragen. Aber alles, was ich auftreiben konnte, waren die ungenauen Aufzeichnungen irgendeines Kaufmanns. Deshalb habe ich den einen Städtenamen auch dreimal durchgestrichen und wieder neu geschrieben. Wir haben gehofft, dass sich eine Lösung für unser Problem finden würde, sobald wir hier wären.«

»Ihr habt es gehofft«, verbesserte Tom ihn. »Ich wollte nach weiteren, genaueren Karten suchen.«

»Und war es notwendig?«, fragte Richard.

Tom schmollte, und Richard gab selbst die Antwort: »Nein, es wäre völlig vergebene Liebesmühe gewesen. Das Problem hat sich auf wundersame Weise selbst gelöst.«

»Purer Zufall«, murrte Tom.

Statt zu antworten, ließ Richard sich lautstark zurück auf sein Bett plumpsen. Eine kurze Pause entstand, dann wandte sich Tom wieder Jana zu: »Warum habt Ihr mich nicht nach der Karte gefragt? Es war nicht recht, dass Ihr einfach meine Sachen durchwühlt habt.«

Er war sichtlich enttäuscht. Janas Karte schien ihn weniger zu interessieren als die Tatsache, dass sie ihn hintergangen hatte.

»Hättet Ihr mir denn ehrlich geantwortet?«, fragte Jana.

»Natürlich«, sagte Tom ernst.

»Ihr kennt den braven Tom nicht. Niemand ist ehrlicher als er«, sagte Richard, der nun doch zu seiner Flasche griff, doch sie war leer.

»Spart Euch Euren Spott«, sagte Tom verärgert.

»Es tut mir aufrichtig leid, dass ich Eure Sachen durchwühlt habe. Ihr habt recht, das hätte ich nicht tun dürfen«, sagte Jana betroffen.

Tom neigte den Kopf zur Seite und schien sich etwas zu beruhigen, während Richard die Situation immer noch unterhaltsam fand und grinste.

»Hört endlich auf, Euch über mich lustig zu machen«, zischte Tom verärgert.

Richard erhob sich und streckte dem Diener ergeben beide Hände entgegen. »Immer mit der Ruhe«, beschwichtigte er. »Meine Flasche ist leer, und ich werde mir Nachschub besorgen. In der Zwischenzeit könnt ihr beide euch mit Entschuldigungen überhäufen, euch streiten oder vertragen, was auch immer. Aber wenn ich zurückkomme, würde ich gerne schlafen. Also klärt die Sache bis dahin.«

»Was meint Ihr damit?«, fragte Tom verärgert.

»Wir haben die ungenaue Karte, Jana die richtige. Wenn wir an den Schatz gelangen wollen, müssen wir gemeinsam weiterziehen oder Jana die Karte abnehmen«, sagte Richard gelassen.

»Ihr wollt mir die Karte wegnehmen?«, fragte Jana entsetzt und drückte das Stück Papier fest an ihre Brust. Mit dieser Möglichkeit hatte sie nicht gerechnet, obwohl sie die nächstliegende war.

»Keine Angst«, beruhigte sie Richard. »Tom war einer Frau gegenüber noch nie handgreiflich. Oder hast du dunkle Seiten, von denen ich nichts weiß?« Er sah den Diener belustigt an.

»Geht und holt Euren verdammten Schnaps«, zischte Tom verärgert.

»Habe ich mich eben verhört? Oder stammten diese Worte aus deinem Mund? Du schickst mich weg, um Schnaps zu holen?« Richard legte seine rechte Hand an sein Ohr und drehte sich zu Tom. Jana hatte Angst, der kleine Mann würde aufspringen und Richard an die Kehle gehen, so wütend schien er.

»Schon gut, ich geh ja schon«, sagte Richard und verließ den Raum.

Die Tür fiel krachend ins Schloss, und Richards Schritte hallten beschwingt über den gefliesten Gang. Jana konnte ihn förmlich über die Fliesen tanzen sehen.

Nun war sie allein mit Tom. Der Reisesack lag immer noch ausgeräumt am Boden und hatte etwas Anklagendes. Jana hätte sich am liebsten in Luft aufgelöst, so unangenehm war ihr die Situation. Wortlos kniete sie sich auf den Boden und begann den Sack wieder sorgfältig einzuräumen. Tom unterbrach sie.

»Lasst nur, ich mache das lieber selber«, sagte er leise und kniete sich neben sie. Nach einer Weile fragte er: »Würdet Ihr mir Eure Karte zeigen?«

»Wenn Ihr mir versprecht, dass Ihr mir dann verzeiht«, sagte Jana vorsichtig.

Endlich tauchte ein winziges Lächeln auf dem Koboldgesicht auf.

»Ich denke, das lässt sich machen.«

»Danke!«, seufzte Jana erleichtert.

»Master Walton hat recht. Ihr besitzt das Original. Wir haben bloß eine Kopie. Sir Raleigh hat das Land einige Male bereist und wusste über gefährliche Stellen Bescheid, die man besser umgeht. Er hat diese Stellen mit kleinen roten Kreuzen eingetragen, aber nur bis zu den Orten, die er besucht hat. Er ist nie weiter als bis nach Barinas gekommen. Rund um San Cristóbal gibt es keine Kreuze mehr.«

Froh, dass die Heimlichtuerei ein Ende hatte, reichte Jana ihm beide Schatzkarten.

»Ihr habt vor, weiterhin gemeinsam zu reisen?«, fragte sie.

»Habt Ihr einen besseren Vorschlag? Der Schatz wird für uns alle reichen. Oder hattet Ihr vor, das Gold nur für Euch zu beanspruchen?«

Rasch schüttelte Jana den Kopf. Als der Diener beide Karten vor sich am Boden ausbreitete und sich angestrengt darüber beugte, wurde Jana bewusst, welches Glück sie hatte, ihm und Richard Walton begegnet zu sein.

Am nächsten Morgen war Richards Bett immer noch leer. Er war die ganze Nacht unterwegs gewesen, und nun begannen Tom und Jana, sich Sorgen zu machen.

»Ob ihm etwas zugestoßen ist?«, fragte Jana, als Tom vom Frühstück zurückkehrte.

»Leicht möglich. Auch wenn man es ihm nicht angemerkt hat, so war er bereits betrunken, als er das Kloster verließ. Am besten, wir suchen nach ihm.«

»Ihr meint, wir sollen in allen Tavernen der Stadt nach ihm fragen?«

»Ich kann auch allein suchen«, schlug Tom vor. Aber davon wollte Jana nichts wissen. Sie folgte Tom auf den Gang und vergaß, ihr Haar mit der Haube zu bedecken. Es fiel ihr erst auf, als sie bereits auf der Straße war. Weil sie aber nicht mehr zurück wollte, band sie notdürftig ein kleines Tuch, das in einer ihrer Rocktaschen steckte, um ihren Kopf.

Schon nach der zweiten Gaststube beschlossen sie sich zu trennen. Während Tom sich um die Tavernen außerhalb der Stadt kümmerte, wollte Jana in den Gasthäusern im Zentrum nachfragen. Jana lief die Straße Richtung Kathedrale entlang. Sie stieß auf ein orange gestrichenes Haus mit hohen Arkaden und verspielten, schmiedeeisernen Balkonen im ersten Stockwerk. Auf einem Holzschild über dem Eingangstor stand »Los Mariscos«, daneben waren kleine Fische gemalt. Jana betrat das Lokal. Im Inneren war es angenehm kühl, was an den dicken Wänden lag. Durch relativ große Fenster drang genug Tageslicht, so dass Janas Augen sich rasch an das Halbdunkel gewöhnten. An den weiß getünchten Wänden hingen glänzende Töpfe und Pfannen, von den Balken an der Decke baumelten Kräuterbüschel, Zwiebeln, Knoblauch und melonenartige Früchte. Es roch nach gerösteten Zwiebeln und würzigem Fleisch. Jana lief das Wasser im Mund zusammen.

Ein dunkelhäutiger Mann mit schwarzem Haar kam aus der Küche. Er hatte eine saubere Schürze umgebunden und sah sie fragend an.

Jana sammelte ihre spanischen Worte zusammen und fragte den Wirt, ob gestern ein hochgewachsener Engländer mit heller Haut und dunklen Haaren hier gewesen war. Augenblicklich verfinsterte sich das Gesicht des Wirtes.

Er ließ eine Schimpftirade los: »Madre mìa! Qué mierda! Ein Lump, ein Zechpreller, ein Halunke war das. Wenn er noch einmal über die Schwelle meines Hauses tritt, erwürge ich ihn eigenhändig. Oder ich erschlage ihn, oder …«

Jana wartete nicht ab, welche Methoden, Richard umzubringen, dem Mann noch einfielen. Sie hob die Röcke und verließ rasch die Gaststube. Der Wirt lief hinterher, wollte von Jana das Geld, das Richard gestern vertrunken hatte. Aber Jana hatte kein Geld dabei und konnte nicht bezahlen. Sie musste hier weg, und zwar rasch. Jemand rief dem Wirt aus der Küche etwas zu, worauf er kurz stehen blieb. Diesen Augenblick des Zögerns nutzte Jana und huschte hinaus auf die Straße. Sie lief los, ohne zu schauen wohin, und bog in die nächste Gasse ein. Die empörten Rufe des aufgebrachten Spaniers klangen immer noch in ihren Ohren, auch als sie den Mann längst abgehängt hatte. Mit klopfendem Herzen lief sie weiter.

In der Aufregung bemerkte Jana nicht, dass sie verfolgt wurde. Es war nicht der polternde Wirt, der hinter ihr her war, sondern eine hochgewachsene Gestalt, die ihr leise und unauffällig folgte. Geschickt duckte sie sich, sobald Jana sich umdrehte, verschwand in Hauseingängen und hinter Mauervorsprüngen und war schier unsichtbar.

An der nächsten Straßenkreuzung blieb Jana stehen und sah sich unsicher um. Sie befand sich nicht mehr im Zentrum, wohin sie ursprünglich wollte, sondern in einer ärmlicheren Gegend. Hier waren die Häuser nicht so prachtvoll und bunt, die Erker nicht so ausladend, und die Balkone dienten dazu, die Wäsche zu trocknen. Die Luft in den engen Gassen war zum Schneiden dick, Janas Kleid klebte an ihrem Körper. Hinter einem der rotbraunen Dächer ragte der massive Kirchturm der Kathedrale empor. Jana zögerte keinen Moment. Sie wählte die schmale, dunkle Gasse, die zur Kathedrale führte. Von dort aus würde sie wieder zum Kloster finden. Oder zur nächsten Taverne.

Verärgert schob sie die Röcke zur Seite, sie war den durchschwitzten Stoff an ihrer Haut gründlich leid. Nicht zum ersten Mal wünschte sie, sie könnte bloß Hosen tragen wie ein Mann und müsste sich nicht mit Unterkleid, Unterrock und Kleid quälen. Gerade als sie über die Vorzüge einer Hose nachdachte, trat ihre Verfolgerin von hinten an sie heran. Zu spät hörte Jana das leise Klirren der Ketten. Als sie in die bernsteinfarbenen Augen einer Frau blickte, hatte diese bereits einen Stock gegen sie erhoben und schlug zu. Der Hieb traf Jana am Kopf. Augenblicklich sackte sie zusammen. Der Schmerz setzte erst ein, als sie am Boden lag. Dafür mit einer Heftigkeit, die ihr den Atem raubte. Ein Pochen breitete sich von ihren Schläfen ausgehend über den Hinterkopf, den Nacken und schließlich den ganzen Körper aus.

Vor ihren Augen fiel das Bild der Frau auseinander. Sie blinzelte, und das Bild wurde wieder vollständig. Ihre Angreiferin war außergewöhnlich schön. Rabenschwarzes, glänzendes Haar, das an manchen Stellen fast bläulich schimmerte, umrahmte ein kantiges Gesicht mit schrägstehenden, bernsteinfarbenen Augen. Die Frau roch nach Kampfer und Honig. Es war ein angenehmer, anziehender Geruch, und Jana wehrte sich nicht, als sie sich über sie beugte. Selbst wenn sie es gewollt hätte, Jana konnte sich nicht bewegen. Der Schmerz in ihrem Kopf machte sie bewegungsunfähig. Aus den bernsteinfarbenen Augen ihrer Angreiferin blitzte Wahnsinn auf, und Jana spürte die Gefahr, in der sie sich befand. Die Frau murmelte etwas in einer Sprache, die Jana nicht verstand. Der Geruch wurde schärfer und intensiver. Jana wollte aufstehen, sich wehren, aber es ging nicht. Sie war völlig benommen. Plötzlich blitzte ein Messer in der Hand der Fremden auf. Die Klinge näherte sich Janas Hals.

Warum kann ich nicht schreien?, dachte Jana. Die Frau zog Janas Tuch vom Kopf, griff in ihre Haare, drückte ihren Kopf ein Stück hoch und ließ ihn dann auf den Boden krachen. Diesmal breitete der Schmerz sich ohne zeitliche Verzögerung aus. Jana wurde schwarz vor Augen, in ihren Ohren surrte es, und als das Messer sich erneut ihrer Kehle näherte, versank sie in eine erlösende Dunkelheit.

Orinoco Delta,

Jänner 1619

Als Conrad aus seiner Hängematte kletterte, waren die Bewohner des Dorfes bereits seit Stunden auf. In der Dorfmitte brannte ein kleines Feuer, über dem ein großer Topf hing. Zwei Frauen saßen davor und unterhielten sich. Als Conrad an ihnen vorbeiging, kicherten sie.

Bei Tageslicht sah das Dorf noch viel wilder und unkultivierter aus, als Conrad gestern gedacht hatte. Einige der strohgedeckten Hütten hatten nur zwei Außenwände, andere bestanden bloß aus vier Stämmen, über dem sich ein Dach befand, das vor Regen schützte. Conrad vermutete, dass es hier nie so kalt wurde, dass die Menschen winterfeste Häuser benötigten. Von den Balken der Dächer hingen Früchte, Pflanzen und Fische zum Trocknen. Vor einer der Hütten zupfte eine ältere Frau an einem der Bündel, zerrieb eine Blüte zwischen den Fingern und roch daran. Offensichtlich war sie mit dem Geruch nicht zufrieden. Sie verzog das Gesicht und schüttelte den Kopf. Dann ging sie zum nächsten Bündel und verfuhr damit genauso.

Männer kamen mit Fischen vom Angeln zurück, Kinder spielten mit Muscheln und Steinen am Flussufer. Auch Assante war längst wach und machte sich nützlich. Tica wies ihn im Flechten eines Korbes an. Dazu verwendete sie die Blätter einer Palme.

»Guten Morgen, du Langschläfer«, rief Assante und winkte den Freund zu sich, doch Conrad beobachtete immer noch die alte Frau, die sorgfältig ihre Kräuter prüfte.

»Das ist Waio, die Schamanin des Dorfes«, erklärte Tica. Im Licht des Tages sah sie noch hübscher aus als gestern beim Lagerfeuer. Ihre Haut erinnerte an glänzende Bronze, das schwarze Haar hatte sie heute mit bunten Bändern im Nacken zusammengebunden, und ihre Augen hatten die Farbe von hellem Bernstein. In ihnen lag etwas Schwermütiges und Trauriges.

»Ist die alte Frau eine Art Ärztin oder eine Priesterin?«, wollte Conrad wissen.

»Sie ist beides«, antwortete Tica. »Das Wissen der Schamanen ist exklusiv. Frauen können erst Schamaninnen werden, wenn sie nicht mehr fruchtbar sind. Auch Männer können erst im Alter zu Schamanen ausgebildet werden. Beide brauchen einen Lehrmeister, der sie für würdig erachtet, das Wissen zu übernehmen.«

Conrad dachte, dass Jana an den Waraos Gefallen finden würde. Die Tatsache, dass sowohl Männer als auch Frauen Schamanen werden konnten, gefiel auch ihm.

Drei Frauen holten ihn aus seinen Gedanken zurück. Sie trugen riesige Körbe und liefen schwatzend an ihm vorbei. Kinder folgten ihnen aufgeregt.

»Heute ist ein besonderer Tag«, erklärte Tica. »Eines der heiratsfähigen Mädchen wird mit einem Jungen aus dem Nachbardorf vermählt.«

»Das heißt, das Mädchen zieht weg«, ergänzte Assante.

Doch Tica schüttelte den Kopf: »Im Gegenteil, der junge Mann zieht ins Haus der Schwiegereltern. Er muss ein Jahr lang für sie arbeiten, ein Haus bauen, einen Einbaum anfertigen und einen Gemüsegarten anlegen. Findet er im nächsten Jahr nicht das Wohlwollen seiner Schwiegereltern, so können sie ihrer Tochter raten, den Mann wieder zu verlassen.«

Fassungslos schüttelte Assante den Kopf, auch Conrad staunte ungläubig.

»Ihr könnt euren Mund wieder schließen«, sagte Tica amüsiert.

Assante reagierte als Erster und grinste verlegen.

»Ihr treibt Scherze mit uns«, sagte Conrad ernst.

Aber Tica verneinte: »Die Waraos freuen sich über die Geburt eines Mädchens mehr als über die eines Jungen, da die Tochter ihnen mit einem Schwiegersohn eine zusätzliche Arbeitskraft bringt.«

Nun war sich Conrad sicher, dass Jana dieses Volk lieben würde.

»Und es gibt keinen Streit, wenn ein Mann wieder zurückgeschickt wird?«, wollte er wissen.

»Die Waraos sind das friedfertigste Volk, das ich kenne. Sie führen keine Kriege, und jeder Streit wird von Schamanen und Schamaninnen geschlichtet. Die versuchen eine gemeinsame Lösung zu finden. Es wird so lange verhandelt, bis alle zufrieden sind.«

»Lebt Euer Volk auch so friedlich?«, fragte Assante.

Traurig schüttelte Tica den Kopf: »Ich wünschte, es wäre so. Aber mein Volk hat so viele Kriege hinter sich, wie ein Trauernder Tränen vergießen kann.«

Assante schwieg betroffen. Auch sein Volk hatte Kriege geführt, so lange er zurückdenken konnte.

Tica fuhr fort: »Ich stamme aus dem Volk der Muiscas. Unsere Männer sind die talentiertesten Goldschmiede unter der Sonne. Ihre Kunstwerke sind sehr begehrt. Über Generationen hinweg belieferten wir die Inkas. Es ist nicht gut, wenn man etwas besitzt, das andere begehren. Zuerst waren es die Inkas, die unser Gold wollten, später die Spanier.«

Assantes Blick fiel auf Ticas Kette, sofort legte sie schützend die Hand darauf.

»Ich kann diese Kette nur tragen, weil ich unter den Waraos lebe. Den Menschen hier bedeutet Gold nichts. Solange ich in Gefangenschaft war, hatte ich sie gut versteckt gehalten.«

»Wie seid Ihr zu den Waraos gekommen?«, fragte Assante interessiert. Er hatte damit aufgehört, den Korb zu flechten, und sich zurückgelehnt. Neugierig musterte er Tica. Die aber zeigte auf den Korb und meinte streng: »Ich erzähle es Euch, aber Ihr dürft dabei nicht mit dem Arbeiten aufhören. Die Frauen warten auf den Korb, den sie für die Hochzeitszeremonie brauchen.«

Rasch beugte sich Assante über das Flechtwerk und mühte sich mit den weichen Palmblättern ab.

»Mein Dorf liegt in den Bergen, weit im Nordwesten. Weiße Männer überfielen uns, in der Hoffnung unsere Goldschätze plündern zu können. Als sie nicht genug fanden, töteten sie die Männer und verschleppten die Frauen, um Sklavinnen aus ihnen zu machen. Den Rest, die Kinder und die Alten, ließen sie mit einem Priester zurück, der alle dazu zwang, seinen Glauben anzunehmen. Wer sich weigerte, den gemarterten Mann am Kreuz anzubeten, wurde ebenfalls getötet.«

Tica unterbrach ihre Erzählung. Trotz ihrer ausdruckslosen Miene war die Traurigkeit in ihren Worten nicht zu überhören.

»Was passierte dann?«, wollte Assante wissen.

Tica zuckte mit den Schultern. Sie nahm Assante den

fast fertigen Korb ab und besserte seine letzten Arbeitsschritte aus. Ihre Finger arbeiteten flink und geschickt, als hätte sie nie etwas anderes gemacht.

»Die Spanier nahmen mich mit. Ich arbeitete auf einer der großen Zuckerrohrplantagen im Osten. Zweimal versuchte ich zu flüchten und wurde wieder eingefangen. Sie bestraften mich, indem sie mich auspeitschten. Mit jedem Peitschenhieb wuchsen mein Wunsch nach Freiheit und mein Hass auf meine Peiniger. Beim dritten Mal gelang die Flucht. Ich floh in die Tiefen des Urwaldes. Die Waraos haben mich aufgenommen, und seither lebe ich bei ihnen.«

Was unausgesprochen blieb, wog mindestens so schwer wie das, was Tica verriet. Conrad und Assante wussten auch so, dass die junge Frau Gewalt und Demütigungen hatte ertragen müssen, für die es keine passenden Worte gab.

»Wie lange seid Ihr schon bei den Waraos?«, fragte Assante.

»Ich habe aufgehört, die Monde zu zählen«, sagte Tica traurig. »Eines Tages will ich zurück in meine Heimat. Aber bis jetzt hat mir der Mut gefehlt, allein die Reise anzutreten. Die Angst, erneut in Gefangenschaft zu geraten, ist zu groß. Aber so freundlich die Waraos auch sind: Ich bin keine von ihnen und gehöre hier nicht her. Mein Volk lebt in den Bergen, nicht am Wasser.«

Assantes und Conrads Blicke kreuzten sich. Assante öffnete den Mund, um etwas zu sagen, und Conrad ahnte, dass er Tica anbieten wollte, mit ihnen zu reisen. Aber Conrad hielt ihn davon ab. Rasch wechselte er das Thema: »Ich bin Arzt, und als solcher würde mich interessieren, was die alte Frau mir über ihre Pflanzen erzählen kann.«

Seine Aufmerksamkeit galt wieder der Schamanin, die

nun tiefe, melodiöse Töne von sich gab, während sie einen Teil ihrer Kräuter in einem Steinmörser zerrieb.

»Würdet Ihr für mich übersetzen?«, fragte Conrad.

»Gerne!«, sagte Tica. »Soviel ich weiß, bereitet Waio das Gift für die Blasrohre zu.«

»Blasrohre?«

»Die Waraos verwenden Rohre mit kleinen Pfeilen zum Jagen. Sie blasen die Pfeile, deren Spitzen mit Gift eingestrichen werden, durch die Rohre auf ihre Beutetiere.«

Conrad richtete sich interessiert auf.

»Was bewirkt dieses Gift?«, fragte er aufgeregt.

»Es lähmt die Tiere. Nicht aber die Menschen, die die Tiere hinterher essen«, erklärte Tica.

Damit war Conrads Neugier nicht mehr zu bremsen. Er hatte soeben jenes Gift aus dem Reisetagebuch des Jesuiten gefunden, das Janas Vater gemeinsam mit der Schatzkarte erstanden hatte.

»Ich brenne darauf, mehr zu erfahren«, sagte Conrad begeistert und war bereits aufgesprungen.

Tica lächelte und erhob sich ebenfalls. »Schafft Ihr den Rest des Korbes allein?«, fragte sie Assante.

Der antwortete eine Spur zu schnell: »Natürlich.« Dann schob er ein Palmblatt zwischen zwei andere und zog ruckartig daran, so dass Conrad Angst hatte, der ganze Korb würde sich wieder auflösen.

Tica runzelte sorgenvoll die Stirn und biss sich auf die Lippe. Dann begleitete sie Conrad zur Schamanin. Trotz seines großen Interesses an dem Gift entging Conrad der sehnsüchtige Blick des Freundes nicht, den er der jungen Frau nachwarf. Aber Conrads Neugier war größer als sein schlechtes Gewissen. Assante musste den Korb allein fertigstellen.

Santiago de León de Caracas,

Jänner 1619

Als Jana ihre Augen wieder öffnete, erblickte sie die weiß getünchten Wände der kleinen Kammer im Franziskanerkloster. Neben ihr saßen Richard und Tom und stritten. Jana hatte ihnen seit einiger Zeit zugehört, aber nicht genug Kraft gehabt, sie um Ruhe zu bitten. Außerdem hatte sie den Inhalt des Streites trotz massiver Kopfschmerzen zu interessant gefunden.

»Es ist ganz allein Eure Schuld, dass es so weit gekommen ist«, sagte Tom vorwurfsvoll. »Wenn Ihr nicht die ganze Nacht durchgezecht hättet, hätten wir Euch nicht suchen müssen.«

»Niemand hat Euch befohlen, nach mir zu suchen«, brummte Richard. Er klang verkatert.

»Du willst die Frau also mitnehmen.« Es war weniger eine Frage als mehr eine Feststellung.

»Ja, ich denke, das ist nur fair, außerdem besitzt sie die genauere Karte.«

»Aber sie ist verletzt. Wir werden ewig warten müssen, bis sie weiterreisen kann.«

Jana hatte nur noch bruchstückhafte Erinnerungen an die Ereignisse in der dunklen Gasse. Was genau war passiert?

Sie versuchte sich aufzusetzen, bereute dies aber, denn

augenblicklich drehte sich der Raum um sie, und die Wände drohten auf sie zu stürzen.

»Ihr seid wach«, sagte Tom erleichtert und trat zu ihrem Bett.

Jana schloss die Augen wieder, um die Bilder in ihrem Kopf zu beruhigen und das Drehen zu beenden.

»Was ist passiert?«, fragte sie benommen. »Ich kann mich an eine Frau mit gelbbraunen Augen erinnern und an ein Messer. Sie hat mich überfallen …«

»Sie hat Euch überfallen, mit irgendeinem Gift betäubt und schließlich Eure Haare abgeschnitten«, ergänzte Tom.

Überrascht griff Jana sich an den Kopf, konnte aber nur einen dicken Verband fühlen. Sie erinnerte sich an den scharfen, aber nicht unangenehmen Geruch.

»Ihr hattet Glück. Eure Kopfverletzung war alles andere als harmlos. Wir sind wirklich froh, dass es Euch wieder bessergeht«, sagte Tom und ergriff Janas Hand. Es war eine tröstliche Geste, und für einen Moment hatte Jana den Wunsch, er würde sie in den Arm nehmen, damit sie sich einen Augenblick lang anlehnen konnte.

»Was will die Frau mit meinen Haaren anfangen?«, fragte Jana verwundert.

»Pater Carlos meint, die Frau sei eine Art Hexe, die glaubt, mit Eurem goldenen Haar zaubern zu können. Die Farbe soll die Götter besänftigen.«

Jana schluckte: »Mein Haar kann zaubern?«

»Euer Haar ist blond«, mischte sich Richard ein. »Die Menschen hier glauben, dass alles, was Gold ist, den Göttern gehört, so auch Eure Haare.«

Wieder drehten sich die Bilder vor Janas Augen, ihr war furchtbar übel.

»Ich glaube, die Frau war verrückt«, sagte sie.

»Kann sein«, meinte Tom. »Pater Carlos kennt die Hexe. Angeblich lebt sie in den Bergen vor der Stadt. Die Menschen suchen sie auf, wenn sie Hilfe brauchen.«

Jana unterließ es, sich näher nach der Art der Hilfe zu erkundigen. Auch in Prag hatte es Weiber gegeben, die Liebeszauber und dergleichen feilgeboten hatten. Menschen kauften bei ihnen Tränke und Amulette, um von Krankheiten geheilt oder schwanger zu werden. Die Vorstellung, dass jemand ein Amulett mit ihren Haaren um den Hals tragen würde, um ein Kind zu bekommen, fand sie absurd.

»Wie lange werde ich liegen müssen?«, fragte Jana. Mit einem Mal fiel ihr ein, dass jeder Tag Verzögerung die Möglichkeit vergrößerte, Conrad in Barinas zu verpassen.

»Ein paar Tage. Aber so lange werden wir noch brauchen, um drei Maultiere aufzutreiben. Wobei ich schon ganz nah dran bin. Ein Bauer hat mir am Ende der Woche drei Tiere versprochen«, sagte Tom stolz.

»Ich habe die Tiere gesehen«, meinte Richard. »Die Viecher brechen zusammen, sobald wir die Stadtgrenze erreicht haben.«

»Wenn Ihr bessere auftreiben könnt, dann bitte, nur zu«, meinte Tom verärgert. »Anstatt in Tavernen herumzulungern, könntet Ihr Euch nützlich machen und nach Maultieren suchen.«

Richard murmelte etwas Unverständliches, dann war er still.

»Wie kurz ist mein Haar?«, fragte Jana.

»Sehr kurz«, sagte Richard.

»Wie das eines Jungen?«

»Ja, definitiv.«

Ein Lächeln machte sich auf Janas Gesicht breit.

»Was findet Ihr daran so lustig?«

»Ich werde die Reise nicht als Jana Jeschek fortsetzen, sondern als Jendrik Jeschek.«

»Wer ist Jendrik?«, fragte Richard.

»Ein Mann.«

Verständnislosigkeit breitete sich auf Richards Gesicht aus, aber Tom schien bereits zu begreifen.

»Ich nehme an, Ihr braucht Hosen, ein Hemd und eine Mütze.«

Jana wollte nicken, unterließ es aber im letzten Moment.

»Ihr wollt als Mann verkleidet weiterreisen?« Nun hatte auch Richard begriffen, was Jana vorhatte.

»Es hat eine Menge Vorteile. Ich kann Hosen tragen und muss mich nicht mit Röcken herumschlagen. Ich kann rittlings auf einem Pferd sitzen und bekomme keine Kreuzschmerzen vom seitlichen Damensitz. Ich darf im Kloster mit allen anderen am Tisch sitzen und muss nicht allein in einer Kammer hocken wie eine Gefangene, und …« Sie machte eine Pause und sah Richard direkt an: »Ich muss mich nicht mehr als Eure Frau ausgeben.«

»Das ist natürlich ein ganz besonders großer Vorteil«, sagte Richard trocken. »Wie wollt Ihr an Männerkleidung kommen? Geht Ihr zum nächsten Schneider und bittet ihn, Hosen und ein Hemd für Euch anzufertigen?«

»Nun, ich hatte gehofft, dass Ihr mir behilflich sein könntet.«

Richards Augenbrauen schossen überrascht nach oben.

»Meint Ihr nicht auch, dass Ihr etwas gutzumachen habt? Wenn ich nicht nach Euch gesucht hätte, wäre ich nun unverletzt.«

Richard murmelte wieder etwas Unverständliches, bevor er fragte: »Was soll ich machen?«

Jana war zufrieden: »Ich brauche weite Hosen, die einem Mann in meiner Größe passen würden, ein Hemd, eine Jacke und ein breites Tuch, mit dem ich meinen Oberkörper glattschnüren kann, damit mein Busen mich nicht verrät.«

Sie sah, dass Tom errötete und Richard offen grinste.

»Außerdem brauche ich einen männlichen Hut und die kleinsten Stiefel, die Ihr auftreiben könnt. Denn meine Füße sind nicht sehr groß.«

»Sonst noch etwas?«, fragte Richard und verzog dabei den Mund.

»Nein, das wäre alles. Natürlich muss nichts davon neu sein, aber bitte achtet darauf, dass alles gewaschen wurde.«

»Soll ich die Kleidungsstücke mit teurem Jasminparfüm besprühen lassen?«

»Das würdet Ihr machen?«, fragte Jana überrascht.

Tom unterbrach sie: »Das war einer von Richards Scherzen.«

»O schade!« Nach einer Weile fügte sie hinzu: »Jasmin wäre ohnehin zu weiblich gewesen.«

Santiago de León de Caracas,

FEBRUAR 1619

Der Jesuit war von Pater Carlos in ein Arbeitszimmer geführt worden. Eine kleine Kammer mit großem Fenster, das direkt in den ruhigen Innenhof zeigte. Hier drin war es angenehm kühl. Der Duft von Orangen- und Zitronenblüten drang vom Garten herein. Auf dem soliden Tisch aus dunklem Tropenholz standen ein Krug und zwei Becher.

»Darf ich Euch eine Erfrischung anbieten?«, fragte Pater Carlos. Er wartete die Antwort nicht ab, sondern stellte dem Mönch mit Kapuze einen Tonbecher hin und füllte ihn mit verdünntem Papayasaft, den seine Mönche selbst herstellten und der bei diesen Temperaturen äußerst bekömmlich war. Der Jesuit bedankte sich nicht und schob den Becher achtlos zur Seite. Er war an all den Höflichkeiten nicht interessiert. Bis jetzt war die Reise so ganz und gar nicht nach seinen Plänen verlaufen. Die Pferde, die er in Cumaná erstanden hatte, waren ihnen kurz nach ihrem Aufbruch gestohlen worden. Schuld daran war nicht Bonifàcio, sondern er selbst gewesen, was die Sache noch ärgerlicher machte. Wie hatte er bloß so unachtsam sein können, die Signale der Gefahr zu übersehen? Ein Missgeschick wie dieses war ihm noch nie zuvor passiert. Er reiste seit Jahren im Auftrag des Vatikans und war noch nie bestohlen worden. Es musste an Bonifàcios Gegenwart liegen, dass seine Gedanken immer wieder abschweiften, anstatt dass er sich auf die eigentliche Aufgabe konzentrierte. Er musste den Jungen loswerden. Die Anwesenheit des Schwachsinnigen führte dazu, dass er selbst seinen Verstand verlor. Wegen des Diebstahls hatten sie zu Fuß nach Caracas wandern müssen. Die Reise hatte einige Wochen länger gedauert, weshalb sie ihr eigentliches Ziel verpasst hatten. Die blonde Frau mit der Schatzkarte war nicht mehr hier.

»Wann sind die Besucher weitergereist?«, fragte der Jesuit ungehalten.

»Vor einer Woche«, erklärte Carlos. Er selbst schenkte sich ebenfalls einen Becher voll mit Saft und nippte daran. Seit der Jesuit sich mit einem Schreiben des Papstes und seinem Siegelring als Mitglied der geheimen Bruderschaft ausgewiesen hatte, beobachtete der Franziskaner den Gast mit Argwohn und wachsender Nervosität.

»Beschreibt mir die Reisenden«, befahl der Jesuit. Wie immer war er darauf bedacht, dass seine Kapuze nicht verrutschte.

»Es handelte sich um eine Frau und zwei Männer. Die Frau wurde unglücklicherweise überfallen und verletzt. Eine stadtbekannte Hexe hat sie brutal zusammengeschlagen, um an ihre Haare zu gelangen. Dabei wurde die Frau schwer verletzt und musste länger bleiben als ursprünglich geplant.«

»Jemand hat der Frau ihren Haarschopf gestohlen?«, fragte der Vermummte erstaunt. Auch nach Jahren der Wanderschaft gab es immer wieder Ereignisse, die in ihm Verwunderung auslösten.

»Ja, einige Heiden glauben, dass blondes Haar über besondere Kräfte verfügt. Es ist eine lange und beschwerliche Aufgabe, diese Menschen zum wahren Glauben zu bekehren. Ihr könnt Euch nicht vorstellen, was wir alles unternehmen, um die Indios von der Lehre Christi zu überzeugen. Sie glauben an ihre Götter, verehren die Sonne und Schlangen und weiß der Kuckuck was noch ...«

Mit einer ungeduldigen Handbewegung brachte der Jesuit Carlos zum Schweigen. So genau wollte er nicht informiert werden.

»Ich bin nicht hier, um über Eure lobenswerte Aufgabe zu reden. Ich will wissen, wohin die drei unterwegs sind.«

Beleidigt lehnte sich Carlos zurück und verschränkte die Arme vor seiner schmalen Brust: »Wie gesagt, die Frau war verletzt. Sie trug immer noch einen Verband um den Kopf, als sie aufbrachen. Die beiden Männer, ich glaube, es waren Engländer, waren gesund, wobei einer ständig betrunken war.«

Angeekelt verzog Carlos das Gesicht.

»Wohin wollten die drei?«

»Nach Barinas. Sie sind mit drei Mauleseln unterwegs.«

Der Jesuit senkte den Kopf und überlegte. Etwas an dem, was der Franziskaner eben gesagt hatte, irritierte ihn. Es fiel ihm wieder ein: »Ihr sagtet, dass die Männer Engländer waren?«

Carlos nickte: »Engländer, die sich mit der Frau aber in der Sprache der Welser unterhielten: Deutsch. Ich beherrsche die Sprache ein wenig, da ich vor Jahren mit Kaufleuten zu tun gehabt habe. Jetzt versteht fast niemand mehr Deutsch. Alle Menschen unterhalten sich auf Spanisch.«

»Wie sahen die drei aus?«, wollte der Jesuit wissen. Die unnötigen Ausschmückungen des Paters begannen ihn zu nerven.

Carlos zuckte mit den Schultern.

»Alle drei hatten helle Haut. Ein Mann war groß und schlank, mit dunklem Haar und dunklen Augen. Der andere war klein mit karottenroten Haaren und einem Gesicht wie ein Kobold. Die Frau ...« Carlos machte eine Pause und schien nach den richtigen Worten zu suchen.

»... war ausgesprochen hübsch, mit einem geschmeidigen Körper und langem, blondem Haar?«, half der Jesuit weiter.

Carlos lief rot an und meinte eine Spur zu schnippisch: »Ich habe sie nicht so genau angesehen. Aber es kann sein, dass Ihr recht habt.«

Natürlich hatte der Jesuit recht, und das beruhigte ihn. Auch wenn er nicht verstand, warum die Frau mit zwei Engländern reiste und nicht mehr mit dem blonden Arzt. Da sie aber nach Barinas unterwegs war, schien sie immer noch im Besitz der Karte zu sein. Er musste sie unbedingt eingeholt haben, bevor sie dorthin gelangte. Allerspätestens aber in Tunja. Seinen Informationen nach beschrieb die Karte einen Weg, der von dieser Stadt aus zum Schatz führte. Es war jedoch möglich, dass es sich um eine Fehlinformation handelte. Deshalb war es wichtig, die Frau in Barinas abzufangen. »Ich brauche ein kräftiges Pferd und einen Mann, der mich begleitet. An seiner statt lasse ich Bonifàcio hier bei Euch. Er kann mit anpacken und ist ein verlässlicher Arbeiter.«

Aus dem Gesicht des Paters wich jede Farbe. Er setzte sich gerade auf und schüttelte entschieden den Kopf: »Es tut mir leid, aber ich kann keinen Schwachsinnigen in meinem Kloster gebrauchen. Wie ich Euch bereits gesagt habe, ist unsere Aufgabe schwierig. Wir versuchen den Ungläubigen den einzig wahren Glauben zu lehren. Wir bringen den Wilden die Lehre Christi. Dabei ist uns ein

Tölpel bloß im Weg. Die Menschen würden es nicht verstehen, wenn er bei uns wohnt. Missgestaltete Menschen werden von den Einheimischen nicht akzeptiert.«

»Die Nächstenliebe ist eine der wichtigsten Aufgaben der Kirche«, entgegnete der Jesuit. Für einen Moment war er versucht, den Pater mit seinem Messer zu überzeugen. Eine Methode, die er in den letzten Jahren oft und gerne angewendet hatte. Er war damit immer an sein Ziel gelangt. Aber diesmal wäre es zwecklos. Was hatte es für einen Sinn, wenn er dem Pater mit Gewalt eine Zustimmung abrang? Sobald er ihm den Rücken kehrte, würde der Franziskaner Bonifàcio vor die Tür setzen.

Merkwürdig, bis vor kurzem wäre ihm das Schicksal eines Schwachsinnigen völlig egal gewesen. Im Gegenteil, ihm hatte vor diesen missgestalteten Menschen gegraut. Ihre Unvollkommenheit, ihr schwacher Geist, ihre entstellten Körper, all das hatte er abstoßend gefunden. Warum sah er die Dinge nun in einem anderen Licht? Weil er selbst ein Krüppel geworden war?

In den letzten Wochen war Bonifàcio ihm näher gekommen, näher, als gut für beide war. Der Jesuit wusste, dass es gefährlich war, Gefühle für den schwachsinnigen Jungen zu entwickeln. Je mehr er sich für ihn verantwortlich fühlte, umso drohender rückten die Bilder seiner eigenen Vergangenheit an ihn heran. Um die wachsende Angst zu vertreiben, schüttelte er vehement den Kopf, dabei rutschte die Kapuze zurück. Die Wirkung, die sein entstelltes Gesicht auf den Pater zeigte, enttäuschte ihn nicht. Angeekelt und voller Scheu wich der Franziskaner vor ihm zurück. Ja, er war selbst ein Krüppel, ein Monster, vor dem andere sich ekelten.

»Ihr seht meine Narben?«, fragte er leise.

Pater Carlos nickte stumm. Seine Augen hatten sich angstvoll geweitet.

»Ich bin ein Mitglied der Fraternitas Secreta. Wir führen die Befehle des Papstes aus, egal was es kostet.« Er machte eine Pause und beobachtete voller Genugtuung, wie sich auf der Stirn des Paters Schweißtropfen bildeten. »Wer sich uns in den Weg stellt, stellt sich Gott in den Weg. Habt Ihr mich verstanden?«

Pater Carlos rückte auf seinem Stuhl so weit nach hinten, dass es den Eindruck hatte, er würde gleich gegen die Wand kippen. Erneut nickte er.

»Wie ... können wir ... Euch unterstützen«, stotterte der Franziskaner.

Der Jesuit schwieg, und Carlos beeilte sich mit einer Antwort auf seine eigene Frage.

»Der Schwachsinnige kann hier bleiben«, sagte er. Der Pater sprach die Worte mit einem Widerwillen aus, der sie ganz und gar unglaubwürdig machte.

»Hört mir gut zu«, sagte der Jesuit. Er beugte sich weit über den Tisch und verbreitete den süßlichen Geruch seines aufdringlichen Parfüms.

»Bis morgen früh treibt Ihr zwei gesunde Pferde und genügend Proviant für uns auf.«

Der Franziskaner öffnete den Mund, um zu protestieren. Aber der Jesuit wies ihn mit seiner verkrüppelten Hand an, zu schweigen.

»Ihr werdet die Pferde und den Proviant auftreiben«, er machte eine Pause, bevor er fortfuhr: »Und ich werde Bonifàcio mitnehmen.«

Noch während er die Worte sprach, hätte er sich am liebsten auf die Zunge gebissen. Er wusste, dass er gerade einen schwerwiegenden Fehler beging.

»Sollte es mir gelingen, die Pferde aufzutreiben, werdet Ihr meine Bemühungen in einem Bericht an den Heiligen Vater erwähnen?«

Überrascht über die Dreistigkeit des Paters hob der Jesuit den Kopf.

»Ich will nicht ewig in diesem kleinen Kloster bleiben«, erklärte Carlos.

»Dann sorgt dafür, dass Bonifàcio und ich schnelle, kräftige Pferde bekommen.« Der Jesuit stand auf und verließ ohne weiteren Kommentar die Kammer. Er würde den armseligen Pater mit keinem Wort in seinem Bericht an den Heiligen Vater erwähnen.

Orinoco Delta,

Februar 1619

Waio, die Schamanin der Waraos, freute sich über Conrads Interesse an ihren Heilpflanzen und gab ihm bereitwillig Auskunft. Die alte Frau erklärte, welche Wurzeln genießbar waren und welche besonders nahrhaft. Sie zeigte ihm Blätter und Blüten, die man gegen Bauchschmerzen einnahm, und Kräuter, aus denen man einen Aufguss gegen Halsschmerzen zubereitete. Sie stellte ihm Pflanzensäfte vor, die bei Insektenstichen halfen, und welche, mit denen man Schlangenbisse behandelte. In vielen Medikamenten, die sie herstellte, waren die Blätter einer Pflanze enthalten, die die Spanier »Uña de Gato«, Katzenkralle, nannten. Angeblich sollte diese Pflanze gegen Rheumabeschwerden, Arthritis und bei starkem Husten helfen. Außerdem wirkte sie kreislaufstärkend. Conrads größtes Interesse aber galt dem Pfeilgift, das Waio in kleinen Töpfen aufbewahrte. Einer der Inhaltsstoffe war Sanango, eine Pflanze mit auffallend schönen, weißen Blüten, die intensiv dufteten. Das Gift diente zur Jagd und führte dazu, dass die Muskeln der gejagten Tiere erschlafften. Eine hohe Dosis des Giftes hatte den Tod der Tiere zur Folge. Was Conrad zuerst nicht verstand, war die Tatsache, dass die Waraos ihre Beutetiere essen konnten, ohne daran Schaden zu nehmen.

Als die Jäger eines Nachmittags mit ihrer Beute zurückkehrten, fragte Conrad, ob er sich eines der Tiere ausborgen dürfte, um es zu untersuchen. Überrascht über den ungewöhnlichen Wunsch, willigten die Waraos ein, und Conrad zog sich mit dem kleinen Affen zurück. Er verbrachte den Nachmittag damit, das Tier zu sezieren. Mit einem der scharfen Messer, das die Piraten für ihn angefertigt hatten, schnitt er das kleine Tier säuberlich auf und legte die Organe frei. Konzentriert untersuchte er die Lunge, das Herz und den Magen. Er war so in seine Arbeit vertieft, dass er erschrocken zusammenfuhr, als eine Stimme hinter ihm entsetzt aufschrie: »Was macht Ihr da?«

Tica und Assante standen hinter ihm und starrten beide fassungslos auf den kleinen Affen, der auf dem Boden vor Conrad lag. Conrads Hände waren voller Blut, ebenso sein Messer.

»Ich untersuche den Affen, weil ich wissen will, wie das Gift wirkt«, erklärte Conrad. Ihm war klar, wie sein Tun auf die beiden wirken musste. Sicher glaubten sie, dass Conrad einen Zauber ausprobierte. Die verständnislosen Blicke, in denen Faszination und Ekel zu gleichen Teilen lagen, bestätigten seine Sorge.

»Die Tiere sterben an dem Gift, was gibt es da zu untersuchen?«, fragte Tica schnippisch.

»Die Tiere sterben, aber warum überleben die Menschen, die von den vergifteten Tieren essen?«, fragte Conrad.

Tica zuckte mit den Schultern. »Das ist eben so.«

»Das reicht mir aber nicht«, sagte Conrad ernst. »Ich will wissen, was dahintersteckt.«

»Wozu?«

»Wenn ich verstehe, wie das Gift wirkt, kann ich es vielleicht dazu nutzen, Menschen zu helfen.«

»Wie wollt Ihr Menschen mit Gift helfen? Wollt Ihr sie töten?«

Conrad sah von seinem sezierten Äffchen auf. »Ich habe den Brustkorb des Tieres geöffnet, weil ich auf diese Weise sehen konnte, dass das Gift die Muskeln lähmt und der Affe gestorben ist, weil auch seine Atemmuskulatur erschlafft ist. Er ist erstickt, weil er keine Luft mehr bekommen hat.«

Sowohl Tica als auch Assante sahen Conrad verständnislos an. Der jedoch war fasziniert von seinen Forschungsergebnissen und fuhr mit seinem Vortrag voller Begeisterung fort.

»Ich glaube, dass das Gift nur wirkt, wenn es ins Blut des Opfers gelangt. Es zeigt jedoch keine Wirkung, wenn es nur im Magen bleibt.«

Die Ratlosigkeit im Blick seiner Zuhörer wurde immer größer.

»Aber alles, was wir essen, gelangt automatisch ins Blut«, sagte Assante.

»Wer behauptet denn so etwas?«, fragte Conrad empört.

»Der Arzt, der mich behandelt hat«, erklärte Assante. »Als ich verdorbenes Fleisch gegessen habe, hat Villaverde einen Arzt geholt, der hat mich zur Ader gelassen und erklärt, dass die bösen Säfte, die vom Essen in mein Blut gelangt sind, aus meinem Körper ausgeleitet werden müssen. Das erschien mir sehr logisch.«

Conrad schnaufte verächtlich und schüttelte den Kopf: »So ein Unsinn. Die Säftelehre von Galen ist längst überholt. Ich halte nichts vom Aderlass. Ärzte, die ihre Patienten damit quälen, sind Quacksalber.«

»Du willst sagen, dass alle Ärzte, die ihre Patienten zur Ader lassen, keine Ahnung davon haben, was sie tun? Ist das nicht reichlich überheblich? Modestia est pulchra – enimvero nun tua virtus. Bescheidenheit ist schön – aber nicht deine Tugend.«

Conrad klappte die Brust seines sezierten Affens wieder zu und sagte ernst: »Das ist ein Vorwurf, den Jana mir auch gemacht hat.«

Assante ließ den Satz unkommentiert und fragte stattdessen: »Und welche Erklärung hast du für die Wirkung des Giftes?«

Ratlos zuckte Conrad mit den Schultern. »Im Moment weiß ich es noch nicht. Aber ich bin davon überzeugt, dass sich das Blut in unserem Körper bewegt und die Wirkung des Giftes damit zusammenhängt.«

»Mein Blut bewegt sich?« Assante schüttelte ungläubig den Kopf.

»Hast du schon einmal einen Schwerverletzten sterben sehen?«, fragte Conrad. Mit Begeisterung in den Augen wandte er sich an den Freund.

»Leider«, nickte Assante.

»Dann ist dir sicher aufgefallen, dass das Blut stoßweise im Rhythmus des Pulses aus dem Körper gepumpt wird. Das Herz muss dabei eine Rolle spielen. Aber ich habe keine Ahnung welche.«

Conrad betrachtete seine Hände, auf ihnen klebte immer noch das Blut des Affen, dann meinte er: »Aber eines Tages werde ich das Rätsel lösen und dir eine Erklärung liefern können.«

»Davon bin ich überzeugt!«

Tica starrte immer noch auf das tote Tier. Sie hatte dem Gespräch der beiden Männer aufmerksam zugehört.

»Habt Ihr in Eurer Heimat auch tote Menschen aufgeschnitten und untersucht?«, fragte sie tonlos.

Conrad wischte sein Messer mit einem Palmblatt sauber und antwortete: »Ja, das habe ich.«

Entrüstet machte Tica einen Schritt zurück und verzog angeekelt das Gesicht.

»Als Arzt muss ich wissen, wie es im Inneren des menschlichen Körpers aussieht«, erklärte Conrad gelassen. Es war nicht das erste Mal, dass Menschen entsetzt reagierten, wenn er davon erzählte, dass er Leichen sezierte.

»Wie soll ich wissen, ob einem Patienten die Leber, der Magen oder die Galle Probleme macht, wenn ich keine Ahnung habe, was sich wo befindet und wie das Organ funktioniert?«

Tica entspannte sich wieder ein wenig, aber das Entsetzen stand immer noch in ihrem Gesicht.

In dem Moment kam eine der jungen Frauen und nahm Conrad den Affen ab. Sie störte sich nicht daran, dass er ihn untersucht hatte, doch nun brauchte sie das Tier, um es fürs Abendessen zuzubereiten.

Eigentlich hätte Tica ihr dabei helfen sollen. Aber die junge Frau folgte Conrad und Assante zum Wasser, wo Conrad seine Hände gründlich wusch. Sie setzte sich zu ihnen.

»Ich habe gesehen, dass Waio Euch einen Topf voll Gift mitgegeben hat. Was habt Ihr damit vor?«, fragte Tica neugierig.

»Nicht nur Pfeilgift. Ich habe auch Katzenkralle, stärkende Tinkturen, wundheilende Salben und ein Wurmkraut dabei, das bei Wurmbefall helfen soll. Das Pfeilgift will ich an Tieren ausprobieren und auf diesem Weg mehr über die Wirkung erfahren«, erklärte Conrad. Wieder tauchte ein Glitzern in seinen Augen auf. Die Vorstellung, sich mit der Wirkung der Pflanzenmischung eingehend zu beschäftigen, gefiel ihm.

»Ich werde Experimente mit Fröschen und anderen kleinen Tieren durchführen. Aber dazu brauche ich Zeit und Muße, und beides habe ich im Moment nicht, denn ich will rasch weiterziehen, um rechtzeitig nach Barinas zu gelangen.«

»Rechtzeitig wofür?«, fragte Tica.

»Ich hoffe, dass ich dort meine Verlobte wiederfinde«, sagte er ernst. Er wusste, wie unsinnig sein Vorhaben klang. Wie sollte man in einem derart großen, wilden und fremden Land eine einzelne Person wiederfinden? Aber er klammerte sich an die Hoffnung und wollte nicht dem geringsten Zweifel die Chance geben, sich in seinen Gedanken festzusetzen. Wenn Jana nach dem Schatz suchte, und davon ging er aus, würde sie nach Barinas gehen.

Tica hatte nicht vor, Conrads Hoffnungen zu schmälern. Sie verfolgte ihr eigenes Ziel und sagte ohne Umschweife: »Ich würde gerne mit Euch kommen.«

»Assante und ich haben mit der Frage gerechnet«, sagte Conrad, ohne sie dabei anzusehen. Er schüttelte die Wassertropfen von seinen Händen und machte Assante nass, doch der bemerkte die kühlen Spritzer gar nicht. Seine Aufmerksamkeit war ausschließlich auf Tica gerichtet.

»Ihr habt damit gerechnet?«, fragte sie erstaunt.

»Ihr sagtet, dass Ihr zurück in Eure Heimat wollt.«

»Ja, ich will in meine Heimat, nach Zipaquirà. Der Weg führt über Barinas. Werdet Ihr mich mitnehmen?«

Bevor Conrad antworten konnte, sagte Assante: »Wir haben nichts dagegen, wenn Ihr mit uns kommt.«

Conrad öffnete den Mund, um Tica zu sagen, dass auch sie weiter nach Zipaquirà wollten, schloss ihn aber wieder, als er Assantes warnenden Gesichtsausdruck sah.

»Ihr werdet Eure Entscheidung nicht bereuen«, sagte Tica rasch. »Ich kenne die Wege und die Tücken der Berge. So mancher Reisende hat sein Leben in einer der engen Schluchten oder einem der steilen Hänge gelassen. Wir können bis nach San Fernando im Boot und dann weiter bis nach Barinas reisen. Dort sollten wir Lamas mieten, das sind die Lastentiere der Anden. Mit ihnen werden wir bequem über die Bergkette weiterziehen.«

»Was ist ein Lama?«

»Tiere, auf denen man gut reiten kann. Sie sind zwar kleiner und langsamer, dafür widerstandsfähiger als Eure Pferde. Aus ihrem Fell machen wir Wolle.«

»Ihr wollt auf Schafen reiten?«, fragte Conrad.

»Ich weiß nicht, was ein Schaf ist«, sagte Tica.

Conrad wischte die letzten Wassertropfen an seiner Hose ab und fuhr sich mit beiden Händen durch die blonden Haare.

»Nun gut, wenn unsere Reiseführerin vorschlägt, auf Schafen zu reiten, dann werden wir es tun.« Er verzog das Gesicht zu einem Grinsen: »Andere Reisende zahlen für ortskundige Führer, die die Landessprache beherrschen.«

»Ihr könnt mich gerne bezahlen, ich habe nichts dagegen«, schlug Tica grinsend vor, dann ging sie zu den Frauen, um beim Kochen zu helfen. Als sie außer Hörweite war, fragte Conrad: »Warum hast du ihr nicht gesagt, dass wir anschließend weiter nach Zipaquirà wollen?«

»Ich glaube, dass sie dann wissen will, was wir in ihrer

Heimat suchen, und im Moment will ich es ihr nicht sagen. Ich habe Angst, dass sie uns dann nicht mehr ausstehen kann.«

»Uns?«, fragte Conrad belustigt.

»Mich«, gab Assante seufzend zu.

Auf dem Weg von Santiago de León de Caracas nach Barinas,

Februar 1619

Die Maultiere, die Tom aufgetrieben hatte, waren tatsächlich alt und gebrechlich. Dennoch genoss Jana die Reise, die sie erstmals in ihrem Leben in Hosen zurücklegte. Rittlings auf einem Tier zu sitzen, war nicht nur komfortabler als seitlich im Damensitz, sondern auch weitaus sicherer. Jana musste sich nun nicht mehr krampfhaft am Tier festhalten und bei jeder Unebenheit Angst haben, aus dem Sattel zu fallen, und sie hatte deutlich weniger Rückenschmerzen. Außerdem war die dünne Baumwollhose luftiger als die dicken Röcke. Die Karte befand sich nun in einer seitlich eingenähten Tasche der Hose. Jana schwitzte weniger und fühlte sich im wahrsten Sinne des Wortes erleichtert. Die größte Veränderung jedoch war, dass sie von keinem Mann neugierig angestarrt oder anzüglich angegrinst wurde. Es war, als wäre sie Luft, und das war nach den letzten Wochen wohltuend.

Entspannt saß sie auf dem Maultier und genoss die Landschaft. Sie ritten vorbei an zerklüfteten Felsen, üppig bewachsenen Steilhängen und sattgrünen Pflanzen, deren Namen sie nicht kannte. Vor ihnen ragten Berggipfel in den tiefblauen Himmel, die alles überstiegen, was Jana bis jetzt kennengelernt hatte. Im Vergleich zu der Gebirgskette, die sich vor ihnen aufbaute, waren selbst die Alpen niedrig. Über den Bergspitzen hingen am Morgen milchige Nebelwolken, die sich im Laufe des Tages auflösten und erst am Abend die Felsen wieder in weiche Dunstschleier hüllten. Zu Mittag war die Luft so klar und rein, dass Jana nicht genug davon bekommen konnte. Gierig füllte sie damit ihre Lungen. Alles hier war fremd, neu und aufregend. Die Gerüche der Pflanzen, die Schreie der Tiere und die graugelben Farbtöne der Felsen. Riesige Greifvögel segelten majestätisch über ihren Köpfen und stießen einem Wurfgeschoss gleich auf den Boden zu, sobald sie Beute erspäht hatten.

Von Caracas aus waren Jana und ihre beiden Begleiter dem Ratschlag Pater Carlos' folgend in den Nordwesten gezogen. Unbefestigte Wege führten sie stetig bergauf und genauso steil wieder bergab. Die Maultiere, die ohnehin langsam waren, krochen nun im Schneckentempo dahin, dass Jana zwischendurch den Eindruck hatte, sie wären schneller, würden sie selbst laufen. Sie wichen einem der roten Kreuze auf Sir Walter Raleighs Karte in weitem Bogen aus. Später stellte sich heraus, dass sie auf diese Weise den Anstieg über eine steile Felswand vermieden hatten.

In Barquisimeto, einer kleinen Stadt, die früher Variquisimeto geheißen hatte, was so viel wie »Wasser in der Farbe von Asche« bedeutete, machten sie halt, um ihren Proviant neu aufzufüllen. Die kleine Ansiedlung von Häusern grenzte im Süden an die Anden, im Westen an ein Trockengebiet und im Osten an tropisch heiße Urwälder. Jana war von der opulenten Vielfalt überwältigt. Als ihr Weg sie ein Stück in den Süden führte, wechselte Janas Begeisterung in Entsetzen. An die Stadt grenzten riesige Zuckerrohrplantagen, auf denen schwarze Sklaven aus

Afrika und Einheimische für die neuen Herrscher aus Europa schufteten. Halb verhungerte, nackte Menschen ernteten das reife Zuckerrohr. Das Bild stand in starkem Kontrast zu der Schönheit der Natur. Sogar Frauen und Kinder arbeiteten in der drückenden Hitze auf den Feldern. Aufseher mit Peitschen wachten darüber, dass niemand eine kurze Pause machte. Die menschenunwürdige Behandlung der Sklaven erinnerte Jana an die Erlebnisse auf der Santa Lucia. Die Bilder machten sie traurig und gingen ihr lange nicht aus dem Sinn. Auch noch Stunden nachdem sie die Felder längst hinter sich gelassen hatten, sah Jana immer noch die ausgemergelten, gefolterten Körper, die blutigen Striemen auf den gebeugten Rücken und die emotionslosen Gesichter der dunkelhäutigen Menschen vor sich.

Erst als die Berge wieder höher und der Weg beschwerlicher wurden, gelang es ihr, die schrecklichen Bilder aus ihrem Kopf zu drängen. Je karger die Landschaft aussah, umso ausgefallener wurden die Pflanzen, die darin wuchsen. Sie ritten an Kakteen vorbei, die doppelt so hoch waren wie ein großer Mann. Die olivgrünen, dicken Blätter trugen Blüten in schillernden Regenbogenfarben und wirkten seltsam fremd in den kahlen Felsformationen.

Zu Toms und Janas Leidwesen hatte Richard in Barquisimeto seinen Vorrat an Zuckerrohrbrand wieder aufgefüllt. Seit Janas Überfall war der Engländer noch ruhiger und zurückhaltender als zuvor. Es schien, als hätte er sich völlig in sich zurückgezogen. Jeden Tag erstaunte es Jana aufs Neue, wie viel Alkohol er vertrug. Selbst nach einer ganzen Flasche Zuckerrohrbrand antwortete er auf Fragen in ganzen Sätzen und legte Manieren an den Tag, die höflich und zuvorkommend waren. Jana hielt sich dennoch an Tom und führte ihre Gespräche mit dem Diener, der ein gutmütiger, tief gläubiger Mann mit hohen Moralvorstellungen war. Er diente einem Mann, der dem Alkohol verfallen war. In Toms Augen verkörperte Richard den personifizierten Teufel. Jana stand zwischen den beiden und fühlte sich oft hin- und hergerissen.

Nach Barquisimeto ging die Reise weiter nach Mérida, einer Stadt, die sich hoch in den Anden befand. Jana war dankbar für ihren dicken Wintermantel, den sie vorsichtshalber in Caracas erstanden hatte. Nachts war es so kalt wie in harten Wintern in Prag. Tagsüber stiegen die Temperaturen auf angenehm frühlingshafte Werte.

In Mérida fanden sie eine Gaststube, in der sie auch übernachten konnten. Es war erstaunlich, wie einfach es für drei Männer war, eine Bleibe zu finden. Niemand wollte wissen, ob einer von ihnen verheiratet war. Als Mann konnte man reisen, wohin und mit wem man wollte.

Der Wirt stand hinter dem Tresen in seinem kleinen, dunklen Schankraum, in dem die Luft so dicht war, dass man meinen könnte, man müsse sie schneiden, während ein junges Mädchen in einem Kleid mit viel zu weitem Ausschnitt bediente. Lustlos stellte sie ihnen Holzschüsseln auf den Tisch, in denen sich dicker Bohneneintopf mit Chili befand. Nach dem Abendessen setzte der Wirt sich zu seinen Gästen. Tom hatte sich bereits zum Schlafen zurückgezogen, und Jana wollte ihm folgen, doch der Wirt hielt sie zurück.

»Bleibt doch noch. Der Abend ist noch jung!«, sagte er leicht lallend. Sein Gesicht war gerötet, er hatte schon am Nachmittag begonnen, mit seinen Gästen zu trinken.

Der Mann war geschwätzig und gierig darauf, Neuigkeiten von der Küste zu erfahren. Aber weder Jana noch

Richard konnten ihm viel berichten. Da beschloss der Wirt, selbst zu reden, und erzählte von der Geschichte seiner Stadt, die sich nicht von denen anderer Städte unterschied. Die Spanier töteten mit einer unglaublichen Brutalität alle Männer, machten Frauen und Kinder zu Sklaven und suchten die Trümmer nach Gold ab. Die Geschichten wiederholten sich, und Jana war es leid, zuzuhören. Sie hing ihren eigenen Gedanken nach und schreckte auf, als sie bemerkte, dass der Wirt sie mit glasigen Augen fragend ansah.

»Ihr hört mir ja gar nicht zu«, beschwerte er sich.

Als Jana nicht antwortete, sprach der Wirt weiter: »Der Spanier Suárez gab unserer Stadt den Namen Mérida, weil die Gegend ihn an seine Heimat erinnerte. Es heißt, er hat sich in das Land verliebt. Wenn ihr mich fragt, hat er sich in etwas anderes verliebt.« Der Mann grinste anzüglich und formte mit seinen Händen einen üppigen, weiblichen Körper.

Nun errötete auch Jana und machte dem betrunkenen Wirt Konkurrenz. Er deutete Jansas Schweigen als Bitte weiterzureden.

Hinter vorgehaltener Hand murmelte er: »Die Einheimischen sind toll im Bett. Habt Ihr schon mal mit einer ...?« Er beendete den Satz nicht, stattdessen sah er Jana erwartungsvoll an. Die schüttelte beschämt den Kopf.

»Ich kann Euch jemanden für die Nacht besorgen«, lachte der Wirt und stieß Jana mit dem Ellbogen so heftig in die Rippen, dass sie ins Wanken geriet. Zum Glück saß Richard neben ihr und packte den Ellbogen des Wirtes, bevor dieser erneut zustoßen konnte.

»Mein Schankmädchen stammt aus einem Dorf in den Bergen. Sie erfüllt alle Wünsche.« Er schnalzte mit der

Zunge. Jana fiel es wie Schuppen von den Augen. Sie waren in einem Bordell gelandet. Noch bevor sie etwas sagen konnte, winkte der Wirt dem Schankmädchen, das ihr Tablett auf einem der Nachbartische abstellte und zu ihm kam. Jetzt erst sah Jana, dass sie sehr jung war, höchstens fünfzehn Jahre alt. Jana selbst hatte in diesem Alter noch als Lehrling in der Apotheke ihres Onkels gelernt. Der Wirt klopfte dem Mädchen anzüglich auf den Po und zwickte sie in den Busen, so dass ein roter Fleck auf der Haut zurückblieb. Das Mädchen zuckte unter der Berührung zusammen.

»Pralle Früchte«, sagte der Wirt stolz, und ehe Jana sich versah, saß das Mädchen auf ihrem Schoß und versuchte Jana zu küssen. Sie roch nach billigem Parfüm, Zwiebeln und Schweiß. Jana wurde übel. Was wurde nun von ihr erwartet? Sie drehte den Kopf weg und schob das Mädchen von ihrem Schoß. Doch sie ließ sich nicht abschütteln, fuhr Jana mit ihren Händen durchs Haar und stockte. Ihre mandelförmigen Augen musterten sie verwundert. Ob sie erkannt hatte, dass sie auf dem Schoß einer Frau saß?

Erneut stieß Jana sie von sich und sagte entschieden: »Ich will das nicht!«

Bevor der Wirt reagieren konnte, meldete sich Richard zu Wort.

»Vergebt meinem jungen Freund. Er hat eine unglückliche Liebesgeschichte hinter sich«, sagte er entschuldigend. Jana verschluckte sich und musste husten. Richard klopfte ihr helfend auf den Rücken.

»Gerade dann kann man Trost in den Armen einer Frau finden«, meinte der Wirt und sah nun Richard erwartungsvoll an. »Habt Ihr Interesse?«

»Danke für das Angebot, aber wir sind völlig zufrieden, wenn wir bei Euch übernachten können. Wir haben eine lange Reise hinter uns und müssen morgen zeitig aus den Betten.« Richard lehnte das Angebot mit einer Selbstverständlichkeit ab, als hätte man ihm eben einen Korb Früchte angeboten.

Der Wirt zuckte mit den Schultern: »Wie Ihr meint.« Er schickte das verblüffte Mädchen wieder weg. Jana fragte sich, ob sie stumm war, nicht reden durfte oder einfach nicht wollte. Dann richtete der Wirt seine Aufmerksamkeit wieder auf Jana: »Merkt Euch, mein junger Freund, man sollte einer Frau nicht zu lange nachweinen. Sie sind es nicht wert, außerdem gibt es so viele von ihnen, dass man täglich eine andere ausprobieren kann.«

»Was redet Ihr da?«, fragte Jana verständnislos. Sie zitterte und starrte dem Mädchen nach, das froh zu sein schien, dass ihre Dienste nicht gefragt waren.

»Es scheint Euch wirklich schlimm erwischt zu haben«, sagte der Wirt. Die gerunzelte Stirn sollte wohl Mitgefühl ausdrücken.

Das war Jana nun wirklich zu viel, und sie erhob sich. Das Geschwätz des Wirtes ging ihr auf die Nerven, außerdem hatte sie Angst, der Mann könnte ihr erneut eine Frau auf den Schoß setzen.

»Ich bin müde«, sagte sie gähnend und entschuldigte sich. Sie hätte wie Tom gleich nach dem Essen gehen sollen. Zu ihrer großen Überraschung stand auch Richard vom Tisch auf und folgte ihr. Auch er wollte dem Wirt nicht länger zuhören. Offensichtlich beleidigt, stand der Mann auf und ging zum Nebentisch, wo Männer aus der Gegend saßen. Er setzte sich zu ihnen.

Rasch stieg Jana die schmale Treppe in den ersten Stock

hinauf. Hier war die Luft noch stickiger als unten. Der Qualm der Küche sammelte sich unter den dicken Deckenbalken. Vor der Schlafkammer hatte Richard Jana eingeholt.

»Die Geschichte scheint Euch zugesetzt zu haben«, sagte er und schnitt eine Grimasse.

»Ja, es entsetzt mich, dass dieser Mensch mir die Dienste einer Hure anbieten wollte, die von dem Geld, das er mit ihr verdient, wahrscheinlich keine Kupfermünze sieht.«

»Das entsetzt Euch?«, fragte Richard mit gespielter Überraschung. »Ihr reist doch nun als Mann. Solche Angebote sind völlig normal.«

»Das sind sie nicht«, fauchte Jana ungehalten und drückte die Tür zur Schlafkammer eine Spur zu heftig auf. Tom, der bereits tief und fest schlief, grunzte unruhig. Sofort bemühte sich Jana, leise zu sein.

Als sie sich auf dem nicht mehr ganz sauberen Stroh, in dem es von kleinen Insekten nur so wimmelte, ausstreckte, dachte sie über Richards Worte nach. Jana wusste genau, dass er recht hatte. Situationen wie heute Abend kamen öfter vor, als sie wahrhaben wollte. Wäre sie auf Tobago geblieben, hätte ihr über kurz oder lang ein ähnliches Schicksal gewunken wie dem armen Mädchen, das für den Wirt arbeiten musste. Manchmal verfluchte Jana die Tatsache, eine Frau zu sein. Aber auch die Rolle als Mann kam ihr nach dem heutigen Abend nicht wirklich erstrebenswert vor.

An einem sonnigen, klaren Morgen Ende März kamen sie endlich in Barinas an. Um sich eine lange Quartiersuche und weitere fragwürdige Angebote zu ersparen, beschlossen Tom und Richard, direkt ins neu gegründete Jesuitenkloster zu gehen. Das Gebäude war nicht mehr als ein einfaches, schmuckloses Haus nach dem Muster spanischer Klöster, mit einem Kreuzgang und einem kleinen Kräutergarten. Das Oberhaupt der Brüder, Pater Ignazio, war ein rundlicher Mönch mit einer nicht mehr ganz frischen Tonsur und freundlichen dunklen Augen. Er hieß die drei Reisenden herzlich willkommen und bat sie sogleich in den Garten, wo er ihnen kühle Getränke servieren ließ. Er begnügte sich mit Janas spärlicher Erklärung, dass sie auf der Suche nach ihrem Onkel seien, der in der Nähe von Tunja eine Silbermine besaß. Pater Ignazio versicherte ihnen, dass er sich freue, sie einige Tage im Kloster zu beherbergen. Schließlich sei es seine Aufgabe, den Christen in diesem Land die Reise zu erleichtern, und er habe schon seit Monaten keine Gelegenheit gehabt, jemanden zu bewirten, womit sich die Frage, ob Conrad hier nach Unterkunft gefragt hatte, erübrigte. Jana tat es dennoch und verschaffte sich eine Enttäuschung.

»Es tut mir leid. Bei uns hat niemand übernachtet, auf den Eure Beschreibung passt. Der letzte Reisende war ein Franziskanerpater, der auf dem Weg in den Norden gewesen war. Er wollte zu einer Siedlung in den Bergen, wo er einen anderen Franziskaner unterstützen sollte. Die Missionierung der Indios ist eine der wichtigsten und zugleich schwierigsten Arbeiten eines Priesters. Ich hoffe, der junge Mann macht seine Aufgabe gut.«

Pater Ignazio selbst war beseelt vom Gedanken der Missionierung.

»Der spanische König und die Kirche wollen, dass wir sämtliche Indios zum Christentum führen. Aber diese Aufgabe braucht keine Gewalt, sondern Geduld, Zeit und viel Liebe.«

Jana setzte sich auf. Sie selbst war eine Christin, dennoch fragte sie sich, ob es wirklich notwendig war, dass alle Menschen den gleichen Glauben hatten.

»Es ehrt Euch, dass Ihr die Menschen mit Liebe und nicht mit dem Schwert zum Glauben führen wollt«, sagte Tom. Der Ire war von dem Pater angetan und hing ihm an den Lippen.

Ignazio lächelte dankbar. »Bis jetzt haben wir bloß genommen, jetzt ist es Zeit, den Menschen etwas zurückzugeben. Was eignet sich besser als der wahre Glaube?«

Richard schnaufte verächtlich: »Der Glaube stillt keinen Hunger.«

Sofort warf ihm Tom einen vernichtenden Blick zu. Doch der Pater stimmte Richard zu.

»Ihr habt völlig recht«, sagte er und nickte bekräftigend. »Deshalb haben wir in diesem Kloster eine Armenküche errichtet. Jeden Abend versorgen wir die Ärmsten der Stadt mit einer warmen Mahlzeit. Jeder kann kommen. Vor Gott sind alle Menschen gleich, und genauso sollten wir es halten. Wir werden die Indios nicht zum Christentum führen, indem wir sie mit dem Schwert zwingen, sondern indem wir sie mit unseren guten Taten von der Richtigkeit der Worte Christi überzeugen.«

Richard verdrehte die Augen, und Jana hoffte inständig, dass der nette Pater es nicht gesehen hatte. Sie wollte die Nacht in einer sauberen Gästekammer verbringen.

»Ich würde mich gerne noch weiter mit Euch unterhalten, aber die Arbeit ruft«, entschuldigte sich der Pater, »ich muss noch Süßkartoffeln setzen! Bruder Diego wird Euch in unser Gästezimmer bringen.« Er stand auf und ging langsam in den hinteren Teil des Gartens, wo sich ein großes Gemüsebeet befand.

Kaum, dass er außer Hörweite war, meinte Richard

düster: »Zuerst nehmen sie den Menschen alles weg, was ihnen gehörte, und dann füttern sie sie mit Brotsuppe.«

»Ignazio hat niemandem etwas weggenommen. Er will die Menschen bekehren, weil er seinen Glauben liebt«, widersprach ihm Tom. »Aber das könnt Ihr nicht verstehen, denn Ihr habt ja keinen.«

»Das stimmt, ich pfeife auf das ganze Gefasel von Gott und Liebe und Gerechtigkeit.«

Tom bekreuzigte sich, als wäre Richard der Leibhaftige in Person.

»Ihr habt nicht nur Euren Verstand, sondern auch Euer Gewissen im Alkohol ertränkt. Man darf Gott nicht beschimpfen.«

»Natürlich kann ich Gott beschimpfen«, sagte Richard. »Ich spucke auf ihn!« Er bekräftigte seine Worte, indem er tatsächlich ausspuckte.

»Ihr seid betrunken!«, zischte Tom angewidert.

»Mag sein, dass ich betrunken bin«, sagte Richard. »Aber einer alten englischen Weisheit zufolge sagen Kinder und Betrunkene stets die Wahrheit.«

»Am Tag des Jüngsten Gerichts werdet Ihr in der Hölle schmoren.«

»In der Hölle schmore ich jetzt schon, und zwar Tag für Tag«, sagte Richard bitter. »Das Jüngste Gericht kann dagegen bloß ein gemütlicher Spaziergang werden.«

Aus unerfindlichem Grund wurden Toms Gesichtszüge wieder friedlicher, Jana meinte darin so etwas wie Mitleid zu erkennen.

Unterdessen suchte Richard in seiner Tasche nach einer frischen Flasche Zuckerrohrbrand, holte sie heraus, entkorkte sie mit den Zähnen und prostete Tom und Jana zu. Dann setzte er sie an den Mund und trank einen kräftigen

Schluck. In dem Moment kam ein junger Mönch, um sie in die Gästekammer zu bringen.

Richard hielt weiter die Flasche in der Hand und dachte nicht daran, sie zu verstecken. Ganz im Gegenteil, kaum war der Junge da, machte Richard einen weiteren Schluck, rülpste laut und irritierte mit seinem unhöflichen Verhalten den freundlichen Jungen, der verunsichert die Gäste musterte.

Tom murmelte eine Entschuldigung, und der Junge lächelte. Dann lief er ihnen voraus, um seine Aufgabe rasch hinter sich zu bringen.

Das Gästezimmer war ein einfacher, sauberer Raum, in dem sich keine Betten, sondern nur Strohlager befanden. Das Stroh duftete frisch, und Jana hätte sich am liebsten sofort hineingelegt und geschlafen.

»Ich gehe in die Stadt und suche nach Conrad«, erklärte sie.

»Ihr glaubt also immer noch, dass Ihr Euren Verlobten findet?«, fragte Richard mitleidig.

»Natürlich glaube ich es«, erwiderte sie. »Sonst wäre ich nicht so weit gereist.«

Richards Stimme nahm einen spöttischen Ton an: »Verzeiht mir. Ich dachte, Ihr wärt auf der Suche nach einem legendären Schatz.«

Jana antwortete nicht. Sie hatte nicht vor, sich von Richard provozieren zu lassen. In den letzten Wochen hatte sie es sich nur selten gestattet, an Conrad zu denken, aus Angst, der Schmerz, den die Erinnerung auslöste, könnte sie überwältigen. Jetzt, da sie in Barinas angekommen war, in jener Stadt, in der sie auf ein Wiedersehen hoffte, wollte sie nicht nur an Conrad denken, sondern ihn vor allem finden.

Bis zum Abendessen blieb ihr noch genügend Zeit, in einigen Schankstuben und Straßenküchen der Stadt nachzufragen. Vielleicht hatte jemand von dem Arzt aus Wien gehört.

»Ihr könnt Euch die Suche sparen«, sagte Richard abfällig.

»Auch wenn Ihr verzweifelt seid, so haltet endlich Euren Mund!«, fuhr ihn Tom an. An Jana gerichtet fragte er freundlich: »Soll ich Euch begleiten?«

Dankbar nahm Jana sein Angebot an, und gemeinsam verließen sie die Gästekammer, während Richard mit trübem Blick in seine Flasche schaute.

Pünktlich zum Abendessen waren Jana und Tom wieder zurück. Leider hatten sie nichts Neues erfahren. Niemand hatte etwas von einem Arzt aus Wien gehört. Eine mitteilungsbedürftige Wirtin hatte ihnen erzählt, wer in der Stadt mit wem verfeindet war und wer wen heiraten würde, aber bei der Frage nach Conrad hatte sie bloß den Kopf geschüttelt. Dennoch wollte Jana die Hoffnung nicht aufgeben. Schließlich gab es am anderen Ende der Stadt auch noch Tavernen und Straßenküchen, dort wollte sie gleich morgen früh nachfragen.

Nun saß sie schweigend im hellen, langgetreckten Speisesaal des Klosters. Anders als in Caracas nahm sie nun gemeinsam mit Richard und Tom am Abendessen der Mönche teil. Gegenüber von Jana saß ein älterer Mönch mit eingefallenen Wangen und strengem Gesichtsausdruck. Ignazio hatte sie beim Betreten des Speisesaals vor ihm gewarnt.

»Bruder Edmundo ist unser Kellermeister. Er ist schon über siebzig und lebt seit fünfzig Jahren in Barinas. Sein Geist ist manchmal verwirrt. Er kann mitunter sehr beleidigend sein, kümmert Euch nicht um ihn, wenn er ausfällig wird. Sein Hass richtet sich ausschließlich gegen mich, da er der Meinung ist, dass ich bei der Missionierung der Einheimischen nicht hart genug durchgreife. Aus einem mir nicht verständlichen Grund ist er davon überzeugt, dass die Lehre Christi mit dem Schwert verbreitet werden kann.«

Jana beobachtete den alten Mann mit dem schmalen, verkniffenen Mund aus den Augenwinkeln und stellte erschrocken fest, dass er ihr unentwegt auf den Busen starrte. Hatte das Tuch, mit dem sie am Morgen ihren Busen festgebunden hatte, sich gelockert? Jana wagte es nicht, an sich herunterzuschauen.

»Ihr habt das Gesicht einer Frau«, sagte der Alte, als seine Schüssel leer war.

Ignazio hob den Kopf und nickte Jana zu, so als wollte er damit zeigen, dass es das war, wovor er sie gewarnt hatte.

»Bruder Edmundo, unsere Gäste sind hier, um mit uns zu speisen, und nicht, sich von dir beleidigen zu lassen.«

»Er schaut aus wie ein Weib«, beharrte der Alte.

Nun waren die Blicke aller auf Jana gerichtet, und sie spürte, wie ihr das Blut in die Wangen schoss. Diese Situation hatte sie mit ihrer Verkleidung ganz sicher nicht provozieren wollen.

Einer der jungen Männer schien ihr begehrliche, fast verliebte Blicke zuzuwerfen. Hatte er ihr Geheimnis durchschaut, oder fand er weiblich aussehende Männer anziehend? Jana hätte sich am liebsten in Luft aufgelöst. Warum hatte sie nicht kurz vor Barinas ihre Kleidung gewechselt?

Nun wandte Richard sich plötzlich dem alten Mann zu.

»Pater Ignazio hat erzählt, dass Ihr schon über fünfzig Jahre in Barinas lebt. Das ist eine lange Zeit. Fühlt Ihr Euch hier zu Hause, oder sehnt Ihr Euch nach Eurer alten Heimat?«

Nun richtete sich die Aufmerksamkeit auf den Alten, nur die begehrlichen Augen des jungen Mönches mit den weichen Gesichtszügen und den ungewöhnlich langen Wimpern blieben bei Jana.

Edmundo stieß einen übertriebenen Seufzer aus. »Wie soll man sich in einem Land voller Heiden je zu Hause fühlen? Wenn es nach mir ginge, würden wir alle Ungläubigen auf einem riesigen Scheiterhaufen verbrennen. Ihr Irrglaube ist ein bösartiges Geschwür, das rasch wächst, wenn man es nicht ein für alle Mal vernichtet. Leider teilen nicht alle hier diese Meinung.«

Er blickte in Ignazios Richtung und lehnte sich selbstgefällig zurück. Jana merkte, wie ihr die Luft wegblieb bei den brutalen Worten des Alten.

»Edmundo, du weißt, dass ich diese Worte nicht gutheiße«, sagte Ignazio sanft, aber bestimmt.

Der Alte schnaubte so laut und abfällig, dass man es nur als Beschimpfung auffassen konnte.

»Die Gottlosigkeit der Stadt beginnt mit ihrem Namen. Eigentlich sollte der Ort Altamira de Cáceres heißen, aber die Ungläubigen haben den alten Namen der Stadt durchgesetzt. Es ist eine Schande. Keine christliche Stadt sollte den Namen eines Windes tragen.«

Jana verstand nicht, was daran eine Schande war, aber sie hütete sich davor, dem alten Mann zu widersprechen.

»Früher sind die Piraten vom Orinoco bis hierher gekommen und haben geraubt und gemordet«, sagte der Alte.

»Wie kann das sein?«, fragte Richard.

»Na, wie wohl?«, keifte Edmundo. »Es gibt Flüsse, die bis hierher führen. Aber die Spanier haben Festungen entlang des Orinoco bauen lassen. Seither sind die Überfälle weniger geworden, aber der Ort ist immer noch gottlos.«

»Seit ich hier bin, hat es keinen einzigen Zwischenfall mit Piraten gegeben«, sagte Ignazio. Die letzte Bemerkung des Alten ließ er unkommentiert.

»Seid froh darüber«, sagte Edmundo. »Die Überfälle waren schrecklich. Die Piraten plünderten und nahmen alles, was ihnen in die Hände fiel. Sie schlugen den Mönchen die Köpfe ein und schlitzten den Einheimischen die Bäuche auf. Die Frauen nahmen sie mit, und Gott allein weiß, was sie mit ihnen anstellten.«

Der Ausdruck auf Edmundos Gesicht war alles andere als entsetzt. Es war, als bereiteten ihm die Vorstellungen großes Vergnügen.

Jana lief es kalt über den Rücken. Sie wusste nur zu gut, wie das Leben für Frauen unter Piraten aussah, und fand es abstoßend, dass der alte Mann sich darüber freute.

»Gibt es Männer, die über den Fluss ans Meer fahren?«, wollte Richard wissen. Immer wieder stellte er neue Fragen, offensichtlich wollte er so den Alten von Jana ablenken. Vielleicht wollte er seine Unhöflichkeit vom Nachmittag wiedergutmachen.

»Natürlich gibt es die. Gleich hinter dem Kloster lebt Pacorro, ein Händler, der regelmäßig mit seinem Schiff bis ins Orinoco Delta segelt.«

Nun horchte Jana interessiert auf. Wer bis ins Orinoco Delta segelte, hatte vielleicht auch vom Überfall auf die portugiesische Nao Santa Lucia gehört oder von Überlebenden, die auf dem Weg nach Barinas waren. Voller neuer Hoffnung löffelte sie ihren Eintopf aus und schmeckte beim kalten Rest, wie köstlich das Gericht war.

»Und Ihr seht doch wie eine Frau aus«, sagte Edmundo ohne Vorwarnung. »Die Art, wie Ihr Euren Löffel haltet – genau wie eine Frau.« Er starrte Jana aus seinen milchigen Augen an und trommelte mit seinen knochigen Fingern auf die Tischplatte.

Jana legte den Löffel zur Seite und fuhr sich mit dem Handrücken über den Mund, in der Hoffnung, dass das männlich war.

»Lieber Bruder Edmundo. Es scheint, als würde Euch das Gespräch ermüden. Es ist wohl besser, wir beenden die Unterhaltung, und Ihr ruht Euch aus«, sagte Ignazio verärgert. Er stand auf und beendete damit das Tischgespräch.

Edmundo schimpfte unverständliche Worte, aber Jana hörte sie nicht mehr, sie war aufgestanden, sobald Ignazio das Essen beendet hatte, und eilte, so schnell sie konnte, in die Gästekammer.

Als Richard und Tom ihr folgten, lag Jana bereits in einem der Betten. Sie stellte sich schlafend. Nach den Enttäuschungen des Nachmittags und den Aufregungen des Abends hatte sie keine Lust, sich mit einem der beiden zu unterhalten. Sie versuchte sich Conrads Bild in Erinnerung zu rufen, aber es wollte einfach nicht gelingen. Sie sah seine rotblonden Haare und seine Sommersprossen, aber sie schaffte es nicht, seine Augen oder sein Lächeln heraufzubeschwören. Auch die salzigen Tränen, die sie schluckte, änderten daran nichts. Ihr Kopf blieb leer, und alles, was sie nach einer Weile sah, war das gehässige Gesicht des alten Edmundo, der ihr wissend auf den Busen starrte.

Kurz vor Barinas,

März 1619

Seit sie frühmorgens aufgebrochen waren, redete Bonifàcio ununterbrochen. Er bewunderte die Pflanzen, die Berge, die Vögel. Der Jesuit hatte schon vor Stunden aufgehört, dem schwachsinnigen Jungen zuzuhören, der sich ständig wiederholte.

Nun schien er aber vehement auf einer Antwort zu beharren. Er würde nicht weitereiten, bevor der Mönch mit ihm gesprochen hatte. Trotz seiner Sanftheit konnte Bonifàcio einen fast beängstigenden Starrsinn an den Tag legen. Der Junge hatte sein Maultier angehalten und sah nun seinen Begleiter erwartungsvoll an.

Der seufzte schwer und stellte sich selbst wieder einmal die Frage, warum er den Jungen nicht einfach in Caracas zurückgelassen hatte. Oder besser noch, ihm einfach sein Messer in den Bauch rammte und sich ein für alle Mal von ihm befreite.

Aber statt den Gedanken weiterzuspinnen, fragte er ungehalten: »Was gibt es jetzt schon wieder?«

Der Junge sagte etwas Unverständliches.

»Rede deutlicher«, befahl der Jesuit barsch. Auch wenn er sich in den letzten Tagen an die verwaschene, viel zu schnelle Sprache des Jungen gewöhnt hatte, fiel es ihm nach wie vor schwer, ihn zu verstehen, und manchmal nervte es ihn, sich auf die Worte zu konzentrieren. Außerdem ekelte ihm davor, den speicheltropfenden Mund anzusehen.

Bonifàcio richtete sich auf, wischte sich die Spucke vom Mund und versuchte es noch einmal: »Was machen wir in Barinas?«

Der Jesuit lenkte sein Pferd neben das von Bonifàcio.

»Ich habe es dir schon erklärt. Du wirst ins Kloster der Jesuiten gehen, und ich werde zwei Diebe suchen, die mir in Lissabon etwas gestohlen haben, das ihnen nicht gehört.«

Bonifàcio verzog sein Gesicht. Mittlerweile kannte der Jesuit den Jungen gut genug, um zu wissen, dass ihn noch etwas beschäftigte.

Er seufzte und wartete auf die Frage.

»Diebe sind gefährlich. Ich komme mit Euch und beschütze Euch.«

Der Jesuit schüttelte entschieden den Kopf. Was Bonifàcio sich wünschte, durfte er auf keinen Fall erlauben. Es war höchste Zeit, den Jungen loszuwerden.

»Nein«, sagte er so scharf, dass jeder andere Gesprächspartner erschrocken zurückgewichen wäre. Aber Bonifàcio zuckte nicht einmal mit der Wimper und blieb von der Wut des Jesuiten völlig unberührt.

»Bonifàcio ist stark. Er kann Euch beschützen.« Wieder wurden die Worte undeutlich, die Aussprache breit und verwaschen.

Der Jesuit schüttelte erneut den Kopf. »Hör auf, von dir selbst in der dritten Person zu reden, du bist kein Kleinkind«, herrschte er den Jungen an.

Bonifàcio verbesserte sich, blieb aber beharrlich: »Ich bin stark und kann Euch beschützen.«

»Ich kann auf mich selbst aufpassen.«

»Nein, das könnt Ihr nicht. Jemand hat Eure Finger abgeschlagen.«

»Das war ein Unfall«, erklärte der Jesuit. Das Gespräch verlief ganz und gar nicht nach seinem Geschmack. Warum gab er dem sabbernden Schwachkopf Antworten wie einem erwachsenen Mann?

»Und das Gesicht?«

Die Worte trafen den Mönch völlig unerwartet. Erschrocken fuhr er zurück. Wie konnte es sein, dass Bonifàcio sein Gesicht gesehen hatte? Er hatte die Kapuze nie zurückgeschlagen und seine Entstellung stets vor dem Jungen verborgen. Den Anblick seiner Narben hatte er Bonifàcio ersparen wollen.

»Ich habe Euer Gesicht gesehen. Im Schlaf.«

»Das kann nicht sein«, sagte der Jesuit tonlos.

Aber Bonifàcio nickte: »Doch!«

Der Jesuit spürte Scham in einer Heftigkeit und Intensität in sich aufsteigen, die ihn überraschte. Er wollte, dass Bonifàcio gelogen und sein Gesicht nicht wirklich gesehen hatte. Vielleicht bluffte der Junge. Wollte er ihn dazu bringen, seine Kapuze zurückzuziehen?

»Du willst mein Gesicht sehen?« Aus seiner Scham wurde Zorn. In seiner Stimme schwang eine Drohung mit, die Bonifàcio aber nicht hörte. Der Junge nickte aufgeregt.

»Was, wenn du dich so erschreckst, dass du auf der Stelle weglaufen möchtest?«

»Das will ich nicht«, versicherte Bonifàcio, und nun wusste der Jesuit, dass der Junge ihn gerade angeschwindelt hatte. Er hatte sein Gesicht nicht gesehen und nur die Unwahrheit gesagt, um seine Neugier zu befriedigen.

Denn würde der Schwachkopf die offenen Narben kennen, das Loch an der Stelle, wo andere Menschen eine Nase hatten, würde er das Gesicht kein zweites Mal sehen wollen. Der Junge war schlauer, als er gedacht hatte. Und seine eigene Wut größer.

»Dann komm näher«, zischte der Jesuit. Plötzlich verspürte er das dringende Bedürfnis, den Jungen zu schockieren. Bonifàcio sollte die Narben sehen und dann schreiend davonlaufen.

Der Junge klatschte aus Vorfreude in seine zu kleinen Hände.

Am liebsten hätte der Jesuit auf sie eingeprügelt, um das Klatschen zu unterbinden. Trotz der List, die ihm eben gelungen war, war Bonifàcio ein Tölpel, ein Schwachsinniger, ein Dummkopf. Eine Missgeburt Gottes.

Ohne weitere Vorwarnung schlug der Jesuit seine Kapuze zurück und schloss die Augen. Trotz seines Ärgers wollte er Bonifàcios Entsetzen nicht sehen.

Schweigend wartete er auf das scharfe Einziehen von Luft, auf einen unterdrückten Aufschrei, auf lautes Quietschen, aber nichts dergleichen passierte.

Der Jesuit blinzelte vorsichtig. Aber der Junge schien völlig unbeeindruckt. Neugierig lehnte er sich zu ihm und drohte dabei vom Pferd zu kippen. Seine kleine Hand suchte die fingerlose des Jesuiten. Unfähig, der Berührung auszuweichen, verharrte der Jesuit in seiner Haltung.

»Tut das Gesicht weh?«, fragte Bonifàcio besorgt. Genau wie damals auf dem Schiff, als er die fingerlose Hand zum ersten Mal erblickt hatte.

»Wie bitte?«, fragte der Mönch überrascht. Wo blieb der Ekel, wo der Ausdruck des Entsetzens?

»Habt Ihr Schmerzen?«, wollte Bonifàcio wissen.

»Nicht mehr«, sagte der Mönch etwas verunsichert.

»Das ist gut so«, meinte Bonifàcio erleichtert.

»Du hast mich angelogen und das Gesicht zuvor nicht gesehen.«

Bonifàcio grinste verschmitzt und nickte.

»Warum wolltest du mein Gesicht sehen?« Es gelang dem Jesuiten nicht, verärgert zu klingen.

Bonifàcio zuckte mit den Schultern: »Es muss doch schrecklich sein, wenn man immer eine Kapuze trägt.«

Ein leichter Windhauch streifte die Narben, wie ein sanftes Streicheln. Der Jesuit fühlte sich nackt, ungeschützt, aber auch seltsam befreit. Nach all den Jahren der Vermummung war es eine Erleichterung, wieder die Sonne und den Wind zu spüren. Seine Haut prickelte, auch an jenen Stellen, die beinahe taub und gefühllos waren.

»Ich hatte recht«, sagte Bonifàcio triumphierend. »Ich will nicht weglaufen und muss bei Euch bleiben und Euch beschützen.«

Langsam schüttelte der Jesuit den Kopf. Er wusste, dass es nun noch schwieriger werden würde, den Jungen in Barinas zurückzulassen. Aber er musste es tun, denn der Junge gefährdete seinen Auftrag, und mit jedem Tag, den er mit dem seltsamen Schwachkopf verbrachte, rückte seine Vergangenheit gefährlich nahe an ihn heran.

Apurito

März 1619

Nachdem sie die Gastfreundschaft der Waraos zwei Wochen lang in Anspruch genommen hatten, reisten sie weiter, voll beladen mit Proviant und ausgestattet mit Kräutern und Säften gegen die lästigen Insekten. In Conrads Reisesack befanden sich außerdem Medikamente gegen Entzündungen, Wurmbefall, Magenschmerzen und vieles mehr. Trotz übelriechender Tinkturen war der beste Schutz gegen die winzigen Plagegeister Kleidung, die den ganzen Körper bedeckte. Conrad rätselte immer noch, warum die Waraos nackt durch den Urwald laufen konnten, ohne von den Moskitos attackiert zu werden, während er selbst, Assante und auch Tica nur mit einer dicken Schicht Kräuteröl auf der Haut überlebten. Es würde eines der vielen Rätsel bleiben, auf die er in den letzten Wochen gestoßen war. Weitere Seltsamkeiten waren die Tiere in diesem Land. Nie zuvor hatte Conrad Kreaturen gesehen, die so absonderlich und fremd waren.

Vor ihrer Abreise hatte der Dorfälteste sie vor den Piranhas gewarnt. Kleine Fische, die mit ihren scharfen Zähnen ganze Wasserschweine auffraßen. In der Regenzeit, wenn die Flussarme überflutet waren und die Tiere genug Nahrung finden konnten, waren sie relativ harmlos. Jetzt in der Trockenzeit galten sie als besonders gefährlich. Ein Schwarm von ihnen konnte einen erwachsenen Mann innerhalb kürzester Zeit auffressen, so dass nur noch das nackte Skelett übrigblieb. Conrad starrte immer wieder ins trübe, von unzähligen Blättern und hellgrünen Linsen überzogene Wasser und suchte die Oberfläche nach den auffallenden orangefarbenen Tieren ab.

»Auch wenn du ununterbrochen ins Wasser starrst, wirst du die Viecher nicht vertreiben«, sagte Assante, der bemüht war, Conrads Bewegungen auszugleichen, damit sie nicht kenterten.

»Ich will wissen, wann wir auf keinen Fall ins Wasser fallen dürfen.«

»Wenn Ihr Euch weiterhin so weit übers Wasser beugt, fallen wir jedenfalls gewiss bald hinein«, sagte Tica, woraufhin Conrad beleidigt schwieg und demonstrativ in den Himmel schaute, oder besser in die kleinen blauen Flecken, die er zwischen dem dichten Blätterdach erblicken konnte.

Solange das Tageslicht es erlaubte, ruderten sie den Fluss entlang in Richtung Nordwesten. Nachts schliefen sie in Hängematten, die ihnen die Waraos mitgegeben hatten. Mit einem Feuer versuchten sie sich gegen Moskitos und andere gefährliche Tiere zu schützen. Ihre Nahrung war etwas eintönig und bestand zum Großteil aus Kochbananen, Süßkartoffeln und Maniok. Weder Conrad noch Assante hatten diese Pflanze gekannt. Tica grub die mannshohe Staude samt Wurzelstock mit Hilfe eines Steins aus, befreite die Knollen von der Erde und erklärte ihnen, dass diese Knolle nicht nur schmackhaft, sondern auch besonders nahrhaft sei. Blätter und Stängel waren mit klebriger, milchiger Flüssigkeit gefüllt, gegessen werden konnten nur die in etwa zeigefingerlangen Wurzeln, die von einer korkähnlichen, rotbraunen Schicht umhüllt waren. Das Innere der Wurzel war weiß oder gelblich. Tica zerkleinerte die Wurzel, vermengte sie mit Wasser und verrührte die Masse zu einem Brei. Sie meinte, dass die Waraos die Wurzeln auch trockneten und zu Mehl verarbeiteten, aber dazu hätten sie nun keine Zeit. Manioks schmeckten süßlich und bildeten eine willkommene Abwechslung auf dem pflanzlichen Speiseplan. Conrad weigerte sich nach wie vor, Maden und Käfer zu essen, außerdem hielt er Assante aus Angst vor den aggressiven Piranhas vom Fischen ab. Da weder Conrad noch Assante im Umgang mit Pfeil und Bogen oder Blasrohr geübt waren, mussten sie auf Fleisch verzichten.

Tica kannte sich nicht nur mit den essbaren Früchten und Wurzeln aus, sondern hatte auch ein außerordentliches Gespür für Gefahren aller Art. Sie sah Krokodile, Wasserschlangen und handflächengroße Spinnen, lange bevor Conrad oder Assante sie bemerkten, und wusste schon, bevor sie in einen Flussarm abzweigten, ob dieser ausgetrocknet war oder nicht. Tica ruderte mit so viel Geschick, dass sie nun deutlich schneller unterwegs waren als zuvor. Die junge Frau saß in der Mitte des kleinen Ruderbootes, das nun noch tiefer im Wasser lag. Assante übernahm den vorderen Platz, und Conrad hockte hinten. Doch schon bald zog Assante Conrad in einem unbeobachteten Moment zur Seite und bat den Freund darum, mit ihm den Platz zu tauschen.

»Aber warum denn?«, fragte Conrad.

Verlegen knetete Assante seine Hände.

»Der Gedanke, dass Tica die ganze Zeit hinter mir sitzt, macht mich nervös«, gestand er verlegen.

»Deshalb willst du, dass du hinter ihr sitzt und sie nervös machen kannst?«

»Wie kommst du darauf, dass ich sie nervös machen könnte?«

Conrads Grinsen reichte von einem Ohr zum anderen: »Sie wirft dir ebenso sehnsuchtsvolle Blicke zu wie du ihr.«

Conrad war sicher, dass Assante das Blut in die Wangen schoss. Auch wenn seine Hautfarbe ihn nicht verriet.

»Du irrst dich«, sagte er kopfschüttelnd.

»Amantes amentes! Liebende sind Verrückte. Ich versichere dir, dass Ticas Augen an dir hängen, als wärst du der nördlichste Punkt einer Landkarte und sie eine Magnetnadel.«

Empört schüttelte Assante den Kopf: »Deine Vergleiche sind merkwürdig. Tica ist doch keine kalte, leblose Magnetnadel.«

»Ich bin Wissenschaftler, kein Dichter«, sagte Conrad gekränkt. Ihm erschien das Bild sehr passend.

»Auch wenn sie jetzt etwas für mich empfindet, sie wird mich hassen, sobald sie erfährt, dass wir hinter dem Goldschatz ihres Volkes her sind.«

»Wie kommst du darauf, dass in El Dorado der Schatz ihres Volkes liegt?«

»Ich weiß es nicht mit Sicherheit, aber ich befürchte es. Alles passt zusammen. Sie stammt aus dem Volk der Muiscas. Unter ihnen gibt es talentierte Goldschmiede. Denk nur an die wunderbare Kette um ihren schmalen Hals.«

Assantes Seufzen galt eher Ticas Hals als dem schimmernden Schmuckstück.

»Ihr Volk hat andere Völker mit Gold beliefert und

verfügte über enormen Reichtum. Sie will zurück nach Zipaquirà, jene Stadt, die laut deinen Angaben der Ausgangspunkt der Schatzsuche ist. Soll ich noch weiterreden?«

Conrad schüttelte den Kopf. Vielleicht hatte sein Freund recht.

»Was denkst du?«, fragte Assante.

»Dass wir Klarheit schaffen und Tica sagen sollten, was wir vorhaben.«

Assante kniff die Augen zusammen und biss sich auf die Lippen: »Warum willst du immer so schrecklich ehrlich sein?«

Conrad antwortete nicht, denn in dem Moment kam Tica aus dem Unterholz zu ihnen zurück. Sie bewegte sich wie immer beinahe geräuschlos. Hätte der Geruch des starken Insektenöls sie nicht verraten, hätte sie die Männer völlig überrascht.

»Ich denke, dass wir uns kurz vor Apurito befinden«, sagte sie und strich sich eine ihrer schwarzen Strähnen, die sich aus ihrer Frisur gelöst hatten, wieder zurück hinters Ohr.

»Habt Ihr Hütten gesehen?«, fragte Conrad erstaunt. Seit Tagen und Wochen waren sie durch üppiges Dickicht gerudert, ohne einem Menschen begegnet zu sein.

Tica verneinte.

»Keine Hütten«, gab sie zu, »aber Rauch, der nur von einem Feuer stammen kann.«

»Dann lasst uns weiterrudern«, schlug Conrad vor.

Geschickt kletterte Tica zurück ins Boot.

»Der Rauch kam von dort hinten«, sagte sie und deutete in Richtung Nordwesten.

Assante und Conrad runzelten beide die Stirn. Die

Richtung, die Tica angab, führte direkte durchs Unterholz. Nie im Leben kamen sie dort mit dem Boot durch. Außer sie beschlossen, es zu tragen, was völlig unsinnig gewesen wäre.

»Wenn wir dem Flussarm folgen, gelangen wir direkt nach Apurito«, erklärte Tica. »Das Wasser macht hinter der nächsten Baumgruppe eine Schlinge nach Westen.«

»Warum kennt Ihr diese Gegend so genau?«, fragte Conrad.

»Ich habe Euch doch gesagt, dass man mich verschleppt hat und ich danach allein in den Dschungel flüchtete.«

»Und Ihr habt Euch den Verlauf jedes Flussarms gemerkt?«

»Man braucht nicht jeden Fluss zu kennen, um zu wissen, wie er verläuft. Es reicht, die Pflanzen, die Tiere und die Strömung des Wassers genau zu beobachten«, erklärte Tica.

Während Assante ihr bewundernde Blicke zuwarf, kniff Conrad ungläubig die Augen zusammen.

»Ihr wollt mir einreden, dass Ihr am Wuchs der Pflanzen den Verlauf eines Flusses erkennt?«

»Ja, natürlich«, sagte Tica. »Gibt es dort, wo Ihr herkommt, denn keine Flüsse?«

»Selbstverständlich gibt es Flüsse«, antwortete Conrad empört. Seine Heimatstadt Wien und die weitverzweigten Donauarme kamen ihm in den Sinn. Er dachte an Prag und die Moldau, an Flüsse in Italien und Spanien. Kein Wasser, das er kannte, war mit dem sumpfig braunen Fluss vergleichbar, auf dem er sich gerade befand. Weder in der Donau noch in der Moldau tummelten sich menschenfressende Fische und riesige Krokodile, bestenfalls Zander und Karpfen, und die schmeckten ganz vorzüglich.

»Ihr mögt den Orinoco nicht?«, fragte Tica, die seine Gedanken zu lesen schien.

»Nicht besonders«, gab Conrad zu.

»Warum habt Ihr dann die weite Reise unternommen und seid hierhergekommen?«

Assante versuchte Conrad von der Antwort abzuhalten, er schüttelte flehend den Kopf.

Doch Conrad sagte: »Die Antwort würde Euch nicht gefallen.«

Assantes Seufzen war so laut, dass es einen kleinen Vogel aufschreckte.

»Dann seid Ihr wie alle anderen Europäer auch auf der Suche nach dem goldenen Schatz«, schlussfolgerte Tica. Sie spuckte die Worte aus, als wären sie verdorbene Nahrung. »Ich wusste es gleich. Die Art, wie Ihr meine Goldkette angestarrt habt, hat Euch verraten.« Für einen Moment hatte es den Anschein, als wollte sie aus dem Boot springen und davonlaufen, aber Tica blieb sitzen.

»So ein Unsinn«, schnaufte Conrad verärgert. »Euer Gold ist mir völlig egal.«

Tica lachte humorlos auf. »Dann seid Ihr nicht auf der Suche nach El Dorado?«

»Doch, aber ich hoffe auf geheimes Wissen. Formeln über Mathematik und Physik. Darstellungen unseres Universums, bahnbrechende Erfindungen, Theorien, die die Welt verändern können.« Seine Augen glänzten.

Völlig verständnislos starrte Tica ihn an.

»Er ist Wissenschaftler«, erklärte Assante entschuldigend, und Tica bedachte auch ihn mit ratlosen Blicken. Zweifellos hielt sie die beiden Männer für verrückt.

»Welches Wissen?«, fragte sie.

»Keine Ahnung«, sagte Conrad. »All das, was Euer

Volk erforscht hat und uns Europäern noch verschlossen ist.«

»Wollt Ihr Goldschmiede werden?«

»Goldschmiede?«

»Mein Volk hat weder große Ärzte noch besondere Astronomen hervorgebracht. Alles, was wir gut können, ist die Verarbeitung von Gold. Unsere Goldschmiede haben eine besondere Technik entwickelt, eine Mischung aus Wachsguss- und Hammerverfahren. Sie ist einzigartig. Außerdem ist es unseren Goldschmieden gelungen, Gold mit anderen Edelmetallen zu verbinden. Diese Männer sind große Künstler. Ihre Arbeiten werden hoch geschätzt.«

»El Dorado ist also nichts als ein Schatz aus Gold?«, fragte Conrad. Seine Stimme und seine Körperhaltung spiegelten seine Enttäuschung wider. Niedergeschlagen hockte er im Boot.

»Ja natürlich«, sagte Tica verunsichert. Sie klang nun nicht mehr wütend.

»Ihr kennt doch sicher die Legende von El Dorado und wisst, wie sie entstanden ist«, fragte sie.

Assante schüttelte den Kopf. Conrad antwortete nicht, er schmollte beleidigt wie ein kleines Kind und fühlte sich um sein Ziel betrogen.

»Mein Dorf liegt in der Nähe von Zipaquirà, was in unserer Sprache ›Ort unseres Vaters‹ oder ›Ort des Zipa‹ bedeutet. Der Zipa ist das Oberhaupt unseres Volkes. Es heißt, dass vor vielen Jahren die Gattin des Zipa seine Ausschweifungen satthatte. Wegen des Handels mit Gold war unser Volk sehr reich geworden, und am reichsten natürlich der Zipa. Er hielt sich viele Geliebte, trank Unmengen von Chicha und rauchte zu viel Yopo. Seine Gattin fand

Trost in den Armen eines Kriegers. Als der Zipa dahinterkam, ertränkte er seine Frau und die gemeinsame Tochter im See. Aber weder die Frau noch die Tochter starben. Es heißt, sie leben immer noch am Grund des Sees.«

»Eine gruselige Vorstellung«, sagte Assante.

»Ja, das finde ich auch«, gab Tica zu. »Schon nach kurzer Zeit bereute der Zipa seine Tat und begann mit einem Ritus. Jedes Jahr ließ er sich am Todestag seiner Frau und seiner Tochter mit Goldstaub einreiben und stieg in den See, um sich darin zu waschen. Außerdem ließ er einen Teil seines Goldschatzes im See versenken, in der Hoffnung, seine Frau dazu überreden zu können, wieder zu ihm zurückzukehren.«

»Und kam sie wieder?«, fragte Assante.

»Leider nein«, sagte Tica. »Aber der Ritus wurde auch nach dem Tod des Zipa weitergeführt. Die Legende veränderte sich, und aus der ehemaligen Frau und ihrer Tochter wurde eine gefiederte Schlange, eine Gottheit, die ein Verbindungsglied zwischen unserer Welt und der Unterwelt darstellt.«

»Wer glaubt denn an so etwas?«, fragte Conrad.

»Erzählt mir nichts von sonderbaren Riten. Ihr Christen behauptet, dass Euer Gott seinen Sohn auf die Welt geschickt hat, um ihn zuerst geißeln, dann töten und hinterher wieder auferstehen zu lassen. Ihr kniet vor einem gefolterten Mann an einem Kreuz nieder, und wenn es stimmt, was Eure Priester erzählen, dann kehrte der Auferstandene mit seinen offenen Wunden wieder zurück zu den Menschen. Die Vorstellung ist einfach nur ekelhaft.« Tica verzog das Gesicht und schüttelte sich.

»Ich fürchte, Ihr habt einen Teil der Geschichte nicht ganz verstanden«, warf Conrad ein.

»Dasselbe gilt für Euch und die Legende von Zipaquirà.«

Assante konnte ein Grinsen nicht unterdrücken, er drehte sich weg und hielt sich seine Hand vor den Mund, um keinen der beiden zu beleidigen.

»Die Geschichte ist noch nicht zu Ende erzählt«, sagte Tica. »Jahrelang wurde der Ritus durchgeführt, und schon bald verbreitete sich das Wissen über unseren Reichtum und damit auch der Neid. Als die Spanier unser Land angriffen, schickte der damalige Zipa einen Abgesandten zum Volk der Inkas und bat um militärische Unterstützung. Aber der Inka unterstützte uns nicht, im Gegenteil, er erzählte den Spaniern von unserem Reichtum. Kurz darauf fielen Spanier über unsere Stadt her und zerstörten alles, was sie finden konnten. Sie schlugen einen V-förmigen Einschnitt ins Ufer des Sees, um das Wasser abrinnen zu lassen, aber ohne Erfolg. Sie haben den Schatz nie gefunden.«

»Warum nicht?«, wollte Conrad wissen.

Tica zuckte mit den Schultern.

»Eine zeremonielle Stiege in den See ist kein Beweis dafür, dass es sich um den richtigen Ort handelt.«

»Die Spanier haben versucht, den falschen See trockenzulegen?«

Tica ergriff nun ihr Ruder und tauchte es ins Wasser.

»Vielleicht«, sagte sie und drehte sich demonstrativ weg.

Conrad und Assante nahmen ebenfalls ihre Ruder.

»Was habt Ihr nun vor?«, wollte Tica wissen.

»Zuallererst muss ich nach Jana suchen«, sagte Conrad und wich Ticas eigentlicher Frage aus. Wortlos setzte sich das Holzboot in Bewegung und glitt durch Blattlinsen und Gras. Nach der nächsten Baumgruppe wandte der Flusslauf sich Richtung Westen, genau wie Tica es vorhergesagt hatte.

Barinas,

März 1619

Am nächsten Morgen schlich Jana schon in aller Früh aus dem Kloster. Als sie durch die kleine Pforte huschte, hatte sie das unangenehme Gefühl, beobachtet zu werden. Jana drehte sich um und blickte zurück. Saß hinter einem der Fenster der alte Edmundo, oder bildete sie es sich nur ein? Jana blinzelte, rieb sich die Augen und hielt die Hand an die Stirn, damit die noch tief stehende Sonne sie nicht blendete. Aber sie konnte nichts mehr sehen. Das Fenster war leer.

Rasch verließ sie den Garten und machte sich auf den Weg zu dem Haus des Kaufmanns. Auf den Straßen der Stadt erwachte langsam das Leben. Bauern aus den umliegenden Ortschaften zogen ihre Handkarren und brachten ihre Ware in die Stadt, frisches Obst und Gemüse, Mais und Amaranth. Einen der Karren, der von einem Esel gezogen wurde, bemerkte sie so spät, dass sie erst im letzten Moment zur Seite sprang. Sie lief einen kleinen Flusslauf entlang und erreichte das prächtige Haus, in dem der Händler Pacorro wohnte. Der Mann segelte regelmäßig ins Orinoco Delta, um Waren aus den Bergen wie Erze und Felle gegen Früchte und Fische aus dem Osten zu tauschen. Der Handel schien lukrativ zu sein, denn das große Haus war frisch gestrichen, das Dach neu gedeckt, und im

Garten blühten üppige Büsche neben sorgfältig gepflegten Obst- und Gemüsebeeten. Vor dem Gebäude spielten vier Kinder mit bunten Stöcken und Steinen. Jana hörte ihr Lachen und beobachtete sie, ohne zu begreifen, worum es in dem Spiel ging.

Eine fast schlaflose Nacht hatte Spuren hinterlassen. Jana fühlte sich erschöpft und müde. Eines der Kinder, ein dünnes Mädchen mit einem kurzen Kleid, das ihm nur knapp über die Knie reichte, erblickte sie, unterbrach das Spiel und lief neugierig zu ihr. Die Kleine sprach Jana auf Spanisch an und fragte, was sie hier wolle.

»Ich suche nach dem Händler Don Manuel Pacorro«, erklärte Jana in gebrochenem Spanisch.

»Das ist mein Vater. Ihr habt Glück, er muss heute erst später aus dem Haus und sitzt noch bei meiner Mutter in der Küche. Kommt!«

Das Mädchen winkte Jana zu und bedeutete ihr zu folgen. Ihre nackten Füße steckten in groben Holzpantoffeln, die ihr viel zu groß waren. Mit lautem Klappern schlurfte sie über den sandigen Weg, der zum Haus führte. Noch bevor sie das Haus betreten konnte, öffnete sich die rot gestrichene Eingangstür und eine südländisch aussehende Frau mit tiefschwarzem Haar stand fragend da. Sie musterte Jana von Kopf bis Fuß, schließlich blieb ihr Blick an Janas kurzen Haaren hängen.

»Buenas Dias«, sagte die Frau in einwandfreiem Spanisch. »Wollt Ihr zu meinem Mann?«

Jana nickte. Sie senkte ihre Stimme in der Hoffnung, auf diese Weise männlicher zu wirken. Ihre Verkleidung erschien ihr von Tag zu Tag unsinniger. Sobald sie Gelegenheit dazu haben würde, wollte sie sich wieder davon trennen.

Die junge Frau führte Jana ins Haus, wo es angenehm kühl war und nach frischem süßem Getreidebrei roch. Don Manuel Pacorro saß im Licht der Morgensonne beim Fenster und aß sein Frühstück. Es war Jana unangenehm, den Mann bei seiner ersten Mahlzeit am Tag zu stören. Pacorro blickte von seinem Brei auf, im Gegensatz zu seiner Frau war sein Gesicht hässlich. Pockennarben überzogen seine Haut, seine Nase war platt und breit, und die Lippen waren wulstig. Aber seine dunkelbraunen Augen musterten den Fremden freundlich. Gut gelaunt forderte er Jana auf, Platz zu nehmen, und fragte höflich, was er für sie tun könne.

»Verzeiht meinen unangekündigten Besuch«, sagte Jana. Sie räusperte sich: »Ich habe gehört, dass Ihr mit Eurem Schiff regelmäßig bis ins Orinoco Delta segelt.«

Pacorro nickte und schob seine leere Holzschüssel in die Mitte des Tisches. »Seit kurzem führe ich auch Handel mit Bewohnern von Trinidad. Benötigt Ihr Waren von der Insel, oder wollt Ihr Eure Waren dort verkaufen?«

Janas Herz schlug schneller. Trinidad, das war die Insel, die gleich neben Tobago lag.

»Ich will weder verkaufen noch kaufen«, erklärte sie. »Ich bin auf der Suche nach Informationen über einen guten Freund, der vor Wochen auf einer portugiesischen Nao nach Amerika segelte. Kurz vor Tobago wurde das Schiff von Piraten überfallen. Habt Ihr vom Überfall auf die Santa Lucia gehört?«

Pacorro kratzte sich den schütter werdenden Kopf und nickte: »Ja, ich habe davon gehört. Die Piraten haben die Nao angezündet, was merkwürdig ist, schließlich war es ein wertvolles Schiff. Aber angeblich war der Anführer so verärgert, dass sich keine wertvolle Fracht auf dem Schiff befand. Aus purer Wut soll er das Feuer gelegt haben.

Wahrscheinlich hatte er davor schon so fette Beute gemacht, dass er auf das Schiff verzichten konnte.«

Nun fingen Janas Hände vor Aufregung an zu zittern. Seit sie Tobago verlassen hatte, war der Händler der erste Mann, der von dem Überfall gehört hatte. Ihre Flucht hatte sie zuerst nach Caracas geführt. Dort wusste niemand, was im Orinoco Delta vor sich ging.

»Gab es Überlebende?«, fragte sie tonlos.

So als hätte Jana ihn gefragt, ob Menschen drei Beine und zwei Köpfe hätten, starrte Pacorro sie an und schüttelte mitleidig den Kopf: »Niemand überlebt einen Angriff der Bukanier. Außer sie erhoffen sich Lösegeldzahlungen.«

»Aber es könnte doch sein, dass sich Männer bei diesem Überfall retten konnten.«

Bedauernd schüttelte der Händler den Kopf: »Davon hätte ich gehört. Neuigkeiten wie diese sprechen sich immer sehr schnell herum. Seid gewiss, bei diesem Überfall wurden bis auf eine reiche Frau und eine Handvoll schwarzer Sklaven alle getötet.«

Jana schluckte hart. Sie wusste, wer die reiche Frau war. Niedergeschlagen bedankte sie sich und verließ die Küche wieder. Als sie in den Garten trat, konnte sie die Tränen nicht mehr zurückhalten, sie strömten förmlich über ihre Wangen. Die Kinder vor dem Haus beobachteten sie voller Neugier, dennoch machte Jana sich nicht die Mühe, die Tränen wegzuwischen. Sie schniefte und lief, so schnell sie konnte, zurück zum Kloster.

Dort angekommen verfluchte sie erneut ihre Verkleidung. Als sie den sonnendurchfluteten Gang zum Gästeschlafraum betrat, rannte sie Bruder Edmundo direkt in die Arme.

»Wo seid Ihr so früh am Morgen gewesen?«, fragte er und starrte wieder auf ihren Busen. Jana wusste, dass das Tuch ordentlich gebunden war, sie bekam kaum Luft, weil es so fest saß.

»Ich mache gern einen Spaziergang, bevor ich den Tag beginne. Dabei kann man die Gedanken im Kopf ordnen und den Tag planen«, log sie.

Der Alte kniff die Augen zusammen. Er glaubte ihr kein Wort, und natürlich hätte Jana ihm die Wahrheit sagen können, aber sie wollte nicht, dass der Alte auch nur das Geringste über sie wusste.

»Ihr seht aus wie eine Frau und heult auch wie eine«, keifte Edmundo.

Er hatte also erkannt, dass sie geweint hatte.

»Ihr irrt Euch«, sagte sie mit fester Stimme. »Ich bin an einem blühenden Feld vorbeigegangen und reagiere immer mit tränenden Augen.«

»Feld? Tränen?«, krächzte der Alte. »Die Jugend verweichlicht. Bei der winzigsten Kleinigkeit wird geheult, dass man glauben könnte, die Welt geht unter.«

Jana ließ Edmundo stehen und drängte sich an ihm vorbei. Als sie das Ende des Gangs erreicht hatte, hörte sie ihn immer noch schimpfen. »Was soll nur aus unserer Zukunft werden?«

Jana lief weiter zur Gästekammer, doch die war leer. Tom füllte wahrscheinlich auf den Märkten von Barinas die Proviantvorräte auf, während Richard sich wohl ausschließlich um seine leer gewordenen Flaschen kümmerte.

Jana warf sich auf ihr Bett und lockerte das Band um ihre Brust, in der Hoffnung durchatmen zu können, aber ohne Erfolg. Ihre Kehle war zugeschnürt, was nichts mit dem Tuch zu tun hatte, sondern mit der Gewissheit, Conrad nie wiederzusehen. Sie vergrub ihr Gesicht in beiden Händen und weinte hemmungslos. Was sollte sie nun tun? Die ganze Reise machte keinen Sinn mehr. Was nutzte der Schatz ihr, wenn sie allein war? Gerne würde sie auf all das Gold verzichten, wenn sie Conrad noch einmal in die Arme schließen könnte. Als ihr Hemd von ihren Tränen völlig durchnässt war, hörte sie Schritte, die sich über den Gang näherten. Ob Edmundo ihr gefolgt war? Eilig wischte sie die Tränen weg, zog die Nase hoch und setzte sich auf. Es klopfte an der Tür, und fast zeitgleich wurde sie geöffnet.

»Da seid Ihr ja«, sagte Richard, steckte zuerst nur den Kopf zur Tür herein und trat dann ein. »Tom ist noch auf dem Markt. Er will frisches Zündzeug und Kerzen kaufen.«

Jana atmete erleichtert auf, und im selben Augenblick flossen ihre Tränen wieder. Richard stellte einen Sack voll Lebensmittel neben der Tür ab und trat zu ihr.

»Ich nehme an, der Händler hatte keine guten Nachrichten für Euch«, sagte er ungewohnt einfühlsam. Jana schüttelte den Kopf und schluchzte laut auf. Die Tränen wollten nicht mehr aufhören zu fließen.

»Ich bin schuld, dass er tot ist«, schniefte sie. »Wenn ich ihn nicht zu dieser Reise überredet hätte, wäre er noch am Leben.«

Unsicher trat Richard an ihr Bett. Sein Gesicht hatte einen verständnisvollen Ausdruck angenommen. So als würde er ganz genau wissen, wie Jana sich fühlte. Er setzte sich an ihre Bettkante und ergriff ihre Hand. Sie fühlte sich warm und kräftig an. Jana weinte noch heftiger.

»Euer Verlobter ist tot, und jedes Schönreden wäre töricht, denn der Tod ist endgültig. Das Loch, das er hinterlässt, wird niemals gefüllt werden. Doch es ist völlig unwichtig, wer die Schuld an seinem Tod trägt, denn die Antwort wird ihn nicht lebendig machen.«

Jana schluckte hart und schniefte. Sie fuhr sich mit dem Handrücken über die rinnende Nase.

»Meint Ihr nicht, er könnte doch überlebt haben?«, schluchzte Jana.

Richard schüttelte ernst den Kopf: »Nein, ich glaube nicht, dass man den Brand auf einem Schiff überlebt. Natürlich könnt Ihr Euer ganzes Leben auf ein Wiedersehen hoffen, aber solange Ihr nicht endgültig abschließt, werdet Ihr nicht nach vorne blicken können.«

»Wer sagt Euch, dass ich das will«, sagte Jana weinend.

»Ich wünsche Euch von ganzem Herzen, dass Ihr lernt, mit dem Verlust zu leben, ohne daran zu zerbrechen«, sagte Richard leise. Er streichelte ihr zärtlich über die Wange, wischte ihre Tränen weg und strich eine ihrer kurzen Haarsträhnen hinter ihr Ohr. Er hatte lange, schlanke Finger. In seinen dunkelbraunen Augen lag eine Traurigkeit, die nicht allein mit Jana zu tun haben konnte. Sie setzte sich auf und lehnte sich an ihn.

Genau in dem Moment öffnete sich erneut die Tür. Tom trat ein und blieb abrupt stehen. Anklagend sah er die beiden an, öffnete den Mund und schloss ihn wieder.

»Was immer nun in deinem irisch-katholischen Kopf vorgehen mag, es ist nicht das, was du denkst«, sagte Richard, stand auf und verließ die Kammer. Die Tür fiel krachend hinter ihm ins Schloss. Jana sah ihm verwirrt nach. Was war eben passiert? Hatte sie in ihrem Schmerz irgendetwas verpasst?

»Er wird sich nie ändern«, sagte Tom verärgert. »Er hat eine Frau wie Julia nicht verdient.«

»Wovon sprecht Ihr?«, fragte Jana.

»Es ist doch offensichtlich, dass er versucht hat, sich Euch unsittlich zu nähern. Aber er ist ein verheirateter Mann und Vater von zwei kleinen Kindern.«

Jana schüttelte den Kopf. Tom verstand die Lage wirklich völlig falsch.

»Ihr tut ihm unrecht«, sagte sie. Zu ausführlicheren Erklärungen fühlte sie sich im Moment nicht im Stande. Erneut ließ sie sich auf ihr Bett fallen und weinte nun leise weiter.

»Vielleicht stimmt es, und ich tue ihm unrecht. Aber meine Geduld hat wahrlich Grenzen. Er muss endlich aufhören, sich im Selbstmitleid zu vergehen. Alkohol ist ein Gift. Es zerstört den, der trinkt, und alle, die ihn lieben.«

Jana spürte, dass Tom über sich selbst sprach. In jedem anderen Moment hätte sie ihn dazu ermutigt weiterzureden. Aber im Augenblick war sie mit ihren eigenen Wunden beschäftigt, sie konnte sich nicht um die anderen kümmern.

Später, als Jana glaubte, keine Tränen mehr in sich zu haben, ging sie in den Klostergarten und setzte sich neben ein Beet, in dem Küchenkräuter neben Sommerblumen wachsen. Sie vergaß die Zeit und schreckte auf, als die Glocken der Klosterkapelle zum Abendessen läuteten. Eigentlich verspürte sie keine Lust, wieder gegenüber von Edmundo zu sitzen und seine bösen Kommentare über sich ergehen zu lassen. Aber nicht zum Abendessen zu erscheinen, war auch keine Lösung. Mit Verspätung lief sie über den gekiesten Weg zurück zum Wohngebäude, die Stiegen in den ersten Stock hinauf, vorbei an Ignazios

Privaträumen. Die Sonne stand bereits tief. Orangegelb fielen die Strahlen schräg durch die hohen Fenster auf die weiß getünchten Wände des langen Gangs, wo ein einfaches Kruzifix neben einer schlichten Marienstatue hing. Eher zufällig als neugierig blickte Jana auf die kunstvolle Schnitzarbeit, als etwas sie irritierte. Sie hielt inne und sah sich um. Doch sie konnte nichts Ungewöhnliches entdecken. Der Gang war leer, dennoch fühlte sie sich bedroht und beobachtet. Ob Edmundo irgendwo auf sie lauerte?

Jana trat zu einem der hohen Fenster und blickte in den Garten, auch dort konnte sie niemanden entdecken. Alle Brüder hatten sich bereits im Speisesaal versammelt oder waren auf dem Weg dorthin. Ein leiser Schauer lief Jana über den Rücken, die winzigen Härchen in ihrem Nacken stellten sich auf, doch sie konnte nicht sagen, wovor sie Angst hatte. Was war nur los mit ihr? Warum hatte sie solche Angst?

Plötzlich traf sie die Erkenntnis wie ein schwerer Fausthieb. Es war der Geruch, der sie ängstigte. Ein süßer, schwerer Moschusduft lag in der Luft. Ekelerregend klebrig und viel zu aufdringlich für ein Kloster. Jana hätte dieses Parfüm aus allen Gerüchen der Welt wiedererkannt.

Benommen lehnte sie sich an die kühle Wand und hörte nun Stimmen, die sich in Ignazios Kammer unterhielten. Sie stieß sich wieder von der Wand ab und trat ganz nah an die Tür. Neugierig presste sie ihr Ohr an das glattgehobelte Holz. Es bestand kein Zweifel. Jana hätte die Stimme aus jedem Gewirr aus Geräuschen wiedererkannt. Hinter der schweren Tür befand sich jener Mann, der sie in Lissabon entführt hatte. Der Mann ohne Nase, der vielleicht der Mörder ihres Vaters und ganz sicher im Auftrag der Kirche hinter der Schatzkarte her war.

Schlagartig wurde Jana übel, und das Surren in den Ohren setzte wieder ein. Die hellen Wände schienen ins Wanken zu geraten, als drohten sie, auf sie zu stürzen. Ihr Herz begann zu rasen. Konnte es sein, dass der freundliche Pater Ignazio mit dem entstellten Mönch unter einer Decke steckte? War auch er hinter der Schatzkarte her? Jana hatte an diesem Tag noch nichts gegessen, trotzdem hatte sie das Gefühl, sich auf der Stelle übergeben zu müssen.

Benommen wollte sie nach ihren Röcken greifen, um sie hochzuheben, aber sie trug keine und griff ins Leere. Hastig lief Jana zur Treppe und geriet ins Stolpern. Geschickt fing sie sich auf und hastete weiter. Sie nahm immer zwei Stufen auf einmal, stürzte dann in den Klostergarten über den gekiesten Weg zum kleinen Holztor und riss an der schweren Metallschnalle. Die Tür war abgesperrt, dabei war sie doch heute Morgen noch offen gewesen. Wenn sie hinauswollte, musste sie über die Mauer klettern. Jana blinzelte gegen die tiefstehende Sonne in den Himmel. Wohin wollte sie flüchten? Jana griff sich mit beiden Händen an die Stirn und atmete tief durch, was mit zusammengeschnürter Brust gar nicht so einfach war. War sie gerade im Begriff, ihren Verstand zu verlieren? Hatte sie sich die Stimme und den Geruch bloß eingebildet? Hier im Garten, an der frischen Luft, wo Vögel um die Wette sangen und Insekten um prächtige Blüten surrten, erschien ihre Angst plötzlich völlig absurd. Es war die Trauer um Conrad, die sie um ihren Verstand brachte.

»Conrad!«, flüsterte sie, und erneut stiegen die Tränen hoch. Ihre Kehle schnürte sich wieder zu, und langsam sackte Jana auf den warmen Kiesboden. Die kleinen Steine hatten die Wärme des Tages gespeichert, sie drückten sich schmerzhaft in die weiche Haut ihrer Handflächen. Jana wollte aufhören zu weinen. Aber sie konnte sich nicht gegen die Traurigkeit wehren. Die salzigen Tränen flossen stetig aus ihren Augen, und jedes Mal, wenn sie glaubte, dass sie endlich versiegten, kamen neue. Sie hörte Stimmen, die nicht da waren, und roch Parfüms aus einer Welt, die längst hinter ihr lag. Jana hob ihre Hände, ballte sie zu Fäusten und presste sie so lange und fest gegen die Augen, bis sie helle Kreise sah. Sie wollte, dass die Tränen endlich aufhörten zu fließen.

Jana konzentrierte sich auf den Schmerz, den ihre Fäuste auslösten, und hörte die Schritte nicht, die sich von hinten näherten. Als eine Wolke süßen Moschusgeruchs sie einhüllte, glaubte sie erneut, dass ihre Fantasie ihr einen Streich spielte. Erst als die Schlinge sich um ihren Hals zog, begriff sie, dass sie nicht verrückt war. Aber da war es bereits zu spät.

Jana fasste mit beiden Händen nach der Schlinge und versuchte sie zu lockern, aber ohne Erfolg, das Seil schnitt tief in ihren Hals und nahm ihr die Luft zum Atmen. Janas Augen drohten aus ihren Höhlen zu treten, das Blut pochte in ihren Schläfen, und ihr wurde schwarz vor Augen.

»Wo ist die Schatzkarte?« Es war die Stimme aus Lissabon, und für einen verrückten Moment freute Jana sich, sie wiederzuerkennen. Die Stimme gab ihr die Gewissheit, dass ihr Verstand sie nicht verlassen hatte. Doch die Erleichterung währte nur kurz. Als Jana etwas zu sagen versuchte, lockerte sich die Schlinge ein wenig, gerade so viel, dass Jana flüstern konnte.

Genau in dem Moment hörte sie Schritte über den Kies eilen. Jemand rief ihr etwas zu. Es war Tom, das erkannte sie an seiner tiefen Stimme, aber Jana konnte ihn weder sehen noch verstehen, was er rief. Die Schlinge lockerte sich noch weiter, und Jana sog gierig Luft in die Lungen. Ihr Angreifer versetzte ihr einen brutalen Stoß und drehte sich von ihr weg. Während Janas Stirn auf den Kies prallte, sah sie Toms Beine aus den Augenwinkeln. Es waren eindeutig Toms ausgetretene, dunkelbraune Lederschuhe, und Jana schoss es durch den Kopf, dass er dringend einen Schuster benötigte. Wie konnte sie gerade jetzt einen so unsinnigen Gedanken fassen? Eine Klinge blitzte auf. War es Toms Messer? Helles Blut spritzte und traf Jana im Gesicht. Es war nicht ihr Blut, sie spürte keinen Schmerz.

Völlig verwirrt richtete sie sich auf und blinzelte gegen die tiefstehende Sonne, die ihr nun direkt ins Gesicht schien und sie blendete. Sie erkannte Tom, der unter dem Mönch in der schwarzen Kutte zusammenbrach. Sein weißes Hemd hatte sich dunkelrot gefärbt. Seine Augen starrten leblos ins Leere. Jana wollte seinen Namen rufen, aber ihre Stimme versagte.

Hinter dem Mönch stand noch jemand. Die Kapuze des Jesuiten war nach hinten gerutscht und hatte die hässlichen Narben freigelegt, die Jana in so manchem Albtraum verfolgt hatten. Jana blickte zu der weiteren Person, es war ein junger Bursche mit flachem Gesicht und schrägstehenden Augen. Er hielt die fingerlose Hand ihres Angreifers fest, drehte sie auf dessen Rücken und zwang den Mann auf die Knie. Der Mönch war von Tom und Jana weggerutscht.

»Nicht töten!«, sagte der Junge und weinte dabei. Jana konnte die Tränen deutlich sehen, sie glänzten in der Abendsonne und hinterließen Rinnsale auf dem schmutzigen Gesicht.

»Lass mich los«, zischte der Mönch verärgert. »Oder ich muss auch dich umbringen.«

»Nicht töten!«, wiederholte der Junge, der offensichtlich über enorme Kräfte verfügte. Der Mönch konnte sich nicht aus seinem Griff lösen. Er wand sich, aber ohne Erfolg.

»Nicht töten, nicht töten, nicht ...« Der Junge fiel in einen monotonen Singsang, der ihm noch mehr Kraft zu verleihen schien. Der Mönch lief vor Ärger und Anstrengung dunkelrot an. Seine Fratze bekam etwas Diabolisches. Jana musste ihren Blick abwenden. Sie kroch benommen auf allen vieren zu Tom und ergriff seine warme Hand. Sie brauchte nicht seinen Puls zu fühlen, um zu wissen, dass er tot war. Der Mönch hatte sein Messer exakt in sein Herz gestoßen. Die Waffe steckte immer noch in Toms Brust.

»Tom, bitte nicht«, flüsterte sie, aber der freundliche Mann mit dem Koboldgesicht konnte sie nicht mehr hören. Er würde seine Augen nie wieder auf sie richten. Bilder der letzten Wochen zogen an ihrem inneren Auge vorbei. Auch wenn er manche Dinge falsch verstanden hatte, der Ire war ihr zum Freund geworden. Wie durch einen dichten Nebelschleier drangen die Worte des Mönchs zu ihr. Er beschimpfte den Jungen auf unflätige Weise. Es war nur eine Frage der Zeit, bis er sich aus dem Griff des Jungen befreien würde. Zärtlich strich Jana über Toms raue Wange und schloss seine vor Schreck und Überraschung weit aufgerissenen Augen. Langsam richtete sie sich auf. Vielleicht war ihr die Gefahr, in der sie sich befand, nicht bewusst, erst als das Weinen des Jungen lauter wurde, reagierte sie. Jana drehte sich zum Kloster und rannte über den Kiesweg zum Stall. In dem Moment betrat Richard den Garten.

»Wo zum Teufel bleibt Ihr, und wo ist Tom?«, fragte er. Seine Worte waren verwaschen und sein Gesicht gerötet. Sicher hatte er den ganzen Nachmittag getrunken. »Pater Ignazio und die Brüder wollen mit dem Abendessen beginnen.«

»Wir müssen weg«, versuchte Jana zu schreien, brachte aber nur ein Krächzen zustande. Sie rieb ihren blutenden Hals.

Richard starrte auf die Blutspritzer in ihrem Gesicht.

»Wo ist Tom? Was ist passiert?«, fragte er.

»Tom ist tot. Ich erkläre Euch alles später, wir müssen weg.«

»Was soll das heißen?«, fragte Richard gereizt. »Er ist doch gerade in den Garten gegangen, um Euch zu holen.«

»Bitte kommt«, drängte Jana zappelnd.

Da erblickte Richard die beiden Männer in Kutten, die am Boden miteinander verkeilt waren. Mit einem Mal ging ein Ruck durch seinen Körper. Er wirkte mit einem Schlag nüchtern und schien die Gefahr zu erfassen.

»Tom hat unser Gepäck schon am Nachmittag zum Stall gebracht. Habt Ihr Eure Karte bei Euch?«

Jana nickte und folgte Richard. Sie liefen zu den Stallungen hinter dem Kloster.

»Die Pforte zum Garten ist abgesperrt«, sagte Jana leise, aber Richard hörte sie dennoch.

»Auf der anderen Seite befindet sich noch eine Tür, die nie verschlossen ist.«

»Woher …?« Jana beendete ihre Frage nicht, denn sie kannte die Antwort auch so. Wie hätte Richard von seinem nächtlichen Ausflug zurückkehren können, wenn es keine offene Tür gab?

Im Stall warteten wirklich die fertigen Maultiere und

das gesamte Gepäck auf sie. Als hätte Tom geahnt, dass sie heute unerwartet aufbrechen mussten. Jana ergriff die Zügel ihres Tieres und führte es zurück in den Garten. Wie immer bockte das Maultier und weigerte sich zu gehen. Mit allen Tricks, die sie kannte, versuchte Jana das Tier zu locken, aber ohne Erfolg. Erst der Apfel, den Richard ihr reichte, überzeugte das störrische Tier.

Es kam Jana wie eine Ewigkeit vor, bis sie das Tor erreicht und es schließlich passiert hatten. In Wirklichkeit geschah alles unglaublich schnell.

Sie schlugen einen Weg Richtung Westen ein. Jana wartete darauf, dass sich das Gefühl von Erleichterung einstellen würde, aber nichts dergleichen geschah. Im Gegenteil, sie zitterte vor Angst. Egal wohin sie auch blickte, überall sah sie das Bild von Tom, wie er blutend am Boden lag. Der Mann hatte ihr helfen wollen und war kaltblütig erstochen worden.

Schweigend ritten sie, bis die Sonne untergegangen war. Niemand schien ihnen zu folgen. Auf ihren langsamen Maultieren hätte jeder, der über ein Pferd verfügte, sie innerhalb kürzester Zeit eingeholt.

»Würdet Ihr mir nun verraten, was passiert ist?«, fragte Richard und drehte sich zu ihr.

Jana fühlte sich immer noch außerstande, etwas zu sagen.

»Später«, flüsterte sie.

Da blieb Richard stehen, stieg von seinem Maultier ab und holte seinen Mantel aus seiner Satteltasche. Nüchterner als je in den Wochen zuvor ging er auf Jana zu und reichte ihn ihr.

»Ihr zittert«, sagte er, und in seinen dunklen Augen lag Besorgnis.

Jana nahm den Mantel und wickelte sich in den Wollstoff, der nach Zuckerrohrbrand roch. Auf merkwürdige Weise tröstete das Kleidungsstück sie. Als Richard wieder auf sein Maultier stieg, wusste Jana, dass die Reise weitergehen würde, so wie das Leben weiterging. Es war nicht stehen geblieben, als ihre Mutter gestorben war, und hatte nicht angehalten, als ihr Vater sie verlassen hatte. Es würde auch jetzt keine Pause machen, selbst dann nicht, wenn sie es noch so sehr wünschte.

Jana waren Weg und Sinn abhandengekommen, trotzdem würde sie weiterleben. Gott allein entschied, wer gehen musste und wer bleiben durfte. Auch wenn sie das Geschenk des Lebens im Moment als grausame Strafe empfand.

Barinas,

März 1619

Der schwachköpfige Junge verfügte über Kräfte, die jeden Soldaten vor Neid hätten erblassen lassen. Trotz aller Anstrengung gelang es dem Mönch nicht, sich zu befreien. Er versuchte es mit Wut und Zorn, dann mit List und Überredungskunst, aber es war, als befände sich Bonifàcio in einer anderen Welt, zu der nur er Zugang hatte. Monoton sang er weinend seinen Spruch. »Nicht töten, nicht töten …« Dabei starrte er mit angstgeweiteten Augen auf den toten Mann am Kiesboden.

Der Mönch hatte sich damit abgefunden, dass er die nächsten Stunden im eisernen Griff des Jungen verbringen würde, als Edmundo den Garten betrat. Mit erstaunlich schnellen Schritten kam der Alte zu ihnen, würdigte den Toten am Boden nur eines kurzen Blicks und fuhr dann den Jungen an: »Lass deinen Herrn sofort los.«

Aus unerfindlichen Gründen lockerte sich Bonifàcios Griff, und der Jesuit rückte von dem Jungen ab. Hätte er ihn vor wenigen Augenblicken ohne mit der Wimper zu zucken erstochen, so waren die Wut und der Ärger nun beinahe verpufft. Verständnislos musterte er den Jungen, der immer noch entrückt schien. Was ging in seinem Kopf vor?

Edmundo riss ihn aus seinen Überlegungen und beugte

sich zu ihm. Als er das entstellte Gesicht des Mönchs erblickte, wich er angeekelt zurück. Die Reaktion überraschte den Jesuiten nicht, dennoch schob er seine Kapuze wieder über den Kopf, um seine Narben wie gewohnt zu verdecken.

»Ihr seid ein Mitglied der Fraternitas Secreta, ich habe Euren Siegelring gesehen, als Ihr unser Kloster betreten habt«, flüsterte Edmundo. In seiner Stimme lag ebenso viel Angst wie Ehrfurcht.

Nun erinnerte sich der Jesuit wieder, dass der alte Mönch sie begrüßt hatte und dabei aus Versehen seine Kutte ein Stück über sein Handgelenk gerutscht war. Er hatte den erstaunten Blick des alten Mannes nicht mit dem Siegelring in Verbindung gebracht.

»Ich nehme an, dass Ihr im Auftrag des Heiligen Vaters hier seid und dieser unerfreuliche Zwischenfall«, der Alte deutete auf den toten Tom, »mit Eurer Aufgabe in Verbindung steht.«

»Ich muss der Frau und dem Engländer auf der Stelle folgen. Die beiden sind im Besitz eines Dokumentes, das dem Papst gehört«, erklärte der Jesuit.

»Ha«, rief der alte Edmundo und rieb sich die Hände, dabei entstand ein Geräusch, als würde man Holz mit Sand polieren. »Ich wusste, dass das Bürschchen in Wirklichkeit eine Frau war. Es wird höchste Zeit, dass jemand aus Rom kommt und Ignazio das Handwerk legt. Der Mann ist zu weich, um ein Kloster zu führen. In seiner Verblendung erkennt er nicht einmal eine als Mann verkleidete Frau.«

Der Alte grinste zufrieden. Weder er noch der Jesuit bemerkten, dass drei weitere Männer den Garten betreten hatten. Mit raschen Schritten kamen Ignazio und zwei jüngere Mitbrüder auf sie zu. Als der Pater Toms Leichnam erblickte, blieb er stehen, bekreuzigte sich und flüsterte ein Gebet.

»Was ist passiert?«, fragte er tonlos.

»Der Idiot hat die Kontrolle verloren und den Engländer getötet«, log Edmundo, ohne mit der Wimper zu zucken. »Er ist eine Missgeburt, ein Fehler in der Schöpfung Gottes. Kreaturen wie er gehören gleich nach der Geburt beseitigt. Nun werden wir ihn auf dem Scheiterhaufen brennen lassen.«

»Bonifàcio hat mit dem Tod des Engländers nichts zu tun«, unterbrach ihn der namenlose Jesuit.

Überrascht starrte der Alte ihn aus trüben Augen an.

»Natürlich ist er der Mörder«, zischte er ungehalten.

»Ein Gericht wird entscheiden, wer der Mörder des armen Mannes war«, sagte Ignazio, der langsam seine Stimme wiederfand. Er kniete sich neben den leblosen Körper und fühlte seinen Puls.

»Der Mann ist tot«, stellte er fest. »Bis wir ihn begraben, werden wir seinen Leichnam in der kleinen Kapelle aufbewahren. Ich muss Euch bitten, das Kloster nicht zu verlassen, bis wir die Umstände des Todes geklärt haben.« Ignazios Blick ruhte auf dem Jesuiten.

»Wo sind die beiden anderen Männer?«, fragte er.

»Die sind geflüchtet«, erklärte Edmundo. »Und der eine war kein Mann, sondern ein Weib, so wie ich es gesagt habe.«

Der Jesuit richtete sich auf und unterbrach den Alten. »Ich kann nicht hier bleiben. Ich muss den Flüchtenden folgen, die beiden sind Diebe. Sie haben ein Dokument, das dem Papst gehört.«

»Und wenn sie im Besitz aller Schätze des Vatikans wären, würde ich Euch nicht gehen lassen«, erklärte Ignazio bestimmt. »In meinem Kloster ist ein Mann getötet worden, und ich werde herausfinden, wer der Mörder ist.«

»Und wenn es das Weib oder der Engländer war? Wir müssen sie zurückholen«, sagte Edmundo.

»Du hast gerade behauptet, dass der Schwachsinnige der Mörder war.« Ignazio klang ungewohnt scharf.

Die Angelegenheit dauerte dem Jesuiten zu lange. Er wollte nach seinem Messer greifen, aber die Waffe steckte immer noch in Toms Brust. Als er einen Schritt auf den Leichnam zu machte, packten ihn die beiden jungen Mönche von der Seite und hielten ihn zurück.

»Lasst mich sofort los«, schrie er ungehalten.

»Er ist ein Mitglied der Fraternitas Secreta!«, warf Edmundo ein.

»Und wenn er der Heilige Vater höchstpersönlich wäre«, sagte Ignazio ruhig. »Er bleibt hier, bis sicher ist, dass er kein Mörder ist.«

Er winkte seinen Mitbrüdern zu und richtete seine Worte an den Jesuit: »Ich muss Euch bitten, Paul und Victor zu begleiten. Sie werden Euch in die Gästekammer bringen, wo Ihr gemeinsam mit Eurem Diener bleiben werdet, bis alle Fragen geklärt sind.«

»Wenn man in Rom von Eurem skandalösen Vorgehen erfährt, dann seid Ihr die längste Zeit Abt dieses Klosters gewesen«, keifte Edmundo mit erhobener Faust.

»Mag sein. Aber das Wissen, dass du niemals Abt dieses Klosters werden wirst, beruhigt mich. Denn du bist schlicht zu alt dafür, und daran kann keine Intrige der Welt etwas ändern.« Ignazio drehte sich um und beachtete das Keifen des Alten nicht, während er zurück zum Hauptgebäude ging.

Auf dem Weg nach San Cristóbal

März 1619

Nach einem kurzen Aufenthalt in Apurito, wo es Tica gelang, einem Bauern zwei winzige Hühner und einen Sack Maismehl abzuschwatzen, ruderten sie weiter in Richtung Westen. Der dichte Dschungel lichtete sich allmählich und ging schließlich in eine endlos scheinende Steppe über. Die Spanier nannten dieses Gebiet Llanos, was »flaches Land« bedeutete. Nur wenige Menschen hatten sich hier angesiedelt, weil während der Regenzeit ganze Landstriche überflutet wurden und sich in Seen verwandelten. Dieser für Menschen ungünstige Lebensraum bot einer Unzahl von Tieren optimale Lebensbedingungen. Ihre Artenvielfalt ließ das Herz jedes Naturwissenschaftlers höherschlagen. Auch wenn die Zoologie nicht zu Conrads Fachgebieten gehörte, konnte er sich der Faszination der Tier- und Pflanzenwelt nicht entziehen. Immer wieder staunte er über Lebewesen, für die kein Wissenschaftler der Welt bis jetzt Namen gefunden hatte. Alle nur erdenklichen Arten von Enten, Greifvögeln, Schlangen und Reptilien kreuzten ihren Weg, aber sie sahen auch Hirsche und Raubkatzen.

Tica lächelte über die beiden Männer, die die Welt, die ihr selbst so vertraut war, mit den Augen kleiner Kinder bestaunten. Sie machte Conrad auf einen oval zulaufenden, immergrünen Baum aufmerksam, dessen hellgrauer Stamm bis zu vierzehn Meter hoch werden konnte und der kleine rotviolette Früchte trug. Die Blätter des Matebaums wirkten anregend und muskelstärkend. Conrad und Assante waren sowohl vom Geschmack als auch von der Wirkung des Blätteraufgusses überrascht. Nachts schliefen sie nach wie vor in den Hängematten, die sie mittlerweile zu schätzen gelernt hatten, tagsüber ruderten sie den Fluss entlang immer Richtung Westen. Wenn sie an eine ausgetrocknete Stelle gelangten, stiegen sie aus und trugen das Boot durch das hohe Steppengras weiter. Nach und nach gewöhnten sie sich an die Reise, und trotz all der neuen Eindrücke wurden gewisse Abläufe wie die Beschaffung von Nahrungsmitteln und das Kochen zur Routine. Die sich wiederholenden Tätigkeiten halfen, die Strapazen besser zu ertragen.

Ende März tauchten im Dunst der Morgendämmerung Konturen einer Bergkette vor ihnen auf, die mit jedem Ruderschlag, den sie weiterfuhren, klarer wurden. Am Abend sahen sie die Berge deutlich vor sich, obwohl sie noch meilenweit entfernt waren. Die Spitzen der massiven Felsenkette waren mit weißem Schnee bedeckt. Eine Vorstellung, die angesichts der Hitze der letzten Wochen völlig absurd wirkte.

Assante hatte am Nachmittag drei Fische mit einer selbst gebastelten Angel gefangen, die sie nun über einem kleinen Feuer grillten. Die Kräuter, die Tica gesammelt und in die Bäuche der Tiere gestopft hatte, verliehen dem Abendessen einen feinen, an Knoblauch und Zwiebel erinnernden Geschmack. Conrad lag anschließend satt und zufrieden in der Hängematte und fragte sich, was an diesem friedlichen Abend anders war als sonst. Er verschränkte die Arme hinter dem Kopf, blickte in die Ferne zu den Bergen und lauschte konzentriert auf Geräusche. Aber er konnte nichts hören. Es war die ungewöhnliche Stille, die ihn irritierte. Die Vögel schwiegen, und selbst die Insekten schienen weniger Lärm als sonst zu machen. Die Ruhe erinnerte Conrad an die Stunden vor dem Sturm auf der Santa Lucia. Das Meer war eine spiegelglatte Fläche gewesen, beinahe bewegungs- und geräuschlos. So wie nun der Fluss vor ihnen. Es war, als hätte er aufgehört zu fließen, was natürlich Unsinn war, das Wasser bewegte sich, aber so unauffällig, dass Conrad es aus seiner Hängematte nicht wahrnehmen konnte.

Er schaute sich um. Nichts deutete auf einen Wetterumschwung hin. Der Himmel war dunkelblau, und die Sonne ging als orange leuchtender Feuerball am Horizont unter. Wo waren die Vögel, die sonst um diese Tageszeit über die Wasseroberfläche des Flusses flogen, um nach letzten Fischen zu schnappen, bevor die Sonne gänzlich untergegangen war?

»Merkt ihr das auch?«, fragte Conrad.

Assante, der bloß Augen für Tica hatte, schreckte aus einem Tagtraum und meinte irritiert: »Was denn?«

»Diese ungewöhnliche Stille. Es ist, als wappneten die Tiere sich für etwas Schreckliches.«

Assante richtete sich auf. Vielleicht glaubte er, so besser hören zu können. Aber er schüttelte den Kopf. Ihm fiel nichts Bemerkenswertes auf. Als er wieder zu Tica schaute, lag in seinen Augen eine fast schmerzliche Sehnsucht.

Die junge Frau schien Conrads Sorgen zu teilen. Auch sie wirkte nervös und angespannt.

»Ihr habt recht«, sagte sie besorgt. »Etwas ist anders als

sonst, und ich fürchte, dass gleich etwas Schreckliches passieren wird.«

»Lasst Euch von Conrad nicht anstecken. Mein Freund hört manchmal das Gras wachsen«, sagte Assante.

Aber Tica schüttelte den Kopf: »Nein, glaubt mir. Die Tiere spüren es auch. Sie bereiten sich auf eine Katastrophe vor.«

Noch bevor Tica ihren Satz fertig gesprochen hatte, stoben Vögel laut kreischend aus den Bäumen. Ein heftiger Stoß erschütterte die Erde. Steine gerieten ins Wanken, und ein tiefes, aus dem Inneren der Erde dringendes Brummen breitete sich aus.

Tica reagierte als Erste. Sie sprang auf und legte sich abseits der Bäume flach auf den Boden.

»Die Götter lassen die Erde beben! Legt Euch hin!«, schrie sie.

Assante ging in die Knie und legte sich auf den Bauch, während Conrad bemüht war, aus seiner Hängematte zu klettern. Unsanft plumpste er auf den Boden und schlug mit dem Knie auf einem Stein auf. Er fluchte. Die Erde unter ihm vibrierte. Es war ein heftiges Rütteln und Beben, als bewegte sich ein Ungeheuer in tiefen Schächten unter ihnen. Nach all den seltsamen Tieren der letzten Wochen hatte Conrad das Bild einer Riesenechse vor sich, das Tunnel grub und darin wütend herumsprang. Natürlich wusste er, dass so ein Monster nicht existierte.

In dem Moment riss der Boden neben ihm laut krachend auf. Ein handbreiter Spalt entstand. Der Riss schoss blitzschnell in einem unregelmäßigen Zickzackmuster bis zum Fluss. Kleine Steine und Pflanzen gerieten ins Rutschen und verschwanden in der Spalte.

Das ist das Ende!, schoss es ihm durch den Kopf.

Assante sprach seine Worte aus: »Moriemur, wir werden sterben!« Die Stimme des Freundes ging im Lärm, den die Tiere veranstalteten, unter. Tica hörte ihn dennoch und ergriff seine Hand: »Nein, es ist bloß ein Erdbeben, und wir sind hier in Sicherheit.«

Genau in dem Moment fiel einer der Bäume, an dem sich gerade noch Assantes Hängematte befunden hatte, krachend um. Staub wirbelte auf, Vögel kreischten. Weitere Erdstöße entwurzelten kleine Bäume. Plötzlich setzte heftiger Wind ein. Eine Sturmbö erfasste das Ruderboot, wirbelte es hoch und ließ es geräuschvoll wieder herunterkrachen. Conrad presste seinen Körper mit aller Kraft auf den Boden, wickelte Grasbüschel um seine Handgelenke und hielt sich daran fest. Unter ihm rumorte die Erde.

»Gott stehe uns bei«, flüsterte er. Das Vaterunser, ein Gebet, das er das letzte Mal als kleiner Junge gesprochen hatte, fiel ihm ein. Gegen seinen Willen gingen ihm die Worte leise über die Lippen. »Vater unser, der du bist im Himmel, geheiligt werde dein Name …« Conrad schloss die Augen, der Himmel hatte sich verfinstert. Die orangerote Sonne, die eben noch am Horizont gestanden hatte, war verschwunden. Statt ihr hing dichter Staub in der Luft, der in die Lungen kroch und trockenen Reizhusten auslöste. Tica krümmte sich, während einer Hustenattacke. Conrad bemühte sich möglichst flach zu atmen. Er sah aus den Augenwinkeln, wie Assante einen Arm schützend um Tica legte und ihr ein Tuch vor Nase und Mund hielt. Der Husten ließ allmählich nach.

Eine weitere Sturmbö fegte über die Steppe. Das Wasser des Flusses peitschte hoch und schwappte ans Ufer. Eiskalt spritzte es bis zu der Stelle, an der sie lagen. Ein toter Vogel wurde gegen Conrads Oberschenkel geschleudert. Angeekelt schob er das blutende Federknäuel von sich weg. Ein anderes Gebet kam ihm in den Sinn: »Gegrüßet seist du Maria voller Gnade, der Herr sei mit dir, gebenedeit sei die Frucht deines Leibes …«

Was tat er da? Warum betete er? Er wusste doch, dass Gott ihm nicht beistehen würde. Conrad wollte damit aufhören, wollte die Worte, an die er nicht glaubte, nicht weiter im Kopf haben. Aber es gelang ihm nicht, sie abzuschütteln. Sie waren da und ratterten durch seine Gedanken, immer und immer wieder.

Irgendwann, als er längst aufgehört hatte, die Anfänge des Gebetes mitzuzählen, ebbten Wind und Erdstöße zeitgleich ab. Es war immer noch finster, denn eine dichte Wolkendecke lag vor Mond und Sternen. Aber der Staub hatte sich wieder gelegt, und der ohrenbetäubende Lärm war einer Stille gewichen, die gespenstischer war als vor dem Beben.

Benommen kroch Conrad zu Assante und Tica. Sein Freund hatte immer noch den Arm um Tica gelegt, und es sah so aus, als würden die beiden heute Nacht in dieser Haltung verharren. Müde und benommen rollte sich Conrad neben ihnen ein.

»Bist du verletzt?«, fragte Assante.

»Ich glaube nicht. Was ist mit dir und Tica?«

Beide verneinten.

»Es hat keinen Sinn, im Dunkeln irgendetwas zu tun. Am besten, wir warten, bis es zu dämmern beginnt.«

»Es kann sein, dass noch weitere Erdstöße folgen«, meinte Tica. »In der Regel sind sie aber deutlich schwächer als das eigentliche Beben.«

Conrad sah aus den Augenwinkeln, dass sie noch näher an Assante heranrückte und erschöpft die Augen schloss.

Er war davon überzeugt, dass sein Freund, im Gegensatz zu ihr, kein Auge zutun würde. Er selbst konnte auch nicht ans Schlafen denken. Nie zuvor hatte er ein Erdbeben miterlebt, und er hoffte inständig, dass es das erste und letzte in seinem Leben bleiben würde. Er fragte sich, welchen Schaden die Naturgewalten in einer Stadt angerichtet hätten, und sah einstürzende Häuser, schreiende Menschen und sterbende Kinder. Tica hatte recht gehabt Sie waren hier in Sicherheit gewesen. Sie waren alle drei noch am Leben, und sosehr er sich mit seinem Freund freute, der Tica nun so nah war, so sehr beneidete er ihn um diese Nähe und schämte sich gleichzeitig ob seiner Gedanken. Neid war ein unwürdiges Gefühl. Dennoch wünschte er sich nichts sehnlicher, als dass Jana ebenso nah bei ihm läge wie Tica bei Assante.

Stundenlang verbrachte Conrad wach neben Assante und Tica. Er starrte in den Himmel und wartete darauf, dass erste graue Lichtfetzen den neuen Tag ankündigten. Aber die Dunkelheit schien ewig zu währen. Als seine Glieder so schmerzten, dass er meinte, keinen Augenblick länger auf dem harten Boden liegen zu können, riss die Dunkelheit auf und erstes, zartes Hellgrau mischte sich ins tiefe Schwarz. Die Sonne tauchte langsam am Horizont auf und zeigte das ganze Ausmaß der Zerstörung. Der Spalt im Erdboden war nicht der einzige geblieben. Abseits des Flusses befanden sich weitere Risse und Löcher. Leblose Fischkörper lagen im Gras, tote Vögel hingen in Büschen. Riesige Bäume waren entwurzelt worden und streckten ihre Äste anklagend zum Himmel. Doch der Anblick der Zerstörung war gleichzeitig auch ein Anblick des Lebens. Denn während entwurzelte Bäume ihre Blätter fallen ließen, richteten die ersten Wasservögel ihre Nester in den Ästen ein. Andere holten sich abgebrochene Zweige für neue Behausungen. Die toten Fische und Vögel wurden von Aasfressern aufgesammelt, und schon bald erfüllten die altvertrauten Geräusche von Insekten und anderen Tieren wieder die Luft.

Für Conrad, Assante und Tica war der schlimmste Verlust das kaputte Boot. Der Sturm hatte es zertrümmert, und ohne passendes Werkzeug war eine Reparatur nahezu unmöglich. Aber trotz der schwierigen Situation waren Assante und Tica bester Laune. Sie warfen sich verliebte Blicke zu und hielten sich an der Hand, wenn sie sich von Conrad unbeobachtet fühlten. Das schreckliche Erdbeben hatte sie näher zusammenrücken lassen.

»Was sollen wir jetzt machen?«, fragte Conrad mit sorgenvollem Blick auf die Überreste des Bootes.

»Wir ziehen zu Fuß weiter«, erklärte Tica leichthin. »In ein oder zwei Tagen sollten wir auf Siedlungen treffen. Viel weiter hätten wir mit dem Boot ohnehin nicht fahren können, denn sobald wir die Berge erreicht haben, brauchen wir Lamas für die Weiterreise.«

Assantes Augen hingen förmlich an Ticas Mund, während sie sprach. Sosehr sich Conrad für den Freund freute, fragte er sich, wie lange er das innige Turteln ertragen würde.

»Gibt es diese Erdbeben häufig?«, fragte er Tica.

Sie nickte.

»Ja, leider kommt es immer wieder dazu. Meine Großmutter hat mir von einem Erdbeben erzählt, das sie erlebt hat, als ich noch nicht auf der Welt war, und das so schrecklich gewesen sein soll, dass unser Dorf und die Stadt Zipaquirà dem Erdboden gleichgemacht wurden. Das Beben zerstörte Wälder, verrückte Felsen, änderte Flussläufe und trocknete Seen aus. Hinterher hat man Zipaquirà und unser Dorf wieder errichtet. Man hat die Wände der Häuser doppelt so dick gebaut und die Fundamente verstärkt, aber niemand weiß, wie massiv eine Wand sein muss, damit sie die Heftigkeit eines Bebens übersteht. Wenn die Götter die Erde bewegen, dann entscheiden allein sie, wie viel sie vernichten wollen. Manchmal sind sie milde gestimmt und manchmal sehr grausam, je nachdem, was die Menschen zuvor getan haben.«

Conrad schüttelte den Kopf: »Ihr glaubt wirklich, dass ein Erdbeben eine Strafe der Götter ist?«

»Ja, natürlich!«, sagte Tica. »Ihr glaubt ja auch, dass Euer Gott die Menschen mit Unwettern, Krankheiten und dergleichen bestraft.«

»Ein Erdbeben ist eine Reaktion der Erde. Sicher gibt es dafür ganz banale Erklärungen, die wir einfach noch nicht gefunden haben. Aber irgendwann werden Wissenschaftler den Vorgang erklären können.«

»So wie du uns eines Tages die angebliche Bewegung unseres Blutes erklären wirst.«

»Ja genau!«, sagte Conrad.

Tica verschränkte die Arme und legte ihren Kopf schief: »Ich frage mich, warum Ihr dann die ganze Nacht immer wieder die gleichen Gebete aufgesagt habt.«

Conrad spürte, wie ihm das Blut in die Wangen schoss vor Verlegenheit. Er hatte gehofft, dass er die Worte nur geflüstert hatte, aber offensichtlich war er lauter gewesen. Conrad konnte sich selbst nicht erklären, warum ihm ausgerechnet zu diesem Zeitpunkt die Gebete seiner Kindheit eingefallen waren. Vielleicht würde es eines Tages auch dafür Erklärungen geben. Er hatte sie leider nicht.

»Wirklich einladend ist Euer Land ja nicht«, sagte er zu Tica und wechselte so das Thema. »Giftige Pflanzen, gefährliche Tiere, Mücken, trübes Wasser und nun Erdbeben, die zum Alltag gehören wie anderswo Regenschauer.«

»Niemand hat Euch aufgefordert herzukommen«, sagte Tica angriffslustig und schob dann versöhnlicher hinterher: »Wobei es jammerschade gewesen wäre, wenn einige von Euch nie gekommen wären.«

Der Schwarze legte daraufhin vorsichtig seinen kräftigen Arm um ihre schmale Hüfte. Es war eine schüchterne und keine besitzergreifende Geste, die Tica bereitwillig zuließ. Der Anblick des glücklichen Freundes versetzte Conrad erneut einen Stich. Er fragte sich, ob er jemals wieder seinen Arm um Janas Hüfte legen würde. Rasch versuchte er die aufkommenden Zweifel wegzuschieben. Er war unterwegs nach Zipaquirà, weil er Jana wiederfinden wollte. Wenn er am Erfolg des Unternehmens zweifelte, konnte er genauso gut den Weg zurückgehen und mit dem nächsten Schiff nach Europa segeln.

»Nun gut«, meinte er übertrieben zuversichtlich. »Dann lasst uns das, was heil geblieben ist, zusammenpacken und zu Fuß weiterziehen.« Conrad suchte nach seiner Hängematte, um sich zu beschäftigen und jeden Zweifel zu vertreiben. Erfreut stellte er fest, dass sie noch völlig intakt war. Er würde also auch die nächsten Nächte in dem komfortablen Bettersatz verbringen, was angesichts der blauen Flecken seine Stimmung etwas aufhellte.

Auf dem Weg nach San Cristóbal

April 1619

Nach dem überstürzten Aufbruch waren Jana und Richard, so rasch es die lahmen Maultiere erlaubten, Richtung San Cristóbal weitergeritten. Während der ersten Stunden ihrer Flucht hatte Jana sich ständig umgedreht, in der Angst, der entstellte Mönch könnte sie einholen. Der Mann hatte sie über den Atlantik verfolgt und sie am anderen Ende der Welt wiedergefunden. Was er wollte, war ganz klar, und Jana fragte sich einen Moment lang, warum sie ihm die Karte nicht einfach gegeben hatte. Bis jetzt hatte das letzte Geschenk ihres Vaters ihr nur Unglück gebracht. Sie hatte den wichtigsten Menschen in ihrem Leben verloren, und nun war ein treuer Freund und Weggefährte einen sinnlosen Tod gestorben. Sosehr Jana sich auch bemühte, Toms freundliches Lächeln in Erinnerung zu behalten, so wenig gelang es ihr. Sobald sie an Tom dachte, sah sie sein blasses Gesicht, seine weit aufgerissenen Augen, das dünne Rinnsal aus Blut, das aus seinem offenen Mund floss, und die schreckliche Wunde in seiner Brust.

Gleich nach ihrer Flucht hatte Jana Richard gestanden, dass sie Toms Mörder gekannt hatte. Der Mann habe sie letzten Herbst in Lissabon entführt und als Lösegeld die Schatzkarte verlangt. Er sei im Auftrag der Kirche unterwegs und wahrscheinlich auch der Mörder ihres Vaters. Richard hatte zugehört und keine weiteren Fragen gestellt. Seither wechselten sie nur die notwendigsten Worte, vermieden es, sich anzusehen, und ritten schweigend nebeneinander her. Während Jana ihren trüben Gedanken nachhing, war nicht erkennbar, was hinter Richards Stirn vor sich ging. Hatte der Tod des Dieners ihn berührt? War er traurig oder betroffen? Jana konnte es nicht sagen. Falls der wortkarge Engländer über Gefühle verfügte, so versteckte er sie gekonnt. Statt sich mitzuteilen, klammerte er sich an seiner Flasche mit Zuckerrohrbrand fest, die ihn am Leben zu halten schien.

Am fünften Morgen ihrer Flucht tauchte vor ihnen eine Stadt auf, die auf Terrassen in die steilen Hänge der Anden gebaut war. Kleine Häuser mit roten Dächern schmiegten sich harmonisch in den Berg. Rauch, der aus einzelnen Schornsteinen emporstieg, verband sich mit den tiefstehenden weißen Wolken. Der hochgelegene Teil der Stadt verschwand vollständig darin.

»Das muss San Cristóbal sein«, sagte Jana und hielt ihr Maultier an.

Auch Richards Maultier blieb stehen. Er zögerte, bevor er sprach.

»Sollen wir in der Stadt nach Unterkunft suchen oder lieber außerhalb unser Lager aufschlagen?«

»Unsere Verfolger werden in allen Kirchen und Klöstern nach uns fragen. Es ist wohl besser, wenn wir außerhalb der Stadtmauern schlafen«, sagte Jana enttäuscht. Sie sehnte sich nach einem Bad und einem halbwegs sauberen Bett.

»Lasst uns eine Taverne suchen, in der wir etwas Ordentliches zu essen bekommen. Danach können wir auf dem Markt frischen Proviant kaufen«, schlug Richard vor. Jana ahnte, dass Richard vor allem an seinen flüssigen Vorrat dachte.

»Wollt Ihr als Mann in die Stadt reiten?«, fragte Richard.

Jana überlegte kurz. Sie hatte schon vor Tagen ihre Verkleidung aufgeben wollen. Auch wenn es angenehm war, in Hosen zu reiten, nach den Erfahrungen in Barinas zog sie ihre wahre Identität vor.

»Wartet einen Moment«, sagte sie, kletterte von ihrem Maultier und holte aus ihrer Satteltasche ihr Kleid hervor.

»Dreht Euch bitte um, damit ich mich wieder in Jana Jeschek verwandeln kann«, bat sie.

Richard wendete das Maultier. Während Jana rasch in ihr Kleid schlüpfte, hätte sie schwören können, dass Richard sich umdrehte und sie belustigt musterte. Hätten die Ereignisse der letzten Tage und Wochen sie nicht so zermürbt, hätte sie ihn dafür gerügt. Aber im Moment war ihr sein Verhalten so gleichgültig, dass sie sich nicht einmal darüber ärgerte.

Später saßen sie in einem winzigen Gastgarten einer kleinen Straßenküche. Der Wirt, ein hagerer Mann mit dichtem schwarzem Haar, drehte einen Spieß über einem Feuer, auf dem mehrere Hühner brutzelten. Es roch verführerisch nach kräftigen Gewürzen. Richard hatte Zuckerrohrbrand bestellt, aber der Wirt hatte ihnen ein bierähnliches Getränk gebracht, das er selbst Aqha, die Spanier am Nebentisch aber Chicha nannten. Es war gut, dass Jana erst hinterher erfuhr, wie es hergestellt wurde. Erst als sie ihre Hühner verspeist und einen weiteren Krug Chicha getrunken hatte, rief einer der Spanier vom

Nebentisch ihr zu: »Das Spuckebier schmeckt köstlich, nicht wahr?«

Nun verriet der Wirt das Geheimnis der Herstellung. »Die Frauen der Inkas kauen gekeimten Mais und spucken ihn in einen Topf. Dort wird der Inhalt vergoren, bis Chicha entsteht, das mit frischem Wasser aufgefüllt wird.«

Augenblicklich stießen Jana die gewürzten Hühner und das saftige Maisbrot sauer auf. Auch Richard wurde blass um die Nase und bestellte keinen weiteren Krug von diesem Aqha.

»Sollen wir eine Runde durch die Stadt spazieren?«, schlug er vor.

Jana war einverstanden. Ihr Weg führte sie zu einer prächtigen Kathedrale, die jeden spanischen Bürgermeister vor Neid hätte erblassen lassen.

»Ich werde in der Kirche Kerzen für Conrad und Tom anzünden«, entschied Jana und wartete darauf, dass Richard einen bösen Kommentar dazu abgab. Aber nichts dergleichen passierte. Im Gegenteil, er begleitete sie und meinte: »Eine Kerze hätte Tom sicher gefreut.«

Schweigend betraten sie den hohen Bau aus schwerem Stein. Im Innern war es angenehm kühl und überraschend hell. Durch schmale, bunte Glasfenster drang Sonnenlicht und warf farbige Rosetten auf den glatten Steinboden. Es roch wie in allen Kirchen, die Jana je betreten hatte, nach Weihrauch und Staub. Der Geruch löste Erinnerungen an ihre Kindheit in ihr aus. Damals, an der Hand ihrer Mutter, hatte sie sich sicher gefühlt und gedacht, dass das Leben nur Gutes für sie bereithalten würde. Mittlerweile war sie kein naives Mädchen mehr und hatte erfahren müssen, dass das Leben auch aus Schattenseiten bestand.

So traurig sie über den frühen Tod ihrer Mutter und das plötzliche Sterben ihres Vaters gewesen war, die Gefühle waren nicht mit dem Schmerz vergleichbar, den Conrads Verlust in ihr ausgelöst hatte. Sein Tod riss ein Loch in sie, das mit nichts aufzufüllen war. Würde der entstellte Mönch sie heute finden, würde sie ihm die Karte kampflos überreichen. Der Schatz hatte jede Bedeutung verloren.

Langsam schritt Jana den Mittelgang der Kirche entlang. Ihre Schritte hallten leise im hohen Kirchenschiff wider. Vor dem Altar hing ein mächtiges, verhülltes Kreuz. Es war Fastenzeit, und Ostern stand unmittelbar vor der Tür. Jana hatte zuvor Huhn gegessen und Spuckebier getrunken. Sie war von ihrem Glauben ebenso weit abgerückt wie von ihren Zielen, die nicht mehr erreichbar waren.

Vor dem Altar ging Jana in die Knie. Sie versuchte zu beten, aber ohne Erfolg. Es wollte ihr kein passendes Gebet in den Sinn kommen. Alle Worte waren wie weggeblasen. In ihr gab es nur Leere und sonst nichts.

Richard stand neben ihr und beobachtete sie, aber Jana bemerkte seine Blicke nicht. Nach einer Weile richtete sie sich wieder auf, bekreuzigte sich, wie jeder Christ es in einer Kirche tat, und ging zu einem der Seitenaltäre, wo sich auf einem großen Kerzenhalter aus Eisen zahlreiche kleine Wachskerzen befanden. Neben dem Metallgestell standen eine Kiste mit frischen Kerzen und eine Metalldose mit einem Schlitz. Ein alter Priester in gebückter Haltung und einem völlig kahlen Kopf stand über die Dose gebeugt und versuchte das Schloss mit einem winzigen Schlüssel zu öffnen.

»È impossibile!«, jammerte er auf Italienisch. »Das Ding will einfach nicht aufgehen.«

»Braucht Ihr Hilfe?«, fragte Jana.

Der Alte richtete sich auf und musterte sie aus milchig trüben Augen.

»Ihr seid fremd in dieser Stadt«, stellte er fest.

Jana antwortete nicht und deutete fragend auf den winzigen Schlüssel in seiner Hand.

»Si, per favore«, sagte der Alte. »Meine alten, vom Rheuma verbogenen Finger können das Schloss nicht mehr öffnen.«

Jana ergriff den Schlüssel, steckte ihn ins Schloss und öffnete es. Augenblicklich sprang der Mechanismus auf, und der Alte nickte zufrieden.

»Die Gläubigen werfen Münzen in die Dose, um für die Kerzen zu bezahlen, die sie für ihre Verstorbenen anzünden. Ich zähle die Münzen regelmäßig und schaue, ob auch alle für ihre Lichter bezahlen. Wollt Ihr auch eine Kerze anzünden?«

Jana war nicht in der Stimmung, mit dem neugierigen Alten zu plaudern. Sie nickte, bemerkte aber, dass sie kein Geld dabeihatte. In dem Moment reichte Richard ihr eine Münze, die Jana dankbar entgegennahm, dabei berührten sich ihre Finger.

»Euer Mann kann wohl Eure Gedanken lesen«, krächzte der Alte und grinste. Dabei legte er einen fast zahnlosen Mund frei.

Jana warf die Münze in die Dose, klirrend traf das Geldstück auf die anderen. Dann nahm sie eine Kerze, entzündete sie an einem der bereits brennenden Lichter und steckte die Kerze in die dafür vorgesehene Halterung. Sie verharrte schweigend vor dem Licht und bat Tom in Gedanken um Verzeihung, dass ihr kein Gebet einfallen wollte. Der Alte beobachtete sie die ganze Zeit über. Nach einer Weile nahm sie erneut eine Kerze und entzündete sie. Auch wenn Conrad über sie gelacht hätte, sie wollte, dass diese Kerze für ihn brannte, und sie wollte, dass sie nie wieder erlosch. Sie wünschte, sein Gesicht würde vor ihr auftauchen, aber auch das gelang ihr nicht. Die Erinnerung an ihn verblasste mit jedem Tag.

Aus den Augenwinkeln sah Jana, dass Richard ebenfalls zwei Kerzen entzündete und auf den Metallhalter steckte. Ob beide Kerzen für Tom waren? Er warf eine weitere Münze in die Dose, und der Alte nickte wohlwollend.

»Rechtschaffene Christen, wie Ihr es seid, kommen selten in die Kirche«, sagte er seufzend. »Wir bauen riesige Kirchen für die Heiden, trotzdem weigern sie sich, unseren Glauben anzunehmen. Dieses Land ist voller Ungläubiger. Seit über fünfzehn Jahren bin ich nun hier, und ich kann Euch versichern, dass kein Tag vergeht, an dem ich mich nicht zurück nach der alten Heimat sehne. Wenn mein Abt nicht darauf bestanden hätte, wäre ich nie aus Padua fortgegangen. Es ist eine wunderschöne Stadt, wo die Menschen zu Gott dem Allmächtigen, zu Jesus Christus, zur Heiligen Jungfrau Maria und allen Aposteln und Heiligen beten.«

Für einen Moment fürchtete Jana, der Alte würde nun alle Heiligen beim Namen nennen, aber ihre Angst war unbegründet. Stattdessen schwärmte er von der Schönheit seiner Heimat und jammerte, wie gerne er wieder zurück nach Italien gehen würde. Jana stießen immer noch das Hühnchen und das Chichagetränk sauer auf. Beim Gedanken an ihr eigenes Leben vor Antritt der unglücklichen Reise stiegen Tränen in ihre Augen. Sie wollte aber nicht, dass der Alte sie weinen sah. Also verabschiedete sie sich eilig und verließ fluchtartig die Kathedrale. Richard folgte ihr ebenso schnell.

Sie liefen weiter bis zum Markt, wo das bunte Treiben Janas dunkle Gedanken für einen kurzen Moment vertrieb. Sie kauften getrocknetes Fleisch und Quinoa, eine Art Reis, den die Einheimischen zu fast allen Eintöpfen reichten. Neugierig blieb Jana bei einem der Verkaufsstände stehen und betrachtete dunkle Bohnen, die sie nicht zuordnen konnte. Die glänzenden Früchte lagen in einem feinen Leinensack, der sich nicht auf dem Boden bei den anderen Bohnen befand, sondern auf gesonderten Tischen aufbewahrt wurde. Wie ein kostbares Schmuckstück oder eine Reliquie, der man besondere Aufmerksamkeit zukommen lassen wollte.

»Was ist das?«, fragte Jana den Verkäufer, einen jungen Burschen mit geschäftstüchtigem Blick.

»Xocolat. Es sind die Bohnen der Götter.« Der junge Mann biss sich auf die Zunge und verbesserte sich: »Es sind Gottes Bohnen.«

Jana wollte wissen, was man damit tun konnte.

»Die Bohnen werden fein zerrieben und mit einem Holzquirl, dem Molinillo, schaumig gerührt. Gemeinsam mit Cacixanatl schmeckt es einfach göttlich.«

Der Mann grinste und streckte ihr ein paar der Bohnen entgegen. Jana roch daran, aber die Bohnen waren beinahe geruchlos.

»Sie entfalten erst in geriebenem Zustand ihr Aroma«, erklärte der Verkäufer.

»Und was ist Cacixanatl?«

»Die Spanier nennen die kleinen Schoten Vainilla. Es sind die Hülsen einer lianenartigen Kletterpflanze.«

Der Mann bückte sich und hob einen Tontopf vom Boden auf. Vorsichtig öffnete er den Deckel, und obwohl Jana eine Armesbreite von ihm entfernt stand, konnte sie das verführerisch süße Aroma der Schoten wahrnehmen.

Mit einem breiten Grinsen schwenkte der Mann den Tontopf vor Janas Nase. Am liebsten hätte sie hineingegriffen und eine Handvoll der Schoten herausgeholt. Nie zuvor hatte sie etwas derart Betörendes gerochen.

»Wie gewinnt man diese Schoten?« Sie überhörte Richards lautes Seufzen, denn sie wollte alles über die neue Frucht erfahren.

»Sie werden mit heißem Wasser behandelt und hinterher in luftdichte Behälter geschlossen, so lange, bis sie ihre grüne Farbe verlieren und braun werden. Aus dem Inneren der Schoten treten kleine Kristalle, die für den intensiven Geruch und den herrlichen Geschmack verantwortlich sind. Meine Frau liebt Cacixanatl im Kuchen in Verbindung mit Honig.«

Jana spürte, wie ihr das Wasser im Mund zusammenlief. Sie wollte unbedingt diese Schoten ausprobieren.

»Ihr habt doch nichts dagegen, wenn wir ein paar Schoten und Bohnen kaufen?«, fragte sie Richard.

»Nehmt, was Ihr wollt, aber beeilt Euch«, sagte er genervt. »Ich werde in der Zwischenzeit ein paar andere Dinge besorgen.«

Jana wusste genau, was er damit meinte. Auf der gegenüberliegenden Seite des Gemüsestandes hatte sie einen Händler gesehen, der Zuckerrohrbrand verkaufte.

Richard drückte ihr ein paar Münzen in die Hand und meinte: »Das wird wohl reichen.« Aber der junge Verkäufer schüttelte den Kopf: »Die Bohnen der Götter haben ihren Preis. Ich bekomme doppelt so viele Münzen.«

Während Jana schluckte, zuckte Richard bloß mit den Schultern und reichte dem Verkäufer die gewünschte Summe. Tom hätte sich ganz sicher geweigert, so viel Geld für Bohnen und Schoten auszugeben. Während der junge Mann die besten und schönsten Bohnen für Jana aus seinen Töpfen und Säcken suchte, ging Richard zum Zuckerrohrstand. Jana wünschte, er würde nur eine seiner Flaschen auffüllen. Aber sie wusste, dass er sich damit nicht begnügen würde.

Ihre Befürchtungen bestätigten sich, als sie die Stadt wieder verlassen und in der Nähe eines kleinen Flusses einen Platz zum Übernachten gefunden hatten. Richard nahm seinem Maultier die Satteltasche ab, die so schwer war, dass sich mindestens fünf volle Lederflaschen darin befinden mussten.

»Ihr trinkt zu viel von dem Zeug«, sagte Jana und biss sich sofort auf die Zunge. Sie hatte doch versprochen, dass sie ihn nicht mehr auf das Trinken ansprechen würde.

»Habt Ihr vor, Toms Rolle zu übernehmen?«, fragte Richard. Er klang resignierend, nicht verärgert.

»Nein, es tut mir leid. Ich wollte Euch nicht mehr maßregeln. Verzeiht mir. Es ist bloß so schlimm, zusehen zu müssen, wie jemand in sein eigenes Verderben rennt.«

Richards Gesicht verfinsterte sich. In Gedanken schien er an einem ganz fürchterlichen Ort zu sein. Dann presste er die Augen fest zusammen, öffnete sie wieder und sagte: »Ja, das ist schrecklich.«

Jana hatte keine Ahnung, wen er mit seiner Antwort meinte. Sich selbst? Tom? Oder ganz jemand anderen?

Er ließ sich schwer ins Gras plumpsen, holte eine seiner Flaschen aus der Tasche und entkorkte sie. Dabei bedachte er Jana mit neugierigen Blicken. Nach dem ersten

Schluck fragte er: »Was werdet Ihr mit dem Schatz machen?«

Jana zuckte mit den Schultern.

»Ich weiß nicht, ob ich ihn überhaupt noch finden will. Im Moment sehe ich keinen Sinn darin.«

»Die richtige Summe Geld wird Eurem Leben wieder Sinn geben«, meinte er mit einem schiefen Grinsen. Er setzte sich wieder auf und lehnte sich an den Felsen, der hinter ihm lag. Lässig zupfte er einen Grashalm ab und kaute daran.

»Das glaube ich nicht«, sagte Jana. »Denn Geld kann einen geliebten Menschen nicht wieder lebendig machen.«

Richard antwortete nicht.

Nach einer Weile fragte Jana: »Was wollt Ihr mit dem Geld machen?«

»Ich werde zurück nach England gehen, Julia das Geld geben und hoffen, dass sie mich nicht zum Teufel jagt«, sagte er düster.

»Warum sollte sie das tun?«

»Weil ich ein Trinker bin.«

»Habt Ihr denn schon immer getrunken?«, fragte Jana.

»Nein«, sagte Richard, machte aber klar, dass er nicht weiter über dieses Thema reden wollte.

Jana hielt sich daran. Auch, weil eine andere Frage sie beschäftigte.

»Hat Tom Verwandte, die um ihn trauen werden?« Die Frage war ihr seit Tagen im Kopf herumgegangen, aber sie hatte bis jetzt nicht gewagt, sie zu stellen. Sie wusste nicht, was Richard empfand. War er über den Tod traurig oder erleichtert? Jetzt, da sie den Namen des Dieners genannt hatte, erkannte sie an Richards Gesicht, dass hinter der Fassade aus Gleichmut tiefe Trauer lag.

»Tom hatte niemanden, außer Julia.« Er zögerte, bevor er hinzufügte: »Und mich.«

»Er hat mir erzählt, dass seine Familie aus Irland stammt und sein Vater ein Fischer war. Vielleicht ist der noch am Leben.«

»Ja, vielleicht. Aber er hat in den letzten dreißig Jahren kein Interesse an seinem Sohn gezeigt. Ich bezweifle, dass er jetzt welches entwickeln wird.«

Jana spürte, dass Richard mehr über Tom wusste, es ihr aber nicht erzählen wollte, um Tom zu schützen. Damit war sie einverstanden. »Wollt Ihr wissen, was Conrad mit dem Gold machen wollte?«, fragte sie.

»Ich nehme an, dass Ihr es mir erzählen werdet, egal ob ich es hören will.«

»Er wollte ein Hospital errichten. Einen Ort, wo alle Menschen behandelt werden, auch jene, die nicht dafür mit Geld bezahlen können. Er wollte dort mit lauter klugen Ärzten zusammenarbeiten und neue Behandlungsmethoden entwickeln.«

Richard verzog das Gesicht zu einer Grimasse: »Euer Conrad war ein selbstloser Menschenretter?«

»Als selbstlos würde ich ihn nicht bezeichnen.« Jana lächelte. »Eher als Mann, der sehr ungewöhnliche Ideen hatte und diese um jeden Preis durchsetzen wollte.« Plötzlich tauchte Conrads Gesicht wieder vor ihr auf. Sie sah seine türkisblauen Augen, die sich verfinsterten, wenn er sich über eine Ungerechtigkeit ärgerte. Seine Lippen, die wunderbar weich waren und sich herrlich anfühlten. Seine rotblonden Locken, die ihm in die Stirn fielen, wenn er angestrengt nachdachte. Ein warmes Gefühl breitete sich in Janas Magengrube aus. Sie trug Conrads Bild immer noch in sich, das war gut.

Richard bedachte sie mit einem wissenden Blick. Er stand auf und verstaute seine Flasche in seiner Satteltasche. Dann rollte er sich in seinen Mantel ein und streckte sich zum Schlafen aus.

»Ich wünsche Euch eine gute Nacht.«

»Ich Euch auch«, sagte Jana. Sie schloss die Augen und konnte Conrad immer noch sehen. Sein Bild löste Traurigkeit, aber auch Erleichterung in ihr aus. Die wieder aufgetauchte Erinnerung an ihn gab ihr Sicherheit. Solange sie ihn nicht vergaß und von seinen Träumen und Hoffnungen sprach, war er bei ihr. Conrad hätte mit dem Gold ein Hospital gebaut. Wenn Conrad weiterleben sollte, dann musste Jana seinen Traum in die Wirklichkeit umsetzen. Jetzt hatte sie wieder ein Ziel, das die Leere in ihr ausfüllte. Zum ersten Mal seit Wochen hatte sie vor dem Einschlafen keine Angst davor, am nächsten Tag zu erwachen.

Barinas,

April 1619

Pater Ignazio war von der Schuld des Jesuiten überzeugt. Dennoch wollte er niemanden ohne Gerichtsverhandlung verurteilen. Da der Mord auf kirchlichem Boden stattgefunden hatte, brauchte er keinen weltlichen Richter. Stattdessen ersuchte er um den Beistand des Bischofs von Caracas. Es konnte Wochen dauern, bis der hohe Geistliche sich nach Barinas aufmachte. Den Leichnam des Ermordeten konnte man nicht mehr untersuchen. Tom lag längst unter der Erde. Ignazio hatte ihn feierlich bestatten lassen und selbst die Totenmesse für ihn gelesen. Toms Grab befand sich direkt neben der Klosterkapelle unter einem hohen Akazienbaum.

Unterdessen saß der Jesuit in einer winzigen Kammer fest, während Bonifàcio sich frei im Kloster bewegen durfte, denn Ignazio hielt ihn für unschuldig. Ein Umstand, der Edmundo zur Weißglut brachte. Der Alte schimpfte und zeterte, versuchte Stimmung gegen Ignazio zu machen. Aber ohne Erfolg. Die Brüder standen hinter ihrem Pater und hielten seine Entscheidungen für richtig und weise.

Gegen Ende der Woche hatte Edmundo einen Plan geschmiedet, wie der Jesuit, der ja eine wichtige Mission für den Papst erfüllen musste, freikommen konnte. Der Alte besorgte sich den Schlüssel zur Kammer des Gefangenen und ging damit in die Stadt. Er bezahlte einem Schmied eine unverschämt hohe Summe dafür, ein Duplikat des Schlüssels anzufertigen. Des Weiteren ließ er einen Ersatzschlüssel der Gartenpforte schmieden. Um sich selbst keine Probleme zu bescheren, schickte er Bonifàcio zum Schmied, um die Schlüssel abzuholen. Der Handwerker würde sich hinterher nur an das Gesicht des Schwachkopfes erinnern, den unauffälligen alten Mönch würde er vergessen haben.

Als Bonifàcio dem Alten das Päckchen des Schmieds brachte, zog dieser ihn zur Seite und sagte: »Wenn du deinen Herrn retten willst, nimm diesen Schlüsselbund. Der kleine Schlüssel sperrt die Tür zur Kammer auf, der große die Gartenpforte. Sorge dafür, dass das Tor hinter ihm wieder zugesperrt wird. In der Zeit zwischen dem letzten Abend- und dem ersten Morgengebet schlafen alle Brüder, und dein Herr kann unbemerkt das Gebäude verlassen.«

Bonifàcio nickte aufgeregt und schlich noch in derselben Nacht zur Kammer des Jesuiten.

»Herr, ich bin gekommen, um Euch zu befreien«, flüsterte er durchs Schlüsselloch. Er steckte den Schlüssel ins Loch und versuchte verzweifelt, das Duplikat im Schloss zu drehen. Aber der Schlüssel war keine sehr präzise Nachbildung. Der Mechanismus wollte nicht aufschnappen.

»Versuch es noch einmal«, bat der Jesuit auf der anderen Seite der Tür. »Zieh den Schlüssel ein Stück heraus, heb ihn an und dreh ihn noch einmal.«

Das waren zu viele Anweisungen auf einmal. Bonifàcio rüttelte mit Gewalt am Schloss. Der Lärm, den er damit machte, drohte die Brüder zu wecken.

»Beruhige dich, Bonifàcio«, sagte der Jesuit, bemüht,

die eigene Ungeduld zu bezwingen. »Nimm den Schlüssel noch einmal aus dem Schlüsselloch und steck ihn erneut vorsichtig hinein. Nun dreh den Schlüssel behutsam vom Türstock weg.«

Bonifàcio rüttelte und zerrte am Schlüssel, er wusste nicht, was »vom Türstock weg« heißen sollte.

»Nicht rütteln!«, warnte der Jesuit. »Drehen! Sonst brichst du den Schlüssel noch ab.«

»Ich kann nicht«, jammerte Bonifàcio weinerlich.

»Doch, du kannst es!«, kam die bekräftigende Antwort aus der Kammer.

Der Junge riss erneut am Schlüssel. Ein gefährliches Knacken war zu hören. Am liebsten hätte der Jesuit laut geschimpft, stattdessen sagte er ruhig: »Nicht aufgeben. Zieh den Schlüssel noch einmal heraus und versuch es erneut!«

Als Bonifàcio erneut am Schlüssel riss, schnappte mit einem heftigen Ruck das Schloss auf. Der Junge klatschte vor Begeisterung in die Hände und jauchzte, vergessend, dass er sich still verhalten sollte.

»Pst«, warnte der Jesuit und hielt ihm die verstümmelte Hand vor den Mund.

»Ich bin schon leise«, flüsterte Bonifàcio. »Der alte Mönch hat mir den Schlüssel gegeben. Ich soll Euch befreien, damit Ihr das Dokument wieder zurückholen könnt.«

»Das hast du gut gemacht«, sagte der Jesuit. »Sind unsere Pferde noch im Stall?«

Bonifàcio nickte eifrig, und der Jesuit nahm von ihm den Schlüsselbund entgegen.

»Du darfst auf keinen Fall zugeben, dass du mich befreit hast«, sagte der Jesuit ernst. »Ignazio ist ein gerechter

Mann, aber er kann niemanden ungeschoren davonkommen lassen, der einem Mörder zur Flucht verhilft. Versprich mir, dass du alles leugnen wirst.«

Bonifàcio schüttelte verständnislos den Kopf: »Ich werde nichts leugnen, denn ich komme mit Euch.«

»Das ist unmöglich«, sagte der Jesuit entschieden.

»Ich muss auf Euch aufpassen. Ohne meine Hilfe seid Ihr verloren.«

Der Junge konnte das Lächeln des Jesuiten unter seiner Kapuze nicht sehen.

»Ich nehme an, dass du dich nicht umstimmen lässt. Ich frage mich, warum du mit einem Mörder reisen willst.«

Bonifàcio ignorierte das Wort »Mörder«.

»Ich komme mit Euch«, sagte er unbeirrt. Auf seinem Gesicht erschien ein Ausdruck, den der Jesuit mittlerweile gut kannte und der ihn an ein trotziges Kleinkind erinnerte.

»Sei nicht unvernünftig«, mahnte der Jesuit. »Hier kannst du ein friedliches Leben führen. Solange Ignazio das Kloster leitet, hast du nichts zu befürchten. Mit mir schwebst du ständig in Lebensgefahr, und du hast mit eigenen Augen gesehen, wozu ich fähig bin. Ich bin ein Monster, eine böse Kreatur.«

Bei den Worten Monster und Kreatur zuckte Bonifàcio zusammen, so als hätte man ihn eben geschlagen.

Dann schüttelte er den Kopf und sagte: »Wir passen zusammen. Ich bin auch ein Monster. Niemand will mich haben. Ich bin eine Kreatur, die nicht in Gottes Schöpfung passt.« Die Art, wie Bonifàcio die letzten Worte betonte, bewies, dass es sich nicht um seine eigenen handelte. Er wiederholte einfach nur, was er zigmal in seinem Leben gehört hatte.

»Zwei Kreaturen der Hölle, die den Auftrag der Kirche ausführen.« Der Jesuit lachte. Das Lachen kam aus seinem Innersten und war völlig ungewohnt. Er wollte aufhören, aber es ging nicht. Immer lauter und ausgelassener wurden die Geräusche. Gleich würde er mit dem Lärm einen der Klosterbrüder aufwecken.

»Psst«, warnte Bonifàcio und hielt dem Jesuit mahnend die Hand vor den Mund.

Der Mann schluckte das Lachen und blies seine Wangen dabei auf. Endlich ließ der Drang, erneut loszuprusten, wieder nach.

»Wenn du unbedingt mitkommen willst, werde ich dich nicht abhalten«, sagte der Jesuit.

»Verratet mir Euren Namen!«

Die Bitte kam unerwartet.

Der Jesuit zögerte einen Moment. Seinen Namen hatte er vor langer Zeit abgelegt. Er gehörte zu einem anderen Leben, einem anderen Menschen. Einem Mann, der gelacht hatte, so wie er es eben getan hatte.

»Francesco«, sagte der Jesuit leise, und Bonifàcio war zufrieden.

Auf dem Weg nach Zipaquirà

April 1619

Von nun an gestaltete sich die Reise immer mühevoller. Die Maultiere kämpften sich langsam den steilen Weg bergauf. Immer wieder mussten Jana und Richard absteigen und die Tiere an den Zügeln weiterführen. Nachts wurde es empfindlich kalt, so dass Jana trotz des dicken Mantels und der Decke, in die sie sich wickelte, fror. Richard schien mit der Kälte besser umgehen zu können, was vielleicht am Zuckerrohrbrand lag.

Nach zwei weiteren Reisetagen hielt Janas Maultier kurz nach dem Frühstück einfach an und weigerte sich trotz aller Überredungskunst weiterzugehen. Es schnaubte und rollte mit den Augen. Es blieb ihnen nichts anderes übrig, als eine Pause einzulegen, auch wenn sie erst eine gute Stunde unterwegs waren. Zu zweit schoben sie das Tier in den Schatten eines Baums. Jana holte ihre Trinkflasche hervor, formte mit den Händen eine Schüssel und goss Wasser hinein. Sie hielt die Flüssigkeit dem Tier vors Maul, aber das Maultier drehte seinen Kopf weg und ging langsam zu Boden. Erschöpft schloss es die Augen, und plötzlich hörte es auf zu atmen.

»Ich fürchte, das Vieh steht nicht mehr auf«, sagte Richard.

»Ich hätte das alte Tier nicht so schinden dürfen. Es war

schon beim Antritt unserer Reise zu schwach für den anstrengenden Weg.«

»Hättet Ihr die Strecke lieber zu Fuß zurückgelegt?«

Liebevoll strich Jana dem Tier übers Fell und sagte niedergeschlagen: »Das werde ich jetzt wohl tun müssen.«

»Gebt mir Euer Gepäck«, sagte Richard. Jana reichte ihm ihren Reisesack, den Richard auf den Rücken des Maultiers band. Er selbst stieg ab, um gemeinsam mit Jana weiterzugehen.

»Was machen wir mit dem toten Tier?«, fragte Richard.

»Das lassen wir liegen. Oder habt Ihr eine bessere Idee?«

»Ist es nicht eine Verschwendung, das Fleisch einfach liegen zu lassen?«

Jana betrachtete ihn belustigt von der Seite: »Habt Ihr schon mal ein Tier zerlegt?«

»Nein, und Ihr?«

»Ich auch noch nicht!«

»Fleisch wird völlig überbewertet. Andenreis schmeckt ganz vorzüglich«, meinte Richard. Kurz darauf verabschiedete sich Jana von dem toten Tier, und sie zogen zu Fuß weiter. Der Weg war nicht mehr als ein schmaler Trampelpfad, der am Rand der Bergkette entlangführte. Je höher sie gelangten, umso auffallender wurden die Pflanzen. Olivgrüne, mannshohe Kakteen säumten die Hänge. Die Luft war klar und dünn. Jana geriet rasch aus der Puste und atmete in kurzen Stößen. Richard neben ihr keuchte ebenfalls.

Zu Mittag, als die Sonne hoch am Himmel stand, legten sie an einer Quelle eine kurze Pause ein und füllten ihre Wasserflaschen auf. Da entdeckte Jana, dass hinter der nächsten Bergspitze Rauch aufstieg.

»Seht nur«, sagte sie und zeigte auf die weißen Schwaden. »Der Rauch muss von Menschen stammen. Vielleicht liegt hinter dem Gipfel eine Siedlung.«

Richard pflichtete ihr bei, und so marschierten sie schon nach kurzer Rast weiter, um noch vor Einbruch der Dunkelheit das Dorf zu erreichen. Die Aussicht, eine Nacht in einem warmen Stall zu schlafen statt im Freien zu frieren, war verlockend.

Kurz bevor die Dämmerung einsetzte, tauchte die Siedlung vor ihnen auf. Es war eine Ansammlung von etwa fünfzehn Häusern, die aussahen, als hätte man sie direkt aus dem Berg gemeißelt. Spielende Kinder in auffallend bunten Kleidern liefen ihnen entgegen und begrüßten sie in einer Sprache, die weder Jana noch Richard verstand. Eine ältere Frau mit dunkler, von Sonne und Wind gegerbter Haut rief die Kinder zu sich. Sie hatte einen rosagrün gestreiften Hut auf dem Kopf, unter dem graues Haar hervorschaute. Sie musterte die Neuankömmlinge misstrauisch und kam ihnen entgegen. »Buenas Dias«, sagte sie auf Spanisch mit einem unüberhörbaren Akzent.

Jana grüßte ebenfalls und stellte sich vor. Sie erklärte ihr, dass sie Unterkunft für eine Nacht suchten und ein neues Lasttier auftreiben müssten.

Nach kurzem Zögern antwortete die Frau: »Ihr könnt in meinem Haus zu Abend essen und in meinem Stall übernachten.« Dann führte sie die beiden über den offenen Platz, der den Mittelpunkt des Dorfes bildete. Ihr Haus befand sich direkt im Schutz einer Felswand. Die Kinder liefen ihnen neugierig hinterher, während Erwachsene die Fremden mit einer Mischung aus Feindseligkeit und Angst musterten.

»Wir haben selten Besuch«, erklärte die Frau. »Die

Menschen sind misstrauisch, seit die Spanier durchgezogen sind.«

Auch ohne ausführliche Erklärung konnte Jana sich vorstellen, was die Spanier den Menschen angetan hatten.

»Wir haben keine feindlichen Absichten und werden für das Abendessen und die Nacht in Eurem Stall bezahlen«, sagte sie eilig.

»Wir können mit Geld nichts anfangen«, antwortete die Frau. Sie machte eine einladende Handbewegung und deutete auf die offene Haustür.

Jana musste sich bücken und den Kopf einziehen, um nicht mit der Stirn gegen den Türbalken zu stoßen. Richard folgte ihr. Im Inneren des Hauses war es finster. Es roch nach frischem Eintopf und Gewürzen. Auf einem kleinen Tisch in der Mitte des Raums stand eine Öllampe, in der eine unruhige Flamme rußend flackerte.

»Sobald mein Mann und mein Sohn von der Feldarbeit zurückkommen, werden wir essen. Ich bin Mara«, erklärte die Frau. Sie räumte Schüsseln aus Ton aus einem offenen Regal und stellte sie auf den Tisch. Als sie damit fertig war, öffnete sich die Tür, und zwei Männer betraten den kleinen Raum. Einer war in etwa so alt wie die Gastgeberin, der andere war deutlich jünger.

Wenig überrascht, vielleicht hatten die Dorfbewohner die beiden Männer schon auf den Besuch vorbereitet, setzten sie sich an den Tisch und nickten Jana und Richard zu.

»Mein Mann spricht kein Spanisch. Mein Sohn versteht ein paar Worte«, erklärte die alte Frau. Sie nahm einen schweren Topf von der Kochstelle und trug ihn zum Tisch, an dem nun alle Platz nahmen.

»Wollt Ihr zu Eurem Gott sprechen, bevor wir essen?«,

fragte Mara. Die Frage war reine Höflichkeit, und Jana spürte, dass niemand hier beten wollte.

»Das ist nicht notwendig.«

Vorsichtig blickte sie sich in dem kargen Raum um. Es gab kein Kreuz und keine Statue, die darauf hinwiesen, dass die Missionierungsversuche der spanischen Priester erfolgreich verlaufen wären.

»Womit können wir uns für Eure Gastfreundschaft bedanken, wenn Ihr kein Geld von uns nehmen wollt?«, fragte Jana nach dem Essen.

Die Alte zuckte mit den Schultern. »Wir teilen gern.«

Plötzlich hatte Jana eine Idee. Sie stand auf und holte aus ihrem Reisesack die Bohnen und Schoten, die sie auf dem Markt in San Cristóbal gekauft hatte. Als sie alles auf den Tisch legte, weiteten sich die Augen ihrer Gastgeber. Aufgeregt redete der Mann auf seine Frau ein.

»Das sind die Bohnen und die Schoten der Götter«, sagte Mara ehrfurchtsvoll. »Ihr müsst sehr wohlhabend sein, wenn Ihr diese Früchte kaufen könnt.«

Sie stand auf, holte eine bemalte Tonschale von ihrem Regal und legte jede einzelne Bohne und Schote sorgfältig hinein, als handelte es sich um einen besonders wertvollen Schatz.

Nun flüsterte der Mann, obwohl Jana und Richard ihn ohnehin nicht verstehen konnten. Mara sprach ebenfalls in leisen Worten, bevor sie sich wieder an ihre Gäste wandte.

»Mein Mann will sich für das wertvolle Geschenk bedanken. Heute findet bei unserem Dorfältesten ein kleines Fest statt. Die Männer haben die Felder eines kürzlich verstorbenen, kinderlosen Bauern aufgeteilt. Nun soll der Vertrag für alle bindend werden. Danach sitzen wir zusammen, trinken gemeinsam und machen Musik. Wir wollen Euch zu dem kleinen Fest einladen.«

Als Richard das Wort »trinken« hörte, reagierte er schnell und meinte: »Es ist uns eine große Ehre.«

Jana hätte ihn gerne unter dem Tisch getreten, aber er saß zu weit von ihr entfernt. Sie war müde von der Reise und wollte bloß in Ruhe schlafen. Außerdem beunruhige sie etwas am geheimnisvollen Flüstern ihrer Gastgeber. Als wollten sie etwas verheimlichen. Jana ahnte, dass etwas Ungewöhnliches sie erwartete, und fürs Erste hatte sie genug von Überraschungen.

Als die Sonne längst untergegangen war, saßen sie gemeinsam mit den Menschen aus dem Dorf rund um ein Lagerfeuer. Fünf Männer spielten rhythmische, beschwingte Musik. Jana waren die meisten der Instrumente unbekannt. Rasseln aus getrockneten Früchten, die großen Birnen glichen, Trommeln in unterschiedlichen Formen und Raffeln, über die man mit einem Stab fuhr.

Es wurde reichlich Chicha getrunken, das Jana dankend ablehnte. Richard überwand sich und trank das Bier, an dessen Geschmack er sich offensichtlich gewöhnte, sobald er vergaß, wie es hergestellt wurde.

Mit zunehmender Stunde wurde es kühler, und alle rückten näher ans Feuer, um sich zu wärmen. Die Kinder wurden ins Bett gebracht, und auch einige Frauen verabschiedeten sich. Bald saßen deutlich mehr Männer als Frauen rund um das Feuer. Es wurde geredet und gelacht, und irgendwann hielt der Dorfälteste eine kleine Schüssel in den Händen.

Als die anderen die Schüssel sahen, verstummten sie und sahen ihn erwartungsvoll an. Jana wünschte, Mara wäre bei ihnen und könnte ihnen erklären, was der Mann mit dem Inhalt der Schüssel vorhatte. Aber die alte Frau war nicht hier. Jetzt aufzustehen war nahezu unmöglich. Also blieb Jana sitzen und wartete ab, was passierte.

Der Dorfälteste sprach Worte, die sie nicht verstand, hielt die Schüssel ehrfurchtsvoll zum Himmel, begann einen monotonen Singsang und tauchte schließlich eine Hand in die Schüssel. Er legte etwas vom Inhalt auf seinen Handrücken und beugte den Kopf tief darüber. Dann schnupfte er den Staub auf seinem Handrücken ein und richtete sich mit einem zufriedenen Seufzen wieder auf. Als er damit fertig war, reichte er die Schüssel an den Mann neben sich, der ebenfalls in die Schüssel griff, etwas vom Inhalt auf seinen Handrücken legte und die Nase darüber beugte.

Jana fragte sich, was sie sich da einflößten. War es Medizin oder ein Rauschmittel? Die Männer waren mit der Wirkung des Pulvers sehr zufrieden. Sie lächelten und forderten nun Richard auf, in die Schüssel zu greifen. Der Engländer schien Janas Bedenken nicht zu teilen. Beherzt langte er in die Schüssel und schnupfte das Pulver.

Er reichte die Schüssel weiter, und jeder, der ihm folgte, griff freudig hinein. Als die Schüssel bei Jana ankam, betrachtete sie den Inhalt kritisch. Es war feines, schwarzes Pulver. Sie schüttelte dankend den Kopf und gab die Schüssel weiter. Doch die Frau, die neben ihr saß, wollte sie nicht entgegennehmen. Entschieden zeigte sie zuerst auf die Schüssel und dann auf Janas Handrücken. Aus Angst, unhöflich zu wirken, griff Jana schließlich hinein, nahm aber nur ganz wenig von dem geruchlosen Pulver und schüttelte einen Teil davon geschickt auf den Boden. Im flackernden Licht des Lagerfeuers bemerkte niemand ihr Tun.

Anschließend wartete Jana auf eine Wirkung, aber nichts passierte. Inzwischen hatten die Musiker wieder zu spielen begonnen. Die Melodie klang schwermütig, und das Lagerfeuer knisterte laut in ihren Ohren. War es größer geworden? Wer hatte Holz nachgelegt? Sie hatte doch gar nichts davon bemerkt. Während ihr diese Fragen durch den Kopf gingen, wurden ihre Augenlider immer schwerer.

Plötzlich standen der Dorfälteste und die beiden Männer neben ihm auf und begannen mit wilden Zuckungen rund um das Feuer zu tanzen. Erschrocken rutschte Jana zurück, um ihnen nicht im Weg zu sein. Ihre Bewegungen hatten etwas Ekstatisches, Irres. Einer der Männer sank auf die Knie, legte seinen Oberkörper auf dem Boden ab und schrie laut auf. Ein anderer verdrehte die Augen und kreischte. Jana konzentrierte sich auf sich selbst. Drehte das Lagerfeuer sich? Sie starrte in die wild flackernden Flammen, spürte, wie ihr Herzschlag sich beschleunigte, und ganz plötzlich wurde ihr übel. Sie schaffte es gerade noch aufzustehen und sich vom Feuer wegzudrehen. Hart würgend übergab sie sich. Das Abendessen landete unverdaut und sauer auf dem staubigen Boden. In ihrem Kopf pochte und dröhnte es, dabei hatte sie nur vorsichtig an dem Pulver gerochen und es nicht durch die Nase aufgezogen wie die anderen. Besorgt sah sie sich nach Richard um. Der kauerte am Boden. Mit unsicherem Schritt wankte sie zu ihm und hockte sich neben ihn auf den Boden.

»Richard, Ihr müsst das Zeug aus Euch herausbringen. Versucht Euch zu übergeben«, sagte sie eindringlich.

Richard hob den Kopf, aber er blickte durch sie hindurch und schien Jana nicht zu erkennen.

»Es tut ... mir leid ... Julia. Du musst ... mir glauben, dass ... es mir ... leid«, stammelte er.

»Ich bin nicht Julia«, fuhr ihm Jana ins Wort. »Ihr habt eine Pflanze gekostet, die Euer Denken vernebelt, und nun fantasiert Ihr.«

»Ich wollte das nicht ...« Tränen traten in Richards Augen. Er schluchzte.

Jana ergriff seine Schultern und schüttelte ihn.

»Richard!«, rief sie. »Wacht auf.«

»Das Eis war so dünn. Ich konnte ...« Richard verbarg sein Gesicht in den Händen und weinte hemmungslos.

Jana legte ihren Arm um ihn. Der Mann zitterte so heftig, wie Jana es noch nie bei einem Menschen erlebt hatte. Sie nahm ihren eigenen Mantel ab und legte ihn um Richards Schultern, aber das Zittern wurde noch heftiger und steigerte sich zu einem Schüttelkrampf. Seine Zähne schlugen laut aufeinander, und seine Augen rollten zur Seite weg, so dass Jana nur noch das Weiße sehen konnte.

Sie hielt ihn ganz fest. Was sollte sie tun, um seine Not zu lindern? Verzweifelt schaute sie zu den anderen Männern am Feuer. Die meisten wirkten glücklich. Entrückt, aber glücklich. Sie tanzten zum Rhythmus der Musik, stampften, drehten sich und sangen laut.

Richard klebten die verschwitzten Haare an der Stirn.

»Becca! Nicht!!«, schrie er so laut, dass Jana zusammenzuckte.

Verzweifelt streckte er beide Arme ins Leere und versuchte, nach etwas zu schnappen.

»Richard«, sagte Jana bestimmt. »Beruhigt Euch. Ich bin Jana!«

In dem Moment trat ihre Gastgeberin zu ihnen. Die Alte reichte Jana eine Decke und erklärte: »Euer Mann hat zu viel Yopo erwischt. In ein paar Stunden wird er schlafen wie ein kleines Kind, und morgen wird er Kopfschmerzen haben. Ich werde Euch helfen. Gemeinsam bringen wir ihn in den Stall.«

»Ist Yopo das schwarze Pulver?«

»Ja, es schärft die Sinne und versetzt die Menschen in große Glückszustände.«

Jana runzelte ungläubig die Stirn. Richard wirkte alles andere als glücklich.

»Wenn man jedoch zu viel erwischt, kann es einen auch das Grauen lehren. Eure Priester würden den Zustand die Hölle nennen.«

Erneut schrie Richard auf. Er schien tatsächlich in der Hölle zu sein, in seiner ganz persönlichen.

Jana und die alte Frau packten ihn unter den Achseln und zogen ihn hoch. Gemeinsam schleppten sie ihn zu Maras Haus, wo die alte Frau im Stall ein sauberes Lager für ihre Gäste vorbereitet hatte. Es roch nach Stroh und Ziegen, auch wenn im Moment keine Tiere hier waren. Die beiden Frauen ließen Richards Körper auf eine der Decken am Boden plumpsen.

»Ich habe einen Spucknapf bereitgestellt«, erklärte Mara und zeigte auf einen Eimer in der Ecke des Stalls.

Jana bedankte sich, dann verließ die alte Frau den niedrigen Raum. Die Öllampe, die gerade noch Licht gespendet hatte, nahm sie mit. Janas Augen mussten sich an die Dunkelheit gewöhnen. Zum Glück war der Himmel wolkenlos, und ein satter Vollmond warf kaltes Licht durch ein kleines Fenster in der dicken Steinwand.

Richard zitterte immer noch, wenn auch nicht mehr so heftig wie zuvor. Jana legte sich in einigem Abstand zu ihm und versuchte zu schlafen, jedoch ohne Erfolg. Der gepeinigte Mann wälzte sich unruhig hin und her, wimmerte und bäumte sich unter Schmerzen auf.

»Nein … nicht … bitte nicht«, wimmerte er. Jana fühlte sich selbst ganz elend. Ihr Kopf dröhnte und drohte zu platzen. Es war, als hämmerte eine ganze Legion von Schmieden darin um die Wette. Sie verspürte großen Durst. Ihre Zunge war dick und geschwollen. Jana brauchte Wasser, klares, frisches Wasser. Am besten einen ganzen Krug voll. Am Dorfplatz war ein Brunnen, sie brauchte bloß aufzustehen und die paar Schritte dorthin zu gehen. Aber sie fühlte sich zu schwach dazu. Je länger sie im Stroh lag, umso müder wurde sie. Mit jedem Atemzug schwand ihre Kraft. Erschöpft schloss sie die Augen und fiel in einen unruhigen Dämmerzustand. Richards Schluchzen nahm sie nur noch aus weiter Ferne wahr. Die Geräusche wurden Teil ihrer eigenen Albträume.

Als Jana am nächsten Morgen erwachte, schien ihr die Sonne durch das kleine Stallfenster direkt ins Gesicht. Es roch säuerlich nach Erbrochenem. Jana richtete sich auf und es dauerte einen Augenblick, bis sie begriff, wo sie sich befand. Der Platz im Stroh neben ihr war leer, die Decke feucht und mit unverdauten Essensresten verklebt. Jana spürte, wie ihr erneut übel wurde, zudem war sie immer noch durstig, und ihr Kopf fühlte sich dumpf an. Aber wenigstens hatte das schreckliche Dröhnen und Pochen darin nachgelassen.

Vorsichtig richtete sie sich auf und trat ins Freie. Ihre Lungen füllten sich mit frischer Luft, und mit jedem Atemzug wich die Dumpfheit aus ihrem Kopf.

Mara saß bereits vor ihrem Haus und putzte Bohnen.

»Euer Mann ist unten am Fluss«, sagte sie und zeigte in die Richtung, aus der Jana und Richard gestern gekommen waren.

»Danke!«

Jana folgte einem schmalen Weg über große Felsplatten. Schon von weitem hörte sie das Plätschern einer Quelle, die aus einem der Felsen entsprang. Als sie näher kam, sah sie, dass das Wasser in einem glatten Becken zusammenlief.

Richard saß am Rand des Beckens. Sein Haar war nass und glänzte in der Sonne. Er hatte sein Hemd gewaschen, das zum Trocknen auf einem Stein neben ihm lag.

Als er Jana kommen hörte, griff er verlegen nach dem Hemd und wollte es überziehen, ließ es aber bleiben.

»Die Leute denken ohnehin, dass Ihr meine Frau seid.«

Jana schüttelte den Kopf: »Und was, wenn ich Euch nicht nackt sehen will?«

»Dann dreht Euch um.«

Jana war nicht nach Streiten zumute. Sie setzte sich zu Richard und fragte: »Geht es Euch wieder besser? Ich habe mir gestern große Sorgen gemacht.«

Überrascht zog Richard die Augenbrauen hoch und sah dabei sehr charmant aus.

»Ihr habt Euch um mich gesorgt?«, fragte er belustigt.

Jana errötete gegen ihren Willen.

»Ihr habt zu viel von dem Yopo erwischt und fantasiert. Ihr habt mich zuerst für Eure Frau Julia gehalten und dann für eine andere namens Becca.«

Augenblicklich wich jede Farbe aus Richards ohnehin blassem Gesicht. Seine dunklen Augen sahen darin fast schwarz aus. Für einen kurzen Moment fühlte sich Jana zu ihm hingezogen. Sie spürte das dringende Bedürfnis, den Mann zu trösten.

»Es waren keine Fantasien, sondern Bilder aus meiner Vergangenheit, die mich quälen«, sagte er leise.

»Dieses Pulver ist ein ganz teuflisches Zeug. Ich habe selbst schreckliche Dinge geträumt.«

Richard schüttelte den Kopf.

»Was ich gesehen habe, ist tatsächlich passiert. Meine Vergangenheit ist schrecklicher, als jede Fantasie es sein kann.«

Jana legte ihm tröstend die Hand auf die Schulter, was wegen seiner Nacktheit seltsam war. Er zuckte unter der Berührung zusammen und starrte die Hand an, als wäre sie eine Bedrohung. Sofort zog Jana sie wieder weg.

»Wollt Ihr erzählen, was Euch quält?«, fragte Jana sanft.

Richard hob seinen Kopf und suchte ihren Blick. In seinen Augen lag eine Traurigkeit, die Jana schier die Luft zum Atmen nahm.

»Ich habe mein eigenes Kind getötet«, sagte er tonlos.

Jana sog scharf die Luft ein. Sie hoffte, dass sie sich eben verhört hatte. Aber Richard wiederholte: »Ich bin der Mörder meiner Tochter.«

»Das kann ich nicht glauben.«

Richard vergrub sein Gesicht in den Händen, fuhr sich dann mit den Fingern durchs Haar und seufzte laut.

»Becca war unser ältestes Kind, der Grund, warum Julia mich geheiratet hat. Weder ihre Mutter noch Sir Walter Raleigh hätten jemals unserer Ehe zugestimmt. Selbst Tom versuchte die Verbindung zu verhindern. Er konnte mich nicht ausstehen. Aber Julia war schwanger, und so mussten wir heirateten. Als Becca geboren wurde, war die Welt für uns in Ordnung. Nie zuvor war ich so glücklich gewesen. Meine Tochter war ein kleiner Engel, mit blondem Haar und großen blauen Augen. Sie war Julias Ebenbild und das Beste, was ich in meinem Leben zustande gebracht hatte. Ich liebte dieses Kind mehr als alles andere in meinem Leben. Die anderen belächelten mich, da sie ja bloß eine Tochter war und kein Sohn. Aber ich schwöre Euch, sie war mein Ein und Alles. Und dann ... habe ich sie getötet ... so wie ich alles zerstöre, was ich liebe.«

»Ihr steht immer noch unter dem Einfluss des Rauschmittels«, sagte Jana.

Aber Richard schüttelte den Kopf: »Leider nein. Alles, was ich sage, stimmt. Ich bin ein Mörder.« Als er Jana ansah, wusste sie, dass er die Wahrheit sagte.

»An dem Tag, an dem Becca starb, war ich mit ihr auf dem Markt. Wir wollten frische Pasteten kaufen und sie Julia bringen. Meine Frau war mit unserem zweiten Kind Mary schwanger. Ihr Bauch war schon sehr dick, und das Kind sollte bald kommen.« Bei der Erinnerung an den Bauch seiner Frau lächelte Richard. Doch als er weitersprach, verschwand das Lächeln wieder. »Es war ein eisiger Tag im Januar. Die Themse war zugefroren, und die Lehrlinge hatten sich Knochen auf die Schuhe gebunden und fuhren damit über das Eis. Becca stand daneben und jubelte vor Freude. Sie klatschte in ihre kleinen Hände und applaudierte den Burschen. Sie wollte weiter zusehen, also lief ich schnell allein zum Bäcker, um die Pasteten zu kaufen. Ich konnte ihr nie eine Bitte abschlagen, sie hatte so viel Freude. Aber ich beeilte mich, um schnell wieder bei ihr zu sein.«

Jana fürchtete, das Ende der Geschichte zu kennen, noch bevor Richard es erzählte.

»Der Bäcker hatte seinen Laden direkt am Ufer. Ich konnte vom Verkaufsstand zu den Lehrlingen sehen. Als Becca aufs Eis trat, bezahlte ich die Pasteten. Die Bäckerin wollte mir das Retourgeld geben, aber ich ließ die

Münzen liegen und lief zurück zum Ufer. Becca lachte. Dann rutschte sie aus, stand aber gleich wieder auf. Ihre Stimme klang hell und fröhlich, und sie hörte mich nicht. Ich rief sie zurück, aber sie rutschte immer weiter in die Mitte des Flusses. Einer der Jungen sah sie und winkte ihr aufgeregt zu. Aber sie verstand ihn nicht, winkte nur zurück und lief weiter ...«

Janas Herz setzte für einen Moment aus. Vor ihrem geistigen Auge wurde die schreckliche Szene lebendig.

»Das Eis knackte. Ich werde das Geräusch nie vergessen. Der Riss verlief von einem Ufer zum anderen. Direkt unter Becca gab das Eis nach, und sie brach ein. Alles ging so schnell. Sie begriff die Gefahr nicht, in der sie sich befand, und lachte immer noch. Plötzlich war sie weg, unter der Eisfläche verschwunden. Ich schrie und stürzte aufs Eis. Aber ein Mann hielt mich zurück. Er meinte, ich würde ebenfalls einbrechen. Doch das war mir egal. Ich wollte zu Becca. Jemand rief um Hilfe. Aus den Häusern kamen Männer und Frauen. Sie trugen Hacken, Hämmer und Seile. Es war ein sinnloser Kampf. Becca lag längst am Grund der Themse. Mein kleines Mädchen, für immer weg, und es war allein meine ... Schuld.«

»Das ist schrecklich«, sagte Jana betroffen und legte ihre Hand erneut auf Richards Schulter. Diesmal zuckte er nicht zusammen. Seine Haut fühlte sich kühl an.

»Julia hat mir nie verziehen. Sie hasst mich, denn ich bin der Mörder unserer Tochter. Aus diesem Grund werde ich niemals zu ihr zurückkehren.«

»Es war ein Unfall«, sagte Jana.

»Ich hätte sie nicht aus den Augen lassen dürfen.«

Eine Weile schwiegen beide. Jana suchte nach Worten des Trostes, aber es gab keine. Ein Vogel wagte sich ganz nah an die schweigenden Menschen heran und trank aus der aufgestauten Quelle. Als Jana erneut sprach, schreckte er auf und flog weg.

»Es ist etwas Schreckliches passiert. Aber es kann keine Lösung sein, Eure Trauer im Alkohol zu ertränken«, sagte sie.

»Warum nicht? An manchen Tagen funktioniert das Vergessen hervorragend«, erwiderte Richard in gewohnt distanzierten Worten.

Verärgert schüttelte Jana den Kopf: »Das ist zu einfach. Ihr habt noch immer zwei gesunde Kinder. Ein Mädchen und einen Jungen. Beide haben ein Recht auf ihren Vater. Ihr müsst zurück nach London gehen und Verantwortung für Eure Familie übernehmen! Oder wollt Ihr, dass Mary und Martin ihre verstorbene Schwester immer hassen werden?«

»Wie meint Ihr das?«

»Na, wie würdet Ihr Euch fühlen, wenn Euer Vater Euch nicht beachtet, weil er in der Trauer über Euren älteren Bruder im Zuckerrohrbrand ertrinkt?«

»Ihr meint wirklich, dass Julia und die Kinder auf einen Mörder warten?«

»Ihr seid kein Mörder, das wisst Ihr, und das weiß auch Eure Frau. Ihr habt durch einen tragischen Unfall Euer Kind verloren. Das ist fürchterlich. Aber Ihr seid nicht der einzige Vater, dessen Kind verunglückt ist. Und ja, ich bin davon überzeugt, dass sie auf Euch warten.« Janas Worte klangen ungewollt hart.

»Ihr habt keine Ahnung, wie es sich anfühlt, wenn man seinem Kind beim Sterben zusieht.«

»Das stimmt, und ich hoffe, dass ich es nie erfahren muss. Aber Ihr könnt nicht ewig im Selbstmitleid baden.«

»Ich wünschte, ich wäre tot«, sagte Richard. »Warum hat Gott Tom geholt und nicht mich? Er wäre Julia ein besserer Begleiter.«

»Tom war Julias Diener, Ihr seid ihr Ehemann, und sie liebt Euch. Wen Gott zu sich holt, ist ganz allein seine Entscheidung.«

»Manchmal glaube ich, dass Gott ein schlimmerer Säufer ist als ich. Seine Entscheidungen sind grausam und willkürlich.«

Gegen ihren Willen musste Jana grinsen. Sie legte ihren Arm um Richards Schultern und zog ihn freundschaftlich zu sich. Es war seltsam, einen halbnackten Mann in die Arme zu nehmen und tröstend übers Haar zu streichen.

»Verzichtet auf den Zuckerrohrbrand. Der Schmerz und die Trauer werden nicht kleiner werden. Aber wenn Ihr beides zulassen könnt, werdet Ihr lernen, damit zu leben, ohne daran zu zerbrechen.«

Richard hob den Kopf und verzog das Gesicht. »Die Worte kenne ich.«

Jana nicket: »Ein kluger Mann, den ich mittlerweile als Freund bezeichne, hat ähnliche Worte zu mir gesagt.«

Richards Grimasse wurde zum schiefen Grinsen: »Sagt die Frau, die ihr Ziel verloren hat, weil ihr Geliebter tot ist?«

»Sagt die Frau, die ihr Ziel kurzfristig aus den Augen verloren hatte. Aber sie hat begriffen, dass sie weiterleben und aus diesem Grund nach vorne schauen muss.«

Jana stand auf. Ihre Hand lag immer noch auf Richards Schulter. Er griff danach und führte sie zu seinem Mund. Zärtlich hauchte er einen Kuss in ihre Handfläche. Als Jana zurück zum Dorf ging, spürte sie die Berührung immer noch.

San Cristóbal

April 1619

In einer der Siedlungen am Fuße der Anden erstanden Conrad, Assante und Tica Lamas. Der Zufall half ihnen dabei. Gerade als sie in dem Dorf eintrafen, ereignete sich ein folgenschwerer Unfall. Eine aufgeregte Frau erklärte ihnen, dass der Dorfälteste, gleichzeitig auch der *encomendero* des Dorfes, und seine beiden Söhne soeben bei Bauarbeiten an einem neuen Haus unter einer zusammenstürzenden Mauer begraben worden seien. Conrad half sofort und konnte nicht nur das Leben des alten Mannes, sondern auch das seines Sohnes und das Bein seines jüngsten Sohnes retten. Conrad nähte Wunden, renkte einen offenen Bruch ein und versorgte alle drei mit stärkenden Mitteln. Die Dankbarkeit der Frau des *encomenderos* war so groß, dass sie versprach, den Fremden prächtige Lamas zu besorgen. Während die Frau mit einem der Bauern verhandelte, kümmerte sich Conrad um seine Patienten. Der *encomendero* war ein wohlhabender Mann, der über große Ländereien und die Schürfrechte einer Silbermine im Westen des Landes verfügte.

Am vierten Tag ihres Aufenthaltes wechselte Conrad den Verband des alten Mannes und sah nach den Verletzungen seiner Söhne. Anschließend fragte er Tica: »Heißt *encomendar* nicht vertrauen?«

»Ja, so ist es. Die Spanier haben den Begriff eingeführt. Sie ließen den alten Abgabeneintreibern ihre Ämter und verschafften ihnen noch zusätzliche Vorteile. Leider sind die Ämter nicht mehr vererbbar, und aus diesem Grund versucht jeder innerhalb seiner Amtszeit, so viel Geld wie nur möglich zu gewinnen. Leidtragende sind die einfachen Bauern, die *encomendados*, die eigentlich unter dem Schutz der Krone stehen sollten. Sie sind nicht mehr wert als Sklaven und werden auch als solche behandelt. Sie schuften in den Silberminen, als Ruderknechte oder als *cargueros*, als Träger in den Bergen.«

»Ihr versklavt Euer eigenes Volk?«

»Ja, es gab immer eine starre Rangordnung, in der jeder seinen angestammten Platz hatte: die Herrscher und die Beherrschten.«

»Dann hat sich ja nichts geändert«, meinte Conrad zynisch.

»Spart Euch Euren Spott«, antwortete Tica scharf. »Früher schufteten die Bauern für den Zipa, jetzt tun sie es für den spanischen König.«

Conrad zuckte mit den Schultern: »Was nichts daran ändert, dass sie für andere arbeiten statt für sich selbst.«

Assante grinste von einem Ohr zum anderen: »Wo kämen wir denn hin, wenn jeder für sich selbst arbeiten würde?«

»Haec est via in mundum meliorem. In eine bessere Welt?«

Tica schüttelte den Kopf: »Ihr seid zwei merkwürdige Männer mit eigenartigen Gedanken. Aber ich mag euch.«

Assantes Grinsen wurde noch breiter: »Ich hoffe doch sehr, dass du einem von uns beiden etwas mehr Zuneigung entgegenbringst.«

Später kam die Frau des *encomenderos* und führte zwei Lamas mit sich. Die Tiere hatten einen mächtigen Körper, einen langen Hals und einen relativ kleinen Kopf. Sie waren in etwa so groß wie Maultiere und kauten mit ihren gespaltenen Lippen wie Kühe. Ihr Fell war weich und erinnerte an Schafe. Weder Conrad noch Assante hatten je zuvor Lamas gesehen. Die Frau des Dorfältesten erklärte ihnen, dass die Frauen aus dem Fell Wolle herstellten und sie sich in Acht nehmen sollten, da die Tiere spuckten, wenn sie sich bedroht fühlten.

»Spucken?«, fragte Conrad belustigt und näherte sich vorsichtig einem der Tiere. Es drehte den Kopf zur Seite, und Conrad streichelte es. Das Fell war flauschig und dicht.

»Das sind nur zwei Tiere, wir brauchen drei«, erklärte Conrad, während er das Tier weiterstreichelte.

Überrascht zog die Frau die Augenbrauen hoch. »Euer Sklave soll reiten?«

»Welcher Sklave?«, fuhr Conrad sie an. Er war es leid, dieses Geschwätz über freie Menschen und Sklaven, über Weiße und Schwarze.

»Ich … dachte nur«, stotterte die Frau verlegen.

»Denkt nicht, sondern besorgt uns die Tiere«, sagte Conrad ungehalten.

Ohne weitere Einwände versicherte die Frau Conrad, dass sie ein drittes Tier besorgen wollte. Als sie gegangen war, meinte Assante: »Ich danke dir, mein Freund, aber trotz deiner wundervollen Ideen und Gedanken wird meine Hautfarbe mich immer zum Sklaven machen.«

»Nein«, sagte Conrad bestimmt. »Du bist ein freier Mann, und wir werden einen Ort finden, an dem du als freier Mann leben kannst.«

»Leider wird dieser Ort nicht auf dieser Welt sein.«

»O doch!«, knurrte Conrad trotzig.

Tica ergriff Assantes Hand: »Menschen aus meinem Dorf sind hoch in die Berge geflohen, um der Sklaverei durch die Spanier zu entgehen. Es gibt Orte, an denen niemand versucht, über den anderen zu bestimmen. Das Leben dort ist hart, denn die Götter und die Natur sind die einzigen Herrscher und bestimmen, wie dein Tag wird.«

»So ein Ort klingt verlockend«, sagte Assante. Er nahm Ticas Gesicht in beide Hände und küsste sie zärtlich. Conrad wandte sich dezent ab.

Mit den drei Lamas kamen sie trotz des steilen Geländes rasch voran. Trittsicher kletterten die Tiere über Felsen und Geröll. Sie passierten enge Schluchten und liefen mit einer Leichtigkeit über schmale Pfade, die Conrad an Bergziegen in den Alpen erinnerte. Mit jeder Meile, die sie sich San Cristóbal näherten, wuchs seine Unruhe. Er war davon überzeugt, dass Jana auf dem Weg zum Schatz war. Wenn sie der Route auf der Karte folgte, musste sie diese Stadt passieren. So langsam wie er selbst unterwegs war, hatte er sie vielleicht schon verpasst. Aber dann würde er von den Bewohnern dort etwas darüber erfahren, wie es ihr ging. Bald waren sie ein halbes Jahr getrennt. Ob Jana überhaupt noch an ihn dachte? Sie konnte nicht wissen, dass er am Leben war. Vielleicht hatte sie ihn längst aufgegeben und sich in einen anderen Mann verliebt. Die Vorstellung versetzte Conrad einen Stich ins Herz.

Eine atemberaubende Landschaft zog an ihm vorbei, doch er bemerkte sie nicht. Seine Gedanken an Jana kreisten in seinem Kopf wie über ihm die riesigen Greifvögel.

An einem bewölkten Vormittag erreichten sie die Stadt San Cristóbal. Nebelschwaden hüllten die rotbraunen Dächer der Stadt in einen graublauen Dunst, und die Turmglocken der imposanten Kathedrale läuteten gerade den letzten Morgengottesdienst ein, als sie das Stadttor passierten.

»Wo willst du denn nach deiner Jana suchen?«, fragte Assante.

»In einem Kloster, einer Herberge, der Kathedrale, jeder Schankstube der Stadt«, sagte Conrad nervös.

»Bevor wir mit der Suche beginnen, muss ich aber etwas essen«, sagte Assante.

Neben dem Stadttor gab es eine kleine Straßenküche. Ein wackeliger Tisch und alte Stühle luden die Gäste zum Verweilen ein. Der Wirt, ein kleiner, hagerer Mann mit dichtem Haar, drehte über einem Feuer einen Spieß, auf dem sechs Hühner goldbraun glänzten.

»Was haltet ihr davon?«, fragte Assante, und ehe Tica oder Conrad antworten konnten, hatte er schon auf einem der Stühle Platz genommen.

Assante bestellte für jeden ein Hühnchen und frisches Maisbrot. Wenig später lagen nur noch die abgenagten Knochen auf den ausgeschlagenen, alten Tonschüsseln.

»Ich weiß nicht, was passiert wäre, wenn ich nichts zu essen bekommen hätte«, sagte Assante und klopfte sich zufrieden auf den flachen Bauch.

»Du hättest Tica die hübschen Ohren abgebissen«, sagte Conrad.

Augenblicklich rutschte Tica ein Stück von Assante ab. »Keine Angst«, sagte der, »so weit hätte ich es nicht kommen lassen.«

Als der Wirt kam und sie fragte, ob jemand einen Krug

Chicha trinken wolle, schüttelten alle dankend den Kopf.

»Ich habe eine Frage«, sagte Conrad. »Ich suche nach meiner Verlobten. Wir wurden bei einem Schiffsunglück getrennt. Sie ist schlank, blond und hat auffallend blaue Augen.«

Der Wirt nickte: »Eine blonde Frau war vor ein paar Wochen hier.«

»Wirklich?« Conrad kippte mit seinem Stuhl vor Schreck nach hinten. Er ruderte mit den Armen und konnte sich nur knapp vor dem Umfallen retten.

»Ja«, sagte der Wirt. »Aber es wundert mich, dass sie Eure Verlobte ist, denn sie war mit einem anderen Mann unterwegs. Ich dachte, die beiden wären verheiratet.«

Aus Conrads Gesicht wich jede Farbe. Blass saß er da und starrte den Wirt ungläubig an.

»Es gibt viele blonde Frauen«, sagte Assante mitfühlend.

Aber der Wirt fiel ihm ins Wort und sagte: »Es war die erste blonde Frau, die ich in meinem Leben gesehen habe. Ihr Haar hatte die Farbe von Gold, leider war es ein bisschen kurz.« Der Mann zeigte mit der rechten Hand an sein Kinn. »Aber es war dicht und glänzte. Sie hatte ein Tuch darum gebunden, aber das ist verrutscht, deshalb hat sie es kurz abgenommen, so dass ich es sehen konnte. Es war ein wundervoller Anblick. Sicher hatte Eva im Paradies solches Haar.«

Conrad hielt sich krampfhaft am Tisch fest.

»Hat die Frau erzählt, woher sie stammt oder wohin sie unterwegs ist?«, fragte er leise.

Der Wirt schüttelte bedauernd den Kopf: »Die beiden waren nicht sehr gesprächig. Sie haben sich bloß miteinander unterhalten, in einer Sprache, die ich nicht verstanden habe.«

»Ist die Frau noch in der Stadt?«, erkundigte sich Assante.

»Ich glaube nicht. Die beiden schienen auf der Durchreise zu sein. Aber sie wollten zur Kathedrale und dann zum Markt.«

Der Wirt wischte geschäftig mit einem Tuch über den wackeligen Tisch und fragte dann: »Wollt Ihr nun einen Krug Chicha?«

Assante schüttelte dankend den Kopf, und der Wirt ging schulterzuckend zurück zu seinem Grillspieß.

»Lass uns in die Kathedrale gehen und nach deiner Jana fragen.«

»Der Wirt sagte, sie wäre verheiratet.« Conrad war fassungslos.

»Seit wann hörst du nicht richtig zu?«, fragte Assante. »Der Mann hat gesagt, dass er dachte, sie sind verheiratet, und das ist doch ganz normal. Oder ist es deiner Ansicht nach üblich, dass unverheiratete Frauen allein mit Männern reisen?«

Ein wenig erleichtert nickte Conrad. »Du hast recht, mein Freund, ich werde in die Kathedrale gehen und nach ihr fragen.«

»Ich begleite dich«, sagte Assante. Er warf Tica einen einladenden Blick zu, sie aber schüttelte den Kopf.

»Ich gehe ganz sicher in keine Kirche«, sagte sie entschieden. Angewidert verzog sie das Gesicht. »All die Bilder von gefolterten Menschen sind abscheulich, und dann noch der Tote, den man ans Kreuz genagelt hat. Nein, danke. Ich verzichte.«

Assante konnte sich ein Grinsen nicht verkneifen. Conrad war sich sicher, dass der Afrikaner ähnlich über christliche Kirchen dachte.

»Dann treffen wir uns am Markt wieder!«, sagte er.

Damit war Tica einverstanden.

Die Kathedrale war trotz ihres üppigen Prunks bis auf zwei Frauen, die auf den Holzbänken saßen und beteten, und einem alten Priester, der neben den Kerzen an einem Seitenaltar stand, menschenleer.

Conrad ging zielstrebig auf den alten Priester zu, der über ein Kästchen gebeugt war und den Inhalt untersuchte. Assante folgte dem Freund deutlich langsamer. Der Afrikaner fühlte sich in dem riesigen Gebäude deutlich unwohl. Er hielt den Kopf gebeugt und wusste nicht recht, wie er sich verhalten sollte. Als Sklave eines spanischen Kaufmanns war ihm das Christentum nicht fremd, ganz im Gegenteil, als er zwölf war, hatte ein Priester ihn getauft, weil Villaverde darauf bestanden hatte. Aber bis jetzt war Assante nur in kleinen Hauskapellen gewesen, eine derart imposante, große Kirche hatte er nie zuvor betreten. Er hielt seine Hände gefaltet, so wie er es als Kind gelernt hatte, und lief hinter Conrad her. Der marschierte zu dem alten Priester und fragte ihn ohne Umschweife nach Jana. Wenn der Priester sein Verhalten unhöflich fand, ließ er sich nichts anmerken. Der Geistliche erinnerte sich sofort. Seine trüben, milchigen Augen weiteten sich vor Freude, und er nickte begeistert: »Ja, natürlich kann ich mich erinnern. So nette Ehepaare betreten selten dieses Gotteshaus. Die Liebe, die die beiden verbunden hat, war nicht zu übersehen.«

Conrad zuckte bei jedem Wort des Priesters zusammen, als wäre jedes einzelne ein Schlag ins Gesicht. Assante hätte dem Freund am liebsten stützend den Arm um die Schultern gelegt. Stattdessen beobachtete er ihn besorgt.

»Die Frau hatte herrlich blondes Haar wie die Frauen aus dem Norden Europas«, schwärmte der Priester und beeilte sich hinzuzufügen: »Eigentlich hätte ich es nicht sehen dürfen, da Frauen ihr Haar bedecken sollten. Aber ein paar Strähnen waren unter ihrem Tuch hervorgerutscht, und da sie und ihr Mann für die Kerzen, die sie angezündet haben, bezahlten, habe ich ein Auge zugedrückt.«

So als wollte er seine Worte bekräftigen, drückte der Alte sein rechtes Auge fest zu und verzog dabei auch den Mund. Wäre Conrad nicht völlig am Boden zerstört gewesen, hätte er die Grimasse witzig gefunden.

Der Alte schien Conrads Befindlichkeit nicht zu bemerken. Er redete munter weiter: »In der alten Heimat war alles besser, selbst die Liebe zwischen Mann und Frau.«

Trotz seiner Niedergeschlagenheit zog Conrad fragend eine Augenbraue hoch.

»Ich selbst habe die Liebe natürlich nie am eigenen Leib erfahren, aber ich habe Geschichten gehört ...«, er hielt die Hand vor den Mund und kicherte.

Angewidert wandte sich Conrad von dem Alten ab.

Nach einer Weile fragte er: »Wie hat der Mann der Frau denn ausgesehen?« Er beachtete den warnenden Blick Asantes nicht, der ihm die Antwort wohl gerne erspart hätte.

Der Alte kratzte sich den kahlen Kopf, der von Altersflecken überzogen war.

»Ein gutaussehender Bursche. Dunkle Haare und helle

Haut. Eine Spur zu überheblich vielleicht. Aber das sind viele Männer in seinem Alter. Ein schönes Paar, die beiden, und brave Christen, denn wie ich schon gesagt habe, sie haben für die Kerzen großzügig bezahlt.«

»Tun das nicht alle Gläubigen?«, fragte Assante. Er wollte verhindern, dass der Alte weiter die Schönheit von Janas Begleiter pries.

»Pah«, schnaufte der Priester verächtlich. »Ihr glaubt ja nicht, wie viele Halunken es unter den Indios gibt. Sie kommen und tun so, als würden sie Kerzen anzünden. In Wirklichkeit aber stecken sie die Kerzen in ihre Taschen und bestehlen die Kirche. Ein gottloses Pack sind diese Menschen. Nicht der Mühe wert, dass man ihnen den wahren Glauben bringt. Nicht alle Herren machen aus ihren Sklaven brave Christen wie Ihr.« Er sah die beiden wohlwollend an.

Assante wartete darauf, dass Conrad den Alten anfahren würde, aber nichts dergleichen geschah. Es war, als hörte er die Worte des Priesters gar nicht.

»Habt vielen Dank«, sagte Assante und winkte Conrad zum Gehen.

Doch der Priester wollte das verhindern. Er hielt Assante am Arm fest und versuchte ihn zurückzuhalten. Die Vorstellung, wieder allein in der Kirche zu sitzen und den Kerzenhalter zu bewachen, schien ihm nicht zu gefallen. Lieber wollte er sich mit den Fremden unterhalten. Hoffnungsvoll fragte er: »Soll ich Euch die Kathedrale zeigen? Es ist ein wahrlich prunkvoller Bau, der die Reinheit Gottes preist. Wir haben tonnenweise Gold der Ungläubigen eingeschmolzen und sie dazu gezwungen, den Bau durchzuführen. Mit jedem Stein, den sie geschleppt haben, kamen sie Gott einen Schritt näher.«

»Davon bin ich überzeugt«, sagte Assante und starrte auf die knöchernen Finger des Alten auf seinem Arm. Der Priester missverstand Assantes Blick und zog ihn zurück zum Seitenaltar.

»Leider bin ich zu alt für eine weite Reise, aber wenn ich könnte, würde ich heute noch ein Schiff in die Alte Welt besteigen und zurück in meine Heimat segeln«, seufzte er. Conrad hatte genug. Ohne sich zu verabschieden, ging er zum Hauptportal. Assante warf dem Priester einen entschuldigenden Blick zu. Der Alte stand völlig verständnislos da und starrte den beiden nach. »Aber ich wollte doch noch …«, stammelte er. Dann kümmerte er sich wieder um das kleine Kästchen, in dem die Münzen verwahrt wurden.

Auf dem Weg zum Markt war Conrad schweigsam. Assante ging neben ihm her und suchte vergeblich nach den passenden Worten. Er war dankbar, als Tica ihnen freudig zuwinkte.

»Der Verkäufer erinnert sich ebenfalls an eine Frau mit blonden Haaren«, rief sie aufgeregt. »Sie hat Xocolat und Cacixanatl gekauft, die Bohnen und die Schoten der Götter. Der Mann, mit dem sie unterwegs ist, muss sehr wohlhabend …«

Tica hielt mitten im Satz inne, als sie Assantes warnenden Gesichtsausdruck sah. Conrad schien nichts von seiner Umgebung wahrzunehmen. Er lief durch die dichtgedrängten Menschen, stieß mit Passanten zusammen und reagierte weder auf ihre irritierten Blicke noch auf ihr verärgertes Schimpfen. Die Stimmen und Geräusche der Menschen prallten an ihm ab. Ebenso die Gerüche und Bilder.

Conrad wollte allein sein. Er brauchte Ruhe, um nachzudenken. Ohne Erklärung verließ er den Platz und lief zurück zu der Straßenküche, wo die Lamas angebunden auf sie warteten. Der Wirt hatte ihnen versprochen, auf die Tiere achtzugeben.

Im Schatten einer Akazie ließ sich Conrad auf den Boden sinken und schloss die Augen. Eines der Lamas schnüffelte an seiner Schulter und begann an seinem Hemd zu knabbern. Conrad bemerkte es erst, als das Tier den halben Kragen im Maul hatte und weiche Lippen seinen Hals berührten.

»Lass das«, sagte er und rückte von dem hungrigen Tier ab.

Er vergrub sein Gesicht in seinen Händen. Was sollte er jetzt tun? Jana war verheiratet. Welchen Sinn hatte es noch, ihr nachzureisen? Damit er sehen konnte, wie glücklich sie mit ihrem Ehemann war? Das Wort »Ehe« traf Conrad am härtesten. Wie oft hatte er sie gebeten, mit ihm vor den Altar zu treten, und immer hatte sie eine Ausrede gefunden, die Entscheidung aufzuschieben. Jetzt war sie die Frau eines anderen. Wütend schlug Conrad mit der Faust ins Gras.

Er hörte Schritte näher kommen. Ohne aufzusehen wusste er, dass es Assante war. Niemand sonst verursachte beim Gehen ein so gleichmäßiges und beruhigendes Geräusch wie sein Freund. Der Schwarze setzte sich neben ihn und wartete schweigend. Aber Conrad war nicht nach Reden zumute. Als das Schweigen beinahe nicht mehr zu ertragen war, sagte Conrad: »Ich werde zurück zur Küste gehen. Sobald ich genug Geld habe, segle ich auf die Kanarischen Inseln und arbeite dort als Arzt.«

»Du willst erneut mit einem Schiff reisen?«, fragte Assante bestürzt. Nach den Schrecken der Überfahrt hatten Assante und Conrad sich geschworen, nie wieder freiwillig ein Schiff zu betreten.

»Was soll ich hier?«, fragte Conrad patzig. »Ich wollte nie in dieses Land, in dem sich alles nur um Gold dreht. Jana war von der Idee besessen. Mir war der verdammte Schatz nie wichtig.«

Jetzt erst sah Conrad Tica, die sich ebenfalls neben ihn setzte. Er hatte sie nicht kommen gehört. Wenn Tica wollte, konnte sie sich absolut geräuschlos bewegen.

»Ihr solltet bleiben«, sagte sie ernst. »Dieses Land hat mehr zu bieten als Gold, und die Menschen hier brauchen gute Ärzte ebenso dringend wie anderswo auf der Welt.«

Überrascht wandte sich Conrad zu ihr. »Ich dachte, Ihr würdet alle Europäer am liebsten zum Teufel schicken.«

»Mit dem Teufel habe ich nichts am Hut, das ist Sache der Christen«, korrigierte Tica. »Ich finde es großartig, wenn Menschen kommen und ihr Wissen mit uns teilen, aber ich wehre mich gegen Männer, die sich skrupellos an unseren Schätzen bereichern wollen, tötend und brandschatzend durchs Land ziehen und alles an sich reißen, was glänzt.«

»Euer Gold war mir immer völlig egal«, sagte Conrad verächtlich.

»Das weiß ich«, antwortete Tica. »Dennoch brauche ich Eure Hilfe, um das Gold zu schützen.«

»Ich wüsste nicht, wie ich Euch helfen kann.«

»Eure Jana weiß, wo der Schatz versteckt liegt. Sie wird danach suchen, und wenn nicht sie, dann der Mann, mit dem sie unterwegs ist.«

Conrad zuckte unter Ticas Worten zusammen, doch sie fuhr unbeirrt fort: »Wir müssen verhindern, dass sie den heiligen Ort finden und entweihen. Ich weigere mich, den gefolterten Mann am Kreuz anzubeten, aber ich würde niemals einen seiner Tempel entweihen, denn ich habe Respekt vor dem Glauben anderer.«

»Diese Haltung ehrt Euch. Dennoch muss ich Euch enttäuschen, ich habe keinerlei Interesse an El Dorado. Der Schatz ist mir ebenso unwichtig wie die Kathedralen und Kirchen dieser Welt.«

Tica fuhr sich mit der Zunge über die vollen Lippen und sagte: »Ihr und Eure Verlobte seid die Einzigen, die wissen, wo sich der heilige Ort befindet. Ich kann Eure Jana nur aufhalten, wenn Ihr mir dabei helft.«

Sowohl Assante als auch Conrad öffneten erstaunt den Mund und starrten Tica verständnislos an.

Assante fand als Erster Worte: »Du weißt nicht, wo sich der Schatz deines Volkes befindet?«

»Nur der Zipa verfügt über das Wissen«, erklärte Tica, als wäre dies eine Selbstverständlichkeit. »Seit wir die Zeremonie nicht mehr durchführen, wissen außer ihm nur die Schamanen unseres Volkes über den Ort Bescheid. Je weniger Menschen das Geheimnis kennen, umso besser ist es geschützt.«

»Dann müsst Ihr eben zu diesem Zipa gehen und ihn bitten, Euch das Geheimnis zu verraten«, sagte Conrad. Er klang nicht mehr ganz so ablehnend wie zuvor.

»Das geht nicht! Der Zipa ist in die Berge geflüchtet, und ich weiß nicht, ob die Schamanin noch im Dorf lebt. Es kann Wochen und Monate dauern, bis ich einen der beiden finde, und dann noch einmal so lange, bis ich sie überzeugen kann, mir den Ort zu verraten.«

Conrad verzog den Mund, erwiderte aber nichts. Assante hakte sofort nach: »Meinst du nicht, es wäre deine Pflicht, Ticas Volk zu helfen?«

»Meine Pflicht?«, fragte Conrad entrüstet.

»Du hast das Rätsel der Schatzkarte gelöst, und nun musst du dafür sorgen, dass der Schatz nicht in die Hände geldgieriger Menschen fällt.« Assante wirkte zufrieden ob seiner Argumentation.

»Ich will nichts finden und nichts schützen, und Jana ist keine geldgierige Frau«, sagte Conrad patzig.

Mit beiden Händen fuhr sich Assante durch sein kurzes, krauses Haar.

»Gut, dann muss ich es anders versuchen«, seufzte er. »Ich bitte dich zu bleiben. Du bist mein Freund.«

Conrad schaute betroffen zu Boden, und Assante fuhr fort: »Und gleichzeitig mein Garant für Freiheit. Sobald du mich verlässt, bin ich in den Augen der Weißen ein entlaufener Sklave, auf den jeder Anspruch erheben kann.«

»Das ist Unsinn, du bist ein freier Mann«, sagte Conrad verärgert.

Aber Assante ließ nicht locker: »Ich werde erst als freier Mann leben können, wenn ich eines der Dörfer erreicht habe, von denen Tica gesprochen hat.«

Eine Pause entstand, in der alle schweigend nach weiteren Argumenten suchten. Schließlich brach Assante die Stille und sagte leise: »Ich weiß, dass ich dich nicht zwingen kann. Aber ich wünschte, du würdest bleiben. Die Vorstellung, dass du allein zurück ans Meer gehst, gefällt mir gar nicht.«

Conrad schluckte hart. In den letzten Wochen hatte er eine tiefe Zuneigung zu Assante entwickelt. Der Schwarze war sein Verbündeter und Vertrauter, sein Freund. Jemand wie Ferdinand, den er unfreiwillig in Lissabon zurückgelassen hatte.

»Das habt ihr beiden euch ja fein ausgedacht«, schnaubte er, klang aber nicht mehr verärgert.

Assante begriff sofort. Er sprang auf und klopfte dem Freund auf die Schulter. »Das heißt, du kommst mit uns!«

»Das habe ich nicht gesagt«, erwiderte Conrad.

»Aber du hast es gemeint«, grinste Assante. Seine weißen Zähne blitzten auf.

»Ich mache mich zum Narren, wenn ich Jana nachreise.«

»Es kann doch sein, dass Jana dich nach wie vor liebt. Nur weil sie mit einem anderen Mann unterwegs ist, heißt das noch lange nicht, dass sie nichts mehr für dich empfindet«, wandte Tica vorsichtig ein.

»Sie ist mit ihm verheiratet.«

»Was nicht bedeutet, dass sie glücklich mit ihm ist.«

Assante pflichtete ihr bei: »Matrimonium non felicitatem praestat. Die Ehe ist keine Garantie für Glück.«

Conrad dachte über die Worte des Freundes nach. Er schmollte noch eine Weile vor sich hin und willigte schließlich ein: »Also gut. Ich begleite euch.«

Begeistert klatschte Assante in die Hände, so dass das Lama hinter ihm erschrocken zusammenfuhr. Es spuckte und traf Conrad am Hinterkopf.

»Das bringt Glück«, beeilte sich Tica zu sagen.

»Wirklich?«, fragte Conrad angeekelt. Er suchte nach einem Blatt, um die schleimige Flüssigkeit wegzuwischen.

»Nein«, gab Tica zu. »Aber wie viel Pech kann ein Mann an einem Tag ertragen?«

San Cristóbal

Ende April 1619

Seit Bonifàcio den Namen des Jesuiten erfahren hatte, verwendete er ihn bei jeder Gelegenheit.

»Master Francesco, mein Pferd lahmt.«

»Master Francesco, ich habe Hunger.«

»Master Francesco, wann machen wir eine Pause?«

»Master Francesco ...«

Als die Türme und Dächer San Cristóbals vor ihnen auftauchten, schrie der Jesuit den Jungen entnervt an: »Ich habe meinen Namen zwanzig Jahre lang nicht mehr gehört. Du musst das Versäumte nicht in ein paar Tagen nachholen.«

Verständnislos sah Bonifàcio seinen Begleiter an.

»Rede mich einfach die nächsten Stunden nicht mit meinem Namen an«, seufzte der Jesuit.

»In Ordnung«, flüsterte Bonifàcio und schwieg, bis sie das Stadttor passiert hatten.

Der Jesuit orientierte sich am Glockenturm der Kathedrale und ritt schnurstracks darauf zur. Schwungvoll stieg er ab und band sein Pferd im Schatten einer mannshohen Pflanze, deren Name er nicht kannte, fest. Bonifàcio beeilte sich, mit dem Tempo mitzuhalten. Als Francesco die Kathedrale betrat, war er immer noch mit den Zügeln des Pferdes beschäftigt. Hastig stolperte er ihm hinterher, riss die Seitentür des Hauptportals auf und erstarrte in Ehrfurcht ob des Reichtums und der Eleganz des Bauwerkes.

Bonifàcio bekreuzigte sich und ging in die Knie. In gebückter Haltung bewegte er sich durchs Kirchenschiff, machte vor jedem vergoldeten Heiligenbild, jeder Marienstatue und jeder Christusdarstellung halt, um zu beten, und konnte sich am Prunk nicht sattsehen. Francesco hingegen marschierte zielstrebig zu einem alten Priester, der bei einem der Seitenaltäre den Kerzenhalter säuberte.

»Seid gegrüßt, Pater«, sagte der Jesuit, ohne seine Kapuze hochzuheben. Der Alte musterte ihn neugierig.

»Kommt Ihr aus Italien?«, fragte er in seiner Muttersprache.

»Ich komme aus Rom.«

»Das glaube ich nicht. Ihr redet nicht wie ein Römer. Ihr habt den Dialekt des Nordens«, sagte der Alte. »Seid Ihr zu einer der Missionssiedlungen im Westen unterwegs?«

»Nein«, knurrte der Jesuit verärgert. Der Alte war zu neugierig. »Ich reise im Auftrag des Heiligen Vaters und bin auf der Suche nach zwei Fremden, die vielleicht vor kurzem hier vorbeigekommen sind.«

»Zwei Fremde?« Der Alte musterte den Jesuit nun misstrauisch. »In unsere Kathedrale kommen viele Fremde, denn ihre Schönheit zieht Christen aus dem ganzen Land an.«

Das Interesse des Priesters irritierte Francesco. Auch wenn die Augen milchig waren, so wirkten sie wachsam und viel zu wissbegierig. Besonders beunruhigend war die Tatsache, dass der Alte ihm bekannt vorkam. Leider konnte Francesco nicht sagen, wo er ihn schon einmal gesehen hatte.

»Ich suche nach zwei Männern. Einer hat ein sehr weibliches Gesicht und auffallend blondes Haar. Der andere ist Engländer und säuft.«

Überrascht hob der Alte seinen rechten Zeigefinger und sagte: »Es waren zwei Reisende hier. Einer war blond, aber der andere kein Engländer, sondern sein schwarzer Sklave.«

»Die meine ich nicht«, sagte der Jesuit etwas ungehalten.

»Dann kann ich Euch nicht weiterhelfen. Ich sitze den ganzen Tag hier und beobachte die Leute. Zu mehr tauge ich nicht mehr. Meine Knochen sind müde, und das Rheuma plagt mich. Ich liebe die Ruhe der Kathedrale, das Land hasse ich und wünschte, ich könnte in die Heimat zurückkehren«, jammerte der Alte.

Francesco verdrehte entnervt seine Augen, was der Alte wegen der Kapuze nicht sehen konnte: »Bitte, denkt noch einmal nach. Vielleicht fällt es Euch wieder ein.«

»Nein, es waren sicher keine anderen Männer hier. Aber vor Wochen war ein Ehepaar in der Kirche. Die Frau hatte blondes Haar, das sie eigentlich unter ihrer Haube hätte verdecken sollen. Aber eine Strähne war herausgerutscht, und ich konnte sie sehen. Die Farbe leuchtete wie Gold.« Der Alte seufzte bei der Erinnerung.

Erleichtert atmete Francesco auf, am liebsten hätte er laut gejubelt, aber statt zu schreien, sagte er leise: »Das sind die Reisenden, die ich suche. Wisst Ihr, ob sie noch in der Stadt sind?«

Der Alte kratzte sich den kahlen Kopf, es war offensichtlich, dass er über etwas nachgrübelte. »Ich kenne Eure Stimme. Legt doch bitte die Kapuze ab, damit ich Euch sehen kann.«

»Ich habe meine Gründe für die Kapuze«, sagte Francesco und fügte rasch hinzu: »Ihr könnt mich nicht kennen. Euer alter Geist gaukelt Euch etwas vor.«

Aber der Alte ließ sich von seiner Idee nicht abbringen: »Doch, doch. Die Art, wie Ihr sprecht, verrät mir, dass Ihr aus Padua stammt. Ich kenne fast alle Menschen aus Padua. Aber ich habe Euren Namen vergessen. Ihr seid der Sohn von ...« Der Alte steckte seinen knöchernen Finger in den Mund und kaute am Nagel, während er nachdachte.

»Padua ist eine große Stadt. Ihr könnt unmöglich alle Menschen kennen, und ich bin Euch ganz sicher noch nie begegnet«, sagte Francesco mit zunehmender Unruhe. »Verratet mir lieber, wo ich die beiden Reisenden finde.«

»Ihr seid der Sohn von ...« Der Alte schüttelte verärgert den Kopf. »Gleich fällt es mir wieder ein. Früher habe ich mich schnell an Namen und Gesichter erinnern können. Wenn Ihr doch bloß die Kapuze absetzen wolltet.«

Bevor der Priester weiterreden konnte, hielt ihm Francesco den Siegelring des Papstes entgegen.

»Ich komme direkt aus Rom und bin in einer wichtigen Mission unterwegs. Sagt mir, wo sich die Reisenden befinden.«

Bis jetzt hatte der Siegelring immer Ehrfurcht und Angst ausgelöst. Anders bei dem alten Italiener. Entweder erkannte er den Ring nicht, oder er hatte keine Angst vor der Macht des Vatikans.

»Soso, Ihr seid ein Mitglied der Fraternitas Secreta«, sagte er völlig unbeeindruckt.

»Ja, und als solches erwarte ich Eure Unterstützung. Anderenfalls ...« Erschrocken stellte er fest, dass seine Worte hilflos klangen. Am liebsten hätte Francesco seine gesunde und die verkrüppelte Hand um den dürren Hals des Alten gelegt. In dem Moment kam die Erinnerung wie ein Schlag. Er wusste wieder, woher er den Priester kannte, und Panik überfiel ihn. Der Alte durfte sich auf keinen Fall an ihn erinnern.

»Ihr wollt mir drohen?«, fragte der Alte amüsiert. »Ich bin ein alter Mann, der Kerzenhalter putzt und sich mit Gläubigen unterhält. Welchen Nutzen sollte mein Tod für irgendwen haben?«

»Stellt meine Geduld nicht auf die Probe und verratet mir endlich, wohin die beiden wollten.«

Der Alte setzte sich auf eine der Holzbänke und faltete die Hände im Schoß. Er runzelte die Stirn und schien immer noch zu überlegen, wer vor ihm stand.

Schließlich sagte er: »Die beiden haben es mir nicht gesagt. Aber später habe ich von einem Verkäufer auf dem Markt erfahren, dass sie weiter nach Zipaquirà wollten.«

Verwirrt schüttelte der Jesuit seinen Kopf, dabei rutschte seine Kapuze ein Stück nach hinten. Rasch zog er sie wieder zurück, aber der Alte hatte die Narben bereits gesehen.

»Ihr habt kein Gesicht mehr«, sagte der Priester mitfühlend.

»Seid Ihr sicher, dass sie nach Zipaquirà und nicht nach Tunja wollten?«

»Warum habt Ihr kein Gesicht mehr?«

Wütend ballte der Jesuit seine verkrüppelte Hand zur Faust. Seine Geduld neigte sich dem Ende zu.

»Ich verdecke mein Gesicht, weil es hässlich ist und ich niemanden vor den Kopf stoßen will. Würdet Ihr jetzt bitte meine Frage beantworten«, zischte er ungehalten.

»Ich bin mir sicher«, bestätigte der Alte.

»Zipaquirà«, wiederholte Francesco leise. Er hatte bis

jetzt immer gedacht, dass Tunja das Ziel der Reise sein würde. Umso besser, dass er nachgefragt hatte. Ohne sich zu bedanken, drehte er sich zum Gehen. Er ließ den Alten einfach stehen und lief, so schnell es sein steifes Bein ihm erlaubte, Richtung Hauptportal. Als er es fast erreicht hatte, rief der Alte ihm hinterher: »Francesco Borelli! Ihr seid Francesco Borelli!«

Der Name traf ihn wie ein spitzer Pfeil in den Rücken. Der Jesuit bekam für einen Moment keine Luft. Er drehte sich nicht um, sondern verließ fluchtartig das Gebäude, stürzte die Stufen hinunter und trat ins gleißende Licht der Sonne. Hastig lief er zu den Pferden. Als er im Schutz des Schattens stand und sicher war, dass der Alte ihm nicht folgte, atmete er wieder ruhiger. Wenn er seinen Auftrag erfüllen wollte, durfte er nie wieder zurückkehren, denn der Priester kannte seine Vergangenheit. Wie konnte es sein, dass ausgerechnet hier, am Ende der Welt, ein Mann hockte, der über ihn Bescheid wusste?

Bevor er weiter nachdenken konnte, trat Bonifàcio neben ihn: »Herr, der alte Priester ruft Euren Namen.«

»Unsinn«, zischte der Jesuit ungehalten. »Das ist nicht mein Name. Der Alte ist verwirrt und verwechselt mich. Viele Männer in Italien heißen Francesco.«

Er wollte jetzt mit niemandem reden, vor allem nicht mit dem Schwachkopf, der ihn wieder so lange mit Fragen löchern würde, bis er nachgab.

»Wir reisen weiter nach Zipaquirà und brechen noch heute auf!«, sagte er bestimmt.

»Aber wir sind gerade erst angekommen, und Ihr wolltet doch woanders hin …«, Bonifàcio überlegte.

»Gib das Nachdenken auf, es ist vergebene Liebesmühe«, herrschte Francesco ihn ungehalten an und bereute die Schärfe in seiner Stimme, als er Bonifàcio eingeschüchtert zusammenzucken sah.

»Es tut mir leid!«, entschuldigte der Junge sich.

»Vergiss es«, brummte Francesco. »Wir treffen uns in einer Stunde bei den Pferden. Ich werde am Markt frischen Proviant kaufen. Wenn du da bist, nehme ich dich mit. Wenn nicht, reise ich allein weiter.«

Er wollte freundlich klingen, aber es gelang ihm nicht. Er war noch immer so aufgewühlt, dass er zitterte, und so ließ er Bonifàcio einfach stehen. Benommen lief er Richtung Markt. Francesco ahnte nicht, dass der verwirrte Junge, sobald er außer Sichtweite war, zurück in die Kirche ging und den Alten suchte. Die Geschichte, die der geschwätzige Priester ihm bereitwillig erzählte, war so unglaublich, dass sie auch für einen Menschen mit mehr Verstand nur schwer zu begreifen gewesen wäre. Bonifàcio hörte mit offenem Mund zu, so dass Speichel auf seine Kutte tropfte. Er fragte dreimal nach, um die Geschichte noch einmal zu hören. Als die Kirchenglocken die volle Stunde läuteten, bedankte er sich und lief rasch los. Er wusste nun, dass er recht gehabt hatte, er musste seinen Herrn beschützen. Bonifàcio war froh, dass er nicht in Barinas geblieben war. Francesco Barelli brauchte seine Hilfe. Ganz egal was er selbst behauptete.

Zipaquirà,

Mai 1619

Nach tagelanger, strapaziöser Wanderung durch die Hochgebirgslandschaft der Anden erreichten Jana und Richard Ende April Zipaquirà. Die Stadt war auf den Grundfesten einer alten Siedlung gebaut worden, und die Spanier hatten nicht nur die Herrschaft über die Stadt übernommen und erfolgreich ihr System der *encomienda* etabliert, sondern die Eroberten auch gezwungen, Spanisch zu lernen.

Zu Janas großem Erstaunen gab es außerhalb der Stadtmauern ein kleines Nonnenkloster, das von einer Dominikanerin geleitet wurde. In einem soliden Bau aus Granitstein, der früher von den Geierfrauen, den Priesterinnen der Muiscas, bewohnt worden war, lebten jetzt zehn Nonnen. Acht davon waren Einheimische, zwei Frauen stammten aus Spanien. Es war dem Einsatz der Äbtissin Carmela zu verdanken, dass der Bau der Zerstörungswut der Spanier standgehalten hatte. Früher hatten hier die Geierfrauen die Tunjos, die wertvollen Opfergaben der Muiscas, bewacht. Als die Spanier angegriffen hatten, waren die Priesterinnen samt Schatz rechtzeitig in höher gelegene Ortschaften geflohen.

Schwester Carmela, die als eine der ersten Frauen mit einem Missionierungsauftrag die Stadt erreicht hatte, erkannte, dass der Bau den Muiscas heilig war. Es gelang ihr, das Vertrauen der Einheimischen zu gewinnen, indem sie den Tempel rettete. Danach versuchte sie, die Indios zum Christentum zu bekehren, ohne den alten Glauben in den Schmutz zu ziehen. Dafür übernahm sie altvertraute Rituale und adaptierte sie für christliche Bräuche. Schwester Carmela gelang, was keinem Priester zuvor geglückt war, sie hatte regen Zustrom zu ihrem Kloster und den Gottesdiensten, die ein befreundeter Priester aus einem der Nachbardörfer abhielt.

Die Äbtissin schien kaum älter als dreißig Jahre und empfing Jana und Richard mit herzlicher Gastfreundschaft. Sie bot ihnen eine saubere Kammer zum Schlafen und eine üppige Mahlzeit an. Als sie bemerkte, wie erschöpft Jana nach der langen Reise aussah, fragte sie freundlich: »Einige meiner Mitschwestern haben heute ihren Badetag. Wenn ich mich nicht irre, ist der Badezuber immer noch mit heißem Wasser gefüllt. Soll ich nachsehen gehen, ob das Wasser noch für Euch reicht?«

Die Vorstellung, in warmes Wasser zu tauchen und den Schmutz der letzten Wochen abzuschrubben, war äußerst verlockend.

»Das wäre wundervoll«, seufzte Jana.

Die kleine, resolute Frau mit dem runden Gesicht und der sonnengebräunten Haut lächelte zufrieden und lief in die Küche.

Kurz darauf glitt Janas müder Körper in warmes, nach Blüten duftendes Wasser. Selig schloss sie die Augen und fühlte sich zum ersten Mal seit Wochen ruhig. Es war, als hätte sie nach einer langen Reise ihr Ziel erreicht. Auch wenn sie den Schatz noch nicht gefunden hatte. Dieses Kloster, ein Ort des Friedens und der Versöhnung zwischen Spaniern und Indios, erschien ihr wie ein kleines El Dorado. Jana strich ihren mageren Körper mit der luxuriösen Seife ein und wusch sich einen Teil der Sorgen der letzten Wochen ab, der gemeinsam mit dem Schmutz auf dem Grund der Wanne landete. Sie stieg erst wieder aus dem Wasser, als es kalt geworden war und ihre Haut so viele Runzeln hatte wie die einer hundertjährigen Frau.

Später saß sie auf einer der Steinbänke im Garten. Ihr Haar war noch feucht und roch nach der Blütenmischung, die eine der Nonnen dem Badewasser zugesetzt hatte. Jana konnte nicht aufhören, sich über den Geruch zu freuen. Von der Bank aus hatte sie freie Sicht auf die schneebedeckten Gipfel. Bienen und andere Insekten flogen summend um die bunten Blüten des Klostergartens. Hier wuchsen Kräuter, die sie aus ihrer Heimatstadt Prag kannte, und welche, die sie auf ihrer Reise durch Europa kennengelernt hatte. Aber es gab auch Pflanzen, die sie noch nie zuvor gesehen hatte.

»Wenn Ihr Euch für die Heilkräuter in unserem Garten interessiert, kann ich Euch Schwester Calandria schicken. Sie ist für die Pflanzen zuständig und verfügt über ein enormes Wissen«, sagte Schwester Carmela. Jana hatte nicht bemerkt, wie sie in den Garten gekommen war. Dabei trat die Äbtissin bei jedem Schritt kräftig auf und kündigte ihr Kommen an. Aber Jana war zu sehr in den Anblick des Kräutergartens vertieft gewesen.

»Das wäre sehr freundlich«, antwortete sie überrascht.

»Kennt Ihr Euch mit Heilkräutern aus?«, fragte Schwester Carmela interessiert.

»Ich bin ausgebildete Apothekerin. Ich hätte in Prag die Apotheke meines Onkels übernehmen sollen. Aber dann kamen die Dinge anders …« Jana brach ab. Prag lag unendlich weit hinter ihr und die Erinnerungen daran ebenso.

»Das ist ungewöhnlich und interessant zugleich.« Schwester Carmela setzte sich unaufgefordert zu Jana.

»Euer Mann ist kein Apotheker. Oder?«

Jana schüttelte schweigend den Kopf. Seit dem unangenehmen Rauscherlebnis in dem Andendorf waren sie und Richard sich nähergekommen. Zwischen ihnen herrschte eine Vertrautheit, die Jana an manchen Tagen wie ein Verrat an Conrad erschien. Sie sah Richard und seine Trinksucht in einem neuen Licht. Natürlich hieß sie sein Laster nicht gut, aber sie konnte ihn nun besser verstehen. Der Engländer seinerseits bemühte sich, weniger zu trinken. Er sprach nicht darüber, aber Jana konnte es sehen. An manchen Tagen griff er nur selten zu seiner Flasche, an anderen so oft wie in den Wochen zuvor.

»Wie habt Ihr Euren Ehemann kennengelernt?«, fragte Schwester Carmela. Es war ehrliches Interesse und keine unangenehme Neugier, die hinter der Frage steckte, dennoch fiel Jana die Antwort schwer.

»Auf Tobago.«

»Ihr seid nicht gemeinsam aus der Alten Welt gekommen?«, fragte Carmela überrascht.

Jana zupfte ein Thymianblatt von einem der Stängel und zerrieb es zwischen den Fingern. Der würzige Duft stieg ihr in die Nase. Sie seufzte unentschlossen. Sollte sie der freundlichen Äbtissin die Wahrheit sagen? Was konnte passieren? Im schlimmsten Fall verwies Carmela sie des Klosters. Das wäre zwar unangenehm, aber nicht so schrecklich wie die Vorstellung, die nette Frau zu belügen. In den letzten Wochen hatte Jana so oft die

Wahrheit verdreht, dass sie mittlerweile genug davon hatte.

»Richard Walton ist nicht mein Ehemann«, sagte sie und wartete auf einen entsetzten Aufschrei. Aber der blieb aus. Die Spanierin nickte bloß und meinte: »Das habe ich mir fast gedacht.«

»Warum?«, fragte Jana erstaunt.

»Es ist die Wehmut in Euren Augen, die mir verriet, dass Ihr einen anderen liebt.«

»Seid Ihr nicht entsetzt, dass ich allein mit einem Mann reise, mit dem ich nicht verheiratet bin?«

»Viel schlimmer wäre es doch, wenn Ihr mit einem Mann verheiratet wärt, den Ihr nicht liebt, als bloß mit ihm zu reisen.«

Die Äbtissin lächelte spitzbübisch.

Ob sie wirklich eine Nonne war?, schoss es Jana durch den Kopf, doch sie schalt sich selbst eine Närrin ob ihrer unsinnigen Gedanken.

Unterdessen wurde Carmelas Gesichtsausdruck wieder ernst: »Wollt Ihr zwei getrennte Gästekammern? Ich fürchte, dazu muss ich Schwester Desidea aufwecken, sie ist für die unbenutzten Räume zuständig und verwaltet die Schlüssel dazu.«

Jana beruhigte Carmela: »Richard und ich reisen nun schon seit Wochen zu zweit. Wir haben keinerlei Interesse aneinander. Ich denke, es ist Bequemlichkeit, dass wir uns noch nicht getrennt haben.«

Carmela legte den Kopf schräg, sie schien Janas Worte nicht zu glauben, erwiderte aber nichts.

»Morgen wird Desidea sich darum kümmern«, sagte sie entschieden.

»Es stört Euch also nicht, dass ich unverheiratet bin?«,

fragte Jana, immer noch verblüfft. Sie konnte einfach nicht glauben, dass eine Dominikanerin derart tolerante Ansichten vertrat.

Carmela lachte: »In diesem Kloster wohnen Frauen, die nachts zu ihren alten Göttern beten und bravere Christen sind als so mancher Bischof. Wir haben Frauen, die von den Spaniern auf grausamste Weise geschändet wurden und unter Schmerzen ihre Kinder zur Welt gebracht haben, die sie so innig lieben, wie Mütter ihre Kinder nur lieben können. Wer bin ich, dass ich über andere urteile?«

»Ihr seid sehr großzügig«, sagte Jana beeindruckt.

»Großzügig und verschwiegen. Wollt Ihr mir Euer Herz ausschütten? Ich bin zwar kein Priester, der die Beichte abnehmen kann. Aber manchmal ist es hilfreich, mit jemandem zu reden, auch wenn man hinterher nicht die Absolution erhält.«

Jana zögerte. Sollte sie das Angebot annehmen? Sie vertraute der Spanierin, die ihr Kloster mit ungewöhnlichen Ideen leitete, aber wie würde die Frau reagieren, wenn sie von der Schatzkarte erfuhr? Würde sie auch danach gieren und versuchen, das Dokument an sich zu reißen? Im Moment saß sie abwartend neben Jana.

»Ich glaube, dass es mich erleichtern würde, wenn ich mit jemandem über die Ereignisse der letzten Wochen reden könnte«, meinte Jana vorsichtig.

»Dann sprecht aus, was Euch belastet«, forderte Carmela freundlich.

Jana holte weit aus und begann mit ihrer geplanten Hochzeit in Prag. Sie erzählte vom Tod ihres Vaters, dem geheimnisvollen Manuskript und von Conrad. Mit jedem Satz, den sie sprach, schien der Ballast, den sie seit Wochen mit sich herumschleppte, an Gewicht zu verlieren.

Jana beendete ihre Ausführungen erst mit der Ankunft im Kloster.

Als sie ihren Bericht abschloss, war die Sonne längst untergegangen, tief hängender Nebel lag über den Bergspitzen und verdeckte Sterne und Mond. Schwester Carmela entzündete geschickt eine Öllampe, die neben der Bank stand. Im flackernden Schein der Flamme tauchte das Gesicht der Nonne wieder auf. Es lag echte Besorgnis darin.

»Es ist traurig, dass Ihr Euren Vater verloren habt und auch der Diener von Master Walton sterben musste. Aber ich denke, dass weder der eine noch der andere ein Recht auf die Karte hatte, die immer noch in Eurem Besitz ist.«

Erstaunt horchte Jana auf. »Seid Ihr auch der Meinung, dass es die Karte des Papstes ist?«

Carmela schüttelte den Kopf: »Die Karte führt zu einem Schatz, der dem Volk der Muiscas gehört.«

»Ihr meint, das Gold gehört den Göttern, denen die Einheimischen es geopfert haben?«

»Aus welchem Grund auch immer die Muiscas ihr Gold im See versenkt haben. Es gehört ihnen. Meine Worte mögen seltsam klingen. Aber ich bin fest davon überzeugt, dass in diesem Land bereits viel zu viel Blut vergossen wurde. Es kann nur ein gottgefälliges Ziel geben: den Frieden. Wir werden ihn aber nicht erringen, solange wir nach Schätzen suchen, die uns nicht gehören.«

Jana schluckte betroffen. Tief in ihrem Inneren wusste sie, dass Carmela recht hatte. Aber dann wieder dachte sie praktisch. Welchen Zweck hatte Gold am Grund eines Sees, wenn es doch so viel Gutes gab, was man damit tun könnte.

»Ich sehe, dass in Eurem Kopf viele Fragen beantwortet werden wollen«, sagte die Äbtissin. »Ich werde Euch jetzt allein lassen, damit Ihr in Ruhe über Eure Entscheidungen nachdenken könnt.«

»Und wenn ich falsch entscheide?«, fragte Jana gequält.

Schwester Carmela lächelte milde: »Wir sind Menschen, und wir machen Fehler. Würden wir immer richtig entscheiden, wären wir Gott.«

Die Äbtissin ergriff Janas Hand. Sie war warm und klein und fühlte sich seltsam stark an.

»Dieses Kloster steht allen Frauen offen, die darum bitten. Eine Apothekerin, die sich auch in der Heilkunst versteht, ist uns besonders willkommen.«

»Danke«, sagte Jana.

Als sie in die Gästekammer trat, erkannte sie sofort, dass Richard noch munter war. Nach der wochenlangen Reise wusste sie, wie sein Atem klang, wenn er schlief. Die Kammer war winzig klein, aber sauber. Ein relativ breites Bett stand an der Wand, in dem sie beide Platz hatten. Es war nicht das erste Mal, dass sie so eng nebeneinander schlafen würden. Sie setzte sich auf die Bettkante. Leise zog sie ihre Schuhe und ihren Mantel aus und kroch vorsichtig unter die Decke, die frisch gewaschen roch. Als sie sich zu der Öllampe beugte, die Schwester Carmela ihr mitgegeben hatte, um die Flamme auszublasen, drehte sich Richard zu ihr.

»Wo seid Ihr so lange gewesen? Ich habe mir Sorgen gemacht«, sagte er vorwurfsvoll.

»Ich habe im Garten gesessen und mich mit Schwester Carmela unterhalten.«

»Um diese Tageszeit? Es ist seit Stunden dunkle Nacht.«

»Seit wann sorgt Ihr Euch um mich?«

»Keine Ahnung«, murrte Richard verärgert. »Diese

ganze Reise ist absurd, und ich verliere langsam den Verstand.«

Jana drehte sich zu ihm.

»Das Gegenteil ist der Fall«, sagte sie ernst. »Seit Ihr weniger Zuckerrohrbrand in Euch schüttet, seid Ihr im Besitz Eurer Sinne.«

»Ich bin nicht sicher, ob das gut ist.«

Eine Pause entstand, und Jana spürte, dass er noch etwas sagen wollte.

»Jana, ich …«, etwas in seiner Stimme ließ sie aufhorchen und ein Stück zurückweichen. Eine bislang unbekannte Zärtlichkeit lag darin.

»Ich fürchte, ich habe mich in Euch verliebt«, gestand Richard.

Janas Herz begann schneller zu schlagen. Hatte sie nicht eben Schwester Carmela versichert, dass Richard kein Interesse an ihr hatte? Und was war mit ihr? Fand sie den traurigen Mann mit der tragischen Vergangenheit nicht auch anziehend?

Im Halbdunkel der Öllampe wirkten seine dunkelbraunen Augen samtig weich wie seine Stimme. Jana wandte ihren Blick ab, aus Angst, sich sonst darin zu verlieren. Zärtlich ergriff Richard ihre Hand und zog sie zu sich.

»Du willst es doch auch«, sagte er und küsste ihre Hand. So wie damals an der Quelle in den Anden ging ein Kribbeln durch Janas Körper. Langsam strich Richard eine der blonden Strähnen aus ihrer Stirn und legte sie hinter ihr Ohr. Er beugte sich über sie und hauchte einen Kuss auf ihren Hals. Ein Geruch nach herber Seife ging von ihm aus. Aber Jana konnte keinen Zuckerrohrbrand ausmachen. Als er den Kopf wieder hob, lag eine einzige

Frage in seinen Augen. Wenn Jana sie nicht eindeutig beantwortete, würde sie es ewig bereuen. Als sie nicht zurückwich, zog Richard sie näher zu sich. Seine Lippen berührten die ihren sanft, und Jana war überrascht, wie weich sie waren. Ihr eigenes Verlangen verwirrte und entsetzte sie zu gleichen Teilen.

Als der zärtliche Kuss fordernder und leidenschaftlicher wurde, rückte Jana von ihm ab.

»Wir dürfen das nicht tun«, keuchte sie entschieden und konnte nicht glauben, wie viel Enttäuschung in ihrer eigenen Stimme lag.

»Wir sind am Ende der Welt. Wir dürfen alles«, sagte Richard und beugte sich erneut zu ihr. Er küsste zuerst ihren Hals, dann ihre Schulter. Aber Jana stemmte beide Hände gegen seine Brust.

»Du bist verheiratet. Deine Frau wartet in England auf dich. Sie hat ein Recht darauf, dass du ihr treu bleibst.«

Abrupt setzte Richard sich auf und lächelte schief. Eine seiner dunklen Haarsträhnen war ihm in die helle Stirn gefallen, und er sah so attraktiv aus, dass es Jana die Kehle zuschnürte. Erneut wich sie seinem Blick aus.

»Du forderst für eine Frau ein Recht ein, die du gar nicht kennst?«, fragte er belustigt.

»Ich habe Conrad versprochen, ihn zu heiraten«, sagte Jana leise.

»Conrad ist tot!« Richards Lächeln war verschwunden. Er musterte Jana ernst.

»Das mag sein. Aber sollte ich mich je für einen anderen Mann entscheiden, dann nicht für den Ehemann einer anderen Frau, der noch dazu Vater von zwei kleinen Kindern ist. Ich könnte mit der Schuld, die ich damit auf mich lade, nicht leben.«

»Wie willst du etwas zerstören, was längst kaputt ist?«

»Ich könnte dennoch nicht damit leben.«

Jana konnte nicht erkennen, was hinter Richards Stirn vor sich ging. Seine Mimik verriet nicht, was er dachte oder fühlte. Plötzlich war er wieder der unnahbare Mann, dessen bester Freund die Alkoholflasche war. Nach einer schier endlosen Pause meinte er schulterzuckend: »Schade!«

Auch Jana fand es schade, sprach es aber nicht aus. Dann löschte sie die Öllampe und legte sich an den äußersten Rand des Bettes. Richard rollte sich auf dem anderen Ende zusammen. Jana lag noch lange wach, und sie wusste, dass auch Richard nicht schlafen konnte, sein unregelmäßiger Atem verriet ihn. Aber Jana hütete sich davor, ihn erneut anzusprechen. Irgendwann fielen ihr die Augen zu, und sie tauchte in einen unruhigen Schlaf.

Als Jana am nächsten Morgen neben Richard erwachte, tat er so, als wäre letzte Nacht nichts geschehen. Jana war ihm dankbar dafür. Sie verbrachten die nächsten Tage im Kloster der Dominikanerinnen, schliefen aber auf Janas Wunsch in getrennten Räumen.

Jana versuchte Richard davon zu überzeugen, die Suche nach dem Schatz aufzugeben. Dabei stieß sie auf verständnisloses Lachen.

»Es kann nicht Euer Ernst sein, dass Ihr so kurz vor dem Ziel aufgeben wollt, weil eine Nonne Euch ein schlechtes Gewissen einredet«, sagte er amüsiert.

Jana selbst wusste nicht, was sie wollte. Auf der einen Seite nagte die Neugier an ihr. Sie wollte herausfinden, ob ihr Vater recht gehabt hatte und es diesen Schatz tatsächlich gab. Auf der anderen Seite plagte sie das schlechte Gewissen. Natürlich war es nicht ihr Gold und nicht ihr

Schatz. Aber konnte es so verwerflich sein, einen Teil davon an sich zu nehmen und Gutes damit zu tun? Noch dazu, wenn niemand davon erfuhr?

Schließlich siegte Janas Neugier. Gemeinsam mit Richard hockte sie im Klostergarten und verbrachte Stunden damit, die Schatzkarten genau zu studieren. Während auf der Karte von Raleigh der Weg bis nach Barinas genau dargestellt war und der Weg in Tunja endete, zeigte Janas Karte detailreich das Gebiet rund um Zipaquirà. Jeder Felsen, jede Weggabelung und jeder Bach waren zu sehen. Der Weg bis hierher war nicht viel mehr als eine Auflistung von Orten und eine Angabe der Reiserichtung gewesen. Trotz der Unterschiedlichkeiten schien der Weg, der von Tunja beziehungsweise von Zipaquirà aus zum Schatz führen sollte, in etwa gleich. Richtung und Verlauf waren ähnlich. Das Ziel selbst unterschied sich wieder. Während sich laut Janas Karte der Schatz in einem kleinen See hinter der Lagune von Guatavita befand, hatte Raleigh den Schatz direkt im großen See eingetragen.

»Als Sir Walter Raleigh mir die Karte gab, hat er mich gewarnt, dass einiges vielleicht nicht genau stimmt«, sagte Richard. »Er selbst ist nie weiter als bis nach Barinas gekommen und hat die Karte bloß aus dem Gedächtnis gezeichnet.« Diese Information war nicht neu für Jana. Tom hatte ihr bereits in Caracas davon erzählt.

Sie nahm die Kette ihres Vaters von ihrem Hals und legte das Amulett in die leere Stelle auf der Karte, die den See darstellte. Die Linien ergaben eine gefiederte Schlange.

»Conrad hat das Zeichen für eine Höhle gehalten, die sich auf einer kleinen Insel im See befindet«, sagte Jana.

Richard legte seine Stirn in Falten: »Die Schlange könnte wirklich eine Insel sein. Das Zeichen auf Sir Raleighs

Karte sieht eher wie eine Sonne aus. So als wäre der Schatz eine riesige Sonne. Was meint Ihr?«

Jana beugte sich tief über Richards Karte und stimmte ihm zu: »Ja, ich glaube, dass das Symbol im See eine Sonne ist.«

In dem Moment betrat Schwester Carmela den Garten. Der Kies knirschte unter ihren festen Schritten. Rasch faltete Richard die Karten zusammen und versteckte sie hinter dem Rücken, aber Jana hielt ihn zurück. »Ich habe Carmela von unseren Plänen erzählt. Sie weiß, wonach wir suchen«, beruhigte sie ihn.

Richard ließ die Karten dennoch zusammengefaltet.

»Ihr wollt zur Lagune von Guatavita?«, fragte Carmela. »Den Weg könnt Ihr Euch sparen. Die Spanier haben den ganzen See abgesucht und sogar einen V-förmigen Einschnitt am Ufer angelegt, um ihn auszutrocknen. Alles ohne Erfolg.«

»Auf Raleighs Karte ist die Lagune eingezeichnet, auf meiner ein Gewässer, das sich dahinter befindet«, sagte Jana.

Carmela antwortete nicht, sondern nickte bloß, dabei richtete sie ihren Blick vorwurfsvoll auf Jana.

Verärgert setzte Richard zu einer bösen Bemerkung an, aber Jana hielt ihn davon ab, indem sie ihre Hand auf seinen Arm legte.

»Vielleicht ist das, was wir tun, nicht richtig. Aber nach der langen Reise will ich endlich wissen, was El Dorado wirklich ist.« Sie reichte Carmela das goldene Amulett ihres Vaters.

»Kann es Gottes Wille sein, dass solch wunderbare Kunstgegenstände irgendwo vergessen werden? Wenn wir El Dorado gefunden haben, können wir immer noch entscheiden, was wir damit tun. Ob wir mit dem Gold ein Hospital bauen, ob wir es den Muiscas zurückgeben, es einfach in dem Versteck lassen oder einen Teil davon anders verwenden.«

»Ihr wollt mit dem Gold ein Hospital aufbauen?« Carmela horchte interessiert auf.

»Conrad hat es vorgehabt. Ich denke, dass es ein erstrebenswertes Ziel ist, von dem alle profitieren können. Vor allem dann, wenn niemand erfährt, woher das Gold stammt.«

»Ein Hospital wäre wirklich eine wundervolle Sache. Gerade die Ärmsten unter den Indios brauchen Hilfe.« Carmela machte eine Pause. »Von dieser Seite aus betrachtet, wäre es vielleicht gut, wenn das Gold verwendet wird. Aber stellt Euch darauf ein, dass Ihr nicht nur Gold finden werdet.«

»Ihr meint, dass auch geheimes Wissen, Bücher, Schriften, Weisheiten versteckt wurden?«, fragte Jana hoffnungsvoll. Sie wünschte, Conrad wäre bei ihr und könnte dieses Gespräch führen.

Aber die Äbtissin schüttelte den Kopf.

»Ich denke an die Menschenopfer, die man den Göttern gebracht hat«, sagte sie ernst.

»Menschenopfer?«, fragten Jana und Richard fast zeitgleich.

»Ja, es war üblich, dass man junge Frauen, Kriegsgefangene und Sklaven den Göttern opferte, um diese milde zu stimmen. Eine unserer Nonnen, Zitkala, die heute Schwester Benedicta heißt, war dem Tode geweiht. Ein purer Zufall hat ihr Leben gerettet«, erklärte Carmela.

Vor Janas innerem Auge tauchten Bilder von Skeletten auf und die Erinnerung an eine Wasserleiche, die man aus der Moldau geholt hatte, als sie ein Kind gewesen war. Der Anblick war widerlich gewesen und hatte sich tief in ihr Gedächtnis gebrannt.

»Das ist ja abscheulich«, sagte sie angewidert.

Carmela stimmte ihr zu, meinte dann aber: »Auch wir Christen tun Abscheuliches im Namen des Herrn. Als ich meine Heimat verlassen habe, brannten in Sevilla Juden auf einem Scheiterhaufen. Der Geruch verkohlter Leichen setzte sich in meiner Nase fest, bis ich die Neue Welt erreichte.«

»Um hier gegen den Gestank brennender Indios ersetzt zu werden«, sagte Richard bitter.

Die Äbtissin nickte traurig.

»Vielleicht liegt es in der Natur der Menschen, dass er grausam ist. Gott wird uns helfen, dass das Gute am Ende siegt«, meinte sie zuversichtlich. Nach einer Weile fügte sie hinzu: »Da Ihr Euren Entschluss bereits gefasst habt, kann ich nur noch alles Gute wünschen. Ihr habt meinen Segen, falls er Euch etwas bedeutet.«

Er bedeutete Jana sehr viel, und sie umarmte die kleine Frau herzlich. Auch wenn sie Carmela erst seit ein paar Tagen kannte, so war es, als hätte sie eine Seelenverwandte getroffen.

»Wann wollt Ihr aufbrechen?«, fragte die Äbtissin.

»Morgen nach dem Frühstück«, sagte Jana. »Heute habe ich Schwester Calandria versprochen, ihr bei der Herstellung neuer Medizin zu helfen. Sie braucht frischen Hustensaft und eine Paste gegen schmerzende Krampfadern.«

Carmela verschränkte ihre Hände in den weiten Ärmeln ihrer Kutte und seufzte: »Ich wiederhole mein Angebot: Dieses Kloster steht Euch immer offen.«

Jana und Richard brachen nicht am nächsten und auch nicht am übernächsten Tag auf, sondern erst am Ende der Woche. Schwester Carmela hatte ihnen von den Maultieren abgeraten. Stattdessen sollten sie mit Lamas weiterreiten. Da die Münzen in Richards Sack sich langsam dem Ende zuneigten, bot die Äbtissin den Reisenden an, ihnen Lamas gegen eine Kaution zu leihen. Das einzig Wertvolle, das Jana besaß, war das goldene Amulett ihres Vaters. Sie reichte es der Äbtissin. Als Schwester Carmela das Schmuckstück sah, nickte sie zufrieden und meinte: »Nun bin ich sicher, dass Ihr zurückkehren werdet. Aber nehmt Euch in Acht, die Tiere sind schreckhaft und spucken, wenn sie sich bedroht fühlen.«

Als sie dem Kloster den Rücken kehrten, sagte Richard: »In zwei Tagen wissen wir Bescheid, ob die lange Reise sich gelohnt hat.«

Bitter verzog Jana den Mund.

»Was auch immer wir finden werden, es kann meinen Verlust nicht aufwiegen.«

Zipaquirà,

Mai 1619

Der Jesuit hatte Bonifàcio zur Eile getrieben und dem Jungen auch dann keine Pause gegönnt, als er erschöpft auf seinem Pferd hing. Er war fest entschlossen, die blonde Frau diesmal zu erwischen, ihr die verdammte Karte abzunehmen und den Auftrag ein für alle Mal zu erledigen. Hätte der Alte in der Kathedrale die Stadt Zipaquirà nicht erwähnt, wären sie nach Tunja geritten und hätten jede Spur der Schatzkarte verloren. Er hätte seinen Auftrag nicht erfüllt, und was dann passiert wäre, wollte er sich nicht ausmalen.

Der Alte hatte ihm die möglichen Konsequenzen eines Versagens erneut mit einer Dringlichkeit ins Gedächtnis gerufen, die nun für seine unbarmherzige Strenge verantwortlich war. Der Junge neben ihm war blass und hatte trotz seines runden Gesichts eingefallene Wangen. Dunkle Ringe lagen unter seinen schrägstehenden Augen, aber er beschwerte sich nicht. Bonifàcio wollte ihn unbedingt begleiten.

Immer wieder wiederholte der Junge: »Ich muss Euch beschützen!« Wie unglaublich lächerlich! Was sollte ein Schwachsinniger gegen die Gefahr ausrichten, die ihm drohte?

Nicht zum ersten Mal fragte sich der Jesuit, warum er

den schwachköpfigen Jungen nicht längst irgendwo zurückgelassen hatte. Die Antwort war einfach und dennoch schwer zu akzeptieren. Bonifàcio nahm ihn so an, wie er war. Er sah nicht das Monster in ihm, in das er sich in den letzten Jahren verwandelt hatte. Weder den seelischen noch den körperlichen Krüppel, sondern einen braven Christen und liebenswerten Menschen. Er wusste, dass er längst weder das eine noch das andere war. Er war ein Auftragsmörder ohne Gefühle für seine Opfer. Jahrelang hatte er geglaubt, dass er problemlos immer so weitermachen konnte. Aber dann war Bonifàcio in sein Leben getreten und hatte alles durcheinandergebracht. Schuld an der Misere war Abt Felipe in Lissabon, jener selbstverliebte, geldgierige Mann, der keinen Platz für den Schwachsinnigen in seinem perfekten Kloster gesehen hatte. Der Jesuit ballte seine verkrüppelte Hand zu einer Faust. In dem Moment wurde er von Bonifàcio aus seinen Überlegungen gerissen.

»Ist das da vorne der Ort, an den wir wollen?«, fragte der Junge. Wieder einmal war ihm der Name der Stadt entfallen.

»Ja, das da vorne ist Zipaquirà.« Er sprach den Namen besonders deutlich aus, in der Hoffnung, dass seine Bemühungen irgendwann Früchte tragen würden.

»Es soll in der Stadt ein Kloster geben, das von Dominikanerinnen geleitet wird. Wir werden es gleich aufsuchen, denn wo sonst, wenn nicht bei Nonnen, soll eine Frau Unterschlupf suchen?«

Wenig später klopfte Bonifàcio an die Pforte des Dominikanerklosters. Die Äbtissin selbst öffnete ihnen und schien wenig überrascht über den Besuch. So als hätte sie die Männer erwartet, führte sie sie in den Garten und bot ihnen Erfrischungen an.

»Darf ich Euch eine Tasse Mazamorra anbieten?«, fragte die kleine zierliche Frau mit dem runden Gesicht und fügte erklärend hinzu: »Das ist dickflüssig gekochter Mais mit Wasser und Milch.«

Bevor der Jesuit ablehnen konnte, nickte Bonifàcio begeistert, und die Äbtissin verschwand in dem schlichten Steinbau, der bis auf ein nachträglich angebrachtes Kreuz an einer der Zinnen des Daches keine christlichen Symbole aufwies und eher an einen heidnischen Tempel erinnerte als an ein Kloster.

Bonifàcio ließ sich erschöpft auf einem der Stühle nieder, während Francesco ungeduldig stehen blieb. Er wollte all die unnötigen Höflichkeitsgesten überspringen und gleich zum Wesentlichen kommen, aber der Junge hielt ihn davon ab. Wäre er allein unterwegs gewesen, hätte er der Frau bereits alle notwendigen Informationen entlockt.

»So setzt Euch doch«, rief ihm Schwester Carmela einladend zu. Sie erschien erneut im Garten und balancierte ein Tablett mit einem Krug und drei Bechern vor sich her. Geschickt stellte sie alles auf dem kleinen Steintischchen vor Bonifàcio ab.

»Habt Dank für Eure Gastfreundschaft«, sagte der Jesuit gepresst. »Aber wir sind nicht hier, um den regenfreien Nachmittag in Eurem wunderschönen Garten zu verbringen.«

»Das habe ich auch nicht erwartet«, erwiderte Carmela, während sie die Becher einschenkte und sowohl Bonifàcio als auch Francesco einen reichte.

Mit seiner unverletzten Hand nahm er ihn entgegen.

Doch statt davon zu trinken, sagte er nur: »Ich brauche Informationen von Euch.«

»Ein wichtiger Mann wie Ihr sucht bei mir nach Informationen?« Carmelas schmale Augenbrauen schossen nach oben.

Für einen Moment war Francesco überrascht.

»Woher wisst Ihr …?«, fragte er irritiert.

»Als Ihr eben den Becher entgegennahmt, habe ich den Siegelring auf Eurem Finger gesehen«, erklärte Carmela.

Verärgert stellte Francesco den Becher wieder ab. Er hatte vergessen, den Ring wieder auf die fingerlose Hand zu stecken. Während der letzten Tage hatte sich die dünne Haut seiner vernarbten Hand entzündet. Der Ring hatte ständig dagegen gerieben. Um sich Schmerzen zu ersparen, hatte er den Ring auf den Zeigefinger der anderen Hand gesteckt. Francesco war verweichlicht und unvorsichtig geworden. Nun musste er aufpassen, diese Frau täuschte mit ihrer Gastfreundschaft Harmlosigkeit vor. In Wirklichkeit verbarg sich hinter der hohen Stirn ein scharfer Verstand.

»Wir sind auf der Suche nach einer jungen Frau mit blondem Haar und einem Engländer. Wahrscheinlich sind sie vor kurzem hier in Eurem Kloster gewesen.«

Schwester Carmela setzte sich auf die Steinbank, um Zeit zu gewinnen.

»Und wenn dem so wäre?«, fragte sie vorsichtig.

»Dann will ich wissen, wohin die zwei unterwegs sind. Ich muss Euch nicht daran erinnern, dass ich im Auftrag des Heiligen Vaters unterwegs bin. Ihr habt den Siegelring bereits gesehen.«

Bonifàcio hatte seinen Becher geleert und fragte Francesco, ob er auch seinen austrinken dürfe.

Ungeduldig schob der Jesuit dem Schwachkopf seine Mazamorra zu.

»Es tut mir aufrichtig leid, dass ich Euch nicht weiterhelfen kann«, sagte Carmela. »Die Menschen, nach denen Ihr sucht, sind zwar hier gewesen, aber sie sind bereits vor Tagen abgereist. Wenn ich sie richtig verstanden habe, wollten sie weiter an die Küste.«

»Ich fürchte, Ihr wisst nicht, wofür der Name Fraternitas Secreta steht«, zischte Francesco verärgert. Er hatte dieses Versteckspiel satt. Auch wenn die Frau mit fester Stimme sprach und nicht rot wurde, so spürte er, dass sie log. In den letzten Jahren hatte er einen sechsten Sinn dafür entwickelt.

»Natürlich weiß ich, wofür der Name steht. Er ist das Synonym für Angst, Erpressung und Willkür. Vielleicht auch für Folter und Tod«, sagte Carmela unbeeindruckt und löste damit Verwirrung bei ihrem Gegenüber aus.

Wie konnte es sein, dass eine hilflose Frau sich nicht vor ihm fürchtete. Francesco griff nach seiner Kapuze und zog sie nach hinten. Sein vernarbtes, nasenloses Gesicht mit der fast durchsichtigen, gespenstisch weißen Haut glänzte in der Sonne.

»Falls Ihr mich mit Eurem Anblick einschüchtern wollt, so muss ich Euch enttäuschen. Ich habe die Christianisierung der Indios miterlebt. Euer Gesicht ist harmlos gegen die Bilder, die mich nachts noch quälen und mir manchmal den Glauben an unsere Kirche, nicht aber an unseren Herren nehmen.«

Francesco schnappte nach Luft. Jetzt blieb ihm nur noch die altbewährte Methode mit seinem Messer. Doch Bonifàcio saß neben ihm, und er konnte sich noch gut an die Szene in Barinas erinnern. Sie durfte sich nicht wiederholen. Seit der Junge bei ihm war, schien alles schiefzulaufen.

»Schade, dass Ihr den Auftrag des Heiligen Vaters nicht unterstützen wollt. Ich hoffe, es ist Euch bewusst, dass der Bischof von Caracas davon erfahren und seine Konsequenzen ziehen wird. Eure Tage als Äbtissin dieses Klosters sind gezählt.«

Schwester Carmela lächelte. »Ihr schmeichelt mir. Glaubt Ihr wirklich, der Bischof von Caracas kümmert sich um ein winziges Nonnenkloster in den Anden?«

Eigentlich sollte Francesco nun verärgert sein, aber statt Wut spürte er Verwunderung in sich wachsen. Woher nahm diese kleine, zarte Frau ihren Mut? Ein heftiger Windstoß konnte sie problemlos umwehen, und dennoch bot sie ihm angstfrei die Stirn.

»Der Saft ist gut«, schmatzte Bonifàcio. »Trinkt auch«, forderte er Francesco auf.

Die Äbtissin schenkte beide leeren Becher noch einmal voll und reichte dem Jesuiten einen davon. Gedankenverloren nahm er ihn entgegen, nippte daran, merkte aber nicht, wie erfrischend er schmeckte. Wenn er seinen Auftrag ausführen wollte, musste er den Jungen und die Äbtissin für einen Moment loswerden und dann im Garten des Klosters warten, bis eine der Nonnen aus dem seltsamen Gebäude herauskam. Die Frauen konnten nicht ewig darin versteckt bleiben. Francesco wusste, dass ein junges Mädchen beim Anblick seines Gesichts alles erzählen würde, was er wissen wollte. Vielleicht konnte er die Äbtissin dazu bringen, Bonifàcio den Kräutergarten zu zeigen. Der Junge liebte bunte Blumen.

Angespannt lehnte er sich zurück, hörte halbherzig, aber bemüht freundlich dem Gespräch zwischen der Äbtissin und Bonifàcio zu und entdeckte hinter einem der kleinen Fenster einen Schatten. Sicher wartete dort eine der Nonnen darauf, endlich wieder in den Garten zu dürfen. Für einen kurzen Augenblick hatte Francesco Mitleid mit ihr. Er dachte, dass sie im Gebäude bleiben würde, wenn sie wüsste, was sie erwartete.

In der Nähe der Lagune von Guatavita,

Mai 1619

»Es muss hier irgendwo einen See geben«, sagte Jana und wischte sich mit dem Handrücken über die Stirn. Es hatte zu regnen aufgehört, dennoch klebte eine feine Schicht aus Schweiß und Regentropfen auf ihrem Gesicht. Das behagliche Gefühl, das Wärme und ein sauberes Bett ihr noch vor kurzem beschert hatten, war längst wieder verschwunden.

Richard trat zu ihr. Er hatte seit vorgestern keinen Tropfen Zuckerrohrbrand getrunken. Der Schweiß auf seiner Stirn war die natürliche Reaktion seines Körpers auf das Fehlen des Alkohols.

»Zeigt mir noch einmal die Karte«, sagte er und beugte sich über ihre Schulter. Mit seinem rechten Zeigefinger fuhr er die Linien auf dem festen Papier ab. »Wir sind irgendwo hier.« Er schaute sich suchend um. »Laut Karte müssten wir schwimmen, weil wir uns mitten in einem See befinden. Die kleine Insel mit der vermeintlichen Höhle sollte irgendwann vor uns auftauchen. Vielleicht dort.« Richard streckte seinen Arm aus und deutete auf eine kahle, ebene Stelle zu ihrer Rechten.

»Das ergibt doch keinen Sinn«, sagte Jana. Erschöpft ließ sie sich auf den feuchten Boden sinken. Sie war Tausende von Meilen gereist, hatte Conrad verloren, und nun saß sie auf einer Hochebene in den Anden, wo weit und breit kein See in Sicht war. Nicht einmal ein kleiner Teich, ein Bächlein oder eine Regenlacke. Gar nichts. Auf dem sandigen Boden wuchsen üppige Farne, Bromelien und Greisenbart statt Algen und Seerosen.

Jana ließ gedankenversunken ihre Hand durch den nassen Sand gleiten. Die feinen Körner fühlten sich kühl an und rieselten schwer durch ihre Finger. Erneut vergrub sie ihre Hand darin. Ihre Finger stießen auf etwas Hartes, Scharfes. Janas Hand zuckte zurück, sie steckte ihren Finger in den Mund. Als sie den Blutstropfen weggeschleckt hatte, wischte sie vorsichtig den Sand zur Seite und traf auf den Splitter einer flachen Süßwassermuschel. Als Kind hatte sie solche Muscheln in einem Teich in der Nähe von Prag gefunden.

»Seht nur!«, sagte sie erstaunt und hielt Richard den Splitter entgegen.

»Habt Ihr Gold gefunden?«

»Noch nicht. Aber vielleicht bald«, meinte Jana zuversichtlich. »Hier im Sand liegen Muscheln. Das heißt, dass irgendwann einmal ein See hier gewesen sein muss.«

Enttäuscht schüttelte Richard den Kopf: »Das kommt doch immer wieder vor. Ich habe in Südengland Muscheln an Orten gefunden, wo es seit Jahrhunderten kein Wasser gibt.«

Jana runzelte skeptisch die Stirn. Wie kamen Muscheln an einen wasserlosen Ort? Sie wollte auf keinen Fall aufgeben.

»Wir könnten doch genau an der Stelle zu graben beginnen, an der sich laut Karte der Schatz befindet«, meinte sie.

»Auf der Karte ist ein See eingezeichnet, den es nicht

gibt. Ebenso ein Ufer mit Bäumen und Felsen, die es ebenfalls nicht gibt. Wir haben keine Ahnung, wo die vermeintliche Höhle liegt. Wir müssten das ganze Gebiet umgraben.« Dazu deutete Richard mit einem Arm über das Gelände.

Jana warf erneut einen Blick auf die Karte, dabei kannte sie mittlerweile jeden Strich darauf. Sie versuchte sich an die Darstellung auf dem Amulett zu erinnern. Vielleicht war die Insel in Form der gefiederten Schlange in Wirklichkeit etwas ganz anderes. Mutlos ließ sie die Karte wieder sinken. Ob es hier gefiederte Schlangen gab? Wenn dem so war, sollte sie besser nicht mit bloßen Händen im Sand buddeln. Jana stand auf und klopfte ihre Röcke aus. Dann sah sie sich noch einmal um. Hatten die Bäume, Büsche oder einer der Felsen Ähnlichkeit mit einer Schlange? Sie blinzelte, konnte aber nichts erkennen.

»Ob Sir Walter Raleigh doch recht hatte und der Schatz sich im See von Guatavita befindet?«, fragte sie vorsichtig.

»Raleigh hat den See in der Nähe von Tunja eingezeichnet. Zum einen wissen wir, dass es in Tunja keinen See gibt, zum anderen hat die Äbtissin uns gesagt, dass die Spanier den See schon viel Male untersucht haben, aber ohne Erfolg.«

»Aber vielleicht hat das Symbol der Sonne etwas zu bedeuten«, meinte Jana.

»Glaubt mir, Jana, Raleigh war ein alter Mann, seine Augen waren nicht mehr die besten. Sicher hat er die Federn der komischen Schlange für eine Sonne gehalten.«

Jana steckte ihren Zeigefinger in den Mund und begann nachdenklich an ihrem Nagel zu kauen. Das hatte sie seit Jahren nicht mehr gemacht. Verärgert nahm sie ihn wieder heraus.

»Richard, meint Ihr nicht auch, dass der Felsen dort hinten aussieht wie die Sonne auf Eurer Karte?«, fragte sie.

»Jeder runde Felsen hat Ähnlichkeit mit der Sonne«, sagte Richard amüsiert.

Jana zuckte mit den Schultern. Sie wollte zu diesem Felsen gehen. Seine Form hatte etwas unnatürlich Perfektes, so als hätten Menschenhände nachgeholfen.

»Wir können uns den Felsen ja mal aus der Nähe ansehen. Schließlich haben wir in den letzten Wochen so wenige davon gesehen.« Jana ignorierte seinen Sarkasmus und ging los. Richard überholte sie. Kaum hatte er den runden Steinriesen erreicht, rief er aufgeregt: »Jana, schnell, kommt und seht Euch das an!«

Mit klopfendem Herzen hob Jana ihre Röcke und lief zu ihm. Richard lehnte dicht über dem Felsen und starrte voller Entzücken darauf.

»Gebt mir Euer Amulett«, sagte er aufgeregt.

»Das hat Schwester Carmela.«

»Ach ja, das habe ich vergessen!«, sagte Richard und klatschte sich mit der flachen Hand an die Stirn. »Na, egal. Schaut Euch diese Zeichnung an!«, forderte er und zeigte mit dem Finger an eine Stelle auf dem perfekt gerundeten Felsen. Nun aus der Nähe war es eindeutig erkennbar, dass Menschenhände und Werkzeug zu dieser Form beigetragen hatten.

Jana trat nah an Richard heran und lehnte sich in die Richtung, in die er zeigte. In den verwitterten Stein war ein Tier geritzt, das aussah wie eine gefiederte Schlange. Die Darstellung war genauer und feiner als die auf dem kleinen Schmuckstück, aber es bestand eindeutig eine gewisse Ähnlichkeit.

»Wir haben einen Anhaltspunkt gefunden«, sagte Richard begeistert.

»Ob Raleigh diesen Stein gemeint hatte oder ob es bloß Zufall ist, dass sich hier das Symbol des Amuletts befindet?«, fragte Jana.

»Ganz egal, auf alle Fälle hat die Sonne uns hierhergeführt, und wir werden den Platz umgraben«, beschloss Richard.

Jana untersuchte den Felsen auf weitere Zeichen, konnte aber nichts finden. Die gefiederte Schlange war der einzige Hinweis, dass es eine Verbindung zur Schatzkarte geben könnte.

Unterdessen holte Richard zwei Schaufeln und eine Spitzhacke, die sie vorsichtshalber in Zipaquirà erstanden hatten, aus dem Reisesack und reichte das kleinste Werkzeug Jana.

»Ist es nicht verrückt?«, sagte sie, während sie die Ärmel ihres Kleides hochkrempelte. »Ich habe mir die ganze Zeit über keine Gedanken darüber gemacht, was passiert, wenn wir zwar den Ort, nicht aber den Schatz finden.«

»Seit wann seid Ihr so pessimistisch? Wir sind dem Weg Eurer Karte gefolgt und an Felsen, Gebirgsformationen und Baumgruppen vorbeigekommen, die genau mit den Symbolen auf Eurer Karte übereinstimmen. Hier haben wir einen kreisrunden Stein und eine gefiederte Schlange gefunden. Ganz gewiss sind wir am richtigen Ort. Deshalb werden wir jetzt ganz viel Gold ausgraben.«

»Nun gut, dann spuckt in die Hände und lasst uns graben.«

Richard verzichtete aufs Spucken und stieß die Schaufel mit aller Wucht in den sandigen Boden. Jana tat es ihm mit etwas weniger Kraft gleich. Die Arbeit war schweißtreibend, und schon bald band sie sich die Röcke etwas höher und krempelte die Ärmel noch weiter auf. Der Regen wurde wieder dichter, und die Grube, die sie aushoben, allmählich breiter. Aber vom Schatz fehlte jede Spur.

Als sie schon aufgeben wollten, stieß Richards Schaufel auf einen harten Gegenstand. Das Metall des Werkzeugs klirrte.

»Hier ist etwas«, rief er aufgeregt und befreite den Gegenstand mit bloßen Händen.

Es war ein glatter, runder Stein. Ideal zum Zermahlen von Getreide, aber weder wertvoll noch besonders schön.

»Damit können wir steinreich werden«, sagte Jana grinsend. Eigentlich war ihr mehr zum Heulen, aber es tat gut, dass auch Richard lächelte. Dann rammte er erneut die Schaufel in den Boden und kippte Erde auf den Haufen neben sich, der immer höher wurde. Er selbst verschwand langsam in einem tiefen Erdloch. In dem Moment riss die Wolkendecke auf, und die Sonne blitzte hervor. Helles Licht fiel auf den Erdhaufen, und etwas Winziges darin glänzte. Neugierig ging Jana darauf zu und bückte sich.

»Richard, Ihr habt soeben einen Ring ausgegraben«, rief sie erstaunt. Es war ein schmales, fein verarbeitetes Schmuckstück mit Ornamenten und einem dunkelgrünen Smaragd.

»Zeigt her«, sagte Richard aufgeregt. Er warf die Schaufel zur Seite und hielt Jana die Hand entgegen. Sie legte das Schmuckstück hinein.

»Der ist aus Gold«, sagte Richard. »Vielleicht liegt noch mehr davon im Boden vergraben.«

»Das wollen wir hoffen, denn damit kommt Ihr nicht nach England zurück.«

»Warum werde ich den Eindruck nicht los, dass Ihr

mich so rasch wie möglich loswerden wollt?« Das Lächeln auf seinem Gesicht hatte etwas Anziehendes. Jana sah rasch weg.

»Grabt weiter«, sagte sie bestimmt und griff selbst nach ihrer Schaufel.

Plötzlich hielt sie inne.

»Habt Ihr das gehört?«, fragte sie.

»Nein, was?« Richard richtete sich auf.

»Es war, als hätte ich Hufschläge gehört.«

»Hufschläge, hier am Ende der Welt? Mitten im Nichts? Jana, Ihr träumt. Das kommt daher, dass wir seit dem Frühstück nichts gegessen und getrunken haben. Ich habe Euch gewarnt, aber Ihr wolltet die knusprigen Hühner in Zipaquirà nicht essen.«

»Die Viecher haben gestunken und steckten bestimmt schon seit Tagen auf dem Grillspieß!«, verteidigte sich Jana.

Sie reichte Richard die Spitzhacke, denn das Erdreich wurde nun fester und das Graben mit der Schaufel immer beschwerlicher.

»Meine Güte«, sagte er entsetzt. »Wer hätte gedacht, dass ich jemals mit so gefährlichen Instrumenten arbeiten werde.« Er holte aus, und Jana machte vorsichtshalber einen Schritt zur Seite.

»Verletzt Euch nicht«, rief sie ihm zu, aber Richard beachtete sie nicht. Er schwang das Werkzeug erneut durch die Luft und schlug damit ins Erdreich. Dabei keuchte er vor Anstrengung. Unterdessen sah sich Jana vorsichtshalber um. Die Büsche und Sträucher boten hervorragende Möglichkeiten, sich zu verstecken. Es wäre eine Leichtigkeit, ein Pferd dahinter anzubinden. Sollte Jana die Büsche absuchen? Doch wahrscheinlich hatte Richard recht, der Wind gaukelte ihr Geräusche vor, und sie hatte sich die Hufschläge bloß eingebildet. Statt sich weiter Gedanken zu machen, untersuchte sie den aufgeschütteten Erdhaufen.

Gerade als sie auf einen weiteren, kleinen glänzenden Gegenstand stieß, hörte sie erneut das Klappern von Hufen. Vielleicht hätte sie doch die Hühnchen essen sollen. Langsam richtete sie sich auf und glaubte, dass ihre Fantasie ihr einen bösen Streich spielte. Der Geruch von schwerem Moschus drang ihr in die Nase. Rasch drehte sie sich um und erschrak. Hinter ihr stand der entstellte Mönch, packte sie und hielt ihr sein Messer an die Kehle. Er hatte seine Kapuze diesmal nicht ins Gesicht gezogen. Obwohl Jana die vernarbte Fratze kannte, ekelte ihr ob der Hässlichkeit. In einiger Entfernung zum Jesuiten wartete der junge Schwachsinnige. Sie versuchte Richard um Hilfe zu rufen, aber noch bevor sie dazu ansetzte, tropfte bereits Blut auf ihre Brust. Die Klinge schnitt scharf in ihre Haut und ritzte sie auf.

»Wenn Ihr Euch auch nur einen Schritt bewegt, seid Ihr tot«, zischte er in ihr Ohr.

Jetzt erst bekam Richard mit, was passierte. Er ließ sein Werkzeug fallen und versuchte aus dem Loch zu klettern, doch der Jesuit brüllte ihn an: »Bleibt, wo Ihr seid, oder ich schneide die Kehle Eurer Freundin durch!«

Richard ließ sich zurückplumpsen.

»Nehmt die Hände in die Höhe und spielt nicht den Helden.«

Langsam tat Richard, was der Mönch von ihm verlangte. Er wirkte verwirrt.

Unterdessen versuchte Jana, sich zu dem Jungen umzudrehen, der ihr das letzte Mal hilfreich zur Seite gestanden hatte. Doch der Schwachsinnige stand reglos da und starrte voll Entsetzen auf den Gegenstand in seinen Händen. Jetzt erst erkannte Jana, dass es eine Schusswaffe war.

»Gebt mir nun endlich die Karte«, forderte der Mönch.

»Sie liegt auf dem Erdhaufen, aber sie ist wertlos«, sagte sie gepresst. Das Sprechen fiel ihr schwer, weil die Klinge in ihre Kehle drückte. Warmes Blut floss langsam, aber stetig über ihren Hals.

Richard ließ die Hände sinken und versuchte aus der Grube zu springen, aber Klettern gehörte nicht zu seinen Stärken. Er rutschte aus und sackte abermals zurück. Augenblicklich drückte die Klinge noch tiefer in Janas Haut, sie wich zurück und wimmerte.

»Ihr hört mir nicht zu«, schrie der Jesuit Richard an. »Ihr sollt Euch nicht bewegen.« Dann wandte er sich an den Jungen: »Bonifàcio, komm her!«

Doch der Junge blieb stehen und sagte leise: »Master Francesco, das ist nicht recht.«

»Du sollst mich nicht ständig bei meinem Namen nennen«, brüllte der Jesuit. Seine Stimme überschlug sich, und der Junge reagierte.

Vorsichtig kam er näher. Die Waffe, die er ungeübt weit von sich gestreckt hielt, war eine schwere Pistole. Jana kannte diese Art von Waffen aus Prag. Ihr früherer Verlobter hatte eine Pistole besessen, die er nicht mit einer Lunte, sondern mit einem Radschloss abfeuern konnte. Tomek war sehr stolz auf die Pistole gewesen. Jana hoffte inständig, dass der Junge nicht stolperte. Er stellte sich an den Rand der Grube und richtete den Lauf auf Richard.

Konnte der Junge mit der gefährlichen Waffe umgehen, und war sie überhaupt geladen? Tomek hatte immer damit angegeben, wie schwierig es sei, mit einer Pistole zu schießen und sein Ziel nicht zu verfehlen. Er war ein guter Schütze gewesen, ob der Junge es auch war?

Während Janas Gedanken sich überschlugen, holte der Jesuit mit geschicktem Griff ein Seil aus der Tasche seiner Kutte. Geübt fesselte er Janas Hände auf ihrem Rücken. Die Haltung, in der sie sich nun befand, erinnerte sie schmerzhaft an ihre Gefangenschaft in Lissabon. Der Mann verstand es, seine Gefangenen bewegungsunfähig zu machen. Mit einem brutalen Stoß zwang er Jana in die Knie und verknotete auch ihre Fußfesseln.

Unterdessen ignorierte Richard die Waffe, die der Junge zitternd auf ihn richtete, und versuchte aus dem Loch zu klettern. Als der Jesuit seinen Versuch wahrnahm, ergriff er erneut sein Messer und strich mit der scharfen Klinge über Janas Wange, eine tiefe Schnittwunde klaffte hässlich auseinander und blutete. Ein stechend heißer Schmerz breitete sich auf Janas rechter Gesichtshälfte aus.

Richard schrie an ihrer Stelle auf und ließ sich zurück in die Grube fallen.

»Diese Wunde geht auf Eure Rechnung«, sagte der Jesuit düster zu Richard. Er stieß Jana von sich weg und trat zu der Grube.

»Kommt heraus!«, befahl er.

Richard richtete sich auf und kletterte umständlich aus dem Erdloch. Jana wusste mittlerweile, dass er es einfach nicht schneller schaffte, aber der Jesuit glaubte, dass Richard sich über ihn lustig machte.

»Beeilt Euch, sonst zerschneide ich das Gesicht Eurer Freundin, so dass sie hinterher schlimmer aussieht als ich.«

»Ich komm ja schon«, beeilte sich Richard und stützte

sich mit dem rechten Knie auf, ehe er sich hochzog. Kaum stand er neben dem Jesuiten, riss dieser Richards Arme nach hinten und fesselte sie auf dem Rücken. Erst als er fertig war, wandte er sich Bonifàcio zu, der zitternd mit der Waffe in der Hand dastand und den Lauf einmal in diese und dann in eine andere Richtung hielt. Die Gefahr, dass der Junge aus Versehen die Muskete zündete, war größer, als dass er gezielt jemanden damit erschoss.

»Das ... ist ... alles ... nicht recht«, stotterte der Junge fassungslos. Jetzt hatte er die Waffe auf den Jesuiten gerichtet. Jana konnte nicht sagen, ob es Zufall oder Absicht war.

Den Jesuiten schien die Waffe nicht zu stören. Vielleicht war sie nicht geladen. Er nahm die Karte, die immer noch auf dem Erdhaufen lag, und seufzte erleichtert auf: »Endlich!«

Vorsichtig faltete er das Papier zusammen und verstaute es in der Tasche seiner Kutte.

»Die Karte ist wertlos. Was wollt Ihr damit tun?«, fragte Richard.

»Ich werde sie nach Rom bringen, denn so lautet mein Auftrag. Was dann damit geschieht, entscheiden andere«, erklärte der Mönch.

»Das ... ist ... alles ... nicht recht«, wiederholte der Junge weinerlich. Die Pistole in seinen Händen zitterte. Sicher war sie schwer, aber der Junge verfügte über enorme Kräfte.

»Ich habe dir erklärt, dass die beiden Diebe sind. Wir holen einfach zurück, was der Kirche gehört.«

»Warum ... müsst ... Ihr ... das tun?«

»Weil ich als Junge gesündigt und hinterher meine Seele verkauft habe«, antwortete der Jesuit düster. »Ich muss diese Karte in den Vatikan bringen. Egal ob hier ein Schatz versteckt ist oder nicht. Wenn ich es nicht tue ...«

»Was passiert mit den Gefangenen?«, fragte Bonifàcio und zielte nun auf den Mönch.

»Nimm die Waffe runter«, forderte der Jesuit ungeduldig. »Die beiden müssen sterben. Niemand darf wissen, wo sich El Dorado befindet. Niemand außer dem Papst. So lautet mein Auftrag, und den muss ich erfüllen, sonst ...«

Irrsinn blitzte in seinen Augen auf. Aber es lag noch etwas anderes darin, was Jana nicht sofort erkannte. Erst als Bonifàcio die Waffe sinken ließ, wusste sie, was es war. Der Mann hatte Angst. Bloß wovor?

»Was passiert, wenn Ihr den Auftrag nicht erfüllt?«, fragte sie vorsichtig. Ihre Wange schmerzte, und sie spürte, wie die Wunde bei jedem Wort weiter auseinanderklaffte. Aber sie ignorierte den Schmerz, denn sie wollte wissen, wovor der Mann sich so sehr fürchtete.

Langsam drehte der Jesuit sich zu ihr: »Dann tritt das Schrecklichste ein, was einem Menschen widerfahren kann.«

Bonifàcios Mundwinkel fielen herab. Er blinzelte und schien angestrengt nachzudenken.

»Das Schrecklichste ...«, sagte er leise, und plötzlich hellte sich sein Blick auf. So als wäre das, wonach er in seinen Gedanken gesucht hatte, eben wieder aufgetaucht.

»Ich weiß, was das Schrecklichste ist!«, rief er.

Aber der erleichterte Ausdruck auf seinem Gesicht verschwand ebenso schnell, wie er gekommen war, und zurück blieben Betroffenheit und Trauer. Der Junge machte einen Schritt zurück.

»Das ... Schrecklichste ... ist ... längst eingetroffen.«

»Du hast keine Ahnung, wovon du sprichst«, fuhr ihn der Jesuit aufbrausend an. Bonifàcio erschrak, machte einen Satz zurück und ließ die Waffe fallen. Ein entsetzlicher Knall zerriss krachend die Luft. Der Lärm fuhr Jana bis in den letzten Winkel ihres Kopfes. Sie meinte ein Surren zu hören, dann ein Pochen und schließlich nur noch ein leises Summen. Als sie die Augen wieder öffnete, lagen Rauch und der Gestank nach Schießpulver in der Luft. Sie sah zu Richard, der war unverletzt. Dann fiel ihr Blick auf den Jesuiten. Der Mann hatte sich über Bonifàcio gebeugt. Zuerst dachte Jana, der Junge wäre tot. Aber sie irrte sich. Die Pistole hatte ihre Munition in die Luft gefeuert und niemanden verletzt. Der Junge lag weinend und zitternd am Boden und presste sich beide Hände an die Ohren. Heulend schrie er: »Der alte Priester hat Euch erkannt. Er hat mir alles erzählt!«

»Welcher Priester, wovon sprichst du?« Der Jesuit packte den Jungen an den Schultern und schüttelte ihn so heftig, dass sein Kopf nach allen Seiten geschleudert wurde. Als er ihn wieder losließ, zitterte Bonifàcio noch heftiger als zuvor. Er konnte kaum noch sprechen: »Ich kann mir den Namen der Stadt nicht merken.«

»Meinst du den Alten in der Kathedrale von San Cristóbal?«

Bonifàcio nickte.

»Was hat er dir gesagt?« Der Jesuit fasste erneut nach den Schultern, schüttelte den Jungen aber diesmal nicht, sondern starrte ihn eindringlich an.

»Sprich!«, forderte er.

»Francesco Borellis Schwester und sein Sohn sind tot«, sagte Bonifàcio.

Mit einem Mal veränderten sich die Haltung und die

Stimme des Jesuiten. Er ließ den Jungen los und wich zurück.

»Wiederhole, was du eben gesagt hast«, befahl er.

Bonifàcio schüttelte den Kopf. Da packte der Jesuit die Kehle des Jungen mit beiden Händen.

»Wiederhole, was er gesagt hat!«, brüllte er wie von Sinnen.

Jana wollte schreien, dass er damit aufhören sollte, aber sie konnte nicht. Gebannt starrte sie auf die beiden Männer.

Krächzend keuchte Bonifàcio: »Francesco Borellis Schwester und sein Sohn sind tot.«

»Nein!« Der Schrei des Jesuiten zerschnitt die Luft wie zuvor der Schuss. Er stieß den Jungen von sich, so dass Bonifàcio auf den Boden sackte. Der Junge legte sich schützend die Hände vor die Ohren.

»Was hat er noch gesagt?«, fragte der Jesuit.

Dem Jungen kullerten Tränen über die Wangen. Er schniefte.

»Das Kloster ist abgebrannt, und alle Bewohner sind im Feuer gestorben. Er selbst hat überlebt, weil er in einer Stadt war. Aber ich habe den Namen vergessen.« Der Junge zuckte zusammen, so als warte er auf eine Bestrafung, weil er den Namen der Stadt vergessen hatte. Doch der Jesuit stand fassungslos da, ballte die Hände zu Fäusten und schüttelte den Kopf.

»Das kann nicht sein«, flüsterte er. »Du lügst.«

»Ich lüge nie!«, konterte Bonifàcio gekränkt, nahm die Hände von den Ohren und richtete sich empört auf. Der Jesuit zuckte unter den Worten zusammen.

Mit einem tiefen, lauten Schrei öffnete er die Fäuste wieder, zerrte an seiner Kutte und vergrub das entstellte Gesicht in den verkrüppelten Händen.

»Maria, Stephano. Beide … tot.« Weinend ging er in die Knie und schluchzte. Sein Oberkörper zitterte und krampfte sich zusammen. Plötzlich sprang er unerwartet auf, zerrte die Schatzkarte aus seiner Kutte und zerriss sie in kleine Fetzen. Er warf die Papierstücke in die Grube und sah ihnen kurz nach. Langsam segelten sie zu Boden. Ein paar landeten in der Grube, andere wurden vom Wind weggetragen zum nächsten Busch, wo sie in den stacheligen Blättern hängen blieben. Der Blick des Jesuiten folgte den Fetzen, bis alle einen Platz gefunden hatten, dann griff er nach seinem Messer, das er zuvor weggesteckt hatte, und richtete es gegen sich selbst.

Bevor Bonifàcio begreifen konnte, was der Mann vorhatte, rammte der Jesuit das Messer direkt in sein eigenes Herz. Er schrie nicht auf, sondern seufzte. So als empfinde er Genugtuung statt Schmerz. Sein Gesichtsausdruck wirkte erleichtert. Stoßweise schoss das Blut aus seiner Wunde. Langsam sackte er zusammen und lag schließlich regungslos am Boden. Nun erst stürzte Bonifàcio zu ihm, rüttelte ihn und schrie.

»Was habt Ihr getan? Das dürft Ihr nicht tun. Es ist Gott nicht recht!« Der Junge versuchte den Jesuiten aufzusetzen, aber ohne Erfolg. Der Kopf kippte schlaff nach hinten.

»Das ist Sünde«, jammerte Bonifàcio, und wieder überschlug sich seine Stimme. Er schluchzte auf, drückte sein Gesicht gegen die Brust des Jesuiten und weinte hemmungslos.

Jana beobachtete das Geschehen, ohne zu verstehen, was vor sich ging. Womit hatte der Junge den Mönch in den Freitod getrieben?

Richard holte sie aus ihren Gedanken.

»Ich denke, es besteht die Aussicht, dass wir dieses

Abenteuer überleben«, sagte er trocken. Dann wurde Jana so übel, dass sie sich übergeben musste. Sie erbrach sich auf Richards Hose.

»War das wirklich notwendig?«

»Ja«, keuchte Jana.

Es dauerte schier eine Ewigkeit, bis Bonifàcio sich von Francescos leblosem Körper trennen konnte. Benommen richtete der Junge sich auf und befreite zuerst Jana, dann Richard.

»Was machen wir mit dem Leichnam?«, fragte Jana.

»Ein Priester muss ihn begraben«, sagte Bonifàcio.

»Kein Priester dieser Welt wird für einen Selbstmörder eine Messe lesen«, gab Richard zu bedenken.

»Aber die Kirche ist doch an allem schuld!«, jammerte Bonifàcio. Der Junge ging erneut in die Knie und schluchzte.

»Wie meinst du das?« Janas Neugier war geweckt.

Offensichtlich froh, die belastende Geschichte loszuwerden, richtete Bonifàcio sich wieder auf und begann zu erzählen: »Der alte Mann in San Cristóbal hat Francesco Borelli, das ist sein eigentlicher Name, erkannt.«

Bonifàcios Stimmung hellte sich ein wenig auf, weil er Francescos Familiennamen nicht vergessen hatte.

»Jemand hat Francesco Borelli als Säugling auf den Stufen des Jesuitenklosters in Padua ausgesetzt. Die Mönche haben ihn großgezogen. Er durfte die Schule besuchen und sollte später im Kloster leben.« Bonifàcio machte eine kurze Pause. »Ich habe nie zur Schule gehen dürfen. Obwohl ich auch im Kloster aufgewachsen bin«, sagte er bitter. Dann fuhr er fort: »Einige Monate bevor Francesco feierlich in den Orden eintreten sollte, verliebte er sich in der Stadt in ein Mädchen. Von dem Moment an wollte er kein Mönch mehr werden. Nein, er wollte nicht mehr. Heimlich, heimlich heiratete er das Mädchen, weil das, das war schwanger von ihm. Als die Jesuiten davon erfuhren, wurden die mächtig wütend. Der Abt ließ ihn rufen und erklärte Francesco, dass er sich der Todsünde schuldig gemacht hat. Das Mädchen Maria war Francescos Schwester. Der Sohn, den sie geb…, geb…, ein Kind, ein Kind, ein Kind … die schlimmste Sünde, die Mann und Frau begehen können.«

Bonifàcio sprach nun so rasch, dass es schwerfiel, seine Worte zu verstehen. Er wiederholte Wörter und verhaspelte sich. Mit dem Ärmel wischte er den Speichel vom Mund.

»Was passierte dann?«, fragte Jana.

»Der Abt, er muss ein wirklich böser Mann gewesen sein, sprach das Urteil über Mar…, Maria, Maria Bbb…«

»Borelli«, half Jana nach.

»Ja, Borelli! Der Abt sprach das Urteil über Maria Borelli und ihren Sohn Stephano Borelli. Beide sollten auf dem Scheiterhaufen brennen.«

»Warum das denn?«, fragte Jana entsetzt.

»Der Abt hat gesagt, dass sie, dass, also, sie wär eine Hexe, eine echte richtige Hexe, denn nur eine Frau, die mit dem Teufel im Bund steht, kann es schaffen, ihren eigenen Bruder zu verführen.«

»Das ist ja schrecklich«, entfuhr es Jana.

Bonifàcio nickte heftig.

»Francesco wollte alles tun, damit die zwei nicht sterben müssen. Wirklich alles!«

Wieder machte der Junge eine Pause, und Jana konnte die Spannung kaum ertragen.

»Am Abend vor der geplanten Hinrichtung hat der Abt Francesco zu sich geholt, hat ihm einen Vorschlag gemacht. Wenn Francesco sich dafür beschli…, also wenn er ein Mitglied von der geheimen Bruderschaft … ich weiß nicht mehr, wie sie heißt. Ein schwieriger Name auf Latein …«

»Fraternitas Secreta«, half Jana.

»Ja, genau. Das ist der Name. Warum kennt Ihr ihn?«

»Eine lange Geschichte, die erzähle ich dir später.«

Bonifàcio war einverstanden. »Also der Abt war einer von den Fraternitas, und Francesco sollte auch einer werden. Im Gegenzug täten Maria Borelli und Stephano Borelli am Leben bleiben und durften im Kloster der Jesuiten leben. Maria als Köchin, Stephano als Waisenkind. Später, wenn Stephano größer war, dass er nicht mehr an die Brust der Mutter musste, um zu essen, dann konnte Maria heimlich das Kloster verlassen und ein neues Leben beginnen.«

»Das klingt nach einem Angebot, das Francesco kaum ablehnen konnte«, sagte Richard, der ebenfalls gebannt zuhörte.

Bonifàcio nickte eifrig. »Ja, ja, er hat das Angebot angenommen. Aber die Aufträge der Franter … Fraterni …«

»Fraternitas Secreta!«

»Ja genau. Die Aufträge waren nicht sehr nett. Francesco hat sogar …« Bonifàcio senkte die Stimme. »Er hat sogar getötet, nur damit seine Schwester und sein Sohn am Leben blieben.« Jana konnte sich gut vorstellen, dass Francesco sich in all den Jahren jeden Gedanken darüber, wie verwerflich sein Tun war, untersagt hatte. Was hätte es genutzt, darüber nachzudenken, wenn er doch zwei Leben schützen wollte. Alles, was für ihn zählte, waren seine Schwester und sein Sohn. Er wollte, dass beide am Leben blieben, und er wusste, dass sein eigenes Handeln über das Wohl der beiden bestimmte. Da er im Auftrag der Kirche tötete, konnte er sich zumindest einreden, sein Tun wäre gottgefällig.

Bonifàcio unterbrach ihre Überlegungen: »Francesco hat nicht gewusst, dass man ihn belogen hatte. Nur zwei Jahre nach seinem Weggehen ist das Kloster bis auf die Grundmauern abgebrannt. Alle Menschen im Kloster starben bei dem Feuer.«

»Warum hat dann der alte Mann überlebt, der dir die Geschichte erzählt hat?«

»Der war an dem Abend in einer anderen Stadt. In …« Wieder dachte Bonifàcio nach. Aber Jana machte eine wegwerfende Handbewegung.

»Egal, vergiss den Namen. Ich kenne ohnehin keine Städte in Italien.«

»Francesco hat all die Jahre geglaubt, dass die beiden noch am Leben sind.«

Fassungslos schüttelte Jana den Kopf: »Man hat ihn mit dem Leben seiner Liebsten erpresst, dabei waren beide längst tot.«

Plötzlich konnte Jana dem unglücklichen Mann nur bedingt böse sein für das, was er getan hatte. Francesco hatte doch bloß zwei Menschen schützen wollen. Dass er dabei falsche Wege eingeschlagen hatte, war nicht allein seine Schuld. Wie viele Menschen wären noch am Leben, wenn er früher herausgefunden hätte, dass man ihn betrogen hatte. Ihr Vater wäre noch bei ihnen und Tom und eine Reihe anderer Menschen, die Jana nie gekannt hatte.

»Was für eine traurige Geschichte«, sagte sie betroffen. »Lasst uns den Leichnam auf eines der Pferde legen und ihn zu Schwester Carmela bringen. Sie wird einen Weg finden, dem Unglücklichen zu einem Begräbnis zu verhelfen.«

Gemeinsam hievten Richard und der Junge den Toten auf den Rücken eines Pferdes, dann bestiegen Jana und Richard ihre Lamas, während Bonifàcio auf das andere Pferd kletterte. Schweigend ritten sie zurück ins Kloster der Dominikanerinnen.

Bereits am folgenden Tag kehrte Richard an die Stelle zurück und fuhr mit den Grabungsarbeiten fort. Jana folgte ihm, sobald es ihre Wunde zuließ, die dank einer Salbe von Schwester Calandria gut heilte. Doch trotz aller Bemühungen konnten sie bis auf ein paar zerbrochene Tongefäße, zwei Ringe und einen schmalen Goldreif nichts finden. Wer immer vor ihnen hier gewesen war, hatte gründlich gearbeitet. Der Schatz war verschwunden. Nach einer weiteren Woche gaben sie schließlich auf, und Richard beschloss, Zipaquirà wieder zu verlassen.

»Es hat keinen Sinn!«, meinte er niedergeschlagen. »Falls es jemals einen Schatz hier gegeben hat, ist er nun weg.«

Nur widerwillig stimmte Jana ihm zu. Sie konnten noch tage- und wochenlang weitergraben und würden nichts Lohnenswertes finden.

»Und jetzt?«, fragte Richard. Er hatte am Tag zuvor wieder getrunken, dann aber die halbvolle Flasche wütend auf den umgegrabenen Boden ausgeleert und auch heute noch keinen Zuckerrohrbrand angerührt. Seine Worte klangen klar, und er bedachte Jana mit wachen Blicken.

»Ich habe meine Entscheidung getroffen«, sagte Jana. »Ich werde in Zipaquirà bleiben und Schwester Carmela bei ihrer Arbeit unterstützen. Sie hat versprochen, dass sie Bonifàcio in einem Dominikanerkloster in einem der östlich gelegenen Dörfer unterbringen wird. Der Abt dort soll ein Menschenfreund sein und ähnliche Ideen haben wie sie selbst.«

»Ich habe befürchtet, dass Ihr bleiben wollt«, sagte Richard traurig. Er machte einen Schritt auf Jana zu und stand nun ganz nah bei ihr. Seine Haare hingen ihm in die blasse Stirn, seine dunklen Augen beobachteten sie melancholisch. Jana wusste, dass seine Lippen weich und sanft waren, aber sie durfte ihn nicht küssen. Richard war verheiratet, und sie selbst liebte einen anderen Mann.

»Was werdet Ihr nun tun?«, fragte Jana.

»Wenn Ihr nichts dagegen habt, werde ich die drei Schmuckstücke, die wir gefunden haben, in Bohnen und Schoten der Götter eintauschen und sie mit nach England nehmen. Ich bin davon überzeugt, dass die Damen und Herren am Hof von dem Geschmack begeistert sein werden und ich mit etwas Glück auch ohne Gold zu einem reichen Mann werden kann.«

Jana nickte zustimmend: »Das ist die beste Idee, die Ihr hattet, seit ich Euch begegnet bin.«

»Es war nicht meine Idee«, gab Richard zu. »Schwester Carmela ist eine außergewöhnliche Frau mit ganz außergewöhnlichen Vorschlägen.«

»Sie ist wundervoll«, sagte Jana.

»Ja, das ist sie«, meinte Richard. »Obwohl sie noch nicht alt ist, denkt sie bereits über eine würdige Nachfolgerin nach.«

Was wertschätzend gemeint war, kam bei Jana anders an.

»Ich wollte nie Nonne werden«, sagte sie ernst.

»Manchmal hält das Leben Überraschungen für uns bereit.«

Jana breitete ihre Arme aus und schlang sie um Richard.

»Ich werde Euch vermissen«, sagte sie ehrlich. »Geht nach Hause. Julia hat Euch nie gehasst. Ihr selbst wart es, der Euch nicht ausstehen konnte.«

Richard vergrub sein Gesicht in Janas Schulter. Er schluchzte nicht, aber Jana spürte seine Tränen durch den Stoff ihres Kleides. Als er sich wieder von ihr löste, deutete nichts in seinem Gesicht auf Tränen hin.

»Falls die Engländer mit den Bohnen nichts anfangen können, werde ich sie den Franzosen anbieten. Angeblich schätzen sie den guten Geschmack beim Essen mehr als wir Engländer.«

»Das kann doch bloß ein Vorurteil sein.«

Schmunzelnd musste sie an die stinkenden Hühner denken, die Richard ohne mit der Wimper zu zucken verzehrt hätte. Einen verrückten Moment lang wünschte Jana, Richard würde sie zum Abschied küssen. Aber er tat es nicht, und das war gut.

»Lebt wohl«, sagte Jana und kämpfte nun selbst mit den Tränen.

»Lebt wohl und werdet eine gute Äbtissin.«

Jana lachte auf: »Zuerst muss ich Nonne werden, was bei all meinen Zweifeln an der Kirche nicht leicht werden wird. Und außerdem … habe ich Euch je verraten, dass ich Protestantin bin?«

Mit gespieltem Entsetzen machte Richard einen Schritt zurück und griff sich an die Brust.

»Herr im Himmel!«, rief er. »Wenn ich das gewusst hätte.«

Dann stieg er auf sein vollbepacktes Lama, winkte ihr ein letztes Mal zu und ritt in Richtung Osten zurück zur Küste, wo ihn ein Schiff nach England bringen würde.

In einem kleinen Dorf in der Nähe von Zipaquirà,

Mai 1619

Nachdem Tica kurz nach San Cristóbal an einem Fieber erkrankt war und sie in einem winzigen Dorf eine unfreiwillige Pause von mehreren Tagen hatten einlegen müssen, setzten sie nun ihre Reise ohne Komplikationen fort. Einige Reisestunden von Ticas Dorf entfernt kam es zu heftigen Regenfällen. Ununterbrochen stürzte das Wasser aus einer geschlossenen Wolkendecke auf sie nieder. Während Conrad und Assante sich vor den Naturgewalten fürchteten, blieb Tica gelassen.

»Nach den Monaten der Trockenheit ist es doch ganz normal, dass es regnet.«

»Was da vom Himmel kommt, ist kein Regen, sondern die Sintflut, die Noah dazu veranlasste, seine Arche zu bauen«, sagte Conrad, der weder an die Geschichte der Arche noch an Noah glaubte, aber etwas sagen wollte, um seine Ängste im Zaum zu halten.

»Ich habe keine Ahnung, wovon du sprichst«, sagte Tica, die dazu übergegangen war, Conrad zu duzen.

Mit jeder Meile, der sie sich Ticas Dorf näherten, wuchs die Nervosität der jungen Frau. Sie war gereizt, reagierte ungehalten auf unbedachte Bemerkungen und schnauzte Assante grundlos an. Der geduldige Schwarze ertrug ihre Launen, da er ahnte, warum sie so unruhig war. Der Regen ließ allmählich wieder nach, und als die Umrisse der ersten Hütten im feinen Nieselregen auftauchten, blieb Tica zögernd stehen.

»Was, wenn mich niemand mehr erkennt? Es ist fünf Jahre her, dass man mich aus dem Dorf verschleppt hat. Vielleicht ist niemand mehr von den Menschen am Leben, die einst meine Familie und meine Freunde waren?«

Assante nahm sie an der Hand und drehte sie zu sich.

»Irgendjemand wird dich erkennen«, meinte er zuversichtlich und fügte weit unsicherer hinzu: »Die Frage ist, was wird deine Familie sagen, wenn du mit einem Schwarzen zurückkehrst?« Er zwang Tica, ihn direkt anzusehen, aber sie machte eine abfällige Handbewegung.

»Ich bin die Tochter eines Goldschmiedes, eines Handwerkers. Nicht wichtig genug, dass die Gemeinschaft sich über eine nicht standesgemäße Ehe aufregen würde, und doch wohlhabend genug, um selbst entscheiden zu können.«

»Das ist deine Meinung. Aber was wird deine Familie sagen?« Assante war noch nicht überzeugt.

»Mein Vater und meine Mutter sind herzensgute Menschen, die nichts als Freude empfinden werden, wenn sie mich wiedersehen.«

»Sie wollen nicht, dass du dich mit einem wohlhabenden Goldschmied vermählst?«

Tica verzog das Gesicht zu einer Grimasse: »Du willst die Wahrheit hören, also bitte: Ich wurde von fremden Männern verschleppt. Ich bin nicht mehr unberührt. Kein Goldschmied und auch sonst kein Handwerker, der etwas auf seinen Ruf hält, würde mich freiwillig zur Frau nehmen.«

Das Grinsen auf Assantes Gesicht wurde immer breiter: »Wenn das Leid, das du erfahren hast, nicht so groß gewesen wäre, müsste ich den Spaniern fast dankbar sein, dass sie dich mitgenommen haben.«

Er küsste sie auf die Nasenspitze und hätte auf ihrer Schulter weitergemacht, wenn Conrad sie nicht unterbrochen hätte: »Der Regen wird wieder dichter, und mir ist wirklich kalt. Könnt ihr euch im Dorf weiterküssen?«

Nur ungern ließ Assante von Tica ab, doch Conrad hatte recht. Sie waren völlig durchnässt und brauchten dringend einen Platz zum Aufwärmen.

Tica erkannte ihr Dorf kaum wieder. Viele der abgebrannten Häuser waren neu aufgebaut worden. Der Brunnen war größer und moderner geworden, und auf dem Dorfplatz in der Mitte befand sich eine kleine Kapelle aus grauem Stein, an dessen niedrigem Kirchturm ein Kreuz prangte. Ticas Elternhaus hatte sich nicht verändert. Wie durch ein Wunder hatte es den Angriff der Spanier überstanden. Das Wohnhaus und der angrenzende Stall, in dem zwei Ziegen und ein paar Hühner untergebracht waren, sahen genauso aus wie an dem Tag, an dem Tica von den Konquistadoren entführt worden war.

Noch bevor Tica an die niedrige Tür aus Holz klopfen konnte, wurde sie aufgestoßen, und eine kleine, untersetzte Frau mit weißem Haar und faltigem Gesicht breitete schluchzend die Arme aus. Sie sprach etwas in einer Sprache, die weder Conrad noch Assante verstanden, und umarmte Tica weinend. Es dauerte schier eine Ewigkeit, bis die Alte sie alle ins Haus bat.

Es überraschte weder Assante noch Conrad, dass die Alte Ticas Mutter war. Ticas Vater war bei dem Überfall der Spanier gestorben. Überwältigt von der unerwarteten Rückkehr ihrer Tochter tischte Ticas Mutter ein Festessen auf. Es gab Suppe aus Wurzelgemüse, frische Forellen und einen Eintopf aus Mais, Bohnen und Kräutern. Außerdem servierte Ticas Mutter kleine Tiere, die sie am Spieß grillte. Conrad hatte dergleichen nie zuvor gesehen. Die Tiere erinnerten ihn an dicke Mäuse ohne Schwänze. Ihr Fleisch war zart und überraschend saftig.

Nach dem üppigen Festessen erzählte Tica von ihren letzten fünf Jahren. Wobei Conrad und Assante den Eindruck hatten, dass die junge Frau bloß eine schonende Kurzversion ihres Leidens preisgab. Dann war Ticas Mutter an der Reihe. Sie zählte auf, wer gestorben war, wer geheiratet und wer Kinder in die Welt gesetzt hatte. Auf Ticas Frage nach der neuen Dorfkirche antwortete sie mit Begeisterung: »Nachdem die Spanier abgezogen waren und nur Verwüstung zurückgelassen hatten, sind die Dominikaner gekommen. Drei wundervolle Männer, die uns halfen, unser Dorf wieder aufzubauen.«

Die alte Frau geriet ins Schwärmen, als sie von der Großzügigkeit der drei Christen berichtete.

»Sie haben uns nicht nur geholfen, die zerstörten Häuser zu reparieren, sondern uns auch von ihrem Gott erzählt, der keine Menschenopfer fordert und in dessen Augen alle Menschen gleich viel wert sind. Ganz egal ob sie als Unfreie oder Könige zur Welt kommen.«

Erstaunt hob Conrad die Augenbrauen. Wie lange war es her, dass er diese Worte aus dem Mund eines Geistlichen gehört hatte. Aber war es nicht das, was Christus gelehrt hatte?

Ticas Mutter redete weiter, und ihre Begeisterung nahm nicht ab. »Die Dominikaner helfen den Kranken und unterstützen all jene, denen man alles genommen hatte. Als letzten Monat der Mann der alten Akala gestorben ist, haben sie dafür gesorgt, dass sie weiterhin in ihrem Haus wohnen kann und die Arbeit auf ihrem Feld erledigt wird. Auch mir haben sie geholfen«, sagte die alte Frau. »Als sie dich geraubt, deinen Vater und deinen jüngsten Bruder getötet hatten, blieb mir nicht viel, an dem ich mich hätte festhalten können. Die Dominikaner sorgten dafür, dass ich genug zu essen hatte, und erst als deine zwei älteren Brüder aus dem Nachbardorf zurückkehrten, in das sie vor Jahren gezogen waren, stellten sie die Hilfe wieder ein, da es andere gab, die sie dringender benötigten.«

Etwas an der Geschichte missfiel Conrad. Er fragte sich, ob System hinter der Vorgehensweise steckte. Zuerst zerstörten die Spanier alles, was sich ihnen in den Weg stellte, und dann schickten sie mildtätige Priester auf die Trümmerhaufen, um den Menschen das Überleben zu sichern und sie von ihrem eigenen Glauben direkt in die Arme der katholischen Kirche zu treiben. Conrad öffnete den Mund, um etwas zu sagen, bemerkte aber rechtzeitig Assantes warnenden Blick. Der Freund schien seine Gedanken lesen zu können. Vielleicht aber dachte er dasselbe und schwieg aus Respekt vor Ticas Mutter.

Nach dem Essen wollte Ticas Mutter von den Plänen der drei erfahren. Tica sagte, dass sie dringend mit dem Zipa reden müsse.

»Warum das denn, mein Kind?«, fragte Ticas Mutter.

»Es geht um den Schatz unseres Volkes«, flüsterte Tica. Sie senkte ihre Stimme, weil sie der Ansicht war, dass man den Schatz wegen seiner Bedeutsamkeit nicht laut erwähnen durfte.

»Was ist damit?«, fragte ihre Mutter besorgt.

»Er ist in Gefahr. Conrad weiß, wo er sich befindet, und er ist nicht der Einzige, der das Versteck kennt.«

Ticas Mutter schüttelte den Kopf: »Der Zipa ist tot, und es gibt keinen Nachfolger.«

»Und der Zaque?«

Assante und Conrad warfen sich fragende Blicke zu, worauf Tica erklärte: »Der Zipa regiert über die Region rund um Bacatá, der Zaqua über Hunza oder, wie ihr die Stadt nennt, Tunja. Die Zipas sind Nachfahren des Mondes, die Zaques Kinder der Sonne. Beide lagen jahrelang im Streit, aber als die Spanier kamen, sahen sie ein, dass sie gemeinsam mehr erreichen konnten. Leider zu spät.«

Ticas Mutter nickte: »Ja, es ist zu spät. Es gibt keinen Zipa und keinen Zaque mehr. Aber es gibt auch keine Opfer mehr, die sie einfordern.«

»Willst du damit sagen, du findest die Herrschaft der Spanier gut?«, fragte Tica entsetzt.

Ihre Mutter schüttelte den Kopf: »Es hat sich nicht viel verändert. Wer reich war, ist es heute immer noch. Wer arm war, schuftet auch jetzt noch den ganzen Tag. Aber heute müssen wir nicht fürchten, dass eines unserer Kinder den Göttern geweiht werden muss, weil der Regen nicht rechtzeitig einsetzt oder unsere Krieger gegen die Feinde verlieren.«

»Mutter, du verrätst unser Volk und unseren Glauben!« Tica sprang auf und warf den Stuhl um, auf dem sie eben noch gesessen hatte.

»Beruhig dich, mein Kind«, sagte die Alte. »Ich verrate gar nichts. Ich will bloß in Frieden alt werden.«

»Und … dafür … dafür bist du bereit, all unser Gold den Spaniern zu … geben?« Tica verhaspelte sich beim Sprechen, so aufgeregt war sie.

»Aber nein, niemand will irgendetwas hergeben. Du

musst mit der Schamanin reden, die wird dir alles erklären.«

»Es gibt die alte Huzana noch?«

»Natürlich, und die Dominikaner fragen sie regelmäßig um Rat, wenn sie die Wirkung bestimmter Heilkräuter nicht kennen oder wissen wollen, welche Pflanzen auf welchem Boden besonders gut wachsen. Sie sind auch bemüht, die alten Festtage einzuhalten. Freilich nicht, um die alten Götter zu feiern, aber um den neuen Gott an diesem Tag besonders zu preisen. Wir singen unsere alten Melodien mit neuen Texten, und wenn wir tanzen, dann tun wir das rund um eine mit Blumen geschmückte Madonna. Aber es sind die Tänze, die wir seit Generationen tanzen.«

»Aber das ist doch alles nicht richtig«, sagte Tica aufgebracht.

Ihre Mutter schüttelte müde den Kopf.

»Wer weiß schon, was richtig ist«, seufzte sie. »Es ist viel zu viel Blut geflossen. Jetzt ist es Zeit, in die Zukunft zu blicken, und wenn der neue Gott uns dabei hilft, dann soll es mir recht sein.«

Später saßen sie in der Hütte einer Frau, die mehr einer Mumie ähnelte als einer lebenden Frau. Die Wangen der Alten waren eingefallen, ihre Haut ledrig und vertrocknet. Sie schien ausschließlich aus Sehnen, Knochen und Haut zu bestehen. Conrad war sich sicher, dass sie beim geringsten Windhauch umfallen würde. Die Alte weigerte sich, die Sprache der Eroberer zu lernen. Deshalb musste Tica für ihre beiden Begleiter übersetzen.

»Wir sind in großer Sorge«, begann Tica das Gespräch. »Conrad, mein Freund, weiß, wo sich unser Schatz befindet. Er hat vor Monaten das Rätsel einer Schatzkarte entschlüsselt, und nun sind verschiedene Gruppen unterwegs, um den Schatz aus dem See zu bergen.«

Die Alte hörte scheinbar teilnahmslos zu, während sie an Blättern kaute, die ihre Zunge rot färbten. In der Hütte roch es nach Kräutern und Rauch. Eine Mischung, die jeden Priester zur Flucht getrieben hätte.

Eine Weile geschah gar nichts. Conrad sah sich unterdessen in der Hütte um. Die Wände waren mit bunten Zeichnungen bemalt, am Boden standen Figuren, die einem ausgewachsenen Mann bis zur Hüfte reichten. Conrad konnte nicht eindeutig sagen, was die Figuren darstellen sollten. Ihre Köpfe waren überdimensional groß, die Augen standen schräg, alle waren männlich und hatten erigierte Penisse, die ihm unter anderen Umständen die Schamesröte ins Gesicht getrieben hätten.

Dann sagte die Alte etwas und zeigte mit ihrem knöchernen Zeigefinger auf Conrad. Erschrocken fuhr er zusammen. Tica übersetzte: »Du sollst ihr die Karte aufzeichnen.«

Conrad stand auf, nahm einen dünnen Stock und zeichnete die Karte sicher in ein Sandtablett, das Tica ihm reichte.

Die Alte erhob sich mühevoll, stützte sich auf einen Stock und hinkte rund um das Tablett, dabei kaute sie ständig an ihren Blättern. Plötzlich blieb sie stehen, spuckte die Blätter einfach auf den Boden und schüttelte langsam den Kopf. Sie sprach zu Tica. Es war eine lange Erklärung, aber sie unterbrach sich nicht für eine Übersetzung. Als sie fertig war, ließ sie sich wieder auf das Polster sacken, auf dem sie zuvor gesessen hatte.

»Und, was hat sie gesagt?«, wollte Conrad wissen.

Aber Tica schüttelte den Kopf. Sie wollte nicht in Gegenwart der heiligen Frau über den Schatz ihres Volkes reden. Langsam erhob sich Tica, Conrad und Assante taten es ihr gleich. Alle drei verabschiedeten sich und verließen die Hütte.

Erst als sie wieder an der frischen Luft waren und tief durchatmen konnten, erklärte Tica ihnen, was Huzana gesagt hatte.

»Der Ort, den du gerade aufgezeichnet hast, ist tatsächlich der See der Legende. Es handelt sich um das Heilige Wasser, in das unser Volk über Jahrhunderte hinweg die Opfergaben an die Götter versenkt hat.«

»Klingt, als würde es noch ein Aber geben«, sagte Conrad.

Tica grinste schief: »Ja, das gibt es. Ich habe euch doch von dem Erdbeben erzählt, das so schrecklich war, dass selbst Berge versetzt wurden. Dieses Erdbeben hat zu einem Erdrutsch geführt, der den See langsam, aber sicher ausrinnen ließ. Dort, wo einst unser Heiliger See gewesen ist, sind heute nur Büsche und Steine. Aber kein Wasser mehr.«

»Und der Schatz?«, wollte Conrad wissen.

Tica zuckte mit den Schultern, ihr Grinsen wurde breiter, und sie drehte die Handflächen nach außen: »Versunken im Schlamm.«

Eine Pause entstand, in der Conrad und Assante sie mit offenen Mündern anstarrten, so lange, bis Tica sagte: »Ihr könnt euren Mund wieder zuklappen. Das ist eine Version der Geschichte. Die andere, und die gefällt mir weitaus besser, ist folgende: Kurz nach dem Erdbeben gelang es dem Zipa und den Schamanen, den Schatz an einen Ort zu bringen, den nie ein Mensch finden wird. Dort sind die Geschenke sicher für die Götter verwahrt.«

»Hat die Alte das gesagt?«, fragte Conrad misstrauisch.

Tica zuckte erneut mit den Schultern. »Nicht direkt«, gab sie zu. »Aber das darf sie auch nicht. Ich bin bloß die Tochter eines Goldschmieds. Ich habe kein Recht, den Ort zu kennen.«

Conrad schüttelte den Kopf.

»Also ganz ehrlich«, sagte er, »mir ist das alles zu viel. So viel Aufhebens wegen ein paar Kisten voll Gold.«

Assante lachte und stieß den Freund an: »Sunt verba hominis docti aut mente capti! Das sind die Worte eines gelehrten Mannes oder eines Verrückten.«

Auch auf Conrads Gesicht breitete sich ein Lächeln aus.

Tica schien zufrieden mit dem, was Huzana ihr gesagt hatte: »In diesem Land bricht eine neue Zeit an. Unser alter Glaube wird dem Christentum weichen müssen. Wenn selbst meine Mutter die Dominikaner liebt, werden es bald alle tun. Deshalb gefällt mir der Gedanke, dass sich der Schatz an einem Ort befindet, wo nur die Götter ihn sehen können, egal ob im Schlamm eines ausgetrockneten Sees oder anderswo. Das Gold meiner Urahnen soll nicht eingeschmolzen werden, damit Kreuze daraus entstehen. Bald werden überall Tausende von diesen goldenen Kreuzen zu finden sein, aber ich kann meinen Kindern guten Gewissens sagen, dass die gemarterten Männer am Kreuz nicht aus dem Gold ihrer Großväter gemacht wurden.«

»Amen«, sagte Conrad und beendete das Thema ein für alle Mal.

Assante hingegen betrachtete Tica neugierig: »Werde ich bei den Kindern, die du planst, eine Rolle spielen?«

»Das hoffe ich sehr«, sagte Tica und küsste ihn auf offener Straße. »Ich habe meinen guten Ruf längst verloren«, sagte sie entschuldigend, als sie wieder von ihm abließ und in das entrüstete Gesicht einer Frau sah, die sie mit strafenden Blicken musterte.

»Was für ein Glück«, sagte Assante.

Die nächsten Tage verbrachte Tica damit, ihre Brüder wiederzusehen und alte Bekannte zu treffen. Viele der Freunde aus Kindheitstagen lebten nicht mehr. Ticas beste Freundin wurde beim Überfall der Spanier getötet, andere wie sie selbst verschleppt. Ihre beiden älteren Brüder hatten überlebt, weil sie am Tag des Überfalls in einem benachbarten Dorf gewesen waren. Das Dorf lag im Westen, dort, wo die Berge so hoch waren, dass das ganze Jahr über Schnee die Gipfel bedeckte. In dieses Dorf, in dem Tica weitentfernte Verwandte hatte, wollte sie gemeinsam mit Assante gehen. Sie wusste, dass die Spanier den unwirtlichen Ort nicht aufsuchten, so wie der Zipa ihn immer gemieden hatte. Die Menschen dort konnten in Ruhe ihrer harten und beschwerlichen Arbeit nachgehen, ohne von gierigen Abgabeneintreibern belästigt zu werden. Der Weg war auch ihnen zu beschwerlich. Tica fragte Assante, ob er sich ein Leben in den kargen Bergen vorstellen könnte, und er antwortete so rasch und eindeutig, dass sie keine Zweifel an seiner Aufrichtigkeit hegte. Karges Ackerland, Kälte und harte Arbeit konnten ihn nicht schrecken. Selbst die glücklichsten Momente seines bisherigen Lebens waren nicht mit der Aussicht zu vergleichen, als freier Mann gemeinsam mit Tica eine Familie zu gründen.

Natürlich fragte Tica auch Conrad, ob er mit ihnen kommen wollte, aber er lehnte dankend ab.

»Ich werde eine Weile bei den Dominikanern bleiben, bevor ich eine weitere Entscheidung treffe«, sagte er. In den letzten Tagen hatte er die drei Männer kennengelernt und verstand nun, warum Ticas Mutter bereitwillig zum Christentum konvertiert war. Wenn alle Priester, Mönche und Nonnen dieser Welt ihren Glauben so ernst nehmen würden wie diese Männer, dann hätten niemals Menschen auf dem Scheiterhaufen brennen müssen. Conrad war von den Dominikanern ebenso beeindruckt wie von Pater Ignazio in Barinas. Diese Männer lebten vor, was Nächstenliebe bedeutete.

»Den Männern fehlt ein Arzt. Sie haben zwar Kenntnis in der Kräuterkunde, aber keiner der drei hat sich ernsthaft mit Chirurgie beschäftigt«, erklärte Conrad.

»Die wenigsten Menschen haben das, mein Freund«, erwiderte Assante und klopfte ihm auf die Schulter. Es war Zeit, Abschied zu nehmen, und weder Conrad noch Assante hatten Übung darin.

»Du wirst mir fehlen«, sagte Conrad.

»Du mir auch!«

»Falls es in den Bergen da oben doch zu kalt werden sollte oder jemand einen guten Arzt braucht, dann weißt du, wo du mich die nächsten Monate findest.«

Assante trat zu Conrad und umarmte ihn. Als er ihn wieder losließ, sagte er ernst: »Du hast mir den Glauben an die Menschlichkeit zurückgegeben. Tu mihi fidem humanitatis reddidisti!«, sagte er.

»Was für große, dramatische Worte!« Conrad verzog den Mund zu einem Grinsen.

»Wir sollten los!« Tica unterbrach die Abschiedsszene. Ihre Augen waren feucht.

»Pass gut auf meinen Freund auf!«

»Das werde ich«, sagte Tica, während Assante auf sein Lama stieg. Als er sich ein letztes Mal zu ihm umdrehte, sah Conrad, dass auch seine Augen feucht waren.

Zipaquirà

Juni 1619

Conrad gewöhnte sich rasch an das Leben in dem Dorf. Die Nachricht, dass ein Arzt bei den Dominikanern wohnte, der seine Patienten behandelte, auch wenn sie nur wenig bezahlen konnten, sprach sich schnell herum. Schon bald kamen die Menschen aus den umliegenden Dörfern, um sich helfen zu lassen. Ihre Leiden waren vielfältig und reichten vom Durchfall bis zum offenen Schienbeinbruch. Conrad blieb kaum Zeit, über sein Leben und über die Pläne, die er einst gehabt hatte, nachzudenken. Hin und wieder tauchte Janas Bild vor seinem geistigen Auge auf, aber es wurde immer blasser. Mit jedem Tag fiel es ihm schwerer, sich an sie zu erinnern.

Ende Mai kamen zwei Nonnen gemeinsam mit einem schwachköpfigen Jungen ins Dorf. Die Nonnen stammten aus einem Kloster in Zipaquirà und baten die Dominikaner, den Jungen bei sich aufzunehmen.

»Es wäre einfach passender, wenn er hier leben könnte«, sagte die kleine, zierliche Äbtissin. Sie war eine resolute Frau, die die Tüchtigkeit und Ehrlichkeit des Jungen pries.

»Wir würden ihn bei uns behalten. Aber das Zusammenleben von einem jungen Mann und elf Frauen gestaltet sich schwierig. Selbst dann, wenn der junge Mann anders als andere Männer ist. In einem Punkt ist er seinen Altersgenossen völlig gleich. Er hat Bedürfnisse, die wir nicht …«, sie räusperte sich. »Nicht erfüllen können.«

Es überraschte Conrad nicht, dass die Dominikaner den Jungen bereitwillig aufnahmen. Die Sonne war bereits untergegangen, und es war zu spät, um ans Zurückreiten zu denken. Deshalb wurden zwei Betten für die Nonnen hergerichtet.

Beim Essen saß Conrad neben dem Jungen, der schweigsam, aber laut schlürfend aß.

Die Dominikaner unterhielten sich mit der Äbtissin.

»Ihr habt zuvor erwähnt, dass nun elf Frauen in Eurem Kloster wohnen? Habt Ihr Neuzugang bekommen?«, fragte einer der Mönche.

»Ja, seit einigen Wochen lebte eine Frau bei uns, die über erstaunlich viel Wissen über die Heilkunst verfügt«, sagte Carmela begeistert. »Sie stammt aus …«

Die Äbtissin hielt inne, um zu überlegen. Der Name der Stadt wollte ihr nicht einfallen.

Da meldete sich Bonifàcio zu Wort und sagte: »Prag!« Die Äbtissin lobte ihn, als hätte er einen schwierigen, lateinischen Vers aufgesagt, und der Junge freute sich riesig.

»Was hast du eben gesagt?«, fragte Conrad leise. Er legte seinen Löffel zur Seite und starrte den Jungen fassungslos an.

»Habe ich einen falschen Namen genannt?«, fragte Bonifàcio. Augenblicklich erlosch die Freude in seinem Gesicht. »Ich kann mir Städtenamen nicht merken, aber dieser war so kurz, und deshalb …«

»Du hast ihn dir ganz richtig gemerkt«, mischte sich Carmela ein und beruhigte den Jungen.

»Die Stadt, aus der die junge Frau stammt, heißt Prag. Ich konnte mir den Namen nicht merken, aber du hast ihn ganz wundervoll im Gedächtnis behalten. Danke.«

Nun richtete Bonifàcio sich stolz auf und grinste in die Runde.

Alle lächelten, nur Conrad schenkte ihm keine Beachtung.

»Wie heißt die junge Frau?«, fragte er und versuchte seine Nervosität zu unterdrücken.

»Warum fragt Ihr?«, wollte Carmela wissen. Erst jetzt sah sie Conrad zum ersten Mal richtig an. Sie blinzelte und schien zu überlegen.

»Heißt die Frau Jana Jeschek?«, fragte Conrad. Seine Ungeduld wuchs.

Carmela nickte.

»Dann müsst Ihr ...« Die Äbtissin schlug sich mit der flachen Hand an die Stirn.

»Nein, wie blind kann man nur sein. Bruder Hugo hat Euch vorgestellt. Euer Name ist Conrad Pfeiffer. Ihr seid DER CONRAD!«

Bruder Hugo warf einen fragenden Blick in die Runde. »Würdet Ihr uns aufklären?«, fragte er neugierig.

»Jana war meine Verlobte«, sagte Conrad. »Bevor sie ...«, es fiel ihm schwer, die Worte auszusprechen. »Bevor sie einen anderen heiratete.«

»Jana ist verheiratet?«, fragte Schwester Carmela erstaunt. »Davon hat sie gar nichts erzählt.«

»Aber sie ist ... doch ... mit einem ... Mann unterwegs«, stammelte Conrad.

Die Äbtissin schüttelte den Kopf: »Ihr verwechselt da etwas. Der Mann ist verheiratet, nicht aber Jana. Sie wohnt nun bei uns, während Master Walton sich auf den

Weg zurück zu seiner Frau und seinen Kindern gemacht hat. Er will den Engländern Xocolat und Cacixanatl bringen.«

In Conrads Ohren rauschte es, sein Kopf war mit einem Mal so voll, dass er zu platzen drohte. Vor allem aber meinte er vor Erleichterung und Glück zu zerspringen. Wie hatte er nur so dumm sein können? Natürlich hatte Jana nicht geheiratet.

»Wie weit ist Euer Kloster von hier entfernt?«, fragte Conrad. Er stand auf, um sich sofort auf den Weg zu machen. Sein Löffel fiel auf den Boden, und Bonifàcio bückte sich, um ihn aufzuheben.

»Setzt Euch wieder«, sagte Bruder Lopez. »Es ist draußen stockdunkel. Wenn Ihr jetzt losreitet, brecht Ihr Euch den Hals, und wir verlieren einen hervorragenden Arzt.«

Schwester Carmela pickte die letzten Krümel mit dem Zeigefinger auf und steckte ihn in den Mund. »Ich denke, das werdet Ihr auch so. Und ich werde eine wundervolle Apothekerin verlieren.«

Conrad verbrachte eine schlaflose Nacht. Unruhig wälzte er sich hin und her, machte aber kein Auge zu. Der Gedanke, dass Jana ganz in der Nähe lebte und sich vielleicht ebenso nach ihm verzehrte wie er sich nach ihr, wühlte ihn auf. Als vor dem Fenster die ersten grauen Schwaden den anbrechenden Tag ankündigten, sprang er auf und machte sich fertig. Er war den Nonnen dankbar, dass auch sie früh aufbrechen wollten. Noch bevor die Sonne vollständig aufgegangen war, saßen alle drei auf Lamas und ritten in Richtung Zipaquirà. Bruder Lopez hatte darauf bestanden, dass Conrad einen Mantel nahm, denn es war eisig kalt. Der Tau der Nacht hing in den Gräsern, und nasskalte

Luft stieg vom Boden her auf. Aber Conrad nahm weder Kälte noch Nässe wahr. Jede Faser seines Körpers war angespannt, und er starrte nach vorne, ohne etwas zu sehen. In wenigen Stunden würde er Jana treffen. Ob sie sich verändert hatte? Erneut versuchte er ihr Bild heraufzubeschwören, aber ohne Erfolg. Sie ritten den ganzen Tag durch, und als sie Zipaquirà endlich erreichten, stand die Sonne schon tief.

Jana nutzte die letzten Sonnenstrahlen und saß im Garten, wo sie Verbandszeug zu Rollen aufwickelte. Sie war völlig in die Arbeit vertieft, so dass sie die Schritte nicht bemerkte und erst reagierte, als ein Schatten auf die sauberen Stoffbahnen in ihren Händen fiel.

»Ihr steht mir im ... Licht!«

Jana blickte auf und traute ihren Augen nicht. Sie blinzelte, sie konnte einfach nicht fassen, was sie da zu sehen glaubte. Aber da zog Conrad sie bereits hoch und schloss sie in seine Arme.

»Wie lange habe ich auf diesen Augenblick gewartet«, seufzte er, bevor er sie küsste. Es war ein zärtlicher Kuss, in dem all die Sehnsucht, Angst und Hoffnung der letzten Monate lagen.

»Du lebst!«, sagte Jana und tastete wie eine Blinde Conrads Gesicht mit beiden Händen ab, um sich zu vergewissern, dass er wirklich vor ihr stand und sie nicht bloß träumte.

»Ja, und du bist nicht mit einem anderen Mann verheiratet«, sagte Conrad.

»Wie kommst du denn auf die Idee?«, fragte Jana.

»Später, mein Schatz, später können wir uns alles erzählen. Aber jetzt muss ich dich einfach nur festhalten, damit mein Verstand begreift, dass ich dich wiedergefunden habe.«

Damit war Jana vorerst einverstanden.

Später lagen sie in Janas Bett. Conrad war bereits zufrieden eingeschlafen. Aber Jana war zu aufgeregt.

»Und du dachtest wirklich, ich hätte einen anderen Mann geheiratet?«, fragte sie empört und weckte Conrad wieder auf. Von allem, was er ihr in den letzten Stunden erzählt hatte, irritierte diese Vorstellung sie am meisten.

»Es kommt mir jetzt auch absurd vor«, gab Conrad schläfrig zu. Er zog sie näher an sich heran. »Du hast dich doch immer mit Händen und Füßen gegen die Ehe gewehrt.«

Zärtlich drehte er eine ihrer Locken, die immer noch kurz waren, zwischen den Fingern.

»Jetzt würde ich mich nicht mehr wehren«, sagte Jana leise.

Conrad ließ die Locke los und setzte sich auf. Mit einem Mal war er wieder völlig wach: »Habe ich mich da eben verhört?«

»Wenn du mich noch willst, dann würde ich dich gerne heiraten, und Kinder kann ich mir auch gut vorstellen.«

»Lass uns auf der Stelle einen Priester suchen«, sagte Conrad.

»Es ist weit nach Mitternacht.«

»Ganz egal. Morgen hast du es dir vielleicht wieder anders überlegt.«

Jana zog ihn zurück zu sich.

»Ich werde morgen genauso darüber denken wie heute, und wie ich es gestern getan habe und schon seit vielen

Wochen. Ich habe bloß etwas länger gebraucht, um zu erkennen, was ich wirklich will.«

»Und was willst du?«

»Dich!«

»Keine Schatzsuche mehr?«

Jana schüttelte den Kopf: »Ich habe mein El Dorado bereits gefunden.«

»Investigatio igitur non frustra fuit! Dann war die Reise nicht umsonst.«

Nachwort

Die Suche nach Gold war eine der wesentlichen Triebfedern für die Erforschung und Eroberung Südamerikas. Die Legende um El Dorado beschäftigt die Menschen heute noch. Als Beweis dafür, dass der Zipa tatsächlich als vergoldeter Mann (= El Dorado) auf den See hinausgefahren war, dient ein Goldartefakt, das einen geschmückten Mann auf einem Floß darstellt. Das Kunstwerk wurde 1969 gefunden und ist heute im Goldmuseum von Bogotá zu bewundern.

Die Lagune von Guatavita gilt als mögliche Kultstätte der Muiscas, einem Volk, das sich auf die kunstvolle Bearbeitung von Gold spezialisiert hatte.

Bereits im 16. Jahrhundert gab es Versuche der spanischen Konquistadoren, den Schatz der Muiscas zu bergen. Damals versuchte man mit V-förmigen Einschnitten am Ufer, den See trockenzulegen. Das waghalsige Vorhaben misslang, und bis heute wurde der Schatz nicht gefunden.

Dass ein Erdbeben einen der Seen in der Gegend zum Verschwinden gebracht hat, ist durchaus denkbar, aber nicht bewiesen.

Wie immer habe ich mich bemüht, mich weitgehend an historische Tatsachen zu halten. Sir Walter Raleigh hat tatsächlich nach dem legendären Schatz gesucht und war angeblich im Besitz einer Schatzkarte gewesen. Wie sie ihm abhandenkam, ist leider nicht bekannt.

Viele meiner Informationen über Venezuela und Kolumbien habe ich aus zwei Reiseführern bezogen. Wer mehr über diese faszinierenden Länder erfahren will oder vorhat sie zu bereisen, dem lege ich diese Bücher ans Herz: *Venezuela* von Volker Alsen und *Kolumbien* von Ingolf Bruckner.

Die Recherche für einen historischen Roman ist für mich jedes Mal ein spannendes Abenteuer voller Überraschungen. Bei diesem Buch erlebte ich mein größtes Aha-Erlebnis beim Nachlesen über das Zusammenleben der Piraten. Aus diesem Grund wurde dieses Kapitel länger als ursprünglich geplant.

Wie immer hat eine Reihe von Menschen mitgeholfen, dass dieses Buch entstehen konnte. Ich will mich bei allen ganz herzlich bedanken.

Bei Peter Meindl, der an einem warmen Sommerabend in der Provence den wundervollen Einfall mit dem Erdbeben hatte. Bei Elfriede Fiala, die mich mit ihrem Lateinwissen unterstützt hat. Bei meiner Agentin Franka Zastrow und meiner Lektorin Julia Wagner vom Ullstein Verlag, die beide von Beginn an an die Geschichte geglaubt haben, und bei Lothar Strüh, der sich mit meinen komplizierten Sätzen herumschlagen musste.

Und zuletzt wie immer ein großes Dankeschön an meinen Mann, ohne dessen Motivation ich kein Buch zu Ende schreiben würde.

90
85
80
25
GOLF VON MEXIKO
Cuba
20
Santiag
HONDURAS BAI
Jamaica
KARIBIS
15
N
W
O
S
MOSKITO KÜSTE
10
MOSKITO BAI
Cartagena
GOLF V. DARIEN
GROSSER OZEAN
Golf von Panama
5
85
80

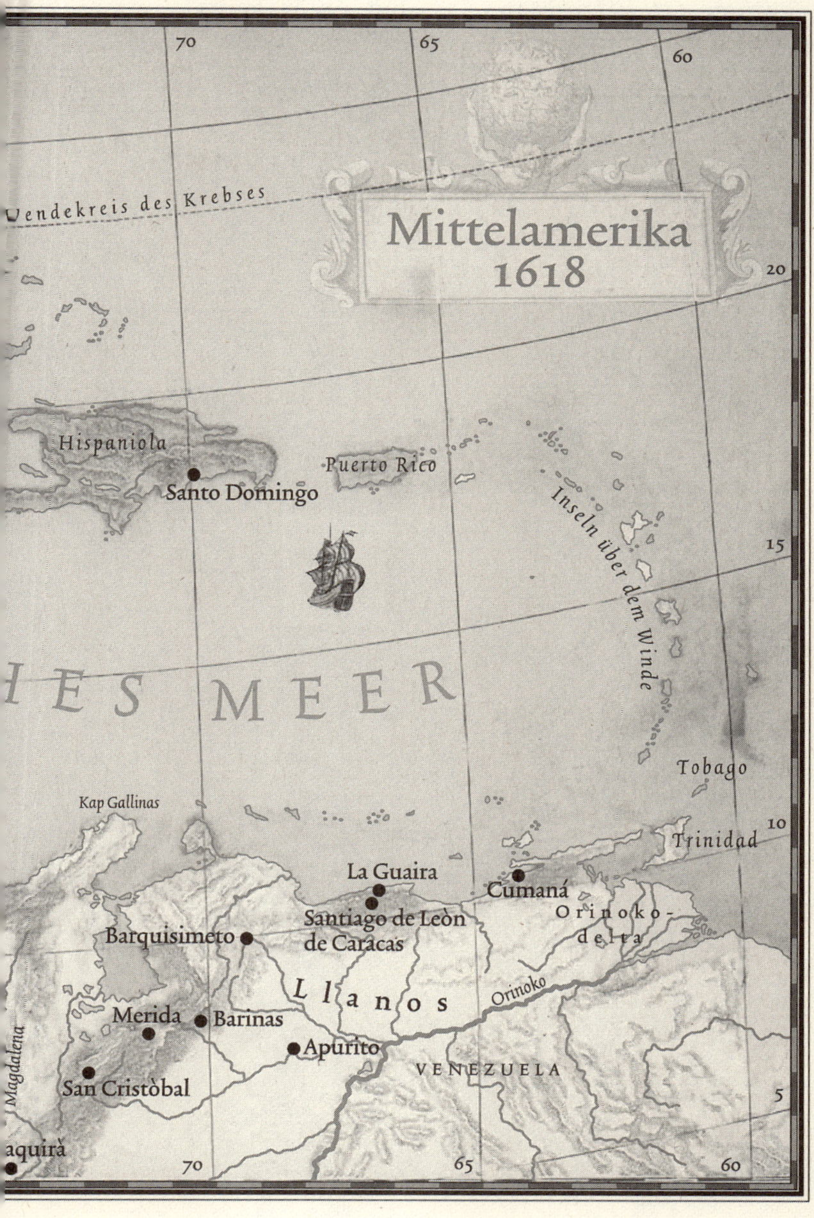
Mittelamerika
1618
70
65
60
20
15
10
5
Wendekreis des Krebses
Hispaniola
Santo Domingo
Puerto Rico
Inseln über dem Winde
ES MEER
Tobago
Trinidad
Kap Gallinas
La Guaira
Cumaná
Santiago de Leòn
de Caracas
Orinoko-
delta
Barquisimeto
Llanos
Orinoko
Merida
Barinas
Apurito
VENEZUELA
Magdalena
San Cristòbal
aquirá